不等来世 只要今生（下）

没有真正的交付，就没有彻骨的伤害

晓月 著

对于世界而言，
你是一个人，
但是对于我而言，
你是我的整个世界。
那一年，
你走了，
我的世界坍塌了……

台海出版社

图书在版编目（CIP）数据

不等来世　只要今生／晓月著.—北京：台海出版社，2017.6

ISBN 978-7-5168-1446-8

Ⅰ.①不…　Ⅱ.①晓…　Ⅲ.①长篇小说-中国-当代　Ⅳ.①I247.5

中国版本图书馆CIP数据核字（2017）第136667号

不等来世　只要今生

著　　者：晓　月

责任编辑：王　萍　赵旭雯　　装帧设计：天下书装

版式设计：天下书装　　责任印制：蔡　旭

出版发行：台海出版社

地　　址：北京市东城区景山东街20号　邮政编码：100009

电　　话：010-64041652（发行，邮购）

传　　真：010-84045799（总编室）

网　　址：www.taimeng.org.cn/thcbs/default.htm

E-mail：thcbs@126.com

经　　销：全国各地新华书店

印　　刷：三河市人民印务有限公司

本书如有破损、缺页、装订错误，请与本社联系调换

开　　本：880×1230　1/32

字　　数：346千字　　印　　张：16

版　　次：2017年8月第1版　　印　　次：2017年8月第1次印刷

书　　号：ISBN 978-7-5168-1446-8

定　　价：58.00元（全2册）

版权所有　翻印必究

目　录

第一章

我也好奇，我是有多喜欢你

奋战了半个月，清华商贸与永正公司的《合作意向书》终于正式签署。清华商贸是我销售生涯中第一个签约的客户，虽然还没有最终拿到支票，但心里已是无比兴奋。那天在电梯里遇到了周正，听到他说出“恭喜”两个字，我才深深地体会到了金钱外那种被认可的成就感。

清华商贸是A市最大的上市公司之一，业务扩展到全国，甚至海外，老板是美籍华人。这天，永正公司接到了清华商贸的邀请函，请周正参加十五周年司庆的酒会。据我所知，这类公司之间的应酬，如果老板不去，也会安排其他高管，没想到周正居然会派我去参加。他说，业务是我谈来的，没有我，也许永正这种规模的公司根本就不会被算在邀请的行列内。这是一个开阔眼界的机会，让我好好学习。

我问他这样会不会显得对客户很不尊重。周正的回答竟然是，人有多大胆，地有多大产。如果我自认为地位卑微，那么注定会让别人轻视；如果我觉得自己可以，就可以获得相同的尊重。

我又一次被他的激励所感染，狠狠把信用卡再透支一下，为自己置办了一身行头。

那天，我打扮好自己，从容地出现在了清华商贸投资股份公司十五周年司庆的酒会上。

寒暄过后，很快，我的手包里就有了无数总裁、经理等的名片。周正说我这个人的适应能力极强，很快，我就把这个长处发挥了出来。没多久，我便没了最初的窘迫和拘束，变得落落大方。

董事长致辞之后，酒会正式开始。

清华商贸的董事长姓卫，笑容亲切友善，更不时地拿起酒杯，与人碰杯。只是，我没想到，他居然在许多人中，拿着酒杯向我走来。

我迎上前，拿着酒杯礼貌地说：“卫董，您好！”

他把杯中的红酒一饮而尽后，对着我的杯子浅笑。

我微微怔了一下，但很快，出于礼貌，职业性地笑了一下。我根本不能喝酒，所以杯子里是果汁。我记得曾经有一句话说：女人天生有不饮酒的权利，只要你不点头，任何人也不应该强迫你。我的记性一直很好，所以并不觉得失礼。

笑到脸都要抽筋了，该认识的人都认识后，想必回去可以交差了。我找了个空当，走出宴会厅，跑到酒店里的花园透透气。

空气里弥漫着淡淡的花香，四周种着高高的银杏树，我在一个水塘旁边寻到了一个可以坐下来休息的椅子。

刚坐下来，身后便传来一个温柔男子的声音。

第一章
我也好奇，我是有多喜欢你

“萧小姐?”

我被吓了一跳，回头一看，一个四十上下儒雅英俊的男子站在了我身后。

借着水塘里闪耀着的射灯，我看清楚了这个人。

“卫董!”我连忙站起身和他打招呼。

卫董笑容可掬，打量着我。

这时，我看到旁边有侍应生托着酒盘追随过来。

卫董拿起一杯红酒，递给我，自己又拿起了另外一杯:“萧小姐，我们之前曾见过的。”

我之前哪里见过他这样的大人物?

我问，他只是笑。

转瞬，他又将杯里的酒一饮而尽。他眼睛里澄清一片，笑着看向我。

我看了看杯里的红酒，思前想后三十秒，还是咬牙把这杯酒喝了进去。

这位卫董很健谈，最后表达了想要派车送我回家的想法。

我婉转地拒绝。我正有些焦头烂额的时候，听到了身后一个熟悉的声音:“桐桐，你怎么在这?”

听到楚梦寒的声音，我微微松了口气。

他笑着和卫董打过招呼，伸出手，把我搂在怀里。

我自然很配合地做小鸟依人状。

卫董微微一笑，一副和楚梦寒很熟识的样子，谈了一会，终于离去了。

回到公寓，红酒的后劲已经完全上来了。我的头有些晕，脚底下也有些虚浮无力。电梯门一开，楚梦寒把我塞了进去。

“什么时候买的裙子?”楚梦寒的声音沙哑。

来不及回答，他的吻便已经罩了下来。那裙子本来就单薄，胸前是V字形，又因为有点小礼服的样式，所以前后都比一般的裙子尺度大一点。他的手很容易就探到了我胸前。

我用手死死地抵住他：“你弄坏我的裙子了。”

“这裙子真难看……”他嫌弃地说。

他分明就是故意的，想尽办法把我的裙子弄得惨不忍睹。

身后的门一下子开了，他索性用力抱起了我，等不及走近卧室，几步走到沙发前，把我扔了下去。

有了喘息的空当，我试图整理我的裙子。这件衣服两千多，是用信用卡付的。我长这么大，第一次买这么贵的衣服，才穿了一次，就搞成这样，我心疼得只想哭。

楚梦寒看到我的动作，似乎更生气了，再一次捉住正准备站起了的我，不由分说，把我按在沙发上，身体也覆了上来。这一次，他吻得并没用力，却十分有技巧，我觉得不能呼吸，却怎样都无法避开他的唇。

“楚梦寒，你放开我，我们已经离婚了！”我大声喊着，提醒他的同时，也是在提醒自己。

“以后不许穿这件裙子！”他的声音好像已经不是他的了，沙哑得极具磁性。

我不知道他今晚为什么和我的这条裙子较上了劲。我的大脑一瞬间有了短暂的空白，再次清晰时，眼前出现的居然是那天他在专柜给那位婀娜多姿的女人买裙子时的情景。

我用膝盖狠狠地踢了他。效果很明显，他所有的动作立刻停下来。他眉头紧紧地皱在一起，用胳膊撑在我的头顶上方，居高临下，不解地看着我。

我的身体萦绕着一层珍珠似的光泽，他的目光又慢慢地在我凹凸有致的身体上流连。他的呼吸更加急促。

我一把推开他，铁了心似的说："走开，想要，去找别的女人！"

他愣了一下，沉声道："你发什么神经？"

"今天晚上到底谁发神经！"

气流暗涌。他看着我，我看着他，仿佛是两军阵前，敌不动，我不动。最后，他翻个身，躺在了我的身侧。这个沙发足够大，容下我们两个人绰绰有余。

他按着我，不让我起来，拿过旁边扔在地上的西装，盖在我身上。他的衣服传来淡淡的烟草味和他身上惯有的干净清爽的气息。

夜很静，外面的灯光一闪一闪的。

"你到底在哪工作，为什么会出现在酒会上？"

"公司派我去的。怎么了？楚总觉得那样的大场面，只有你去得，我根本不能出现？"

"那个卫董生意做得很大，外界传闻，他和太太的感情一直很好……但他这个年纪的男人，心思很难说，以后，你还是少出现在他面前。"

我冷哼一声："你放心吧，这种有妇之夫，就算被绑上蝴蝶结送给我，我也不会有兴趣多看一眼。"

"真的？"他把我的脸扳过来，让我看着他。

我不耐烦地把他的手拍掉，嚷道："是！"

"不过，你确定你没有做情人的潜质？"他得到了我的答案，心情似乎一下子好了起来，闭上眼睛。

“楚梦寒，你说清楚点！”他这样的嘲笑让我很不爽。

任凭我怎么摇晃他，他就是不开口。他闭着眼睛，嘴角挂着一丝笑。

“看来楚总对情人的标准研究得倒是很透彻。”我咬牙反击。

他也因为这句话睁开了眼，想要隔着西装抱我。我往后一闪，跳下了沙发，跑回自己的卧室，“砰”的一声把门带好，然后呆呆地坐在床心。

我把目光投向窗外的某一点。我身上还穿着他的西装，四周都是他的气息。我的三年，他都已经知道了，可他的三年，我却一无所知。他可以毫无芥蒂开口说要和我复婚，我却没有任何的理由可以说服自己重新接受他。虽然也许如沈欣欣和蒋若帆所说的那样，我可能还是爱着他的，但婚姻并不是只有爱就可以维系的。除去家庭的因素，现在，我在他身上找不到任何安全感。我宁可一个人孤独地生活，也不要整天提心吊胆，猜来猜去地过日子。也许当年我们很穷，我们会吵架，可与那些日子比起来，这样的他似乎更让我无法安心。其实，很多时候，我都想去问他，却害怕得到的结果真的会让我失望，或者，得到的回答根本就是谎言。我承认，我很小气，我是一个眼中揉不得沙子的小女人。

来到周正办公室的时候，已经快下班了。他手里正摆弄着一个小小的礼盒，看上去很精致，盒面上绑着粉红色的缎带。我想，这样的礼物，一定是送给女人。

我想起了在“加州牛肉面”第一次遇到周正时的情形，忍不住想笑，估计他的私生活也一定很“精彩”，不过，以他的智商，游走在再多的女人间，也一定不会焦头烂额。

据我所知，周正并没有蒋若帆那样显赫的家世。他的经历似乎和楚梦寒有些相似，他也是大学毕业后白手起家。

“来，请坐！”老板看起来和我一样，心情不错。

今天对我来说是一个大日子，清华商贸的合同几天前已经正式签署了，而今天，第一笔项目款的支票已经交到了财务，就是说，我在下个月发工资的时候，就可以拿到我销售生涯的第一笔佣金。

周正把手里的盒子递给我：“送给你的！”

我一愣。原来这个礼物是给我的，我脸一红，客气道：“周总，这怎么好意思！”

他不紧不慢地说：“这个礼物应该是李峰送给你的才对，但我知道，他在这个项目上对你有一些看法。像你这么优秀的员工，我只能跨级激励了。”

能得到老板的鼓励，我心中激情万丈，恨不得把所有时间都用在工作上，以回报老板的知遇之情。

“打开看看！”他笑着说。

我小心翼翼地拆开看，原来是一个粉红色的女士钱包。虽然我不懂是什么牌子，但这个钱包做工精细，一看就知道价格不菲。其实，我在乎的倒不是价钱，而是这一份心意。

“谢谢周总！”回想起这个项目的过往，我一时间百感交集。

“知道我为什么送你钱包吗？”他对我这一刻的表情似乎很满意。

我摇摇头。

他说：“我希望你的钱包能越来越鼓，这样，公司也能赚更多的钱。”

我真心地和他说了一声谢谢：“周总，谢谢你一直以来对我的鼓励，我一定不会让你失望的！”

这样的话好像很老土，却是发自我内心的。

他摇摇头：“其实我没有帮过你什么，所有的成绩都是你自己争取来的。是我要谢谢你为公司所做的努力。”

我觉得我的老板怎么这么可爱，什么话，到了他口中，都让人那么舒服。

我又想到了楚梦寒那厮，周正说楚梦寒是他为数不多的佩服的人，可我想象不出楚梦寒在工作中是什么样子。

下班后接到楚梦寒的电话，他想和我一起出去吃饭。

今天是一个值得纪念的日子，我希望能有人和我一起分享，既然楚梦寒主动打电话来，那就是他了。

约好在伊势丹门前的西餐馆外见面，看到他时，他却并没和我进去，而是拉着我转身进了伊势丹。

“去哪？”

他之前是一个很简朴的人，但在他的公寓里，我却发现，他的行头倒不少，难道他是让我来陪他买衣服？我一向不喜欢特别爱打扮的男人，对用香水的男人更是排斥，难道如今的楚梦寒已经变成了一只爱美的雄孔雀？

上了扶梯，我才发现，他带我来到了三楼的女装部。我们之前重逢的那一幕又清晰地浮现到了眼前。

我看了看对面那个牌子的衣服，想着反正下个月就会有一大笔钱，决定买件衣服奖励自己。挑挑拣拣，转了好几个地方，最后，我把目光锁定在一套款式极为简单的职业裤装上，即便是它，也要一千二百元。天气马上就要变凉了，这样的衣服，我确实需要。我让导购小姐帮我拿了一套。

从试衣间出来的时候，我看到镜子里的自己年轻干练，黑色看起来又让我比平时多了几分稳重。

楚梦寒走到我的身旁，对着我皱了皱眉："你不适合穿黑色，这样只会让你的脸色看起来很苍白。"

"工作需要！"

我不顾他的意见，走进试衣间，把衣服换下来，然后对导购小姐说："请帮我包起来。"

我平时真没时间逛商场，这里应该找不出比这件更便宜的衣服了。有时候，时间就是金钱，我不想让自己空手而归。

我把信用卡递给导购员的时候，楚梦寒的脸色很难看。他试图替我结账，遭到拒绝，没再坚持。

他一路上都板着脸，而且很没风度，不替我拎袋子，一个人走在前面。

直到出了伊势丹，我看他走向了自己的车子时，不得不喊住他，说："楚梦寒，不是说去那里吃饭吗？"

我指了指对面的西餐馆。

他终于看了我一眼，冷冷地说："胃炎还吃西餐？你到底有没有脑子？"

原来他根本没打算和我来这吃饭，他是特意带我来这里买衣服的。

车子走过繁华的大街，最后在一个单行路上的三层小楼前停了下来，楼上写着"舜华私家菜馆"。我看了看门口停着的车子，知道来这里吃饭的人非富即贵。

来到二楼，楚梦寒在一个靠窗的位子前坐下。旁边离我们不远的地方，一个女孩子正在弹着古筝。

楚梦寒显然已经放弃了让我点餐念头，自己点了几样。

“你能不能不板着一张脸?”我终于开始抗议。

他看了我一眼，很无奈地说：“萧桐桐，你是我见过的最别扭的女人!”

“彼此彼此!”

很快，菜上齐了。都是些极易消化的菜肴，就连鱼也是清蒸的。

“我明天要去日本，你要不要一起去?”

进餐中的沉默被他一句没头没尾的话打破。

我摇摇头，除去其他因素，过几天就是月底冲刺阶段了，就算天塌下来，我也不会请假的：“不行，我过几天的工作会很忙!”

“你的老板真应该庆幸有你这么一个好员工!”

我今天的心情真是很好。我笑呵呵地对他说：“我的老板一直是这么认为的。”

他轻轻哼了一声：“我估计要走一个月。”

我一愣：“一个月? 这么久?”

他的表情因为我这句话渐渐缓和。

我喝了一口汤，对他说：“哦，我可能等不到你回来了，到时候，我把钥匙放在茶几上，你回来收好。”

他咳咳地咳嗽起来，好像被鱼刺卡到一样。

我补充解释说：“我月初发完工资，就会去找房子……”

楚梦寒的眼睛扫向我，里面寒光闪烁：“这个公寓你可以一直住着，如果不希望看到我，我可以不再出现。我说过的话，一直有效。”

我叹了口气，解释说：“这个公寓本来就是你的。”

我舀了一勺鱼翅捞饭，放在嘴里，咽下后接着对他说：“如果不是那晚我的腿崴到了，我是不可能去你的公寓的。豪华的公寓、燕窝鱼翅和我现在的生活脱离得太远了，我只是一个苦苦挣扎、讨生活的小职员。那样的生活，我根本没办法安心享受。”

“这就是你执意搬走的理由?”

楚梦寒盯着我的眼睛，想从那里看清我的心意。

“不完全是，我如果真的找到了一个心中满意的伴侣，也许会去尝试享受他给我的一切。你不是可以让我和你一同分享生活的那个人。”

“你是说，我已经失去了这样的资格?”

楚梦寒脸上的落寞已经完全显露出来。

我摇摇头，今天是一个难得的好日子，我不想让任何事破坏我的好心情：“我们能不能不要谈这些，毕竟过了今晚，也许我们就不会这样坐在一起吃饭了。”

他沉默了一会，终于像是下定了决心似的，对我说：“好!”

我知道，随着他这个“好”字出口，他在心里已经接受了我要搬出去的事实。虽然这根本就不需要他同意，但我心里还是涌起了一股说不出的感觉。

吃完饭，我坐进他的车子，静静地听着 CD 里的音乐。我抬起头，却发现并不是回公寓的方向。

我把头靠在副驾驶的靠背上，没有问他，我想，这样的夜晚，今后也许再不会有了吧，索性就让他带着我到他想去的地方。他曾是我最相信的人，就算我们走到了今天，就算已经无法再相爱，但在某些时刻，在我的心中，他仍是我不需要设防的人。原来三年过去了，一些习惯还是根深蒂固，无法改变。

他的车子开得很快，我从车窗外看到很多车子都被抛到了身后。交叠的霓虹和沿路璀璨的灯光，让我们好像在银河中漫步。多年前的回忆慢慢地浮现在我眼前。

一个是有着忧郁眼神的翩翩少年，一个是穿着白色连衣裙的窈窕淑女。他们两人个人手牵着手，在这条著名的河流边散步。

"梦寒，什么时候我们也能有一辆车子，我从小就喜欢坐汽车，哪怕是公交车。我一上去，就不想车停下来。可就算是再远的路，也有到站的时候啊，那时好失落呀……等我们有了车子，你带着我游车河，一直开到我再也不想坐了为止，好不好?"

少年皱了皱眉，看着路边流动的车河，重重地点了点头："好!"

女孩心里很踏实，因为她知道，这个少年从来不轻易许诺。只要是他答应的事，他总会有办法做到。

誓言犹在，可我们竟已错过了这么多年。

车子上的天窗已经被他打开，两面的玻璃也慢慢地落下，夜风轻轻地吹进来，让人感到很舒服。

车子下了快速路，驶进了一条相对僻静的小路中。前面是一片密密的树林，树林对面是一处正在建设中的工地。现在这个时候，工人们都已经下班了，只有几点路灯在那里闪耀着。

楚梦寒把车子停了下来，自顾自地走了出去。

我紧紧地跟着他。

"这是什么地方?"

第一章
我也好奇，我是有多喜欢你

这里的风明显要比市区的大一些，但少了汽车尾气的味道，空气清新了不少。这里好像是一个天然的大氧吧，让人的心灵不再那么浮躁，心情也跟着舒畅起来。

“这是一片正在建设中的别墅群。再过两年，我相信我就可以有实力在这里拥有一套属于自己的房子。”

说着，他侧过头，别有深意地看着我。

周正曾经不止一次地在我面前称赞他，而在我的记忆中，他更是从不说空话。我点点头，把目光锁定在了远方，想象着这里被建成别墅群时的样子。

“你知道男人工作，最大的动力是什么吗?”

我认真地想了一下，说道:“功成名就，实现自己的人生价值。”

其实，我想说，不光是男人，女人也一样需要得到社会的认可和尊重。

他微微一笑，对着那片在建的工地说:“你说的只是一方面，其实，他最大的动力，就是能有一个女人和他分享一切。”

清风吹起了我的长发。他伸手把我扯进他怀中，温柔地吻上了我的唇。

他吻得那样温柔，那样的小心翼翼，又是那样的深情，我几乎完全融化在了他的吻中。我竟忘记了挣扎，伸出手，环住了他的腰。

他紧紧地把我抱在怀里。三年后的今天，我第一次完全没有拒绝，他没有一点强迫。在灿烂的星空下，我们融化在彼此的吻中。

回到公寓的时候已经很晚了。

半梦半醒间，听到了敲门声，我看了看床头柜上的闹钟，指针已经指向了凌晨一点四十分。

“桐桐，睡着了吗?”

我没回答。

他又在门外轻轻地说：“我知道你没睡着，开下门，我有话和你说。”

听他的口气很认真，我掀开被子，下床，走到门前打开门。我看见他穿着深蓝色的睡衣站在门外，手里拿着一个纸袋。

“什么事?”我挡在门口，没有要让他进来的意思。

“袋子里的东西是给你的。”说着，他就把东西递了过来。

“这是什么?”

“这是这套公寓的房产证。”

我听了一头雾水。

在我发呆的时候，他已经进来，把我手里的袋子拿走，自己走到床边坐下，把袋子里面红色本本拿了出来，重新递到我手边。

我打开一看，发现上面的名字居然是我的。

“楚梦寒，你这是什么意思?”

“这个房子我已经过户到了你名下，以后，这就是你的房子了，你安心住着，不用搬走。”

“我干吗要你的房子？你什么时候拿到我的身份证的?”

他脸上仍旧是淡淡的表情：“我们同在一个屋檐下，拿到你的身份证还不容易？你别忘了，你的行李还是我帮你收拾到这来的。”

“你……”我气得说不出话来。

他皱了皱眉，说：“你不是不习惯住在我的房子里吗？如今，这里是你的地方。我们离婚时没涉及财产分割这一块，这是你应得的。”看着我僵硬的表情，他叹了口气，“你如果不喜欢住，就找机会卖掉吧，一切随你……”

卖掉？我粗略地估算了一下，要真把这个房子卖了，不仅能还完老家的贷款，还可以再买一套面积小点的好房子，再余下的钱，也可以让我不用上班了。真是出手阔绰。

“楚总，你真是太有钱了。要是总这么大方地送房子给别人，很容易破产的。”我口气又有些不善。

“这一次就已经快破产了。”他索性挪了挪身体，把头靠在了床头，整个人半躺在床上，带着笑意看着我。

我坐了下来，试探着问：“你在A市还有别的房子？”

一定有，不然，他把房子给了我，他住哪？

“这是我买过的唯一一处不动产。”

我睁大眼睛，有些不敢相信。

他轻轻地笑了一下：“住酒店的费用，公司全部负担。买了房子，回去后，一个人孤零零的，开门的时候，心里很慌。到哪里都是一个人，住酒店也一样。再说，你以为现在的房子很便宜？因为没有安家的想法，所以决定买的时候，竟发现房子已经这么贵了。买这套公寓，几乎就要破产了。”

我有些汗颜。他楚梦寒又不是含着金汤匙出生的富二代，再怎样，也不过三年，我把他想得有点过了。

“我见到你的时候，你身边从来都是佳人相伴，怎么会只是一个人呢？”

这句话没经过思考，几乎是脱口而出，可说过之后，我就已经后悔了。

他的表情随着我这句话出口，急剧地变了一下。他一把拉住我，让我靠在了他身边。

“你一直介意三年后我们最初几次见面时的情形?”

“不是介意。”

“不介意?”他睁大了眼睛，似乎不敢相信。

我点点头，认真地补充说明：“是不介意，但毕生难忘。”

楚梦寒的脸色十分复杂。他伸手揽住我的肩头：“其实那天，她仅仅是我参加酒会的女伴，我和她没有什么。三年中，你从没给我打过一个电话，看到你见我时跟遇到路人一样的表情，我很生气。所以才会……”

一个舞伴就送一万多块的衣服？真的仅仅是舞伴这么简单吗?

“那康然呢?”

既然已经说到这了，我终于把心里埋藏了很久的话问了出来。和刘津没关系，和那个我不知道名字的婀娜多姿的女人也没关系，那康然呢？她亲口和我说过，她和楚梦寒是床伴关系。

“康然也是你的女伴之一?”

我索性替他回答，其实这些问题已经折磨我很久了，因为放不下自尊，所以一直憋在心里。我其实就是一个小女人，即便是再爱一个人，也接受不了他身心的背叛。我想，他如果真的爱我，就一定不会接受其他的女人。他早在和我认识的那一天就应该知道，我对感情是有洁癖的。

“康然和他们有些不同。”楚梦寒没有要隐瞒我的意思，叹了口气，继续说，“康然是我做第一份工作时的同事，后来，她也到了别的公司工作，我也到了TPC。两家公司一直有生意上的往来，所以，这些年，我和康然一直都有联系。”

我觉得血液一时间都涌上了头顶，康然和他的关系果然不简单。

“其实你没必要和我解释的，康然都已经和我说过了，你们是床伴的关系！”

这两个字真的很恶心。

楚梦寒当时就愣住了，很快，脸上也涨红了。每当他有这个表情的时候，说明他是真的生气了。

他张了张嘴，深深地吸了口气，看着我：“你相信吗？”

我点点头：“我相信。”

楚梦寒的脸色更冷了，他反问我：“萧桐桐，在你的心中，我就是这样的一个人？我承认，康然对我存在着不同于普通男女之间的感情，可我并不爱她，也没让她误会过什么。我与她一直有联系，确实主要是因为工作上的关系。刘津也是一样。她们心里怎么想，我控制不了，但我从没给过她们什么暗示，而且，我也很忙，更没时间浪费在这些无聊的事上。”

楚梦寒的声音有些激动，他觉得我冤枉他了？

“我上次因为老爸住院急需要钱，打电话给你，康然说你正在洗澡……而你，连电话也不接，让我等一会再打来。你说我应该怎么想？应该觉得她和你在一起谈工作？”

我本不愿意去相信我心中猜想的那些是真的，可或许真的因为我还爱着他，觉得自己好像得了强迫症一样，根本无法把他往好的方向想。

他的表情慢慢地缓和下来，脸上逐渐浮现出一丝愧色：“我以为你打电话来是又要说和我离婚的事，所以我才会那样说。但隔了一会儿，我觉得不太对，放心不下，就开车跑到了小租屋。

其实，我刚回A市，就去过小租屋楼下。我不止一次地看到过蒋若帆送你回来，以为蒋若帆是你的男朋友。”楚梦寒突然想到了什么，又习惯性地皱起眉头，“你既然一直耿耿于怀，为什么一直不问我?”

“你根本没义务向我解释。就算我郁闷，那也是我自己的事，和你无关。”我尽量让自己的声音听起来轻描淡写的。

“请你相信，我心中从来没有过别人。我们已经错过了三年，能不能忘记那些不开心的事，重新开始?”

他说话的时候，眼睛里充满了伤感。

这一夜，他没离开我的卧室。我们两个人手牵着手，静静地躺在床上。他在等着我的回答，我却无法给他想要的答案。我们当年分开的原因，除去因为生活中的各种问题而争吵，让我们感到疲惫和无力，更重要的是，从那时开始，我们就已经有了信任危机。

也许是我看到的“事实”让我不能轻易忘掉，或者是他的解释并不能让我完全相信，思想中总是有一股力量让我去怀疑他。这样的感受很折磨人。我越爱他，想得就越多；想得越多，就越痛苦。

离开这间高档公寓的时候，我把他留给我的那个纸袋放进了床头柜的抽屉里，把公寓的钥匙放在茶几上。这是楚梦寒自己奋斗得来的房子，我有什么资格占为己有?

领到工资后，我就开始四处找房子。A市的租房市场一直很紧俏，找了好久，终于找到了一个合适的，是一个只有十几年房龄的小区。这个小区里面的独立单间很少，环境好，物业也很不错，只是离市中心稍微远了一点。屋子里的家具基本上还算齐备。谈了很久，房东把价格定在一个月两千八百元。

不知不觉，我已经搬到新地方将近两个星期了。周六的早上，好不容易想美美地睡饱，隔壁却传来一阵乒乒乓乓的声音。

我冲下床，整理了一下自己的睡衣睡裤，打开门一看，居然发现对面的防盗门大敞四开，有四个人正在往里面搬东西，是还没安装好的新家具。原来隔壁搬来新邻居了。

我换上鞋子，走了出去。这是一个两室两厅的房子，粗略估算，应该在一百一十平左右。没看到主人，只有四个工人在忙着组装家具。

我回到自己屋，看看表，才早上七点多钟。想睡个回笼觉，却没有半点困意。

我打开窗子通风，然后把自己收拾得干净利落。因为职业需要，现在每天上班都是一身职业装，搞得我都不知道自己的实际年龄到底是多少了。今天，我把长发梳成马尾，换上紧身的牛仔裤和戴帽子的长袖T恤。镜子中的我仿佛又回到了学生时代。我心情很愉快，走到门前，穿上平底的运动鞋，拿起书包，走了出去。

这个时候，估计沈欣欣“夫妻俩”一定还没起床。我先买了早点，然后坐车到她家去。

已经快九点了，按了好半天的门铃，才听到从屋子里传来踢踢踏踏的拖鞋声。沈欣欣看到我时，一双眼睛还半张半合。

“就知道你们两只懒猪还没起床，看我给你们带什么来了?”

说着，我把手里的两份煎饼果子和豆浆在她面前晃了晃。

看到吃的，她马上不困了，一把接过去，冲着里面喊：“汪洋，快起床！有早点吃了！”

我换了鞋子，把豆浆和煎饼拿进厨房，在微波炉里用中火热了半分钟，然后把豆浆放进干净的玻璃碗里，都拿进来，放在客厅的茶几上。

“我说楚梦寒怎么就瞎了眼呢，有我们桐桐这么贤惠又能干的大美女，居然不懂得珍惜，现在是不是肠子都悔青了！”

正和汪洋挤在洗手间里的沈欣欣大嗓门喊着。

我把取出来的一万块现金也放在了茶几上，沈欣欣出来就看到了，不敢置信地说：“萧桐桐同学，我说你一大早发什么善心，来给我送早点，原来是另有预谋。说，这是哪来的？我宁可你欠我的，也不愿你欠楚梦寒！□什么□！别以为有钱就能补偿什么！”

这时，汪洋也一身清爽地从洗手间里走了出来，对沈欣欣不满地说：“人家都是劝和不劝离，哪有你这样的？”

“我告诉你汪洋，你别见钱眼开，我们桐桐这些年所受的，楚梦寒给多少钱也弥补不了！要是你哪天这么对我，我八辈子不理你！哼哼！”

汪洋拿起一份煎饼果子，咬了几口，冲我叹了口气，“什么事都得找到我身上来，你看看，哪有一点像是要结婚的人说的话？”

沈欣欣娇蛮地轻踢了他一脚：“我还没和你登记呢啊，现在后悔还来得及！”

我在旁边一听，马上问：“怎么，要结婚了？定好日子了？”

“嗯，元旦。”汪洋对我说。

我有点吃惊：“这么快！你们那边的房子买了？”

“买了，现房，七十平米的小两居。他爸妈正张罗装修呢，估计元旦就能住了。我们在A市定了饭店，圣诞节那天，然后就请假回去，连领证再办喜事。今年春节早，我们就过了春节再回来。”

“你们倒是神速，看来从下个月开始，我又要节衣缩食，给你们准备红包了。”

沈欣欣坐在我旁边，低声问我：“这钱真不是楚梦寒的?”

我摇摇头：“我自己赚的，不是他的钱。”

“你突然之间哪来的这么多钱?”沈欣欣一本正经地审我。

“当然是赚的。我上个月帮公司做成了一笔大生意，发了三万多块钱的提成。付了房租，还给你一万，又还了贷款、信用卡的最低还款额，就没什么了。蒋若帆的钱，一分也还不了了。”

想起蒋若帆，我心里总有一种莫名的酸楚。

“桐桐，你做什么工作?一个月赚三万块！不是去抢吧?”

沈欣欣惊讶地瞪着一双大眼睛看我，汪洋也把吃了一半的煎饼放下。

“就这个月钱多。前两个月，我都是靠透支信用卡活下来的。而且，这是我运气好，碰上了一个大客户。要是一般的客户，提成也不多。”

我说的确实是实情，可沈欣欣和汪洋的脸上仍是一副兴奋的神色。

沈欣欣小声嘀咕着：“一个月三万，一年就是三十六万！这干几年，还不发财了！”

最后，她咳嗽了两声，认真地对汪洋说：“汪洋同学，我觉得你是不是也要去做销售比较实际。天天编软件，累个半死，也赚不了多少钱。”

汪洋想了一下，好像也很动心的样子：“不知道能不能做得好。”

沈欣欣一听，又急了：“桐桐都能做，你怎么不行？你又不是不了解她，她平时都懒得和生人说话。你有点出息行不行？”

汪洋被沈欣欣一激，马上一脸的斗志：“行！我试试！”

沈欣欣乐得合不拢嘴，连忙问我：“桐桐，回头你问问你们公司还招不招人。”

我刚想说话，汪洋立刻打断我，说：“桐桐刚进公司，我回头先从网上找一些大公司，发发简历试试。”

听口气，汪洋并不愿意进私企。

“行，等需要我问时，我再去问问。”

我心里想着周正那张严肃的脸，他向来公私分明，我引荐，还不知道能不能有点用。

晚上下了课，已经是十点半了，我一个人慢慢地向公交车站走去。

再有一年，我企业管理专业的在职研究生课程就要修完了。我想到毕业证发下来的那个时候，是不是就可以试着选择另一种职业，毕竟我做销售主要的目的就是多赚钱。但如果真去做管理，我又没半点经验。不知道一个文凭的分量到底有多重。

车站的人并不多，三三两两的几个人站在那里盯着远方驶来的公交车的车牌。

一辆大奔停在了距离站牌十米左右的位置，从车子里下来一个中年男子，径直向我走来。

“您是萧桐桐小姐吧？”

我这个人一向对人的防备心极重，下意识地把书包放在胸前，向后退了一步。这个人我不认识。

他连忙低声说："萧小姐，卫董在车子里面，想和你说几句话。"

车门被打开，里面很大，很宽敞，卫思平坐在里面，正笑着看我。

他瘦高干练，看起来要比四十岁左右的真实年龄小很多，笑起来给人一种儒雅的感觉。这样的人似乎离我太遥远了，和他这样并排坐在车里，让我浑身不自在。

"卫董，您好！"

他看出了我的局促不安，浅笑着说："那天酒会之后，我才知道，原来萧小姐是我们最近一个重要项目合作方的项目经理。他们说那个项目进展得很顺利，我一直想找个机会谢谢萧小姐，没想到今天竟在这里遇到了，我们还真是有缘！"

"卫董，您太客气了！那些工作本来就是我应该做的。"

一个身家过亿的董事长，为了这么一个小小的项目谢我，而我还是赚钱的那一方，到哪里，也不会有人相信。

他从怀里掏出一张名片给我。

我连忙用双手去接，一摸，便摸出了异样，这名片不是普通材质的，有一种金属的质感，莫非这就是传说中的金名片？

我拿在手里一看，没有任何头衔，只有"卫思平"三个字和一个手机号码。

"萧小姐，今后有任何事情，都可以找我！"

他笑的时候，眼睛里清明一片，好像一切都再正常不过了。

下车的时候，他又问了我一句："萧小姐，冒昧地问一下，楚梦寒和你是什么关系？"

正在我斟酌着该如何回答的时候，他轻轻一笑："我知道了，再见！"

这个人的眼睛深不见底，这一刻，更是让我心慌。

自从那日之后，接连几天都有玫瑰花送到永正公司来。同事们都羡慕我，只有我知道自己心里有多么烦躁。

我隐隐约约地怀疑这些是不是那个莫名其妙的卫董找人送来的。我只是一个在社会上凭借自身努力讨生活的小女子，不想招惹任何人，也盼着别人不要来招惹我。我自认为没有那么大的魅力，而这个卫董，听说也有老婆孩子。他到底想干什么？别人说，女人要想事业有成，必定要比男人付出更多的辛苦。我不怕辛苦，但是我怕这些乱七八糟的事情。

这天中午，又有人送花来。正在烦闷的时候，突然手机响了，屏幕上是一串陌生的号码。接通之后，里面传来一个女人的声音："是萧桐桐吗？我是刘津。中午有时间吗？我想找你谈谈！"

我想都没想，脱口而出："好，你说地点。"答应完之后才觉得自己简直是莫名其妙。

刘津约我的地方是一家沿街的咖啡吧，离 TPC 所在的写字楼不远，环境不错，是一个很适合洽谈生意的地方。

我到的时候，她杯子里的饮料几乎已喝掉了三分之二，看来她已经等了一会了。

她要帮我点东西，被我拒绝了："对不起，我没太多的时间，你有什么话，就尽快说吧。"

来的路上我就已经后悔了，这样的约会只会给我招来尴尬和难堪。

“你和楚梦寒是什么关系?”她的脸拉得好长，让原有的几分姿色，变得暗淡无光。

“我想没必要向你汇报吧。”其实我更想知道她和楚梦寒是什么关系!

“我已经跟楚总在一起工作两年了，在A市这边，我可以算得上他的秘书，他很多生活上的事也都是我帮着处理的。我坦白地告诉你，我很崇拜和爱慕楚总。你就算是上了他的床，在他心中，也根本没什么分量。而我，也决不会放弃追求我的爱情。所以，我想劝你能知难而退，不要浪费自己的青春!”

这样的话从另一个女人口中说出来，哪怕是假话，也足以让我血脉沸腾，更何况，她说得有板有眼。可理智还是让我保持了良好的风度。

我刚要开口，却看见刘津的眼睛直直地看向我身后，神色变得与之前大不相同。

我怔怔地看着刘津的表情，又顺着她的目光向我的身后看去。这一看，我惊住了。多日不见的楚梦寒穿着一身浅灰色的西装站在我身后，脸上阴云密布。真应了一句话：不是冤家不聚头!

楚梦寒旁边还站着一个四十几岁的中年男子，正像看好戏一样看着我们。

看他们两个人的情形，我想他们应该是来谈公事的吧。

“梦寒，刘经理我早就认识了，这位是……”

他一边说，一边笑，说到“早就认识”这几个字，语调故意高了两度，表情更完全是一副幸灾乐祸。

刘津先一步站了起来，脸上微微有点红：“楚总，您今天不是不舒服吗？怎么没在酒店多休息一会？"

说着，她也走到了我身后。

我别过脸，再次低下头，不去看我身后的这一对男女。

"学斌，给你介绍一下。"

感觉背后有一双手扶住了我的肩膀，我诧异地抬起头，随着他手上的力道站了起来。

楚梦寒脸上浮现出一丝淡淡的笑意，他对旁边的那个男人说："这是我爱人萧桐桐！"

轰！我的大脑顿时一片空白，心底有一种说不清道不明的感受在慢慢地涌动着。

"桐桐，这位是朱学斌朱局长。"

"我……"我张了两下嘴，感觉我肩膀上那双手在用力。

第一个惊叫出声的人是刘津。她睁大了眼睛："梦寒，她真是你的妻子?!"

这个女人果然像楚梦寒所说的那样情绪化，她的眼圈随着楚梦寒那句话出口，瞬间就红了，似乎要彻底崩溃了。

朱学斌也被雷得呆住了，满脸的不可思议。

过了足有两分钟，那个朱学斌才用手指摸了摸鼻尖，笑着说："原来是弟妹，幸会！幸会！嘿嘿，只怪梦寒保密工作做得太好了！"

楚梦寒对他说："学斌，你过去等我一下，我马上过来。"

朱学斌不甘心地看了看我，又看了看刘津，一脸的未能尽兴。

见他走进了包厢，楚梦寒的表情瞬间凝固成冰："桐桐，你怎么在这?"

他这个表情明明就是在说：我都说了，我和刘津没什么，你为什么不相信！

我看了看旁边的刘津：“是这位刘秘书约我出来的！”

楚梦寒有些不可置信地看着刘津。

刘津一脸的委屈，眼圈红红的，似乎马上就要哭出来了：“梦寒，她不是你的妻子！”

“我今天正式向你介绍，萧桐桐女士是我的爱人。但我想知道，真的是你约桐桐出来的？”

我拿起桌上的包，转身：“你们谈吧，我先走了！”

“桐桐！”楚梦寒坚定地一把拉住我，仍就盯着刘津。

刘津还处在震惊中。我真的从她的眼睛里看到了眼泪，心底又不禁想起当年楚梦寒拒绝陆芸时的干脆果决。

刘津吸了吸鼻子，很有气质地甩了一下自己的长发：“是我约她出来的，因为我根本就不相信她是你的妻子。”

“你调查桐桐？”楚梦寒的眼睛微微眯起，这样的他，很威严，很骇人。

果然，刘津的气焰熄了一半，口气也软了下来：“我没有，我没有调查她。”

“那你是怎么知道桐桐的电话的？”他的声音冷得没有一丝的温度。

“是别人告诉我的。”刘津看着濒临发怒的楚梦寒，不得不解释道。

楚梦寒盯着她的眼睛。几秒钟后，他拉起我的手，对她说：“刘经理，桐桐是我的妻子，也是我唯一深爱的女人，这一点你丝毫没有怀疑的必要。那天因为急着和你确认工作上的事，已经让我妻子产生了误会。今天我再次告诉你，我和你，只是工作上的关系，我对你没有一丝一毫的男女之情。以前没有，以后更没有！如果以后再发生类似的事，我一定会认为，你并不适合TPC的这个工作岗位！"

楚梦寒真的生气了，抓着我的手是那么用力。

刘津望着他，委屈不甘以及受打击后的痛苦交织在一起。她竟有点凄凉地笑了一下："那我现在就去辞职，好不好?"

我相信这个女人敢这样说，不是她依旧觉得自己在楚梦寒心中有不可替代的分量，就是她在TPC分公司里的地位举足轻重。无论是因为什么，她还是希望能从楚梦寒那里听到自己非同一般的重要性。可楚某人再次让她失望了。

楚梦寒的眉头拧成了一个疙瘩，眼神由复杂变成了坚决："好！你现在就可以去找王海峰办理交接手续。我下午两点会回公司，你的辞呈今天就可以批下来！"

刘津惊讶了片刻，马上慌了起来，泪水顺着脸颊越流越凶，一双大眼睛无比幽怨地看着楚梦寒。然后，她拿起了自己的包，恨恨地瞪了我一眼之后，越过我们，冲出了咖啡吧。

我忍不住透过窗子看她向马路对面跑去的身影。我敢断定，她决不会真的辞职。

楚梦寒松开了我的手，我不由得向后退了半步。

"我有点重要的事情要谈，你先回家吧。"

我看了看他的脸色，很苍白，他似乎是病了。

我一个人走在街上，心情是那么的不平静。无论之前怎样，今天，楚梦寒说的这些话还是深深地触动了我。

快下班的时候，周正的秘书打电话给我，让我去他的办公室。

到了周正的办公室，看到他一脸严肃。

“今天技术部去给清华商贸做系统分析，那边主动说，要在这个项目上追加百分之二十的投资，希望技术部能尽快给出合理化建议！”

我睁大眼睛，脑子有些蒙了：“这应该是好事呀！”

不知道是说给周正听，还是自言自语。

“这个结果是你主动和清华商贸提议的?”他面无表情地问我。这一刻，他给我的感觉竟是那么的陌生。

我摇摇头：“没有，这个项目刚刚签下来，我认为还没有到二次开发的时机，所以根本没想过这个问题。”

周正冷冷一笑。我分明听到他轻轻地哼了一声：“这么说，这是清华商贸要主动给钱？萧桐桐，我以前和你说过什么，还记不记得？我说过，任何事情，再难，也属正常。如果有一天，天上真的掉下来一个馅饼，或者有人主动拿钱给你，那你才需要好好注意！这对公司没什么，但对你……你还是好好想一下！自古以来，便宜就是当！”

他似乎很生气，摆明了是在警告我。

是那个卫董的意思？这些钱对他来说根本就是九牛一毛，而这个项目，除公司外，最大的受益人就是我。难道他是用这种方法送钱给我？让我根本没有拒绝的机会和理由？这种感觉真的让我很不舒服。周正的火气也让我难受。

看见我不说话，周正似乎更生气了。他直接问我：“听说最近有人经常送花给你?”

我的脸腾的一下红了。

那些花，我心里虽然有各种猜测，但我真的不知道是谁送来的。

“我见过很多女强人、女企业家，还有很多在职场中做得很好的女性。有一句话，想要和你说：走得稳，才能走得远！我不希望你用任何非正常的手段去争取业绩。”

“我没有！”他这句话把我逼急了。

“没有最好！”他说这句话的时候，我竟看到了一丝如释重负的表情。

这个时候，我的心情糟透了，如果这件事真是卫董有意做的，那我之前为这个项目所做的努力，只会被别人完全忽视，他们都会像周正一样误会我。

“怎么，生气了？”他似乎觉得冤枉了我，有些不忍心。

我摇摇头，有些无力。

“我叫你来，还有一件事要和你说。楚梦寒已经知道你在我这里工作了。”他重新坐下来，等着我说。

我没太感到意外，因为楚梦寒如果真的在意我，并不难知道我在哪里工作。

“你告诉他的？”

“不是。是他发现后，主动来问我的。我和他是朋友，我可以不主动告诉他，但不能骗他。”

我点点头，这样的观点，我从来都赞成。有的时候，我和这位老板看待问题的方式方法惊人的相同。我想这也是我一直欣赏他的原因吧。

“我知道了。”

想起今天中午发生的事，我觉得我和楚梦寒之间的关系又到了一个新的起点。以前在乎的，比如决不能让他知道我在哪里上班的这种想法，似乎已经变淡了。

这时，我听到了自己的肚子咕咕地叫，我的脸变得滚烫。而周正明显也听到了，脸上坏坏地笑着，与之前严肃的样子判若两人。

我中午没吃饭，现在当然有些饿了。

“今天你请我吃饭吧。”周正主动提议。

我晕！从没见过这样的。

“我介绍你来我的公司工作，这么短的时间内，就有不俗的收获，你难道不应该感谢我?”

和周正吃饭的时候，他和我讲了一些当初做销售时的经验，但更多的还是追问了我一些关于清华商贸项目的事。卫董的事，我还是没提到，毕竟一切都是我的猜测。

周正是一个很幽默的人，我们谈的虽然大都是与工作相关的事，但谈得非常愉快。

吃饭的时候我还在想，他若是非要抢着结账，我该怎么办?没想到他根本就没那个意思。和这样的人共事，确实能让你感到很轻松。

晚上的时候，他绅士地送我回家。来到我所住的小区内，他竟轻车熟路。原来他有一个很要好的表弟，也住在这个小区里，以前不忙的时候，他经常来。

和他道了别，我转身上楼的时候，无意间抬头一看，发现我隔壁房子的灯居然是亮的。看来主人已经搬进来了。

躺在床心看了看表，现在已经是晚上九点多了。想着楚梦寒可能病了，不知道他现在怎么样了。犹豫一下，最终还是去拿自己的手机，拨通了他的电话。

那边传来接通的声音，可过了好久，还是不见有人接听，我竟不由自主地担心起来。

我想起那天夜里他高烧时的那个样子。那时，如果有人给他打电话，他也一定接不到。

电话还是没人接，我越来越紧张。就在这时，电话那头终于传来了他的声音。我如释重负地松了口气。

他说："有事?"

声音听上去没什么异常，我放心了不少。这时，我才觉得自己有点神经质，之前三年都没一点联系，现在，他生病，好像离了我不行似的。想要照顾他的人还少吗?

"没什么……我看你好像病了……"一句话说得断断续续的，可还是忍不住要问。

"没事。昨晚有应酬，对方可能觉得在合同上吃亏了，玩命灌我。夜里回酒店的路上，开着天窗，受了点凉，早上就起不来了。"

醉酒吹风? 这是多没智商的人干的事!

这时，我刚才的疲惫好像突然都不见了。

楚梦寒低声笑了一下："打电话来，就是为了问我这个?"

我脸一红，想了半天，找不出一个合适的词来："楚总，你赶快休息吧。先挂了。"

"好，你休息吧。"他声音里仍有着淡淡的笑意。

想按结束键，犹豫了一下，又连名带姓地叫他："楚梦寒!"

"嗯?"

我深吸了口气，想问的话终究还是问不出口，说了声"没事”，便不再多说，挂了电话，将手机丢在一旁。心里有点别扭，说不清楚为什么？难道是听到他亲口和刘津说的那些话后，我就变了？我想起了一句广告词：女人要求的其实并不多……

我走到浴室，冲了澡。看着镜子中的自己，这些年，我确实瘦了很多。有时照着镜子，还会产生一丝恍惚，这是自己么？大学时候的我明明是圆下巴，脸上还有着明显的婴儿肥。有时候对着镜子苦恼，嚷着要去买减肥茶，可每天都还是被楚梦寒逼着去食堂吃饭。

看着我愁眉苦脸的样子，他有时会轻轻地捏我的脸，笑着说：“哪里胖？我看刚刚好！”

我说：“现在都流行白骨精，我得把下巴变尖了，才赶得上潮流。”

“电视里的演员，都整容，听说为了减肥，还要在胃里放一个大青虫。要不我也帮你放一个？”

我又害怕，又恶心，想要翻脸。

他没有办法，安慰我说：“你这样在我看来最好了。”

女生宿舍楼下，他扳住我的肩，说得极认真。

我抬着脸，他眼睛里亮晶晶的，都是我的样子。

“真的？”

“嗯！你是我见过的最漂亮的女生！”

他很少说这样肉麻的话，所以，他每说一句，都让我感到格外的甜蜜。

那时，宿舍楼下是一片空旷的草坪，一排梧桐树把宿舍楼包围起来，两排明亮的路灯高高地照着，四下里没什么人经过。

他牢牢把我圈在怀里。

我突然安静下来，静静地喘着气。两人靠得那样近，我双手抵在他胸前，甚至可以感受到他胸膛里强有力的心跳声。

他低下头来，久久地吻我，清爽干净的气息一阵一阵地袭过来。我至今仍记得，当时感觉呼吸困难，心跳得又快。我不敢十分确定地听见他含糊地说："桐桐，你确实是最美的……"

今时今日，看着镜中的自己，没有减肥，却依然有了尖尖的下巴。那时接吻的一幕好像就在眼前，时隔这么多年，此时此刻，我心中竟莫名地悸动起来。

布满水汽的狭小空间里，镜中自己的眼神那么落寞。

听到手机铃音在空旷而寂静的空间里回荡，我愣了一下，几乎以为是自己的幻觉。

我走到卧室，拿起手机，竟然又是楚梦寒。他的声音沙哑，却充满了磁性。

"刘津没有辞职，但我想今后她应该知道该怎么做了。"

他和我说这个，是怕我以后误会吗？还是第一次在我没有生气，没有质问的情况下，和我主动解释这些事？

"你回来后一直住酒店，没回过公寓？"我终于还是问了。

"嗯。"他回答得有些漫不经心。

"我已经搬走了，你可以随时回去住。"我一边说，一边看着发梢还在流淌的水珠。

"我知道。你在周正的公司上班？"这回轮到他问我了。

"是。我去永正的时候，并不知道你和他认识。"

我又听到了他轻轻的笑声："如果知道，你就不去了？"

我能想象得出他浅笑时的样子。记得以前，沈欣欣不止一次地说："楚梦寒笑时的桃花样，不知道要迷倒多少女人，你可要当心了！”

“嗯，不过，现在没必要了。”

“你在那里做什么工作?”

“做销售。”

他听后，在电话的另一端沉默了很久。

“这个职业不适合你。你如果愿意，可以到 TPC 来工作。我一年只有几个月在 A 市，你并不会经常见到我。”

电话那一端传来了他的焦急，好像我做的是什么高危的工作似的。

“我觉得这份工作很好，虽然有时会辛苦点，但在获得回报的那一刻，我发现之前所有的辛苦都很值，很值！你知道，我并不是怕苦的那种女孩子。”

“周正怎么会给你安排这样的岗位！”

“我的工作不是任何人安排的……”对他的话，我很不满意，就好像我的工作是因为周正才能做一样。

楚梦寒叹了口气，说：“我是觉得女孩子，尤其是漂亮的女孩子，做销售会存在一定的风险。”

我却反驳：“很多人都告诉我，这是一种优势，而且，做任何工作，风险都一样存在。”

通过电话后，我终于完全放下心来。我觉得楚梦寒思路清晰，口齿伶俐，根本用不着担心。

今晚是一个值得纪念的日子，三年后，我们在互相关心的基础上，第一次通了这么长的一个电话。我几乎有些能够推翻之前的想法了，也许离婚后真的还可以做朋友。

第二章

我们战胜了狂风暴雨，却败给了时间的点滴

第二天下班，因为要改一个项目的预算，在公司泡了一袋方便面，当作晚餐。

改完预算回家，走进小区的时候，已经快八点了。

手机突然响了起来。看到屏幕上显示的号码，我觉得心尖一颤。这个电话，我虽然没有存，却很熟悉，这是卫董的电话。

“您好！请问哪位?”

“我是卫思平。”

大人物说话时的声音，沉稳轻松，却给人一种无形的压力。

“您好，卫董！您找我有事情吗?”

“是，刚才丽华把你们公司的项目进度表拿给我，我觉得有些地方不是很妥当，想请你现在过来帮我解释一下。”

这个项目什么时候成了大老板亲自关注的事情了？我想拒绝，可注意到卫思平用的不是疑问句，而是肯定句。

“卫董，今天有些晚了，而且，很多资料我也没带着，不如我明天一早去您公司，您看可以吗?”

“我明天早上的飞机。”很短的几个字，却是不容置疑。

“卫董，您现在在公司?”

“我在市区的销售公司。”

我如释重负：“好，我半个小时后到!”

我一向很敏感，总觉得今天晚上的事压力好大。我在小区门口徘徊了很久，想着可能发生的事，却没有一个好的思路。正在这时，我的手机又响了。是楚梦寒。

“桐桐，你吃饭了吗?”

“没有。”

“晚上一起吃饭?”

“不行，我还要去见客户。”

听着他的声音，我竟然有一种安心的感觉。

“这么晚了，去哪家公司?”

其实不到八点的时间，也不算太晚，销售部里很多人这个时候还在工作。

“是清华商贸。”

“嗯，我知道了。”他没再多问，只简单地说了这句话。

我到清华商贸市区的销售分公司的时候，已经过了半个小时左右。刚从出租车上下来，就有一个男人向我走来。我认识，正是那天卫思平的司机。

“萧小姐，卫董在车上等您。”

我看见迎面停着卫思平的大奔，车门已经被打开。

我走过去，看到卫思平正端坐在车里："卫董，您要出去?"

"是。"他指了指身边空着的座位，示意我坐下，他有话要说。

我坐了进去。

他浅浅地笑着，说："年少时，为了工作，不知道爱惜身体，现在只要不按时吃饭，胃就受不了，萧小姐不会介意吧?"

我只能赔着笑脸，说："没关系。"

不用照镜子也知道我笑得有多么尴尬。

车子一路驶到了喜来登大酒店。服务生老远就过来拉开车门。

我跟在卫思平身后，很多事情怎么也想不通。

包间的大门被推开的那一瞬间，一股香气扑面而来，我彻底惊呆了，整个包间被装饰成了玫瑰的海洋，无数朵娇艳的红玫瑰正在向我招手。

果然，每天往永正送玫瑰的人，就是卫思平！

"卫董?"我转过身，盯着他的眼睛看。

他依旧是一副儒雅的姿态。

包间里只剩下我们两个人。

"萧小姐，希望你能喜欢。"

我直视着他的眼睛："卫董，这是什么意思?"

卫思平坐到了我对面，眼睛里依旧带着笑。他下面讲的话简直让我不敢相信。大概的意思就是他愿意"照顾"我，而"照顾"的价格，更是让我不敢想象。他甚至婉转地告诉我，除了他的妻子，他并没有其他要"照顾"的女人。

我问他，他对我的欣赏到底从何而来。

他居然说："一个男人对一个女人的好感，往往不需要原因。"

他说那天的酒宴，并不是他第一次看到我。之前，有一次，他在一家私人会馆的楼上，看到了穿着白色连衣裙的我。

给人做小三？别说我自己不会同意，要是被妈妈知道，还不拿刀劈了我？

"卫董，很多人都羡慕你有一个幸福的家庭，因此，您得到了比别人更多的尊重。"

他仍旧笑得很轻松："我家庭的幸福，并不影响我对萧小姐的欣赏。"

我突然想到了"无耻"两个字。

"卫董，我会忘掉您今天和我所说的这些话。在我心中，今后，您还是一个值得别人尊重的企业家。"

说着，我站起身，向门外走去，可身后传来的话，一下子让我停住了脚步。

"萧小姐应该知道，像我这样的人，一定会倍加珍爱自己的名誉，所以，今天和萧小姐说的话，只是为了显示我的诚意。无论你是拒绝，还是同意，其实结果都是一样的。"

他的声音没有一丝波澜，却有着志在必得的坚决。

我最终还是没有停留。拉开门的那一瞬间，我觉得自己的双腿都在发抖。

我往外走了几步，撞在了一个男子的胸膛上。

"桐桐，你怎么了？"

听到这个熟悉的声音，我好像一下子被抽干了力气。

"脸色怎么这么苍白？发生了什么事？"他的声音里透着隐忍

的怒火和担忧。

我摇摇头："没什么，送我回家吧。"

我紧紧地抓着他，一刻也不想松手。

这个男人却没有动，而是把头扭了过去。

我抬头一看，卫思平已经从包间里走了出来。

楚梦寒把我的手从他的胳膊上拉开，然后拍了拍我的肩膀，说："你在这等我。"

时间过得很快。我坐在包间外的沙发上，看着手机上的时间，楚梦寒已经进去四十分钟了。

等楚梦寒从包间里出来的时候，已经是晚上十点多了。他和卫思平两个人都是一脸的笑意。我还见两个人友好地握了一下手，好像是老朋友一样。

坐到车子里，楚梦寒的表情就完全变了。

"卫思平和你说什么了?"我脸上发烫，小心地问他。

他的脸色很难看，眉宇间隐隐带着怒火："他以后不会再找你麻烦了!"

看着他凝重的样子，我隐隐感到不安。据我所知，卫思平的财富和社会地位，根本不是楚梦寒一个高级打工仔能够相比的。刚才，卫思平和我说得那样坚决，怎么会为了楚梦寒而改变态度?而且，刚才卫思平已经明确告诉我了，他已经把我的情况查得很清楚了，包括之前我和楚梦寒离婚的事。

"梦寒，你和他说了什么?"

"你觉得一个男人对自己老婆有想法，我该对他说什么?"

他口气很冷，显然是不愿多说。可越是这样，我的心就越忐忑。

看我失魂落魄的样子，他又安慰我说：“没事了，我已经处理好了。都是那条裙子惹的祸！”

他想让我轻松，故意这么说，我却怎么也轻松不起来。

来到了楼下，他把车停好，和我从车子里下来。

“我送你上去。”

“好。”

走到三楼的转角处，已经到了我房门口。我用钥匙打开了门，回头看他时，他也正看着我。

“不请我进去坐一下?”他的目光那么深邃，里面更夹杂着一抹我看不懂的情愫。

屋子里的灯打开后，整个世界一下子明亮起来。不算大的空间里，让人有一种从没有过的安定。

楚梦寒环视了一下四周，家具都是房东的旧物。搬到这里后，我几乎没添置什么东西，用的都是之前的那些，所以，这里不可避免地有着我们曾经同住的小租屋的感觉。

他把西装脱下来，随手放在一边，头轻轻地靠在沙发的靠背上，缓缓地闭上了眼睛，似乎很累很累。

我倒了一杯水给他。他没喝，仍旧保持着那样的姿势。我几乎已经怀疑他是不是真的睡着了。

在离他很近的位置，我静静地看着他。他没像我一样比几年前瘦多了，俊逸的脸上多了成熟男人的棱角。这个时候，领带松散地挂在他的脖子上，衣领处的扣子解开了一颗。形象明明不雅，却偏偏不令人觉得难看。就算某位男模为了拍照，专门去摆造型，恐怕也不会达到这样的效果。

“梦寒。”我伸手推了推他的胳膊，这样的姿势极不舒服，如果真睡着了，一定很难受。

下一刻，我的手臂突然被他抓住。我重心不稳，被他拉进了怀里。

我们的脸离得很近。他漆黑深邃的眼睛看着我，眼中亮闪闪的，好像最璀璨的星星，他根本没有半点睡意。

下一秒，他低头贴住我的唇，说话的同时，带着我的唇瓣一起翕动，如同喃出的宣言：“我想你……”

语毕，他把我紧紧地拥住，加深了这个吻。

我傻愣愣地任他辗转亲吻，近几日如过山车一样的情绪骤然松懈。我更加控制不住心中的悸动，忘记了一切，去回应着他，不自觉地用手环住了他的脖子……

这些日子，我每天睡得极不安稳。工作的压力，还有感情上的思索，经常让我前半夜睡不实，后半夜醒着等天明，可真到天快亮的时候，我却又迷迷糊糊地睡着了。被闹钟叫醒后，浑身酸疼，可投入紧张的工作中，又是一天亢奋。就这样恶性循环。

每天梦里都是指标、业绩，办公室里的钩心斗角，再加上卫思平的天降噩梦，我简直被折磨得身心疲惫。

有时，我也能梦到多年前自己与楚梦寒在一起时的场景，梦到的居然都是往昔我们那些美好浪漫的回忆，至于之后的争吵、冷战、怨恨甚至仇视，却一次也没梦到过，可是梦中的快乐经常戛然而止。有时候，我会梦到他和别的女人离去的背影，那时，我就突然冷汗涔涔，一瞬间惊醒。

我常常独自抱着膝盖，看着窗帘外隐隐透进来的夜色，心情久久不能平静。可昨夜，在他的怀中，我竟是一夜好眠。

早上，楚梦寒把我叫醒。此刻，我静静地躺在他怀中，在寂静的晨曦中听着两个人急促的呼吸声。这个男人昨晚把我折腾了不知几个生死，我这一刻被他折腾得一丝力气也没有了，都不知道能不能爬起来上班。

“今天别去上班了。”

他闭着眼睛，翻了个身，从背后搂住我，就像他以前那样。手指也抚上我的胸口，轻轻地拨弄着我。

我迷迷糊糊的，想睡，可闹钟铃声一遍一遍地响着。

“不行，公司里还有很多事。”

我重新闭上了眼睛，决定最后再躺十分钟。

“周正是个工作狂，所以也把你教成这样。男人工作是天经地义，女人何必要让自己这么辛苦。”

他用新生的胡茬在我光洁的颈背上轻轻地摩擦着，害得我又痒又痛。

我轻轻地叹了一声，沉默不语。其实我想说，这样的性格，也许是我天生的，也许是这三年来才养成的。

我冲进浴室，洗过澡，看到楚梦寒正穿着长裤，赤裸着上身在厨房里忙活着。晨曦照在他身上，修长的双腿，完美的身形，让我移不开眼睛。而这样的男人，我的前夫，竟在此刻，忙碌在我小小的厨房里？

我有些异样的感觉。之前，在他那间豪华的公寓里，虽然他也经常为我们两个人做早餐，可那种感觉是完全不同的。也许我从没把那个公寓当成过自己的家，而这一刻，在属于我的小屋子里，感受的是从没有过的真实。这种感觉，好像是幸福。对！是幸福……

神游之际，看见他回过头，暧昧地看着我，我才意识到，此刻自己还披散着带着水珠的长发，身上只围了一条浴巾。我脸上绯红，跑进了卧室，“砰”的一声把门带上。隔着门，我还是听到了他的笑声。他笑得很开心，显示着他此时很好的心情。

我再次走出来的时候，已经换好了衣服，是一件长袖的白衬衣和一条浅灰色的长裤。长发也吹干了，披在肩头。方才看看镜中的自己，经过几个月的磨炼，我多了几分职业女性的精明干练的气质，似乎比以前多了些成熟的韵味。楚梦寒却似乎并不喜欢我这个样子。

看着餐桌上已经摆好了煎蛋和全麦面包，我心情大好。

“冰箱里连一袋牛奶也找不到，哪像个女孩子?”

“谁说女孩子的家里就一定要有牛奶。”

我用面包片卷起鸡蛋，想着用最快的速度吃完。

“我这里没有新的牙刷和毛巾，你是不是还要回酒店换衣服?”

我想他一定比我还要忙，但这时，他却纹丝不动。

“我就用你的好了。”他的口气有些慵懒。

面包噎住了我，谁能想到人前严肃认真的楚某人这个时候能说出这么赖皮的话来。

我走的时候，想了一下，从书包里掏出钥匙，递给他，“你走的时候把防盗门锁好，然后把钥匙放在门外的脚垫下面就行了。”

他脸上的笑意更明显了。伸手接钥匙的同时，他又把我带进了怀里。

到了公司，我直接去找李峰。

“李经理，我有点事想和你商量一下。”

由于清华商贸的事，李峰明显对我不满，可一时又找不到我的短处。销售毕竟和其他的工作不太一样，所有工作都可以量化，衡量好坏的标准都是围绕着一个数字。虽然我之前的指标是零，但上个月，除了清华商贸的项目，我还签了一个合同金额在三万元左右的小单子。几天前，已经拿回了首付款的支票。而之前正在洽谈的项目里也有了意向客户。虽然没再有像清华商贸那样的大客户，但无论如何，这个月的业绩应该不会差。我全凭业绩吃饭，根本不会去看李峰的脸色。

“什么事?”他口气不冷不热，官架子十足。

“李经理，我因为个人原因，想放弃清华商贸这个项目后期的销售工作，请李经理安排其他人吧。”

听到我这句话，李峰扶了扶鼻梁上的眼镜，瞪大眼睛看着我：“萧桐桐，你说什么?”

他一定是认为我在说梦话。周正对待销售人员的佣金，一向宽松。如果是之前现成的项目，项目负责人离职，后面接手的销售员只要能收回项目款，一样可以按比例拿到佣金和年终奖金。而我根本不是离职，这无疑就是自己放弃了诱人的佣金，把真金白银送给了别人，他当然无法相信。

我冲着他重重地点了点头。其实，我也很心疼，但我实在是不想和清华商贸再有任何纠葛。我一向敏感，我始终觉得卫思平那样的大人物决不会这么容易放手。我这么想，当然不是因为我觉得自己有什么魅力，只是，卫思平那样的人，无论楚梦寒和他谈话的内容是什么，他终究是失了面子。不管怎样，对他来说，这都是一件十分丢脸的事。他会善罢甘休吗？

中午在大厦的饭厅里，我又看到了周正。

他端着餐盘，主动坐到我对面，开门见山地问我："你今天和李峰提出要放弃清华商贸这个项目？"

我点点头。看来李峰没遇到过这样的事，不敢做主，去问了周正。

周正的神色里没有太多的惊奇，而是挂着淡淡的笑意："你算过这个项目整个加起来，你应得的提成是多少吗？"

"算过，而且不止算过一遍。两年内全部收回项目款，不算年终奖，并且在项目不追加投资的基础上，税后是十二万左右，加上年终奖会更多。现在，我已经拿到了三万，余下的最少也还有九万。"

我一边说，一边忍不住心痛。

"你发财了？"周正明显是在打趣我。

"没有，还是一样的穷！"

我恨恨地把米饭扒进嘴里。

他笑着看着我，提醒道："你这个吃法很容易变胖的。"

"我不是想放弃，而是想腾出更多的精力去工作。我在这个项目上遇到了一点麻烦，有些筋疲力尽。"

聪明如周正，他现在或许已经猜到了一些："那也不至于和到手的钱过不去吧，我觉得你这样做有些欠考虑。"

他的语气不明，听上去不像是字面本意，更像是在试探。

我摇了摇头，很坚定地对他说："自己的权益，是应该不惜一切去争取。但以前上学的时候，我听过一句话，始终记得，舍得，舍得，无所舍，亦无所得，是谓'舍得'。万事万物皆在'舍得'中成就自身，所以，不舍不得，小舍小得，大舍大得。与其每天为了这些钱而心烦意乱，不如腾出精力，去开辟新的客户，创造新的财富。"

我安慰自己。那时在昊天集团，以为设计部的薪资已经很高了，但现在，我上个月一个月的工资就顶了那时四个月的收入总和。若是没辞职，我根本就不知道外面的机会其实无处不在。

周正这一刻看我的表情明显变得严肃起来，好像重新认识了我一样，之前戏谑的表情一下子完全消失了。他沉默了好久，才好像自言自语似的对我说："萧桐桐，你真的很特别。"

呵呵，我低下头自嘲地笑着，然后抬起脸，向他讨好，"周总，这个项目的提成我没办法要了，年终奖给多算一点吧。"

周正愣了一下，马上换成了一副老奸巨猾的嘴脸，也跟着笑了起来："这要根据公司的制度去办，我也没办法啊。"

这家伙，比猴还精！万恶的资本家……

沈欣欣打电话来说，汪洋终于辞去了原有的工作，现在在一家世界著名的大型ERP公司做销售，并告诉我，当时竞争特别激烈，他们家汪洋因为是技术出身，并凭借着出众的外貌、不俗的谈吐，一举击败了几十个应聘者，脱颖而出。这妮子口气里全是骄傲和得意。她还扬言，他们很快就会还上老家的贷款，并在A市里拥有一套属于自己的房子。但她也告诉我，唯一不好的就是，这个工作需要经常出差，因为客户群面向全国，甚至东南亚。哪里有项目可谈，就要去哪里。听说培训过后就要出差，说到这里，她口气中又隐隐约约透着失落。

我很理解。以前汪洋是宅男，两个人卿卿我我惯了，从同居开始，就没分开过，连过年，有时汪洋都会在初三初四坐火车去接沈欣欣。现在，虽然汪洋的工作大有前途，但两人之前的相处方式也跟着变了。就沈欣欣那黏人劲，要是能适应才怪。

好在她想开了，她说："事情不都是十全十美的。有钱，就没时间；有闲，就没有钱。"

她还说，他们家汪洋不在的时候，就搬到我这来住，她没自己一个人住过，待着害怕。

我当然好不推辞，一口答应。可不知为什么，在说"没问题"的那一刻，居然想到了楚梦寒那厮。经历了昨夜，我和楚梦寒之间的关系变得有些不太一样了。也许我现在还不能接受他复婚的请求，可也不像以前那样排斥他了。

刚下班，手机就响了，是楚梦寒。

"能按时下班吗？我去接你。"

"楚总都能按时下班，我当然也能了。"我在电话中笑着，心里很高兴。

"我半个小时后到你单位门口。"他也笑了。

人就是很奇怪，心情好的时候，一些话就变成了情趣，关系恶劣的时候，随便一句话，也会认为是挖苦讽刺。两个人之间，爱与恨有时是那么的微妙，微妙得在不经意间，就已在悄然转换。

坐到他车子里时，发现他的衬衣、西装、领带、鞋子全都换了。

“你住的酒店离我那远吗?”

我记得他的公司离我住的地方可不近。

他微微一笑：“不远，很近!”

到家才七点钟。

我在厨房里忙活着，却不见了楚梦寒的身影。

“梦寒!”我走出厨房，轻轻地喊着。

客厅里没人，只好再往卧室里找，哪知道楚梦寒正在我的卧室里大模大样地换衣服。方才的西服革履，此刻已经换成了白色的长袖T恤和米色的休闲长裤，看上去朝气蓬勃，整个人年轻了不少。

自从三年后和他再次见面，他大多数时间都是西装笔挺的，即便是在他的公寓里，也没看到过他这个样子。现在，他这种居家男人的形象，看上去很阳光，我感到那么的熟悉，仿佛又看到了学生时代白马王子般的楚学长。

我忽然感觉有些不对劲，我这里怎么会有他的衣服?

可能是我脸上的表情过于明显，楚梦寒忍不住开心地笑着说：“嗯，我回头多带一些衣服，放在你这，怎么样?”

说着，他已经走到了我面前。

“不许!”

这时候，煤气炉上的水壶响了起来，我赶快跑进了厨房。

“我是认真的。”楚梦寒跟在了我身后。

我回头看他时，他眼底虽然仍有笑意，却是一副认真的样子。

“你不是说在我的公寓里找不到归属感吗？既然我把它过户到了你名下，你都不愿意去住，那我只好改变主意，今后跟着你住了。”

也只有楚梦寒这厮能把这么赖皮的话说得如此一本正经。我忽然想到了我们结婚前同居的日子……

“嘶……”正在灌暖壶的手颤了一下，几滴开水溅到我的衣服上，烫得有点疼。

“小心点！”楚梦寒连忙把水壶从我手里接了过去。

经历了昨天、昨夜，我们的关系好像一下子从冰点开始升温，但还没到坚冰完全融化的地步，还有很多问题摆在我们中间。

我默默地用铲子翻动着炒锅里的青菜，他也没有说话，用手扶着门框，静静地看着我。

厨房里的光线很暗，昏黄的灯光泛着一圈圈涟漪，让人觉得很温暖。四下飘散着饭香，像是来自食物，却又不全是，家的味道令人陶醉。

不知什么时候，他走过来，从后面轻轻地搂住我的腰，把头俯在我的肩头，低缓地道：“做什么？”

我被他的气息弄痒了，用手肘推了推他：“你出去等我，马上就好。”

可他就是赖着不走。

我只好像哄孩子似的哄着他：“拜托你去拿一下碗筷，好不好？我做好，就可以吃饭了。”

以前，每当我向他示弱的时候，他的心情就会大好，对我的要求几乎是全部满足。铜墙铁壁，瞬间攻克。此时此刻，依然见效。

很快，饭就做好了，蒸的米饭，两菜一汤，一荤一素。他不时地给我夹菜。

他一连吃了两大碗，最后把炒菜的汤汁都倒进了饭碗里。

“我以为这些年你吃惯了大酒店，吃不下这些粗茶淡饭了呢。”不知道是不是他有意捧场，我笑着挖苦他。

“这还叫粗茶淡饭?”

他最后把我做的海带汤也喝干净了，然后腾出一只手来，摸了摸我的发心。

“梦寒，这三年，你是怎么过的?”

我想，以他现在的成就，他早就成了同龄人中的佼佼者。听说 G 大还曾邀请他回母校演讲。那三年好像是我们之间永远无法逾越的距离。

他把手中的碗放在桌子上，表情突然有点怪怪的。

“现在想起关心我来了?”他嘴角上挂着生硬的笑意，口气里还是真有一点责备。

我……似乎有什么东西堵在了心里，想说，又说不出来。

“你当年提出离婚后，走得那么决绝，难道还想让我打电话求你吗? 因为我没有求你，你就真的狠下心，再也不理我了? 难道你真的不怕我一个人在 A 市遇到坏人，或者病了，死在这里，也没人知道? 离婚是你提出来的，你怎么能只想着让我主动去求你。”

这时候，想到这些，我的鼻子还忍不住发酸。他难道不知道，为了我们的爱情，我受了他妈妈多少责难? 虽然他没和我说过他妈妈一句不好，但我肯定他心里知道。

“我每天躲在小租屋里，不吃，不喝，不睡觉，睁着眼睛。多少天，我都无法相信，你真的走了。我以为你和我说离婚，只是气话。你之前说过，要生生世世和我在一起，就算全天下的人都抛弃我，你也不会离开我！你却真的走了，那晚，一句‘离婚’后，你就再也没回来。那天突然有人敲门，我以为是你回来了，我疯了一样跑出去，可没想到，当我打开门的时候，见到的居然是你妈妈……”

屋子里又陷入了尴尬的沉默。

楚梦寒静静地看着我，伸手帮我擦干了脸上的泪水。

“总之，是我不好！忘了那些吧，我们重新开始。你妈妈给我打过电话，她说你找到了不错的对象，让我尽快联系你，和你去办离婚手续。是我不好，是我误会你了，都是我的错！”

老妈给他打过电话？不过，这倒是她的风格。妈妈虽然没像他妈妈那样变态，但也一直对楚梦寒没什么好感。她曾经不止一次地对我说，楚梦寒就是一个中看不中用的小白脸。

无论如何，那个在我生病时细心照顾我，在我痛经时用手掌替我揉肚子，虽然有些大男子主义，但一直非常有责任感的楚梦寒，三年来，真的会对我不闻不问？我拍开他的手，固执地说：“我的三年，你都知道了。我要知道，你这三年是怎么过的！”

他看着我期待的眼神，深深地叹了口气，然后故作轻松地笑了笑：“一开始光忙着赚钱，后来想着找你，又害怕见你，怕你真的和别的男人在一起了，见到我后，只想和我断绝最后的关系。”

他把我拉到他怀里：“桐桐，我们都快三十了，没几个三年可以浪费，不要再纠结于过去了，好好把握未来。你说呢？”

不要再纠结过去，好好把握未来……在他这句话前，若说我没有动心，那一定是骗人，可是时至今日，再不顾一切地去爱一次？我还有当年的勇气吗？这个男人值得我再次完全投入吗？

看到了我的沉默，他紧紧地把我搂在怀里，声音里有着无奈和凄凉："我妈妈是个很善良的人，她曾和一个男人青梅竹马，可那个人为了自己的仕途，想尽办法和她离婚，后来和别的女人结婚了。这么多年，她含辛茹苦地把我带大，不容易啊！生活的压力和感情的背叛才会让她的性情变成今天这样。在我很小的时候，那个男人因为没有孩子，来争夺过一次我的抚养权，那时，妈妈不惜以自杀来威胁他。桐桐，相信我！我妈妈绝对不是一个坏人，她只是太在乎我了。今天，我有能力让你和我妈妈过上好生活。我去努力，她一定会接受你的！"

我在他怀中感受着他的心跳。

之前，他一直说他的父亲已经死了，原来他的父亲还活着。楚梦寒第一次把这件事告诉我。

我反手把他抱住，把脸贴在他的胸膛上。我家里虽然很穷，却是完整幸福的，虽然他家的经济条件比我家好，但他家是单亲家庭。或许正因为缺乏父爱，他才会有这样隐忍的性格吧。

"桐桐，我期望我们能有一个幸福的家，生很多孩子，让他们幸福快乐地长大。我们买一幢漂亮的别墅，每天下班回到家，我都能看到你和孩子的笑脸。如果可以，我们把我妈妈和你的父母都接来，和我们一起住，一家人开开心心地在一起。你说好不好？"

"呵呵，你怎么就从没想过让我工作？"

不可否认，我被他所描述的情形深深地打动了。如果真的可以那样幸福，要我不出去工作，我也会答应的。可这个梦真的会实现吗?

“梦寒，当等待绝望的时候，就会不自觉地去想你和别的女人在一起的情形，后来又偏偏让我看到，你和别的女人在一起时的情形。我暗发誓，这一生再也不会原谅你了！你和康然到底是什么关系？她为什么要和我说她是你的床伴?”

这个问题，我早就想问了。他还欠我一个答案。

“桐桐，我之前和你说过，我和康然真的不是你想象的那样！”

“那是怎样的?”我不依不饶，咬牙切齿地说，“我今天最后问你一次。你要坦白地告诉我！你们有没有拥抱过?”

他没回答。

我心底涌上酸涩。我咬着嘴唇接着问：“有没有亲吻过?”

他居然还是没回答。他好像更无奈了。

那就是默认了？我的嘴唇几乎咬破了。

我想继续问，他却抢先一步回答：“没有。那次在酒店，就是你给我打电话的那天，康然在那里，只是一个意外。接下来什么事也没发生，不许小心眼了。”

我的脸色还是很难看。果然，在我最难过的那天，他和康然在酒店不清不白。可我又转念一想，自己不是也被蒋若帆吻过吗？自己这样不停地质问一个成功男人，是不是真的有点过分?像他这样的男人，身边从来都不缺女人投怀送抱。以前没钱的时候，都是一个接着一个的，更何况现在是楚总裁了。

“嗯，还好你和她没什么，否则我决不会原谅你！”

楚梦寒很久也没说话，握着我的一只手，很冷很冷。

不知过了多久，我感觉到他用另一只手一下一下地抚摸着我的长发。

饭后又被他拖出去散步。

住在楼下的老夫妇，跟我说过几次话。此时，老太太笑着对我点点头，亲切地说："桐桐，和男朋友出去呀?"

我笑着点点头，还没回答，哪知楚梦寒在一旁轻咳一声，说："阿姨，我是桐桐的丈夫。"然后冲对方一笑，十分温和有礼。

老夫妻离去的时候，楚梦寒不满地掐了一下我的胳膊，抗议着："萧桐桐女士，我讨厌这种好像地下情一样的感觉。"

"人家电视剧里都是女人哭着喊着要名分好不好?"

我嘴上打趣他，心里却有着前所未有的压力。我想，我的心已经再度接纳了他，可我至今还无法想出一个说服老妈的理由。经历了一次刻骨铭心的痛，我知道，一旦牵扯到婚姻，就绝不是两个人的事。

"萧桐桐，你真是越来越嚣张了!"他装作真的生气似的，丢下我一个人，向前走。

"楚总，别生气，明天我做好吃的向你道歉，好不好?"我从背后抱住他，低声说，"再给我一点时间。"

第二天早上，我还没睡醒，就听见有人敲门。这么早，会是谁呢?

我下床，走到门前，从猫眼里看到了一个俊美如雕像的男人，正是楚梦寒那厮。

我打开门，不解地看着他。昨天他走的时候已经十点多了，他还说，还有很多工作没做完呢，怎么这么早又来我这了？

他笑着说："做早点了吗？"

他居然大老远地从酒店跑到我这里来蹭早点？

看到我的惊奇，他心情更好了。他在我的额头上亲了一下："以后除去午饭，只要没应酬，我都来你这！"

马上就要到沈欣欣婚礼的日子了，我想，好姐妹出嫁，光给钱是不行的，要精心挑选一件礼物送给她，才能表示自己的心意。

最近楚梦寒变得异常忙碌，他这几天都是在公司忙通宵，所以根本不可能跟我一起去挑礼物。

下班在电梯里遇到了周正，这些日子，中午在饭厅都没看到他。看着他拧紧了眉头，我小声问："最近很忙吧？"

他看了我一眼，嘴角扬起一丝弧度，却是答非所问："你们和好了？"

我脸一红，没吭声。

他接着说："那天梦寒接受采访时说，他最感谢的人，一个是他的妈妈，一个是他的爱人。所有人都大跌眼镜，都在猜他的爱人是谁。因为他的一番表白，不知道多少女人要伤心得哇哇大哭了。"

说着，他又笑了。

我的脸更加发烫，心里却甜丝丝的。哼！他感谢我，都是别人来告诉我，怎么没听他自己说过一个字？

下了电梯，我去大门，周正转身去地下停车场。

刚走几步，周正又在我身后喊我：“你要去哪？我载你吧。”

“不用了，你忙吧，我今天不回家。”

他今天又去他表弟那？

看着他的表情，我才意识到我说的话有些暧昧。我不是不回家，而是要先去买东西，他不会理解成我今晚要去楚梦寒那住吧？

“我今天晚上没事，你去哪？我送你。”

我看他好像心情不太好，只好说：“那谢谢了！”

我冲着他微笑，拒人于千里之外也不好。也许哪天我离开了永正公司，我们真的会成为好朋友。

“你去哪?”我坐上了他的车子，他系好安全带，侧头问我。

“我想去彩梦新都。”

到了彩梦新都，我想和他告别，周正却停好了车，跟着我下来，向大门指了指：“我也有东西要买。你约了人吗?”

我摇摇头。

他显得很高兴：“走吧，我们正好可以互相参谋一下。”

“你要买什么？我先陪你吧。”我问他。

“你买衣服?”他不答反问。

“还没想好，衣服或首饰吧。”

女人都会喜欢这两样东西。沈欣欣的尺寸比我大一码，买衣服我也有把握，也可以买条项链什么的，只要在我能承受的范围内。人这一辈子，只结一次婚，送礼物也只有这一次机会而已。赚钱不就是为了让自己和身边最亲的人更幸福一点吗？所以，我再节省，给沈欣欣买礼物，也愿意奢侈一把。

“那边就是首饰专柜，走吧。”周正没说要买什么，自顾自地向前走去。

彩梦新都的东西就是和别的地方不同，这里的东西样式很新颖，不过，价格也贵得惊人。

周正很有兴致地帮我挑了几款，我都摇了摇头。

左挑右选，最后，我指了指柜台左侧的一条白金的手链。那条手链做工精巧，样式简洁，在卡扣的地方，垂着一个小小的锁头，锁头上镶着几颗碎钻，看上去很别致。

专柜小姐把它戴在我的手腕上，长度合适，不累赘，上班时带着也不会碍事。价格是5888元。我心里盘算着，打八折之后，咬咬牙，也勉强能承受。就是它了！

周正扑哧一声笑了："不用这么替楚梦寒省钱吧？你难道不知道他年薪多少？"

"我还真不知道。"我掏出信用卡，递给专柜小姐，转过头对周正说，"我是在给朋友选结婚礼物，不是自己买。"

周正哼了一声："我还以为是你自己要买呢，浪费时间！"

绝对不是错觉，我感觉周正今天很不对劲。

"感情上遇到麻烦了？"

想起最早和他相遇时，他在"加州牛肉面"里和那个前女友的对话，难道是他同时和两个女人交往，穿帮了？可也不对，那次，那个女的好像已经知道他的做法了。我对周正很多方面都很欣赏，但对他在感情上的态度，却不敢苟同。

"我觉得，不论因为什么，都不能出于报复，而去玩弄他人的感情。你如果觉得那个女孩子对不起你，你也不喜欢她了，就不要给她任何希望。你虽然告诉她了，你不会娶她，不会给她未来，但在她听来，却以为你是在给她机会。我觉得，不论男女，没有结果的感情游戏，都不要去尝试！"

我说的都是自己的真心话，这也是我三年来想得最明白的事。也许周正和我不是一样的人，但作为朋友，我还是告诉了他自己的真实想法。

"你是这么认为的?"周正总是喜欢反问。

我干脆地点点头："没有哪个女人能承受男人的背叛和玩弄！"

我用了两个很直接的词汇。

周正的表情有些诡异，他自嘲地笑了笑："我周正怎么会因为女人烦恼。"

说着，扭过头，向前走去。

我很是无语，我说了真心话，他却是逗我玩。

"桐桐！"

我后背被人拍了一下，一回头，原来是沈欣欣和汪洋。

"我还以为认错了人，原来真是你……"沈欣欣像个小麻雀一样，叽叽喳喳说个不停。

看汪洋手上大包小包的东西，还真没少买。汪洋看着比以前瘦了，身上阳光男孩的气息褪去了不少，多了几分男人的成熟。看来男人有了职场上的打磨，才会真正绽放出光彩来。

我把手上的小礼盒袋子递给沈欣欣："给！还不是给你买礼物。遇到你，省得我再跑一趟了。"

沈欣欣高兴地打开，仔细端详着，眉开眼笑，然后给我一个熊抱："谢了，还是桐桐对我最好！"

周正重新走回我身边。

沈欣欣登时瞪大了眼睛，目不转睛地看着他，然后又看看我，最后，眯起眼睛瞄我，分明在说我不够意思。

“这是我同事周正，这是我好朋友沈欣欣。”

周正大方地点头：“你好！”

沈欣欣也是外向人，伸出手，说：“沈欣欣，桐桐的闺蜜！”

周正和汪洋打招呼时，沈欣欣把我拉到一旁，小声说：“这个不错，努力呀！”

“别胡说，他是我同事！”

沈欣欣不知道我和楚梦寒后来的事，竟以为我和周正……

“这个帅哥一点也不比楚梦寒和蒋若帆差，抓紧呀！”

来不及解释，沈欣欣挽着汪洋的胳膊对我们别有深意地一笑：“不耽误你们了，我们先走啦！”

有一瞬间，我看到汪洋的脸上有一副我陌生至极的表情。他看沈欣欣的眼神……很怪……那种之前隐隐的不安，又袭上了心头。

周正什么也没买，就在我想请他吃饭的时候，被一个电话叫走了。

彩梦新都离我家很远，中途需要倒车，下了车之后，已经是快十点钟了。给楚梦寒打了一个电话，没打通，心里有点失落，一个人慢慢地向小区的方向走去。前面一棵大树后隐隐传来哭声，是个女孩子。

“怎么办？我好伤心！”

“别伤心了，我送你回家吧。”一个男人在轻轻地劝慰她。

我摇摇头，抬脚继续往前走，突然，我脑子里轰的一下，这个男人的声音怎么这么熟悉？

我立刻停了下来，顺着方向去找。

一男一女已经走到了路边。男子拦下一辆出租车，两人先后进去。那个男的，是汪洋?

我像被电击一样，可毕竟没看到正脸呀，也许不是他。我的心怦怦地跳着，就好像是看到楚梦寒出轨一样难受。那是沈欣欣的老公呀，沈欣欣相恋十几年的汪洋呀……

我拨通了沈欣欣的电话，那端传来她嘻嘻哈哈的笑声："现在才来汇报，说！和那个周正发展到什么程度了。我看他，比看楚梦寒顺眼多了。看人家多热情，楚梦寒整天一个大冰山似的。你的性格就木，这个阳光的适合你！"

"汪洋呢?"

"哦，他接了一个单位的电话，就走了，害得我一个人拎那么多东西，累死了。"

我心一下子凉了。

上午的时候，楚梦寒打电话来，说是晚上要带我去见朋友。

我想，他是要向他圈子里的人介绍我吧。我虽不是一个爱打扮的人，但也想打扮得漂漂亮亮的，让他在朋友面前有面子。

"小姐，帮我拿一下这件。"我指了指右边一件浅粉色的羊绒套裙，说。

我试了试，挺合身，又不算太贵，就要了。

"桐桐！"

付完账，我听见有人喊我，回头一看，居然是康然。

我拎着衣袋与她在街上随意地走着。

她慢慢地说：“我和梦寒没有什么，之前所谓的‘床伴’，是我在和你开玩笑。”

我停住了脚步。一直以来，虽然心里刻意不去想“床伴”这个词，但真正听到康然亲口否定的时候，我浑身都舒畅起来。

“楚梦寒那样的男人，实在让人无法抗拒。我也曾是个很清高的女人，但也爱上了他。有时候，我甚至在想，在他的感情中，只要能有三分之一的位置留给我，我就心满意足了。但努力了这么多年，我在他的心中也从没占有过一席之地。”康然看似无奈地微微一笑。

“他不爱我。不过，我很了解他。那次我们在西餐厅一起吃饭的时候，我就察觉到他看你的眼神不一样。看到你被烫伤的时候，我竟看到他的鬓角冒出汗来。他之前几乎对所有女人都不感冒。我只是想给自己多留些机会，所以和你开了那个玩笑，希望你不要介意。主动环绕在楚梦寒身边的女人，恐怕是数也数不清，没有我，也会有别人。你不会因为这个恨我吧?”她用手把颈间的围巾搭好，半开玩笑地说。

“当然不会，若是介意，我也只会介意楚梦寒的态度。”

再多的女人贴上来，只要他能管得住自己，我则只有骄傲。

“你很幸运，我真心祝福你们。对了……上次你给楚梦寒打电话的时候，他没在洗澡……你不要生气哈。”康然莞尔一笑。

更晚的时候，楚梦寒派车来接我。

之前我特意化了一个妆，站在镜子前左看右看，自己都觉得赏心悦目。书上说的“女为悦己者容”大概就是我现在的心情吧。

到了酒吧，楚梦寒脸上却不怎么好看："怎么打扮成这样?"

积极性被打击的滋味，不好受!

"不好看吗?"这件衣服除了颜色扎眼了些，样子还是很大方的，他怎么这个反应?

他沉着脸，拉着我往里面走。

"梦寒，都等着你呢!"

我循声望去，看见前面的桌子前围坐着几个人，其中一个男人正挥着手向我们打招呼。看见那人的动作，所有人都把目光投向了我们，不对，准确地说，是把目光都落到了我身上。

这家酒吧的装潢和摆设太过精致，奢华至极，四面是金色的大圆柱，幽幽的灯光从上倾泻而下，整个空间透着梦幻般的光芒。

"这是我太太，萧桐桐。"楚梦寒把手放在我肩膀上，真没想到，他会这么介绍。

"楚夫人真漂亮呀!"旁边的一个女人颇有恭维嫌疑地称赞着我。这里坐着三个女人，每个都很漂亮。

令我感到很意外的是，靠外面的椅子上坐着周正。我看了看他的左右，没有空着的位子。他没带女伴，而是一个人。周正看到我的时候，眼睛里露出几分惊艳。

一阵寒暄后才知道，这几个男人是楚梦寒在生意上的好朋友，都与他交情匪浅。

大家对我的到来都很兴奋，纷纷问我们什么时候举办婚礼。

楚梦寒那厮没和我商量，居然告诉他们说是春节过后。

大家又是一阵起哄。只有周正一个人坐在暗处，没有举杯敬我们。

盛情难却，都是和楚梦寒很熟的朋友，他再怎么替我拦着，我还是不得不硬着头皮喝了两杯。过了一会，我的头就开始发晕。

我从洗手间的大镜子里看到自己的脸颊上微微发红，看来酒劲有些上来了。

还未走到座位，迎面过来一位风度翩翩的男士邀舞："小姐，可以请你跳支舞吗?"

刚想拒绝，看清那个男人不是陌生人，而是周正。不远处的沙发上，楚梦寒他们还在喝酒闲谈，我便颔首微笑，对周正说："好！"

我感到腰间一紧，只能轻搭上周正的肩膀，慢移舞步。

"你们和好了?"

"是。"

"如果在同一个人身上遭遇两次伤害，会更崩溃。"他表情有些怪异，张了张嘴，欲言又止。

我很诧异，周正从来不是刻薄的人，他怎么会说这样的话?

感觉他扶在我腰间的手紧了一下，头顶传来他的声音："桐桐，我有几句话想告诉你！"

"你说……"

这时，舞曲停了下来，我胳膊被人一扯，跌进了一个男人的怀抱。

"我说怎么看不到你，原来在这。"

楚梦寒以绝对拥有的姿势搂着我，看看周正："你没事吧?我看你步子都晃了。"

"没事。"周正寒下脸来，一副不待见楚梦寒的表情。

坐到车子上，刚系好安全带，楚梦寒就说："你知道今天周正要来？"

他又看了看我身上的衣服。

"不知道呀。"

他憋了好久，才慢吞吞地说："我去的时候，他们正在讨论颜色，周正说他最喜欢的颜色是浅粉色。"

说完后，我看见他的脸都憋红了。

我仔细地盯着他的眼睛，难道他是在吃醋？吃周正的醋？

我忍不住笑起来："楚梦寒同学，你什么时候变得对自己这么没信心了？"

说着，我去捏他的脸，这个时候的他真是可爱。

"别动，开车呢。"他还在别扭，脸色倒缓和了些。

"我今天遇到康然了，她主动解释说，和你没什么特殊关系。以前是我冤枉你了，我向你道歉！"

听到康然这个名字，他撇了撇嘴角，似乎很不屑："她还说什么了？"

"没什么，就是希望以后我们见面时不要太尴尬，然后真心地祝我们幸福！"

我手机响了，一接通，那边突然爆发出一声接一声歇斯底里的尖叫，震得我的耳膜都嗡嗡作响。

"欣欣，你怎么了？别哭呀！"

"啊……"沈欣欣的叫喊中带着号哭。

她哽咽着说："这些日子，汪洋很不对劲，没想到……真出事了，他是混蛋……"

说着，沈欣欣又哭了起来，声音凄厉，好像疯了一样。

我倒吸了一口凉气，果然是汪洋！

“欣欣，你在家吗？我现在过去！”我怕她想不开。

我的心好像已经飞了出来。

“你快来，我受不了了！”

我好像是她溺水中唯一可以抓到的一棵浮木。

“你等我，我马上到！”

挂了电话，我催楚梦寒：“沈欣欣出事了，赶快去她家！”

“她怎么了?”楚梦寒也惊了。

“是汪洋在外面有了女人……他怎么能这样……”说着，我就哭了，“他们过几天就要结婚了，汪洋怎么做得出来！”

我的心像被戳了一样疼，那是非沈欣欣不娶的汪洋啊！那是口口声声永远为老婆服务的汪洋啊！那天，我看到的果然是他！

“傻丫头，别哭了。你是去安慰人的，这个样子，沈欣欣不是会更伤心?”楚梦寒说着，抽出旁边的面巾纸给我。

“安慰什么，我就是要陪着欣欣一起哭。哭完了，把那个‘陈世美’从屋子里扔出去，叫他滚蛋！”

楚梦寒叹了口气，似乎不赞成我的做法。

我发狠地说：“你们男人永远也不会了解女人知道自己的爱人出轨时的那种心情！”

刚上二楼，就听到了沈欣欣号哭的声音。我来不及多想，急忙拍门。门却没锁，一拍就开了。

屋子里一团糟，桌翻椅倒，已经完全看不到原来的面目。沈欣欣坐在地上，蓬头垢面，眼泪两道，鼻涕两条，没个人形。汪洋坐在她身后，狠狠地抽着烟。

我再往他身后一看，脸刷的一下子就白了，一个女人站在他身后，哭得梨花带雨的。

“汪洋，你混蛋！”我上前就捶打他。

哪知一向好脾气的汪洋，大声对我吼：“萧桐桐！你也陪着她疯？”

我愣住了，他居然比我的怒火还大。

“我和婉婉什么都没做，她是我的同事，今天晚上没地方住，我带她回来借住一晚上，沈欣欣回来，不分青红皂白，发了疯似的，吵着要离婚……”

我心都冷了，不为别的，就为他嘴里的称呼。“婉婉”，好亲切；“沈欣欣”，连名带姓，陌生人?!

沈欣欣向汪洋扔东西，烟灰缸、打火机、茶杯……虽然扔得多，却都被汪洋用手和身体挡住，他死死地护住身后的那个女人。

沈欣欣哭得天昏地暗。她抱着自己的头，瘫软在地上，放声尖叫，脸上泪如雨下。

我上前抱住她：“欣欣，别伤心，他不值得……”

“哈哈哈哈……”沈欣欣突然仰天大笑起来，“你说他不值得？我爱了他十几年！过几天，我们就要结婚了，你现在才告诉我他不值得……”

“欣欣……”我陪着她哭。

汪洋嘴上不承认，可眼前的一切，比他亲口承认，更让人难堪、难受！当年楚梦寒离开，我也不曾这么难受过。他们两个人与我和楚梦寒一样，经历了毕业找工作难，无门无路，在大城市里讨生活，但他们彼此没有互相嫌弃，每天都是笑呵呵的，让我打心里羡慕，甚至从他们之间的感情中借取温暖。难道是做了十几年的梦而已？一瞬间，梦醒了，什么都是骗人的，她怎么受得了？

汪洋太残忍了！我死死地搂着沈欣欣，怒视着汪洋。

汪洋的眉头紧紧地拧着，他不耐烦地解释道："婉婉生病了，住的地方又到期了，今晚，我让她来家里暂住一晚。沈欣欣去度假村开会，提前一晚回来，就非说我们之间有什么。看把家里搞成这样，唉……简直莫名其妙！"

沈欣欣猛地抬起头，用手哆哆嗦嗦地指着他："你让她睡在卧室里……我看着你从房间里出来，你还说你没什么？我说你出差一个月回来，都不碰我，就是有问题！你……"

沈欣欣受了刺激，有些语无伦次："夫妻之间就是敏感的，不见得非要什么证据……眼前看到的还不够吗？"

"沈欣欣，你怎么变成这样了！"第一次看到汪洋在沈欣欣面前这么凶。

我把目光移到汪洋身后的那个叫婉婉的女子身上，她披散着长发，睫毛上挂着泪珠。她也正偷偷地打量着我。

她太漂亮了！那柔弱的气质，连女人看了，也忍不住要动怜惜之情。

她拽住汪洋的衣角，含着泪，一句话也不说，好像是受了什么天大的委屈一样。

汪洋眼睛在她身上，移不开，看着她的眼底满满的都是愧疚。

我心底一酸，汪洋的心早就被她偷走了。无论他们有没有上过床，汪洋的心都已经不在沈欣欣身上了。

“你……大半夜的，主动往男人家里跑，还要不要脸！”沈欣欣也顺着我的目光看向那个女人，浑身颤抖地说。她需要发泄。

那个女人向后一缩，眼泪更多了。她松开拉着汪洋衣角的手，不住地哽咽……

汪洋肩膀一颤，看着沈欣欣，似乎有些不忍，但最终还是一咬牙，说：“是我主动带婉婉来的，你们别误会她！”

沈欣欣把嘴唇都咬破了，才抑住哭声。

我紧紧地搂住她，声音也在颤抖：“汪洋，你太过分了……”

“我先找个酒店把她安顿好。欣欣，我和她没什么，你等我回来。”汪洋“唉”了一声，看了看沈欣欣，又看了看那个女人。

沈欣欣痛苦地闭上眼睛。

汪洋又叹了口气，牵着那个女人的手向外走。

“你站住！”我叫住汪洋，站起身，拦在了门口，“汪洋，你不能把你老婆扔在这，而去呵护另一个女人。无论你和这个女人有没有什么，今天被丢下的人不应该是和你相恋十几年的欣欣！”

我知道自己爱着的男人在你面前呵护别的女人时的那种痛。

“就算你们真的分手，也应该先谈清楚，再去顾着别的女人吧？欣欣毕竟跟了你十几年！”

是不是现在沈欣欣从楼上跳下去，他才会后悔？

汪洋的表情一下子黯淡下来，他松开了那女人的手。

“我去帮她找住的地方！”看看钟表，已经是凌晨一点多了。我咬咬牙，这个时候不能冲动，搞不好这女人就是别有用心。

“桐桐，你别走……”沈欣欣站起来，抱住我，哭得像小孩子一样，“我已经不想和他说什么了，让他们走……”

“我不走。”这样的沈欣欣，我怎么能拒绝。

“我自己走吧，给你们添麻烦了。”那个叫婉婉的女人说着，又落下泪来。

汪洋的魂马上又被勾走了，他不自觉地上前追了几步。

我不耐地说：“我让别人送她吧……”

说着，我拨通了楚梦寒的电话。

“梦寒，我暂时走不了，你帮我送一个人，去给她找一个酒店，行不行?”

电话的另一端沉默了一会，才传来他的声音：“有必要我们去送吗?”

我知道楚梦寒做事一向谨慎。之前在车上，我和他简单说了沈欣欣的情况，不难猜出，我要让他送的是什么人。很明显，他不愿意。

“梦寒，你就当帮我好了。欣欣她很难过，我不能走……汪洋也不能走!”

楚梦寒极度地不耐烦，却也无奈：“是个女的吧?”

“嗯。”

又过了很久，他终于说：“行。就是帮她找个地方住，是不是? 其他的，我一概不管。我找好后回来接你。你抓紧时间，别太晚了。”

“我知道了。你开车慢点。”

我心里有点歉疚，他那么冷的一个人，让他去送这么个女人去酒店，要是被熟人看到了，他一定郁闷死了。

汪洋拉着那个女人走了出去。

我抱住沈欣欣，安慰她：“欣欣，别哭了。我知道你现在难受，可要是你们真的结了婚，再发现什么，不是更难受?”

沈欣欣猛地抬起头，哇的一声哭出来:“他也许根本就后悔跟我结婚了。以前，他天天黏着我，现在，出差一个月回来，也没什么兴趣和我亲热，总说压力大，太累了，睡觉时用后背对着我……以前我说想吃什么，就算是半夜，他也跑出去给我买……早上我想让他抱着我睡觉，他胳膊麻了也不动一下。可是那天，才早晨六点多，他接到一个电话，说要去公司。我抱着他，不让他起来，他竟不耐烦地推开我。”

“我们在一起那么多年，我就知道不对劲。我不敢想他会有外心，也从来不敢想他会不喜欢我。桐桐，他怎么会不喜欢我呢? 我不是他的心肝宝贝吗? 他不是我打不还手，骂不还口的傻相公吗? 我病了的时候，他用嘴巴喂我喝水。我大姨妈来了，弄了一裤子，他替我洗衣服。上学的时候，为了见我一面，他冒着大雪，坐好几个小时的火车来看我，请我去吃一次肯德基，然后又连夜赶回去。你说他不爱我吗? 他怎么会不爱我? 他怎么会喜欢别人? 我不敢去怀疑他。你说，连他都怀疑，我还能相信谁呢?”

“可我越来越觉得不对劲，越来越失落。等到了我再也不能自欺欺人的时候，我像个怨妇似的，拿了他的身份证，去打印了一份他手机的通话记录。我看到有一个电话号码，最近这些天，都要在他的通话记录里出现几十次。再加上短信，他们几乎时时刻刻都在联系。我忍不住偷偷用公共电话拨了一个，真的是一个女的。桐桐，我当时腿都软了，一个人坐在马路牙子上起不来，像个神经病一样。他不是在工作吗? 他不是忙吗?”

“他给我打电话的次数越来越少。我打给他，他总是说在忙，说不了几句话就撂了。我耍赖，不肯挂电话，他也没什么和我说的，哼哈地敷衍我。”

“我真想当时就躺在地上，不起来。我又想着汪洋从我身边走过，不理我，我吓得哭了。”

“我坐了两个小时。我知道，不会有人来的……”

“我劝我自己，也许那女的是客户，是领导。可是，怎么半夜十二点以后还联系呢？难道他半夜上厕所时也拿着手机？我那么信任他……我们就要结婚了……”

沈欣欣狠狠地揪着自己的头发，又用指甲掐自己的胳膊，在她圆润白皙的肌肤上，几道血印子格外的刺眼。

“欣欣，你别这样……我心疼……”

我想一会儿汪洋上来，我狠狠地抽他两个耳光，他就不是个人……他是混蛋……他的良心被狗吃了……

“呜呜……这次去白天鹅度假村开年会，我心里像长了草一样。现在昊天大规模裁员，我知道不能请假，可我真的待不下去。我偷偷地回来，哪知道……我一进屋就看见汪洋慌慌张张地跑出来。我冲进去一看，那女的躺在我们的床上，盖着我们的被子，床头放着稀饭和卤蛋。汪洋在用我的勺子喂她吃粥。你知道吗？那时候，我想死的心都有！他说他和那女的什么都没做过，说我发神经。你说，他还想做什么！他当着那个女的，说我疯子……呜呜……桐桐，我是不是真疯了……我是真的疯了……被他逼疯了……”

门被推开，汪洋从外面走了进来，回身把门带好，然后无奈又颓废地走到沙发边坐好。他把手伸进头发里，一副纠结烦躁的样子：“欣欣，我和她真的没什么。你搞成这样，有必要吗？”

沈欣欣一见他，嘴唇都哆嗦了，一句话都说不出来，眼泪哗哗地往下流。

“汪洋，你在你老婆面前那么维护另一个女人。你把她带到欣欣和你的家里来，照顾她，对她好，你还能这么理直气壮地质问欣欣……有你这么欺负人的吗！你可以不和欣欣结婚，你可以说你喜欢那个女人，但是，你不能猪八戒倒打一耙！欣欣是爱了你十几年的人，她一生最好的时光都给了你，你竟然为了另外一个女人，一点也不顾及她的感受。你只知道护着那个女人，欣欣哭成这样，你就不心疼，不难受？汪洋，我也认识你这么多年了，怎么就没发现你是个“陈世美”、伪君子呢！”

“我说了，我真的没和婉婉怎么样。怎么连你也不信呢？”

他拿起地上的香烟和打火机，把香烟放在嘴里，然后点燃，狠狠地抽了两口：“婉婉是我们单位新来的同事，在我们部门做销售文秘。她一个人离乡背井，来找她男朋友，却被男朋友抛弃了。她没钱，现在又生了病，我看她可怜，就把她带了回来。欣欣，我真的没做对不起你的事，你看看你搞得，好像我被你捉奸在床似的。”

沈欣欣踉踉跄跄地站起来，找到自己的书包，从里面掏出一卷打印的字条，扔到汪洋脸上：“你敢说这个号码不是刚才那个女人的？要不是她，我就去给她赔礼道歉，磕头认罪。如果是，你敢说你和她什么事都没有？你一天想我的时间有多少？想她的时间有多少？你和我连说句话的时间都没有，和她呢？她失恋，关你什么事？非得要你去安慰她受伤的心灵？”

“沈欣欣，你居然查我的通话记录！下次是不是该派私人侦探了？有意思吗？我和婉婉只是好朋友……”

汪洋理直气壮地说。

“好朋友？好到哪种地步？都上了我的床了?!”沈欣欣终于爆发了。

“欣欣，婉婉失恋，是因为第三者的介入，她挺可怜的。她知道我要和你结婚了，还祝福我们。你别闹了行不行？我们都老夫老妻了，这么折腾，有必要吗?”

汪洋的语气缓和了些。

沈欣欣不闹了，眼神空洞，好像在极力辨认她眼前的这个男人是不是那个她认识了十几年的汪洋。

她一定已经明白了，无论如何，这个男人的心已经不在她身上了。

“婉婉只是个可怜的女孩子，我今天领她回家，是不对，下次不会了，但也请你有点同情心……”

“你滚……马上滚……”沈欣欣脸色苍白，浑身一直在颤抖。

汪洋也怒了，站起来，说：“沈欣欣，你干什么！”

“我干什么？我不要和你结婚！我要和你分手！你去找你的婉婉吧，她可怜，我可恨，她是淑女，我是泼妇……你去照顾她吧，你去心疼她吧！我不嫁了！我不用别人心疼……”

“欣欣！”我跑过去，把她搂在怀里，“我心疼你……我心疼……”

十几年的感情，最终换来的难道就是深深的绝望？汪洋认为婚姻对女人来说是什么？是施舍吗？精神出轨就可以理直气壮？虽然痛心，可是，我支持沈欣欣……要是楚梦寒有一天这样对我，我一定和他划清界限，老死不相往来。

“沈欣欣，你理智一点行吗?”

“汪洋，你能不能少说两句?”

他看着我们，眼睛里满是疲惫。他把手中的烟扔在地上，用脚狠狠地□灭了。之后，他走过来，从我身上把沈欣欣拽起来：“欣欣……我错了……你别闹了……”

沈欣欣狠狠地推开他，泪流满面：“我就要闹，你看谁好，找谁去，你滚……”

说着，她像发疯了一样，把汪洋推到门前，打开门，用尽全力推他出去。

“沈欣欣……”

汪洋的口气更激怒了沈欣欣，她像一只疯了的小兽，用尽全力，把这个男人推了出去，然后“砰”的一声，关上门。

汪洋在外面不停地拍门。

沈欣欣像是解气似的，把门从里面锁上，然后冲着门外大吼：“你走吧！你去找你的婉婉吧！你不去，说不定她就哭死了，自杀了……”

汪洋本来还想再求她开门，这时突然说：“沈欣欣，你说我就得了，何必这么咒婉婉……”

“你走！你走！我再也不想看见你……”

没过多久，外面安静下来……

沈欣欣像是被抽干了所有的力气，瘫倒在沙发上。

“欣欣，你们两个人都先冷静一下也好……”

我突然有些后悔，后悔没阻止沈欣欣把汪洋赶走。我知道，汪洋走了，她，更难受……

果然，沈欣欣猛地站起来，再次把门打开，冲着外面空荡荡的楼道大声哭出来。

我知道今晚不能留沈欣欣一个人在家。我一边劝着她，一边把她拉进卧室，重新换上新的被褥，让她躺下，还打水拧了毛巾，替她擦脸，擦手。那个整天笑嘻嘻，叽叽喳喳的沈欣欣好像一夜之间被汪洋杀掉了。

等沈欣欣睡着的时候，一看床头柜上的钟表，已经凌晨四点多了。我跑到客厅，从书包里掏出手机。上面有两个未接来电，是楚梦寒的。

我拨回去，当电话那端终于传来他的声音时，我的心才归位："我今天得留下来陪着沈欣欣，你自己回去吧，路上小心一点。"

"好。"

他声音很模糊，我想他应该也累了。

"那个女的，给她安顿好了？你有没有看到汪洋？"我压低了声音，忍不住又问了一句。

他声音很小："安顿好了，没看见汪洋……"

"哦。"听出了他的不耐烦，我想挂掉电话。

"桐桐……"他突然喊我的名字。

"怎么了？"

"没什么。以后别再管别人的事了，我们……自己还有很多事要做……"

第二天早上沈欣欣睁开眼睛的时候已经快七点了。我几乎一夜没合眼，浑身酸痛。

我给她煮了粥，把昨天那个女人盖过的被套和褥套解下来，丢在洗衣桶里。

“欣欣，你今天还要不要上班?”

“不去!”

她盯着床头她和汪洋的合影发呆。

过了好久，她对我说：“我想回家住两天，一会就走。”

“欣欣，我觉得你应该和汪洋好好谈谈，昨天你们都太激动。”

才一晚上，欣欣已经虚脱得不成人形。

“我不留在这，我怕他不来找我，我怕在等待中恨死他。”说着，她又是要哭的样子。

“我送你。”

这个世界上最无奈的事，就是等待一个人，明知等不到，却还要等下去。这种滋味没人比我更了解。

“不用了，我不拿东西。你先走吧，我到家后给你打电话。我还想再睡会。”

我走到楼下的时候，远远地就看见了楚梦寒的车子停在那。我几乎不敢相信自己的眼睛，他怎么会在这?

我钻进车里，里面打着暖风。

楚梦寒一脸倦容，手搭在方向盘上，看着我。不知道是不是因为暖风的原因，他的嘴唇没有一点水润的颜色。

“你怎么才下来?”

说着，他就开始发动车子，好像一刻也不愿停留。

“你在这待了一夜?”

“不放心你，就一直等着。”

“直接去上班?”我看了看时间，这个时候，只有直接去上班才不会迟到。

“回去。”他的脸色冷冷的。

他转过头来，看着我说：“从今天开始，你和我一起住。”

我有点发蒙：“和你一起住？试婚？”

我耳朵被他惩罚似的轻轻捏住：“试婚？你觉得我们还需要试什么，嗯？”

我拍开他的魔掌，揉了揉我可怜的耳朵：“哼，现在五年一个时代，我们都已经分开三年了，谁知道你身上添了什么坏毛病，而且，这些年，万一有我不知道的红颜知己藕断丝连的故事呢？总得有一段时间容我观察……梦寒，小心！”

前面路口突然冒出来一个骑自行车的老大爷，楚梦寒连忙往右边一打轮，我身体狠狠一晃。

老大爷真是肆无忌惮，明明是他不遵守交通规则，还不忘使劲地瞪我们两眼，手里比画着。听不见，不过，看那表情就知道一定是在骂人。

“真不知道你脑子里整天想些什么……”楚梦寒生气了。

我眨了眨眼，扮了个鬼脸：“我开玩笑的。”

我把头轻轻地靠在车座的靠背上，侧过脸，看着他叹气：“欣欣被汪洋伤得差点疯掉，你说那个叫林婉婉的女人怎么就没一点廉耻心呢？自己不幸福，就装可怜，去破坏别人的家庭？还有她那什么男朋友，加上汪洋，根本就是仨混蛋！《无间道》里不是有一句台词吗？‘出来混的，早晚有一天要还！’不信你看吧，这三个人迟早要为自己的行为付出代价。”

楚梦寒的脸色越发难看了。

我呵呵一笑：“我老公天生招人喜欢，但决不会像汪洋那样没有定力的，他简直是败类！太没出息了！欣欣嘴上不说，但我了解她，刀子嘴，豆腐心，她还是一心盼着汪洋能回心转意。要不是她昨天太伤心了，我就直接告诉她，像汪洋这样的男人，就算跪下来求她，也不能要了！人这一生，如此漫长，有十几年感情的老婆，竟不如相识短短数日的病美人。就算这个林婉婉走了，日后也还会有陈婉婉、张婉婉，在猜疑中过一辈子，那简直就是生不如死。"

"人家的事，你最好还是不要管太多。感情如人饮水，冷暖自知，外人不好给下定论，你还是把心思放在有用的地方吧。"

楚梦寒说得很无奈，随手按下了 CD 的开关。

他一路上闷闷不乐，后来，连吃饭的时候也是沉默少言，心情似乎不太好。

"回去就搬家！"楚梦寒眉头紧紧地拧在一起。

他从怀里摸出香烟，抖出一支，放进嘴里。

"我还没考虑好呢！"我推了推他的胳膊，表示抗议。

"别闹，开车呢。"他推开我，嘴角扬高，看了我一眼，眼睛里露出了一丝狡黠。

"去哪？"难不成让我和他去酒店住？那能叫家吗？

"去了就知道了。"

到了我的小屋，楚梦寒自己坐到沙发上，笑着看我，说："收拾东西！"

"你疯了？"我呆呆地坐在那，不肯动弹。

"你快收拾吧，一会儿还要去买菜呢！"他盯着我看。

我怎么觉得他好像在逗小狗一样？还要去买菜？

见我不动弹，楚梦寒自己走到卧室里，打开我衣柜的门，把里面的衣物统统摘下来，放到了床上，然后双手一抱，转身就往门外走。

“楚梦寒，你干什么？”我追了出去。

他却不知从哪摸出了钥匙，熟练地打开了对面房子的门。

啊？

我也追随着他的脚步走了进去，屋子里收拾得纤尘不染，精美的家具，简约时尚的装修风格，好像新婚的新房一样。

曾经多少次，我都梦想着有这样一套两居室，作为我和他共同的家。之前，他给我的那个公寓太豪华了，不能让我有一丝一毫的归属感，这里所有的一切却都很符合我的心意。虽然这依旧是租的房子，可我真的很喜欢。

“快收拾，中午我们在家里吃饭！”他把手里的衣物都堆在沙发上，转身又向外面走去。

“你别走！”我上前拉住他的胳膊，噘着嘴，看着他，“你，早有预谋！”

我说之前他怎么很晚才从我家走，很早就又到了我家。

他看着我的眼睛里有淡淡的笑意。他伸出长臂，用手摸着我的面颊，把脸凑到我近前：“你以为我会看着你从我的公寓搬走？既然你不愿住在我那，那就只能我搬来和你住了。现在我们两个人租一层房子，太浪费了。这个房子稍微大点，所以只能把你那套退掉了。我们要把钱省下来，留给孩子。”

楚梦寒再走进来的时候，已经换上了一身休闲家居的打扮。

他不伸手帮忙，只是坐在一旁静静地看着我。过了很久，他才说："我辞掉了钟点工，有了你，我不希望家里再出现陌生人。这一天我已经等了很久了！不知道从什么时候开始，我就怕回家。以前我也租房子住，回到家，眼前、梦里都是你在家收拾屋子，在厨房里忙碌的画面。我想尽了办法，也不能把你的影子抹去。一个人的时候，我会把所有的灯都打开。可再亮的地方，也总有你的影子！"

他从我身后环抱住我，喃喃地说："桐桐，我们好不容易走到了一起，再也不要离开我！"

这一刻，这个坚强硬朗的男人竟脆弱得像孩子一样。他这一刻的柔情，足以触动我心中最柔软的部分。

这个时候，他的手机突然响了起来。楚梦寒看了看屏幕，又恢复了一贯严肃的表情："不可以……这已经是我的底线，没有商量的余地……"

他工作时的样子在我的意料之外，举手投足间，看上去比周正还威严认真。我想，我要是他的下属，一定会为他的气势所震慑。

外面的阳光从窗子里透进来，照到他的脸上。看着这张熟悉英俊的面庞，我心里竟第一次涌上了浓浓的失落感。这个男人从青涩向成熟蜕变的三年，我没有陪在他身边。他从没说过这三年他是怎么生活的，但我能想到，这三年，肯定不仅仅有风光、荣耀，他一定也吃了不少的苦。也许我们错过的不仅是三年的时间，还是我们一生中极为珍贵的一段岁月。

看了看表，已经是下午一点钟了。此刻，我正趴在楚梦寒赤裸的胸膛上，松松地环抱着他的腰，听着他沉稳的心跳。我感觉到他轻抚着我同样赤裸着的后背和腰。屋子里拉着厚厚的窗帘，阻挡了室外的阳光。四下里太安静了，耳边只有心跳声与轻微的呼吸声。霸道的他，沉默的他，我似乎都忘了去计较，我只想再也不离开他。睡意一点一点向我袭来，这一刻的静谧与温存，让我想到了天长地久，想到了细水长流。

吃过饭，收拾好桌子，我们挤在沙发上看电视，电影频道里播放着老片子《泰坦尼克号》。

直到结尾处响起席琳·迪翁悠扬悲戚的歌声，楚梦寒才开始领导般地做最后总结："这是一部纯商业炒作的烂片，似乎只有用这种方式表达的爱情才是最热烈的，其他的都不具任何震撼力。"

楚梦寒一直有这样的优点：虽然不喜欢看这些爱情片，但总会耐心地陪我看完。

我点点头，表示肯定："是商业炒作，但当一个男人肯为一个女人付出生命的时候，确实震撼。不过，要是一个女人肯为一个男人付出生命，那个男人未必会一生一世记得她。"

楚梦寒若有所思地看了我一眼："听你这样一说，我怎么感觉这么遗憾呢，太平日子里，想要一个表现的机会都没有啊。"

我伸手摸了摸他的头，说："没关系，我爱的男人，危难时刻与我生死相依，太平岁月与我细水长流。"

"很明显，我全部符合！"他大言不惭。

第三章

我爱你爱到尘埃里，你却不爱尘埃里的我

三天后，我退租的那个房子居然又迎来了新的主人。

我居然在小区里看到了汪洋，他正拉着林婉婉的手。汪洋背对着我，林婉婉的容貌则在月色下格外清晰，她正泪光莹莹地看着汪洋，长发随风飞舞，随意，却没有丝毫凌乱的感觉。

林婉婉不仅漂亮，更会打扮，她穿着一件飘逸的羊绒大衣，里面是齐膝的裙子，裙子下是长长的靴子，勾勒出完美的腿形。想想沈欣欣，这个季节，她肯定是一件厚厚的羽绒服，把自己严严实实地裹起来，一张苹果脸冻得红红的，倒也可爱健康，却没有林妹妹的样子招人怜惜。

我真的想不通，这个水样柔美的女孩子怎么会存心破坏别人的家庭呢?

那天通电话，沈欣欣说，汪洋给她打了好多电话，一再地解释他和林婉婉之间的清白，甚至哀求她，不要告诉她父母，他说

他从没想过不和沈欣欣结婚。

我听得出，沈欣欣的口气松动了许多，如果她这个时候看到眼前的一幕呢？她还会原谅汪洋？

我看到汪洋最后把林婉婉的手抓在自己手中，林妹妹害羞得低下头，似有似无地靠在汪洋身上。汪洋似乎犹豫了一下，最后，猛地把她抱在了怀里，一只手在她的后背轻轻地拍打着，好像是在安慰她什么。

我顿时火冒三丈，脚步不受控制，向他们两个人走去。

“汪洋！”

汪洋身子一震，飞快地松开了抱着林婉婉的手臂，不可置信地回头看着我：“桐桐，你怎么在这？”

我看了一眼面前的两个人。

林婉婉似乎很怕我的样子，她像受惊的小兔子般躲到了汪洋身后。

“我住在这个小区。我倒想问问你，你怎么会在这里？汪洋同志，你是不是觉得欣欣真的很好欺负、很好骗，还是认准了她这辈子非你不嫁？”我不骂那个女人，我只说汪洋，“我只有沈欣欣一个好朋友，决不会眼睁睁看着你欺负她！”

说着，我拿出刚才替他们两个人照的合影，递给他看，“汪洋，你要是不爱欣欣了，就不要再骗她。她跟了你十几年，你好歹给她一句实话。”

说完，我扭头就走。

坐到楼下的长椅上，我的心情还久久不能平静。

回过神来的时候，我几乎以为自己眼花了，林妹妹和“陈世美”一前一后站在了我面前，表情竟比我还惊讶。

“你们跟着我做什么?”我怔怔地看着他们，难道是来和我解释的?

可等了许久，才听林婉婉说：“我就住这个楼里。”

“你住这个楼里?”

那不是以后要经常看见她? 呵呵，也没什么不好，这样一来，汪洋恐怕在我面前连撒谎的机会也没有了。

汪洋表情僵硬，走到我身边：“婉婉今天才搬过来，我只是替她搬家。刚才的照片，你不要给欣欣看。”

汪洋走后，林婉婉和我一前一后地上楼去。我没想到，我之前房子的新主人居然就是这位林婉婉小姐。

楚梦寒说他今天要晚些回来，本以为怎么也要快十二点，他才能回来，没想到，才十点不到，便听到了楚梦寒的脚步声。

我把门打开，看到楚梦寒脸色凝重，我能感受到他隐忍的怒气，而更让我吃惊的是，他身后竟跟着林妹妹。

看到我的表情，林婉婉好像是鼓足勇气，才说：“萧姐姐，楚大哥，谢谢你们那天帮我找住的地方，我想当面和你们说一声谢谢。”

楚梦寒沉着一张脸，一句话也没说。

我走过去，接过他手里的公文包，放在一旁的鞋柜上。

他已经换好了拖鞋，自顾自地走到卧室里面换衣服，门前只剩下了我和林婉婉两个人。

“桐桐姐。”她看着楚梦寒的背影，怯怯地喊我。

“我不是你姐姐，他也不是你什么大哥，不要乱喊。”

我从来不是一个刻薄的人，可对这个女人实在没什么好感。我这一生真正讨厌的人很少，她绝对算一个。

“桐桐姐，我知道你恨我，可这一切都不是我想要的。如果可以，我也希望能和自己心爱的人在一起。我和汪洋之间不是你们想的那个样子，我在A市没有朋友，没有亲人。我生病了，又没有钱，租的地方到期了，只有汪洋肯帮助我……桐桐姐，你没有尝过那种一个人身在外地，生病没人管，被人家赶着离开的那种滋味吧……”

说着，眼泪从林婉婉眼底滑落，她单薄的身体微微有些抖动，给人一种无辜的感觉。

我怎么没感受过呢？在楚梦寒离开的第一年里，我几乎天天都在想如何在A市生存下去。

“林小姐，我觉得这些话，你应该去找你的男朋友说，你显然是诉苦找错了地方。”我想立刻把她轰出去。

我看见林婉婉双手缩到了袖子里，脸颊绯红，嘴唇紧紧地抿住，本来睁大的眼睛，一瞬间死死地闭上，美丽的面庞上挂着两行清泪，那眼泪太显眼了。这样的表情让我心头一紧。她破坏了欣欣的幸福，可她也是一个伤心的女人。此刻，她的痛苦绝不是装出来的，她一定是深爱着她的男友。

“如果我也像桐桐姐这样幸福，一切就都不会发生。我只是一个想要幸福的平凡女孩，今天的一切都不是我想要的。桐桐姐，你能原谅我吗？”

“我觉得，谁让你受了伤害，你就应该去找谁，而不是把他的错误报复给不相干的沈欣欣身上。你敢说你没刻意勾引汪洋？他年纪不小，却根本没什么社会经验，因此，才会被你楚楚可怜的假象所蒙蔽。如果你是真心爱他，非他不嫁，他非你不娶，我也许不会像现在这么厌恶你。或许你们之间多少有点爱情的成分，可你心里真正爱的，明明是另一个男人。所以你得不到我的同情，只会让我恶心！”

林婉婉早睁开了美丽的大眼睛，那里却空洞得似乎没有半个人的影子：“汪洋喜欢我，难道是我的错吗？难道因为他喜欢我，我就要拒绝他的帮助，让自己生病没人管，晚上没地方住，流落街头？如果我有一个爱我的男人，哪怕是让我受再多的苦，我也认了。他不爱我，我就不能接受另一个男人对我的爱慕？沈欣欣和汪洋是要结婚了，那又怎么样？是她自己留不住男人的心，就像我也留不住另一个男人的心一样。凭什么他心爱的女人就能拥有一切，而我，被抛弃后，还要背着道德的枷锁委屈自己……”

林婉婉几乎已经哽咽得说不出话来，脸上泛着不正常的潮红，身体微微晃了几下。

我下意识地扶住她。碰到她的手，感觉她的手冷得吓人。她病了，我和病人计较什么呢？

“你在发烧，回去休息吧。”

看她已经站稳，我抽回了扶住她的胳膊：“回去量下体温，如果超过三十八度五，建议你吃退烧片。如果实在难受，就来敲门好了。汪洋住的地方离这很远，你想去医院，就不要麻烦他了。”

想到汪洋会从 A 市的最南端跑到最北端陪这个女人上医院，心里就觉得对不起沈欣欣。

林婉婉苦笑了一下，灵动的大眼睛一眨一眨的，纤长浓密的睫毛好像蝴蝶的翅膀，在人的心房上轻轻颤动：“你放心吧，我谁也不想麻烦，不过，桐桐姐，今天这个未完的话题，我随时等你来找我。我其实也很迷茫，也还没下定决心。我现在只是太寂寞、太伤心无助了。”

看着眼前这个婀娜多姿、纤细柔美的女孩走后，我心里竟涌上了一丝莫名的惆怅。

我关好门，回过头去，看见楚梦寒并没有换衣服，而是直直地站在了我身后，一副若有所思的样子。

我想起他刚才进来时的一脸怒气，连忙捏了一下他的耳朵，笑着说：“老公，不要生气了，我就沈欣欣这么一个最好的朋友，她的麻烦，当然就是我的麻烦啦。我也不知道这个林婉婉会租我们对面的房子……我向你道歉，等沈欣欣真的脱离苦海，她就不会再打扰到我们的生活了。”

楚梦寒还是那副表情，似乎连睫毛也冻住了一样。他一动不动地看着我：“她不会影响到我们的！”

我被他拥进了怀里，感受到他有力的心跳。

这个男人借着酒劲，孩子似的，非要和我一起洗澡。我说已经洗过了，他却不肯答应，打横把我抱进了浴室。

放好水，他先把我放入浴缸，自己则隔着袅袅的水汽看着我，深邃的眼睛忽明忽暗，千言万语，都在无言中。

他的手抚摸着我的面颊，那么的小心翼翼，好像我是一个易碎的瓷娃娃一样。他眼睛里的冷寂慢慢消失，换上了无限的宠溺与依恋。

两个人在浴缸里真的很挤，他在后面紧紧地抱着我，赤裸的胸膛传来比水还要炙热许多的温度，他的手则顺着我的背脊上下游走：“我来帮你洗。”

“你这个大色狼，垂涎我的美貌，连洗澡也不忘吃我豆腐，哼！”

我推开他的手，红着脸，想要冲干净身体。

我扭过头去看他时，才发现，他眼睛里的神情是那么的认真，并没有一丝一毫的情欲。

他深深地看着我，好久，才说：“等你老了的时候，我也愿意这样帮你洗澡！”

明明是那么甜蜜的话，却让我有些心酸。

他把我搂在怀里，在我的耳边低语：“桐桐，我们先去把手续办了，怎么样?”

“手续?”

“嗯，明天就去民政局好不好?”

我轻轻地推开他：“不行，妈妈是爱我的，只要时机成熟，她不会一直反对我们的，但如果我们先斩后奏，这个心结，也许她真的一辈子也解不开。”

“嗯。”他闷声应了一句，用手紧紧地搂着我的腰，目光所到之处，让我都能感觉到一阵焦灼。

太晚了，我昏昏沉沉地睡去，梦到我们一起去看刚刚买下的别墅，有说有笑地计划着怎么去布置，哪里是卧室，哪里是婴儿房……可甜梦却被一阵急促的敲门声惊醒。

“桐桐姐，楚大哥，我好难受……”

是林婉婉?

没想到楚梦寒比我的反应更快，他猛地坐了起来，表情有些复杂，我能看得出，他很不耐烦，其他的，则是一些我看不懂的心思。

“我去开门！”

我也赶快翻身下床。刚走到客厅，便感受到了楼道里的凉意，不禁打了一个寒战。

林婉婉穿着单薄的棉质睡衣睡裤，站在门口。楚梦寒则背对着我，看不清他脸上的表情。

“你怎么了?”我走过去，有些生气地问。这个女人太麻烦了！

“我嗓子痛，呼吸不上来。”说着，她眼睛里又流出泪来。

“去医院吧！”

沉默的楚梦寒把她拉进了屋子，自己去卧室里换衣服，我跟了进去。可哪想到，我们出来的时候，林婉婉竟然晕倒在了沙发上。伸手一摸，额头烫得吓人。

“梦寒，她好像真病得不轻！”

他眉头一皱，伸手一捞，把她抱起，几乎是跑着向楼下走去。

我拿好包，跟在他身后。外面的寒意向我袭来，夜很深……

楚梦寒喝了酒，我说不要开车。他点点头，抱着林婉婉站在那，我则跑去路口拦车子。

等了很久，也没有拦到。楚梦寒喊了我一声，抱着林婉婉向自己车子的方向走去。

林婉婉在车上的时候清醒过来。我守着她坐在后排的座位上。车里的暖风开得很足，她的手却一直是冰冷的。她眼角的泪水从醒来的那一刻开始，就没断过。她使劲地忍着，不让自己哭出声。可车里太安静了，还是能隐隐约约听到她细细的呜咽声。女人的脆弱与无助都通过这声音里一点一点地传递给车内的人，至少我的心已经有些乱了。

“要不要打电话给你男朋友?”我低低地叹息了一声，对她的恨意竟减轻了几分，竟替她不平起来。

林婉婉听到我的话，迷茫无助的大眼睛里一丝流光闪动，但也只有一瞬间，便黯淡下去。她叹了口气，声音轻不可闻：“不用了……”

车内又沉默下来，静得让人窒息。

到了医院，楚梦寒去挂号。

挂好号，我们就在诊室外面等。等马上要到我们的时候，我肚子有点疼，只能让楚梦寒留下来陪着她，自己跑去洗手间。

“怎么了，闹肚子了？晚上吃的什么?”楚梦寒不放心，喊住我问。

我摇摇头，告诉他：“晚上吃了辣椒面，没事的。”

等我再回来的时候，听到诊室里面的大夫带着老大的火气说：“你可真够不负责任的！她是会厌发炎，左右两片会厌肿得就要对上了，如果真的对上，几秒内就会窒息死亡，抢救都来不及。一点小病，拖到有生命危险才来！要是真因为这个出了事，你后不后悔！”

他们背对着我，林婉婉低着头，我看到楚梦寒的肩膀微微抖动了一下。

“马上住院！”

大夫是一个五十几岁的大妈，火气大得很，手中的笔噌噌地划着。写好后，她把单子扔给楚梦寒：“去一楼办手续，缴费，她需要立刻输液！”

林婉婉一直没和楚梦寒说话。楚梦寒站起来，大步向外走去，似乎也很着急。

我看到这种情形，不免有些生气，这个林婉婉，就算病了，也不能这么没礼貌啊，麻烦我也就算了，楚梦寒和她素不相识，拿着单子去替她缴费，她居然连个谢字也不说，她难道觉得自己这种美女，就算全天下所有的男人为她服务，也是应该的？

看见自己的男友委屈地大半夜替一个素不相识的女人跑前跑后，心里有些不是滋味。

“桐桐，肚子还疼吗？”楚梦寒看到我站在门口，走过来，拉着我的手问。

“没事。”

我看向林婉婉，她的目光死死地定在楚梦寒拉着我的那只手上。

女人的直觉是敏感的，我觉得她恐怕是在嫉妒。她被男友抛弃了，而我，却有这么一位出色的男人护在身边，她嫉妒，也是情理之中的。

“梦寒，你去缴费吧，我在这陪她。反正天都快亮了，你缴完费回去休息一下，白天不是还有一个会要主持吗？”

楚梦寒看了看我，拉着我的手紧了一下，说：“我陪你！”

唉！林婉婉这个大麻烦可怎么办呢？

“你们都走吧，我不用人陪！”林婉婉非常“懂事”地站起来，小声对我们说。

老大夫扶了扶眼镜，瞪着她：“你这个病很严重，没人陪护，出了事，医院是不负责的！”

我守着林妹妹到天亮，楚梦寒则一直在外面抽烟。

林婉婉躺在床上，脸上挂着泪痕，纤细的手腕搭在床沿。

护士来换药的时候，林婉婉睁开了眼睛，问："大夫，这输的是什么呀?"

"激素。"护士麻利地把针头拔出来，插进了另一个葡萄糖瓶子里。

林婉婉尖叫出声，说都知道输激素的后果就是，有可能变成大胖子。

"量不大，等你的会厌消了肿就停掉。"护士说完，转身离开了。

大夫说她至少一个星期出不了院。我陪她一夜就已算是仁至义尽了，今天如果能度过危险期，明天我想就不用来了。

见楚梦寒走进来，林婉婉突然对我说："桐桐姐，谢谢你!"

五千块的住院押金是楚梦寒帮她交的，她却在这个时候开口谢我?

"不客气。我们走了以后，你自己注意点。"

我想把电话留给她。

"我刚才在医院里请了一个看护，如果有什么事，看护会去做的。"楚梦寒冷着一张脸，突然在一旁开口，阻止我把电话留给她。

林婉婉苦笑了一下，重新闭上了眼睛："你们回去吧。钱我现在没有，等回头我想办法还给你们。桐桐姐，你是好人，一定会有好报的!"

她闭着眼睛说出的这句显得很是突兀，明显是夸奖，却有些恶狠狠的意味。

没等我回应，楚梦寒就拉起了我的手，大步向外走去。

"梦寒，对不起啦!"我知道他为什么生气，林婉婉是很麻烦!

"桐桐，以后离她远点，沈欣欣的事不是你能管得了的。我们好不容易在一起了，不要让别人的事影响我们，好吗?”他在楼道的拐角处站住，松开我的手，双手按着我的双肩，盯着我问。

“欣欣不是别人，伤害她，就等于伤害我，我决不会原谅伤害她的人的，更不会对她的事坐视不管。”

楚梦寒叹了口气，重新拉着我向外走去。

刚走了几步，他的手机突然响了。看了看屏幕，他脸上一下子变了颜色。

我很少见他有这样无措的神情，似乎很不安，又非常烦躁。

“你等我，我接个电话!”说着，他走到楼道里，那里很清静。

现在已经是早上七点多钟了，门诊还没正式上班，挂号处就已经排了长长的队伍。乱糟糟的声音，听着心烦。

一个女人匆匆地从大门的方向走了进来，东张西望，然后拉住一个打水的护工，在打听什么。

那不是康然吗?大早上，她来医院看病人吗?

她没看到我，顺着护工手指的方向走去，在几米远的电梯处站住。

楼上是住院部，她是探视病人?

我正疑惑着，楚梦寒已经接完电话，走了出来。他拉过我的手，向前走去。

“桐桐，今晚我们出去吃。”

他今天有些反常，我甚至感觉到了他手心里都是汗水，问道:“有事?”

我下意识地回头，康然已经不在了。

“嗯!有事!”他说得很慢，口气里隐隐透着挣扎。

我的眼皮没有预兆地隐隐跳动，我心里莫名地跟着惊慌起来。

我想谈一场永不分手的恋爱，就算吵架，就算生气，就算临时分开，也会再在一起！我想谈一场永不分手的恋爱，就算我们很忙，很累，只要见到彼此，就会温馨一笑，我们会一直走下去！我想谈一场永不分手的恋爱，相濡以沫，白头到老，夕阳西下，蹒跚漫步，轻抚着你脸庞，轻声说："对你的感觉，一直都在！"

每个人都有过这样的一个梦，我和沈欣欣也不例外。

中午打饭的时候，被周正叫住。他拿着餐盘，找了座位，向对面一指，让我坐下。

我坐下来，看着一脸严肃的他，心里也有话想问。

"这里不是谈话的地方，一会吃完饭，我们出去说！"他埋头吃饭。

"那你现在叫我干什么？"打电话不就可以了？

周正愣了一下，抬起头，看我。他嘴里填满了米饭，腮帮鼓鼓的，嘴角还粘着饭粒。

我扑哧一下乐了。

他瞥了我一眼，气鼓鼓地嚼着米饭，表情生动，完全没了往日里的威严："有要紧的话想和你说，一直没有机会。今天中午我本来有应酬，就是想找你，才跑到饭厅来的。"

"周总，我心理承受能力不好，能不能先透漏一些，给点准备？"本来这一天我心里就是慌慌的，他又拿话来吓唬我。

周正看看我，又夹了一口菜，放进嘴里，狠狠地嚼着，表情好像诅咒一样："好，比如我告诉你，你即将失恋又失业，你会怎么样？"

我正把汤放进嘴里，听到如此邪恶的预言，呛了一口，差点喷出来。

“小女子我刚刚脱贫，独处三年，才重新尝到爱情的甜蜜，何苦这么咒我。”

“你很爱楚梦寒?”周正看我把餐盘里的小黄瓜吃干净了，把他餐盘里的夹给我。

我歪着头打量他，他一脸的认真，等着我的答案。

“是!”

我干脆地回答他，这个问题根本用不着考虑。时至今日，我看清了自己的心，我享受和他在一起的分分秒秒。孤单寂寞的日子，我真的过够了。时间证明，只有在他的身边，我才不会寂寞。

周正却不肯罢休：“你们分开了三年，你不也都是好好的?这世界上没了谁，地球也照样转。有些人就是想不开，非要和自己过不去。”

很快，他盘子里的饭菜已经吃完了。

我皱了皱眉，问：“你和梦寒没什么吧?”

“是，我们之间是发生了些不愉快的事，但对我来说，本可以当作什么都没发生，反正我和他顶多是生意场中有一样价值观，惺惺相惜的朋友。我只是替你担心!”

“你到底想说什么?”我把筷子放下，半点胃口也没有了。

周正用餐巾纸把嘴抹了一下，腾地一下站起来：“跟我走!”

说完，就不再回头，向饭厅外走去。

外面很冷，昨夜下了小雪，天依旧阴沉沉的，像个倒扣下来的大黑锅似的，让人压抑得喘不过气来。

“去哪?”等他系好了安全带，我扭头问他。

“一会儿就知道了，还担心我把你卖了?”

周正打开广播电台，悠扬的音乐从里面飘出，与音乐相伴的，是主持人动情的旁白：“有的人，你看了一辈子，却忽视了一辈子；有的人，你只看了一眼，却影响了你一生；有的人，热情地对你，为你的快乐而快乐，却被你冷落；有的人，让你拥有短暂的快乐，却得到你思绪的连锁；有的人，一厢情愿了很多年，却被你拒绝了很多年；有的人，一个无心的表情，却成了永恒的思念。这就是人生。人海中，谁与谁擦肩而过，谁与谁能同床共枕，冥冥之中，早有安排，没有早一步，没有晚一步，看似巧合，却不知缘分的深浅早已注定。”

我看到周正的嘴角微微上扬，泛起了一丝自嘲的笑意。

“桐桐，其实你之所以觉得自己那么爱楚梦寒，是因为你根本没有真正地敞开心扉，去接纳过除他之外的任何一个男人。不要把自己禁锢得太过紧。你试着接纳别人，也许就会发现，他未必是最适合你的。”

“周总，楚梦寒是不是拖欠永正的钱没还呀? 你这样的话，我听在耳朵里，分明就是挑拨离间。”

“是，我就是挑拨离间，等你们分手后，我好在他失意的时候，把 TPC 吞并，花个几百亿，收购它，或乘虚而入，把你追到手。”

前面的红灯变成了绿灯，他一踩油门，汽车飞也似的向前驶去。我听到他自言自语地爆了句狠话：“我有病!”

我简直要被他的话雷到内伤了。

车子一路开，最后竟在我早上刚刚离开的医院内停了下来。

“你自己上去吧。”

周正没有看我，眼睛盯着前面的一棵柳树。冬日里的枯枝上挂着昨夜的冰雪，隔着车窗，也让人能感觉到冬天的寒冷。

“你要我去哪?”

“这里有一个病人叫林婉婉，你应该认识吧?”他依旧没看我，似乎是有意躲我的目光。他的话更是让我像置身于云雾中。

“你认识她?”

“不认识!”他脸上闪过一丝厌恶，“现在，你自己上去就知道了……我在这等你下来。”

周正的语气中突然带着一种柔情。我的心有点乱，我想不明白他要做什么。

刚走到病房门前，我就听到了里面低低的哭泣的声音。不用猜也知道，一定是林妹妹又哭了。

“婉婉，别哭了，大夫说你需要静养。这样着急上火的，病什么时候能好?”

我隐住自己的身体，悄悄地从窗子里望进去，林婉婉躺在病床上，她身边坐着一个人，正是早上在人群中行色匆匆的康然。

康然和林婉婉认识?林婉婉不是说在A市一个熟人也没有吗?所以才会赖着汪洋，把汪洋当成救命稻草。她在骗我!还说不是勾引!

怒火一下子被点燃了，我推门冲了进去。

“桐桐姐!”看到我的那一刻，林婉婉的眼中闪过一丝慌乱，但很快，她就平静下来，好像预知我将到来一样。

“桐桐!”

康然的举止永远是那么优雅，她站起来，给我搬了凳子，好像她出现在这天经地义似的。

“你不是说你在A市没有朋友吗?你说让汪洋照顾你是没有

办法的事，那你现在怎么解释？亏我昨天还那么同情你，想给你男朋友打电话。你怎么撒谎一点也不脸红呢！"

林婉婉低下头，一声不吭。

倒是康然站了起来，扶了一下我的肩膀，说："我也是今天来医院看病人，无意间看到婉婉在这里的。我们以前是同事，没想到时隔几年，又在 A 市碰到了。"

原来康然和林婉婉之前居然是同事。康然曾经不是和楚梦寒是同事吗？我晃了晃头，暗自嘲笑自己，现在的人，哪一个不是要换很多工作，康然当然也不会例外。

"桐桐也是来看婉婉的吗？"康然嘴角扬着优美的弧度，笑着问我。

"不是。我要走了！"

太多的巧合已经让我有足够的理由怀疑这个看似柔弱的女人心机太重。可是，我刚转身，就看到了提着保温桶的汪洋站在了门口。他身上裹着厚厚的羽绒服，显然是刚从外面赶来。

看到我的时候，他明显愣了一下。

他这样风尘仆仆的样子，看得我心里一阵难过，欣欣回家好几天，他也没去接她，现在却出现在这！

"欣欣说她今天上午回来，你看到她了吗？"我一脸不屑地看着他。

"嗯，看到了。"汪洋理亏地低下头。

"你把欣欣一个人扔在家里，却跑来照顾林婉婉？"

我抢过他手中的保温桶，拧开一看，里面是白粥和小菜。真是细心周到。

"昨天我想了一夜，我和欣欣的感情确实出现了问题。这样仓促地结婚，或许真的对她不太公平。”

我几乎站不稳，已经定了婚期，发了请柬，如果取消了婚礼，沈欣欣一定会成为所有人的笑柄。虽然我在心里一直想着劝她离开汪洋，可这种话真的从这个男人口中说出来，我才意识到这对沈欣欣是多么残酷！

“你决定要和林婉婉在一起，抛弃欣欣？”我冷笑着问。

“不是抛弃，只要欣欣愿意，我愿意永远像亲人一样照顾她。”

“她爱了你十几年，最后成了你的亲人？你想施舍给她亲情，然后把爱情给与你相识短短数日的女人？你以为欣欣会需要你这样的亲人？你根本不配！收起你的同情吧。未来的日子，过得精彩的那个人未必是你。”

我好恨！昨天就应该任这个女人自生自灭，那样，就不会看到这两个人在这里卿卿我我，更不会听到汪洋说的这番绝情的话。

“哇……”

我回头一看，沈欣欣正站在我们背后，失声痛哭起来。她站立不稳，蹲在地上，浑身止不住地颤抖。

我走过去扶住她，眼泪也跟着掉下来。不用猜也知道，一定是沈欣欣回到家看见汪洋匆匆离开，就在后面一直跟着他来到了医院。汪洋刚才的那番话，她也都一字不落地听到了。

“欣欣不哭！我们走！为了这样的人伤心，不值得。”

沈欣欣抬起头，用手指着汪洋说：“汪洋，你真狠呀！我一辈子也不会原谅你……还有你……”

说着，她又用手指向了病床上的林婉婉：“我倒要看看你们能有什么好下场……”

林婉婉突然笑了！带着泪痕的笑，触目惊心："沈小姐，我们一定会幸福的！"

"你为什么要抢我的汪洋！为什么！"

沈欣欣被她的笑容刺激到了，扑过去，和她纠扯，却被汪洋拦住了。在汪洋的手为了别的女人触碰到她时，沈欣欣彻底疯狂了。

林婉婉脸上的悲愤不比沈欣欣少，她又笑又哭，对沈欣欣说："为什么？我失恋了，我爱的人不爱我。我遇到了汪洋，和爱我的人在一起，这样子错了吗？"

"你爱汪洋吗？他们已经在一起十几年了，这样的男人，你也敢跟？"我把沈欣欣拉过来，大声斥责林婉婉。

"我爱的男人抛弃了我，和你在一起，为什么汪洋不能抛弃她，爱上我？"林婉婉指着我说。

屋子里突然安静下来。

沈欣欣停止了哭泣，眼珠几乎瞪了出来。

汪洋惊讶地张大了嘴，嘴角抽搐了一下。

我则一动也不能动。

"经过了昨夜，我才想明白，我爱上了汪洋，我要永远和他在一起！他是我唯一的温暖，是我活下去的勇气，谁也不能把他从我身边抢走……"

她后面说的什么，我一个字也没听进去。

我看到沈欣欣居然用最仇恨的目光看着我，然后一扭身，跑了出去。

"欣欣……"

欣欣刚才看我的眼神里竟充满了一种刻骨的仇恨，她不要再和我做朋友了？住院部的走廊里来往穿梭的人很多，她的身影在人流中时隐时现。我真的恐惧了，浑身的血液都在倒流，连曾经楚梦寒一去不归，我都没这么害怕过。林婉婉的话像刀子一样生生地剜在我的心里。我来不及去联想，去质问，来不及去痛，这一刻，我只想拉住欣欣的手。要是连她也不理我了，我还有什么？

沈欣欣没坐电梯，直接向楼下跑去，好像我的声音像噩梦似的，避之不及。当我终于抓到她的衣角时，她尖锐地叫了起来："走开！我说那个女人怎么会看上汪洋，他没钱，没地位，宅在家里多年，年纪不小了，有的地方还像个傻小子。那女人不爱他，只是想报复楚梦寒，报复你萧桐桐。而我，只不过是她计划中的一个牺牲品。"

沈欣欣对我哭诉，看见追来的汪洋，一闭眼，决绝地从牙缝里挤出一个字"滚！"

"欣欣……"我跑过来心疼地替她擦眼泪。

"滚！你也滚……"沈欣欣哆嗦着，打开我的手，"都给我滚……"

沈欣欣坐在地上，捂住脸，铺天盖地的号哭声回荡在楼道里。

"欣欣，我对不起你，你……"

汪洋愧疚得想去抱她，却被赶来的林婉婉拉住了胳膊。这一拽，让汪洋生生地止住了脚步。

"汪洋，总要说清楚的……"林婉婉皱着眉说。

她又回过头恨恨地看着我，脸上挂着泪水，就连斥责的样子，也是楚楚可怜，娇弱无辜："萧桐桐，你不要装什么清高。当年，楚梦寒一无所有的时候，三年，你都不去联系他。现在，他有钱、有地位了，你就像狗皮膏药一样黏着他。你也不过是一个爱慕虚荣、贪图富贵的女人。他当年生病落魄的时候，是我在他身边陪着他，照顾他。现在，他选择了你……我无话可说……今天上午，他来找我……我死心了，彻底死心了。我毕竟爱过他，我乐意成全他……从今以后，我要和汪洋在一起。只有他，才是真心喜欢我的人。我爱他，以后一生一世对他好。你不是爱慕虚荣吗？不是喜欢楚梦寒的钱和地位吗？我祝你们白头到老。"

林婉婉的身体半靠在汪洋身上，好像失去了这个依靠，就随时会倒下一样。她转过头，对沈欣欣说："欣欣姐，我对你很内疚，但我没有办法。几天前，在我还没有确定爱上汪洋的时候，我曾想过放手，但当我看到萧桐桐和楚梦寒两个人卿卿我我的时候，我认清了自己的心。这一生，能找到一个不嫌弃自己，真心对自己好的人，挺难的。我是个自私的女人，这一次，我决不会对幸福放手……"

沈欣欣停止了哭泣，睁大眼睛瞪着我，空洞的大眼睛里慢慢喷出火来："萧桐桐，我恨你……"

我使劲摇头："欣欣，不是那样的，我没有……"

我坐在医院外的长椅上，天好冷，空中零零散散地飘着雪花。眼角的泪水干了，脸被寒风吹得生疼，我傻傻地坐在那，脑海中一片空白。

一个男人慢慢地走到了我身边，把一个纸杯子递给我："热朱古力奶。吃点甜的东西，心情就会好起来。"

这样的话，他曾和我说过一次。我抬头看着他，周正双手捧着杯子，递给我。

“谢谢！”我伸手接过来，隔着保温层，感受到了它的热度。

“见到楚梦寒了？”

我苦涩地扬了扬嘴角：“没见到。但你想让我知道的事，我已经知道了。”

林婉婉的话一直回荡在我心头，像噩梦一样，挥之不去。我不敢相信，楚梦寒居然能当着我的面装作与林婉婉不认识。他怎么能这么骗我！我之前以为幸福的一切，又再一次被颠覆。

他，为什么要骗我？他搬来和我一起住，他要马上和我结婚。所有的一切，都证明了他是在心虚，在害怕。他骗我，是因为他是在乎林婉婉的，对不对？他不能像告诉我他与刘津、康然的关系那样，坦然地告诉我与林婉婉的关系，是因为他待她，究竟是不同的。这三年里，他的感情不是一片空白，他是爱过这个女人的。是不是因为这个女人，三年来，他才对我不闻不问，任由我自生自灭？在我受苦的时候，他在和这个女人卿卿我我吗？更可悲的是，林婉婉说，她曾照顾他，关心他，她的爱填补了他离开我后三年中感情的空白，我才是拆散他们的第三者？

各种各样的猜测和联想在我的脑海中一幕幕地浮现，就要把我逼疯了。他就这样把我从幸福的最高点，狠狠地推了下来。原来，从天堂到地狱，真的只需要一瞬间。

“你还知道什么，都一次告诉我吧……”

可笑吧？好像所有人都知道似的，被蒙在鼓里的，只有我一个人。这次，我失去的不仅仅是爱情，说不定连友情也没了……眼泪落下来，滴进杯子里，很快被热气淹没。

“我也是无意间发现楚梦寒和一个女人在咖啡吧里，那时，那个女人泪流满面，向楚梦寒哭诉。我知道，像楚梦寒这样的人，有女人主动贴上来，是很平常的事。以前，我也看到过楚梦寒是如何决绝地拒绝女人的投怀送抱。楚梦寒几乎自始至终都没动嘴，最后，我看到他拿给她一张银行卡。一个男人，尤其是像楚梦寒那样冷静沉着、在商场上浸淫多年的男人，怎么会和这样的女人纠缠不清？我替你难过。这么多年来，我从没有见过哪个女人可以这样爱一个男人。我羡慕他，敬佩你，我能想到眼里不揉沙子的你如果知道了他和别的女人之间的纠缠，会是怎样的心痛。所以，从那天后，我开始留心楚梦寒。直到我知道了楚梦寒在你们三个人在一起的时候，还那样骗你，知道上午他背着你，一个人偷偷来了医院，我再也忍不住了，就直接带你来这了。我想，你有权利知道一切。如果你们和好了，我祝福你们；如果你们分开了，希望你还能像我刚认识你时那样，坚强地生活下去……感情并不是生活的全部，你还有工作，还有家人，还有朋友……以后，还会有新的恋情……只要你愿意……"

为什么所有的事，第一时间都是从别人嘴里知道的？你说爱我，就是想这样对我的？

周正送我回家，我和他道别。周正叹了口气，拿出纸巾，替我擦去眼泪。

身后传来脚步声，我一回头，居然是楚梦寒。他径直走了过来。

看到他的一瞬间，我心头的怒火又重新燃起，用仇恨的眼神看着他。

楚梦寒愣住了："桐桐，你怎么了？"

楚梦寒惊讶地看着我，想伸手来抱我。

不等来世　只要今生
（下）

我决绝地推开他的手，后退一步。

他以为我还什么都不知道吧？以为还能继续骗我吧？

“没什么，我只是觉得自卑。反思为什么自己被人骗得团团转时，还以为自己得到了幸福。”

我看着他，看着这个我深爱的男人，泪水又落了下来。我用力推开他，冲上楼去。

他追了上来，在外面不停地叫门：“桐桐，桐桐……”

我蹲着，蜷缩成一团。我对不起欣欣，对不起妈妈，更对不起我自己。

“楚梦寒，你真是个混蛋，你不配拥有桐桐的爱……你这个玩弄感情的骗子！”

是周正和楚梦寒吵了起来。

“你别以为我不知道你对桐桐的心思。你和桐桐说了什么？你才是小人……”

两个人的声音越来越大。

“砰……”我打开门。

两个男人顿时僵立在那，成了化石，一动不动地看着我。

迎着我愤怒的眼神，楚梦寒脸上也显现出了隐隐的怒气：“桐桐，只相信我和你说的，不要听别人乱说，明白吗？”

我深呼吸，对着周正挤出一个笑容：“周正，谢谢你！我没事，你先走吧。我会永远记得你和我说的话，有你这样的朋友，我很荣幸！”

楚梦寒的脸色顿时冷了下去。

周正担忧地看着我，想了一下，还是说：“那我先走了，晚些时候，给你打电话。”

第三章
我爱你爱到尘埃里，你却不爱尘埃里的我

楚梦寒进来的时候，我已经坐到了沙发的最远处，我怕我站着的时候，会因为心痛跌倒在地。我不是林妹妹，我宁愿独自舔伤口，也不愿一个出轨的男人给我怜悯的柔情。

“我都知道了，你和林婉婉……”怎么这么不争气呢！怎么扬着脸，泪水还是不受控制地落下来，连声音都颤抖了。

所有的语言都显得无力，我只问我能承受的底线：“你有没有和她上过床？她是不是曾是你的女朋友……”

我不敢问他有没有爱过她，那个“爱”字，我问不出口。

“桐桐……”他的表情很痛苦，似乎也是濒临崩溃。

“别过来！回答我的问题！求求你！不要再骗我……我爱了你那么多年，你就和我说句实话吧……”我是在求他……大声哭着乞求他……

楚梦寒浑身僵硬。我们一动不动地互相注视着。

“她不是我的女朋友，从来都不是……我爱的只有你……”

“我不想听……”我愤怒地打断他。

时间在一秒一秒地过去，是凌迟，是锥心剜骨……

“一次醉酒后，我什么也不知道了。醒来的时候，她就和我躺在了床上……我当时要疯了，我在什么也不清楚的情况下，做了她第一个男人。我……”

他后面说了什么，我已经听不见了。我眼一黑，昏了过去……

醒来的时候，我被一个男人抱在怀里。

“桐桐，你醒了?”楚梦寒收紧了双臂。

我很想笑……我醒了，彻彻底底地清醒了！原来我和他之间

的幸福，不过是一个梦，是我自己固执地守护着的心中那所谓的纯洁的爱情。我早就应该知道，三年前，纯洁的水晶就已经碎裂了一地。再次捡起来时，换来的只有鲜血淋漓！是我不该再继续做梦，是我自己太傻，太天真。我没有权利要求他为了我守身如玉，可是，他不应该骗我！骗我去相信爱情依然纯洁美好……

我连挣扎都懒得挣扎了。我像是积攒了所有的力气，才能颤抖着说：“楚……梦……寒，我们……就到这吧！”

什么今生今世，来生来世，我们之间是无法忍受欺骗，有了另外一个女人的存在。如果我们还不分开，以后，他这样抱着我的时候，我会想到，曾有别的女人占据过这个位置。曾经有人说过，女人一旦疯狂起来，毁灭性堪比原子弹，我却无心毁灭他们，更不能毁灭我自己。

“桐桐，原谅我，好不好？我心里从来没有过别人……我不会让你再一次离开我！”

他死死地搂着我，阻止我想要起身的动作，仿佛微微的一个改变，我就会凭空消失一样。

“你放开我！楚梦寒，你早就知道林婉婉是有意接近汪洋，破坏沈欣欣的幸福，对吗？你欺骗我，玩弄我还不够，还要去欺负我朋友？”

“不要胡说。”楚梦寒面容一僵，“玩弄？我对你的心，你看不到吗？”

“我有胡说吗？”

不知道哪来的力气，我居然真的推开了他。坐起来的时候，眼前直冒金星。

我冷笑道：“你承认和林婉婉上过床，对不对？你抱着一个和你有过如此亲密关系的女人在我面前装作不认识她，看着我像傻子一样跑前跑后。你为她服务天经地义，倒是我傻，像耍猴一样，被你们两人骗得团团转！她哪里是要找什么汪洋，她要找的始终只有你一个，是那个当年和她上了床，又把她抛弃，占了人家便宜，又不肯负责任的人！而在别人的嘴里，我反倒成了贪慕虚荣，整天缠着你的小三！楚梦寒！是你！让我这么可悲，又可笑！"

我愤怒的泪水夺眶而出："当年，我身边没有一个人，生病的时候，是欣欣照顾我；失意的时候，是她开导我。而现在，就是因为我做了一个想要和你重新在一起的决定，就把她十几年的幸福一夕之间毁灭了。我永远也不会原谅你！永远也不会……"

泪水模糊了我的双眼。我喉咙里像火烧一样，只能发出呜呜的哭泣声。

楚梦寒没有动，好像麻木了一般，眼睛发直。好一会，他才想起来伸手去抱我。

"别碰我！"我连退几步，环住双肩，把自己保护起来，"楚梦寒，你的人生，我只能……陪你……到这里了……"

"桐桐……"

楚梦寒咬着嘴唇，不放弃，又伸出手。我甩开，他还伸过来。我再推开他，他还是不放手。最后，他一把把我搂过去，死死地抱住。我挣扎无效，愤怒地咬上他的手臂。他痛得抽气，手臂却如铁钳一般，紧紧卡住我的腰："对不起，我没想到，林婉婉会用这种方式报复我，我更没想到，沈欣欣在你的心里是这样的重要。你怎样发脾气，我都理解，但就是不要恨我，不要恨我……"

"林婉婉说，她曾在你生病的时候照顾你……那应该是我们分开后没多久的事情吧？以你当时的性情，你会让一个陌生的女人接近你？为什么你醉酒后偏偏和她滚上了一张床？难道不是你有意无意地允许她的靠近？她来A市找你，你给她钱，是因为你对她愧疚。而她所做的一切，不过是想要得到你的怜惜。她已经做到了……你敢说，你昨天抱着她的时候不心疼？楚梦寒，你不要再骗我了，也不要再骗你自己了……”

我的心都在滴血。随着这几句话出口，我曾经的骄傲已经被自己狠狠地踩在脚下。

“我没有爱过林婉婉，我看得清楚自己的心，以前没有，现在没有，之后更不会有。我对她只是愧疚，毕竟我……”

“你别说了！”想到他接下来会说的字眼，我用双手死死地捂住了自己的耳朵。

楚梦寒被我的样子吓坏了，板着我的肩膀：“我不说……我们以后好好生活，我发誓，我会用我的有生之年去弥补我犯的错！”

“我不会再相信你了，永远不会，你走吧……”

楚梦寒瞬间僵住了，原本苍白的脸色变得铁青，抓着我的手也僵硬起来。

“你怎么弥补？你是林婉婉第一个男人，这辈子，只要她想，你就永远与她纠缠不清。我说过，出来混，总要还的！当初，你既然没有抵得住诱惑，这一生就要为自己犯的错误负责……而我……”我抬起头，把泪水逼回眼底，“我不需要你负责。如果你还觉得我们之间曾经真的有纯洁专一的爱情，就永远地离开我……不要到最后让我想起你来，全是痛，全是恨……”

楚梦寒松的手松开了我的肩膀，深邃忧郁的眼底，满满的都是悲伤：“林婉婉不会再来打扰我们的生活了，就算会，除了感情，除了我这个人，只要是我有的，金钱、名誉、地位，我都可以放弃，只要你能依然留在我身边……只要有你，什么都可以从头再来。我以前太傻了，我以为只有拥有了金钱、地位，才能给你幸福。如果时光可以重来，我一定不会离开你……"

"你不要再说了……"

我眼前浮现出林妹妹那弱柳扶风的身姿，那张泪光盈盈的俏脸，还有那能使百炼钢化成绕指柔的声音。面对这样一个女孩子，楚梦寒怎么会不动心？一个那样的女孩子，肯在他落魄的时候照顾他，关怀他，他怎么会不动心？林婉婉已经放手了？呵呵，我真想放声大笑，若是把林婉婉今天在医院的那些表现说给楚梦寒听，不知道他还会不会这么说。

楚梦寒离开后，已经是第二天的早上。

一夜之间，就好像连体婴儿被生生割开，这痛，比三年前尤甚！

失去爱情和友情的双重打击，我站在镜子前，看着陌生又憔悴的自己，几乎已经不成人形。

我做的第一件事就是把门换了锁，在A市找房子不是一件容易的事。多可笑，这个曾经要给我安定生活的男人，与我重逢后，给我的生活带来的最大的改变就是不停地找房子。

周正打电话，让我赶快去上班，再去客户那里。

我没去，而是直接打车去了沈欣欣的家，按了半天的门铃，也没人开门。

我像个游魂野鬼一样往前走着。

手机响了，打开后，是楚梦寒发来的短信："老婆，今天很忙，上午开会，中午要去见市里的领导。想你！"

我看过后直接删掉。

远远看到一个人向我的方向走来，我以为自己眼花了，停住了脚步，仔细去看。我一颗心都要飞了起来，是沈欣欣！

她手上拎着一个袋子，上面有家乐福的标志。袋子鼓鼓囊囊的。

去买东西吃？她挺过来了？

她显然已经看到我了，脚步滞了一下，扭头向我相反的方向快步走去。

我没有追，她不想见我，没有关系，我只要知道她没有事就好。我心里舒畅了很多。

我的目光追随着沈欣欣的身影，却看到她又一次停住了脚步。

我心里一顿。我看到“陈世美”搂着林妹妹并肩走来，那柔情蜜意的样子，向所有人昭显他们是一对正在热恋中的情侣。

林妹妹无力地靠在汪洋怀中，似乎一阵风来，就能被吹走。

看到沈欣欣，汪洋的笑容瞬间褪去，他脚步也停了，抖了抖嘴唇。

林婉婉却主动抽出手，挎住了他的胳膊。

他们同时也看到了沈欣欣身后的我。

汪洋不自然地松开林婉婉的胳膊，近前一步，对沈欣欣说：“欣欣，我来收拾东西。存款和房子是你的名字，我都留给你。我只来拿衣服……”

沈欣欣没说话。

即便是隔着几步远，我也能感受到她的落寞。

相爱了十几年的男人，在这个月末就要步入结婚礼堂的男人，现在正挽着另外一个女人的手，怜悯地把钱和房子留给了她……

不经意间，我看到了林婉婉的眉头皱了皱，显然是对汪洋的决定很不满意。

我心里在冷笑，汪洋以为全天下的女人都像沈欣欣一样不讲金钱、不讲地位地跟着他？林婉婉在病中，偷着从医院出来，是为了监督汪洋搬家？这个女人外表柔弱，骨子里真是强悍啊！

“为什么会爱上她？”沈欣欣的语气里没有怒火，没有悲伤，静静地等着他的回答。

“欣欣……”汪洋无言以对。

沈欣欣仍旧固执地问：“为什么？”

汪洋脸上一阵红，一阵白。他咬着嘴唇，垂下了眼帘，艰难地说：“也许是你对我太好了……”

这一刻，仿佛一切都静止了。

“房子和存款我都收下了，把你的东西一次性拿走，我要换锁了！”

沈欣欣紧了紧拎着袋子的手，转过身来，看到了我。

我的心又无可抑制地颤动了一下，沈欣欣的苹果脸上出现了从没见过的尖下颏，她的眼睛肿得像烂桃，就连现在，眼角还挂着泪水。她回头，是不想让汪洋看见吧？流泪永远都不属于我们这样的女人，因为我们觉得为了背叛的爱情不值得……

一个想法在心中冒出来，我向汪洋和林婉婉走去，认真地对林婉婉说：“拜你所赐，我和楚梦寒分手了！”

我知道这句话对林婉婉来说，意味着什么。恐怕，这样的结果，她没想到吧。

不出所料，林婉婉的嘴唇在微微抖动。她看了看汪洋，最终还是没忍住，向我求证："你和他分手了？"

"是！"我斩钉截铁地告诉她，"我无法忍受一个欺骗我的男人，一辈子也不会原谅他！"

我倒要看看这两个人能怎么幸福，可一想到可能发生的情形，心里还是像刀扎一样疼。

晚上回家的时候，竟在小区里看到了康然。她手里拿着一个大袋子。

看到了我，她优雅地微笑，慢慢走了过来，说："替婉婉拿衣服。"

这一次的笑容里有了之前从没看到过的尴尬。

"白天我见过她，她好得很呢！"讨厌林婉婉，连带着对康然也没了什么好脸色。

她倒不恼，仍旧保持着淑女的风度："其实，婉婉和我最早都是梦寒的同事。我和她也是好多年没见面了，我以为她和梦寒早分手了……"

我的心被狠狠地扎了一下。

她接着说："我到公司的时候，婉婉已经和梦寒是男女朋友了，但后来，梦寒辞职了，听说与婉婉分手了。再后来，我虽然一直和梦寒有联系，却没再见过婉婉。唉，没想到在你们快结婚的时候，她又出现了……"

"当年他们是男女朋友？"我尽量保持着理智，问道。

"是呀。婉婉长得漂亮，梦寒的工作刚刚有起色，大老板很重视。两个人上下班走在一起，我们都觉得他们两个在一起，特别般配，只是，后来他们分手了，遗憾之余，也觉得自己有了机会……其实现在婉婉真的也很可怜，她妈妈过世了，爸爸另娶，每日里逼着她相亲，她来 A 市，看到你和梦寒在一起，确实也受了很大的刺激。她开始时不理解……听她说，这些年，她一直在等着梦寒……”

康然走了，我一个人站在冷风中，瑟瑟发抖。

夜里，我发烧了。

楚梦寒一直在外面敲门，我平静地让他走，之后，任他说什么，我都没再去理会。

我真的很难受，浑身火烫，嗓子发干，连自己去倒一杯水的力气也没有了。

电话一直在响，我挣扎着直接把楚梦寒的号码设为拒接。当一切声音消失的时候，我终于昏睡了过去。

再次醒来的时候，又是因为电话，只是，这一次，屏幕上的号码让我激动得想要尖叫。

“欣欣，你终于肯打电话给我了？”

大概一个小时后，门铃大响。

开门的一刹那，我们两人互相看着，眼泪都在眼眶里打转。

“欣欣，你原谅我了？”

“没原谅，过来看看你快病死的样子，解解气！”她手里拎着个大袋子，人已经走了进来，背对着我。

我听见她哽咽的声音：“我们都是傻帽！到现在，我还会偷偷跑去医院看他们。他拉着她的手，像侍奉女皇一样伺候她。原来他可以对我好，也能对别人好……”

“为那种人哭，不值得！”我心疼地替她擦眼泪，“他后悔的日子在后面呢，以后找一个比他好一万倍的男人，让他肠子都悔青了。”

沈欣欣擦了擦鼻涕，断断续续地说：“我都二十八了……也许这辈子就这样了……你没必要为了我的事……和楚梦寒分手，你们俩也不容易……”

“欣欣……我已经决定了！”这么善良的欣欣，汪洋一定会后悔的！

“刚才，我在楼下看到楚梦寒在车子里，他又是一夜没走？”

就在这时，外面的门铃声又响了起来。用脚指头去想，也知道是谁。

“别开，我不想见他！”

“我想见他！”不顾我的阻拦，沈欣欣冲了过去。

“楚师兄，你来干什么？真没想到，林婉婉嘴里的那个负心人竟是你！桐桐那个榆木疙瘩，三年里，因为你，不知拒绝了多少高富帅。而你，却在外面桃花朵朵开，就连要和桐桐复婚的时候，也有女人缠上来。桐桐病得起不了床，我还把火气撒在她身上。或许这也并不完全是你的错，可你造成的后果却没法让人原谅！你整天这么守在门外，也不是办法。想要桐桐原谅你，你总要用事实证明一下。”

我在心里苦笑。证明？他就根本没一句实话。

“病了？”

一股冷风袭来，转眼间，楚梦寒已经冲了进来。深陷的眼窝，青色的胡茬，他真的在外面守了一夜？

我把脸埋进被子里：“欣欣，让他走，求你了！”

两人同时陷入了沉默。

片刻后，楚梦寒的声音响起：“欣欣，对不起，因为我对你造成的伤害，我没办法请求你原谅，但我请你照顾一下桐桐……一会审计局的人来，我必须先去公司……”

“你放心吧，我会照顾她的，但我是为了桐桐，并不是接受你的请求。我去热早点了……”

感觉楚梦寒挨着我坐了下来，伸手掀我的被子。我死死地抓着不松开，可病中的我，哪有他力气大？我最终被迫露出脸来，对上了他的眼睛。

“桐桐，你告诉我，你怎样才能相信我？才能原谅我？”

他在问我，可我又能去问谁？

“我不知道！”

“桐桐。”楚梦寒拉起我的手，放在他胸膛上，让我的手心感觉那里有力的跳动。他的吻重重地落在我的唇上。

我好像被电流击中一样，大概是因为病了吧，此刻的我，竟贪恋起他怀中的气息……

他像是得到了鼓励一般，舌尖挤进我口中，越吻越深。可就那么一瞬间，他感觉到了我浑身的僵硬，唇齿的冷硬。

“怎么了？”他的呼吸还有些急促。

“脏……”这样一个字从我的嘴里溜了出来。

他的脸一瞬间变得惨白。

我痛苦地闭上眼睛，好像得了强迫症，不受控制地想着，他们会不会也像这样接吻？也像这样拥抱？

楚梦寒似乎也被我的反应深深地刺激到了，临走时，连脚步都有些踉跄。

沈欣欣把窗帘拉开，房间内“唰”的一下，亮堂了许多。她又去外屋，把热好的豆浆和大饼、鸡蛋放在床头柜上。

闻到食物的香气，我皱了皱眉，实在是吃不下。

“你真的要和楚梦寒分开？他和汪洋是两回事！我不怪你们了，毕竟没人拿着刀逼着汪洋去喜欢那个女的。你也不要把一切都怪到楚梦寒身上。”

沈欣欣说一个人住在曾和汪洋同住的屋子里很难受，我毫不犹豫地邀请她来和我一起住。她当时不知道我和楚梦寒同居的事，看我病着，也就欣然答应，临走的时候说今晚就过来。

我一个人躺在床上，孤单如潮水般袭来，明明是白天，竟比黑夜还难熬。三年里，我可以抵挡的孤单和无助现在似乎卷土重来，叫嚣着，要将我吞噬。我的泪水一点点浮上来，渐渐迷糊了双眼，化成一片片浓重的雾……

不知睡了多久，睁开眼一看，看见楚梦寒临窗而立，手里夹着烟，望着外面发呆。

我明明已经换了锁，他怎么还能出现在这……难道是沈欣欣？

他转过身，掐了烟，却没向我走来。

“桐桐，我和林婉婉认识，是在离开你之后的第四个月里。”楚梦寒咬了咬下唇，突然近似低语地说道。

第四个月？我心里又是一阵酸涩，原来林婉婉的出现真的和我想象的一样早。

“桐桐，你永远不会理解，一个男人看着自己心爱的女人哭，自己却无能为力的那种感受。离开你之后的每一个夜里，我几乎都能梦到你哭泣的样子。有时，我真的恨你，可更多的时候是恨自己。那段时间，我拼命地工作，用工作来激励自己，也用工作麻痹自己。林婉婉是公司新来的业务员，被安排在我手下。其实，我也不过刚刚做了几个月。她并不是我的下属，这样的安排，只是出于公司文化中所谓的以老带新。很快，我就发现，这个女孩子实在不适合做销售工作。她和生人说话的时候有心理障碍，心理承受能力也格外的差。她家里的情况也比较复杂，需要她每个月寄钱回家。我觉得她很麻烦，但又很可怜。那时，公司正面临改制，我被选做了渠道经理，就顺便把她的职务安排成了文职。她学历不高，所以格外珍惜这份工作，对我也很感激。”

楚梦寒说到这里的时候，忽然停顿了一下，把脸转向我。

我的手僵硬地拢了拢身上的棉被。我嘴里都是苦的，听着自己的爱人诉说和另一个女人的过往，心里就像油煎一样难熬。或许男人永远也不能体会到女人这一刻的心情，就像他说我不能体会到我对着他哭，他却无能为力的那种感受。

“林婉婉并不是一个外向的女孩子，甚至有点自闭。虽然看得出，她工作很努力，但她仍旧离我们的要求非常远。也许我的反应太过明显，她已经察觉到了我的态度。她很慌张，跑来找我，说让我不要嫌弃她，她一定会把这份工作做好。其实那个时候，我并没有决定她前途的权力，她却把所有的希望都寄托在了我身上。我苦笑，那时，连我最心爱的女人都无力为她做些什么，又怎么会成为这个女孩子的救世主呢？我只是一笑。”

“后来，有一次，我有一个文件等着用，急着让她修改。她总弄不好。我火冒三丈，斥责她偷懒。也就是那次，我才惊讶地发现，她居然连用电脑制作表格这么简单的事都不太熟练。因为性格的原因，她也不太敢去请教别人，自己看着从网上下载来的教程，慢慢地寻找相关的命令。被我发现后，她窘得涨红了脸，再次哀求我说，她一定可以做好，她不能没有这份工作。想到了我们也曾面对的困难，我对这个女孩的厌烦突然少了些。我拿过文件，自己去改。下班的时候，她腼腆地问我可不可以教她一些办公软件的使用方法。她不想让别人知道她这么笨，答应了她。"

"也许是和她的接触多了些，不知道从什么时候开始，有人在说她是我的女朋友。我还没来得及气愤，她就来找到我，问我会不会因为这个谣传而在与她相处时感到尴尬。我当时没时间和心思去想这些无聊的问题，只想着今后和她保持距离，不要真的让人误会。桐桐，无论你相不相信，我真的没和她谈过恋爱。我也没有想到接下来会发生那样的事。"

楚梦寒的声音都在颤抖："妈妈打电话来，让我回到她身边工作。我知道一旦回去，意味着什么。我想在A市努力奋斗，等到可以用实力证明一切的时候，再回到你身边。为此，我和妈妈不知道吵了多少次。我苦苦地哀求她，可她很坚持。我当时被逼得甚至真想忘了你，重新开始。白天、夜里，每次想到你的时候，我的心情都很复杂，久久不能平复。我告诉自己，你是爱我的。可你也令我很失望，因为你从没联系过我一次。我不知道你的爱到底能坚持多久，自己还能坚持多久。偏偏在那个时候，我接到了你母亲的电话。她说你已经有了不错的对象，让我尽快去和你办离婚手续，说你不想再和我有任何联系，更不想让现在的男友误会。她让我不要拖泥带水，也要给自己留些颜面。否则，真到了法庭，你们什么也不怕。我只有把所有的精力都放在工作上，来麻痹自己。”

“那也是一个冬天，我病倒在公司的单身宿舍里。因为是元旦假期，同事们几乎都不在公司。昏昏沉沉中，再次睁眼的时候，我竟看到了你坐在我身边，我不敢肯定，不知道那是不是梦。是她的声音把我拉回了现实，我看清了，那个人不是你，是林婉婉。”

他又停了下来，长长地叹了口气。

我的心随着他的话一阵抽搐。

“她没回家，发现我宿舍的门一直没打开过，所以求着行政部值班的大爷，拿备用钥匙打开来看看，没想到真的发现我病了。桐桐，你问我有没有爱过林婉婉，我可以肯定地告诉你，我真的没有。不过，在看到她的那一刹那，感动还是有的。我隐约觉察到了这个女孩子对我的心意，我直言告诉她，我有爱人，更没有钱，之所以和爱人分开，是因为经济问题，双方产生了意见，等我将来事业有了起色，我就会回到她身边。林婉婉只是轻轻地哦了一声，却没有离开。一个姑娘家，不求回报地对我嘘寒问暖，在我病时照顾我，关心我，我想我是感激的。不过，我对她，真的没有爱。”

“我去了医院才知道，我得了病毒性肺炎。因为耽误了病情，这病时好时坏，到春节也没好利索。那年春节，我没回家，她也没回。她包了饺子，端到我宿舍来。我们一起吃，然后一起在网上看了春晚，她就离开了……很简单。不过，经历过这些，我们的关系也不再如之前那样陌生了。”

“让我有些意外的是，春节后，我被提升为了销售部的副经理。职位提升后，连续不断的工作更加让我应接不暇，每天的应酬更是成了我最重要的工作内容之一。那时，我并没有太多的经验，缺乏自我保护的意识，身体在抗议，工作却不能不做，恶性循环，很快就再次病倒了，又是林婉婉抢着照顾我。”

“她的工作进步很快，不得不让我刮目相看。那个当初连表格都不会做的女孩子，短短数月，竟可以在工作中独当一面了，可想而知，她背后付出了多少努力。所以，我为她提了增加工资的申请。因为这个，公司里关于我们两个人的流言更多了。”

“我的工作开展得十分顺利。因为一个大额项目，我有幸接触到了 TPC 法资的董事。他认可我的工作能力，表示想邀请我去 TPC 工作。我当时很兴奋，毕业后，事业上一直碰壁，这是我人生的第一次重大的机会。我知道，在 TPC 做好，对我的一生，将意味着什么。”

“我向公司递了辞呈，临行前，必须把手上的一些项目交接好。那一晚，我被客户灌醉，潜意识里以为已经结束了手上最后一个项目的交接，我的心情格外放松。那天，我真的挺高兴的，因为我觉得，我的事业终于有了质的飞跃，所有的一切都有了希望。我记得那一晚很冷，你出现在我身边，那是我离开你之后，第一次感觉到温暖和幸福……可我醒来的时候，发现了身边的林婉婉……”

楚梦寒的声音有些沙哑，几近哽咽。我自己的脸上也早已冰凉一片。

“我不知道她怎么会出现在我的宿舍……我无法解释。桐桐，你或许会对我说，千万不要说我那夜是把林婉婉当了你，那样你会看不起我。我也知道，那很像是谎言，可我不得不说，事实真是那样。”

“那天之后，她就一反之前的态度，说她一直都很喜欢我，想和我在一起……我对她很内疚，不光是因为醉酒后的事，更是因为，当时我想补偿她，却拿不出一分钱来。”

“我当时就知道，以你的性格，如果知道了我和她的事，一定很难原谅我……我离开了原来的公司，去了 TPC 工作。开始时，她经常去 TPC 找我。我想，如果我这一生真的要辜负一个女人的话，那么，就是她吧。我没办法对她负责，因为我根本没办法忘记你！”

“等到我好容易有了一些积蓄后，就把所有的钱打到了她的账户上。她哭着要退给我，我对她说，我给不了你什么，只能是这些。当时的话说得有些绝情，以至于后来，她真的没再找过我。只是，每每想到她临走时说的，会一直等着我，我心里就充满了愧疚。”

“直到不久前，她又找到了我。从没有过的纠缠让我觉得，她根本不再是我之前所认识的那个女孩。我做梦也没想到，消失了很久的她，竟用了这么决绝的方式。对我的拒绝，她竟会选择通过接近汪洋，伤害沈欣欣，来报复你。”

“桐桐，我以前做的事，不敢期望你能这么快原谅我，但你不可以怀疑我对你的感情。这三年里，我几乎每天都在想着你，想着你会不会给我打电话，想着你会不会思念我。我如此想念你，却没有你的任何消息。我很失落，很痛苦。直到最近，我觉得我的生命才重新焕发出了光彩。”

“那天，我去医院，再一次和她把事情讲清楚。我准备下班后就告诉你所有的一切，可没想到，周正却带你来了。”

我的声音很平静，有些低哑："就算你一开始告诉我，我也不能接受，也会生气，会难过。可是，那是不一样的……男女之间的感情很微妙，我相信你是爱我的，但我不相信你对林婉婉真的一点感情也没有。因为你的不坦白，因为你这么明目张胆地欺骗，我只能把你往我不希望的方向去想，去折磨自己。难道我要随身带个测谎仪，随时检测你哪句话是真，哪句话是假？"

我与他之间不过一臂的距离，我只要一伸手，便可以扑到他的怀里，紧紧地抱住他。可是，我却感觉他是那么的遥不可及。

我真的累了，本来再也无力思考什么，可脑海中偏偏想着他刚才的一句话："那个人不是你，是林婉婉……"想着林婉婉照顾他的样子，我竟嫉妒得发狂。

他所说的宿舍在地下室吧？那里一定又冷又潮。想着他生病躺在那里，没有人管的样子，我的心竟然愧疚得一阵阵发疼。

外面传来了门铃声，紧接着就是沈欣欣的声音。

楚梦寒去开门，沈欣欣拎着大包小包的东西进来。

楚梦寒站在她身后看着她，很意外。

"这些天我就留下来照顾桐桐了！"

听了沈欣欣的话，楚梦寒皱了皱眉。

"我想你们都需要冷静一下，有些事情，等桐桐病好了再谈吧。不过，我们都是穷人呀，楚师兄可以每天晚上给我们买饭回来！"

晚上，沈欣欣睡在我旁边，嘟嘟哝哝地冒出一句梦话："傻相公，我累了，别闹了！"嘴角荡起甜蜜的笑意。

我眼圈红了，替她把被子往上拉了拉。

第四章
除了说再见，我们已别无选择

在楼下碰到汪洋和林婉婉已经是几天后的事了。

这几天，我亲眼看着沈欣欣打电话给家里，处理自己婚礼取消的事。她坚强地打电话通知自己已经发出请柬的朋友、同事们。可看到那两个人的时候，她眼圈还是红了。

“桐桐，前天我没告诉你，我去相亲了。介绍人明明说是三十二岁的没结过婚的青年，可见了面才知道，他不仅结过婚，而且还有一个两岁大的孩子。我真怀疑，他是找妻子，还是找保姆？二十八岁，难道再找男人，就一定要找个二婚的了？”

看着汪洋他们走远的背影，沈欣欣拉着我的手，流泪了。

我知道，她是想过得好，让汪洋看着。

“宁缺毋滥。这世上，好男人多的是。是你的，早晚能遇到。你别看汪洋和林婉婉现在好得蜜里调油，人的一生很长，激情燃烧不过是短暂的瞬间，他和你在一起十几年，都能这么轻易地抛弃你，你以为他和林婉婉的爱情能维持多久?”

“可他们现在很幸福，我却只有一个人!”沈欣欣眨巴眨巴眼，眼泪如断了线的珠子，又吧嗒吧嗒往下掉。

正往前走着，看见对面停着一辆车子，很眼熟。

周正从里面探出头来，说:“上车吧，一起去公司!”

我连忙摇头，说:“不麻烦了。”

周正看了看沈欣欣，知道我的顾虑，又说:“时间还早，我先送你朋友，然后再去公司，也来得及!”

沈欣欣低头小声说:“桐桐，你们同事看样子对你不错呀，看来我是白替你操心了。”

我瞪了她一眼。周正这个时候已经把车门打开了。略一犹豫，我和沈欣欣还是上了车。

车上不只有周正，还有一个年轻人坐在副驾驶的位置上。

“萧桐桐，你好!我是崔维，久仰大名!”他看着周正坏坏一笑。

“你好!”

“这是我表弟!”

我并不意外，之前，有一天晚上，远远地见过一次。今天仔细一看，他年纪不大，只是那笑，一看就不是什么老实孩子。

“这是沈欣欣!”周正已经认识了，我为崔维介绍。

两个人简单寒暄。

崔维咧着嘴角笑:“我这个表哥呀，最近天天挤在我这。认识他几十年了，从来也没和我这么亲过。”

“崔维，你现在是上学，还是工作呀?”我随便一问。

崔维说:“上学，还有一年就毕业了。”

“哦？在哪上学呀？”

周正扭过头，看了我一样，无可奈何地叹了口气：“你说你是幼稚呢，还是单纯呢？谁的话你都信。要不然，你会受骗？”

“都怪我长得太年轻了，你这么猜，也很正常。”崔维从钱夹里拿出一张名片，递给我，“这是我的名片。”

接过来一看才知道，崔维不仅工作了，而且是一家建筑设计院的建筑师。

我把名片递给沈欣欣。

她兴致缺缺，粗粗地扫了一眼，就又还给了我。

“建筑师呀，真了不起！高考的时候，这个专业的分数特别高，很多人想考，都不敢报！”

“那要看是什么学校，也不是每个学校建筑专业的分数都很高。我学习很差，就是长得像学习好的！”

沈欣欣终于扑哧笑了一声。

我也乐了。

“对了，周六A市最大的绿色主题公园——森林公园正式对游人开放，里面的许多建筑都是我们院承建的，我也是设计人之一。有时间的话，周六我做向导，大家一起去支持绿色环保，怎么样？”

看了看旁边的沈欣欣，她没什么反应。我想也好，否则，周六待在家里，只能是对着对面的那一对人难受。

“听说那建得不错！”开着车的周正也建议着。

“好呀！”

我对沈欣欣说，绿色环保是应该支持一下，她也没反对。

星期六的清晨，周正的车子准时停在了我们楼下。

崔维很健谈，兴致勃勃地给我们讲着森林公园的设计理念和在全国的影响。

很快，车子就开出了市心。我突然感觉到这条路有些熟悉，几乎就是脱口而出："这里是不是有一片在建的别墅群?"

"是呀，就在西郊，一会我们就能路过。"崔维的兴致更高了，"那片别墅群现在是A市最贵的地段，森林公园建成以后，这里的别墅更是卖到了天价。不过，也算物有所值。西郊是A市的绿肺，森林公园建成以后，绿化面积占到了百分之七十，你看那边……"

说着，崔维又指着前面的一片工地告诉我："这里是TPC在华投建的第一个商业中心，周围是高档小区，再过三年，这里就是A市名副其实的富人区……"

到了森林公园，市领导的讲话，我们赶上了个尾巴。

车子不能进去，我们四个人向里面走去。

里面果然是满眼的绿色，一些新奇的建筑好像来自未来的时空，心情一下子开阔起来。

周正和我并肩走着，沈欣欣被崔维叫着去前面的货亭买饮料。

右面有一处很大的湖泊，上面架了一座很具现代感的斜拉桥。

银杏树下还停着两辆采访车，有熟悉的声音传来，我停住了脚步。

原来身后的这座桥是TPC向政府捐建的，楚梦寒作为发言人，正在接受记者的采访。

他明显瘦了，但阳光下英俊的面庞仍然熠熠生辉，让人移不开眼睛。我在人群里看到一些女孩子、少妇们，无不是痴迷崇拜的目光。只是，这一看，也看到了两个熟悉的身影：林妹妹和“陈世美”也在这。不过，两个人明显都不太高兴。他们没有像之前那样，恩爱地手拉手，而是一个在前，一个在后地向右面走去。

我说要去厕所，让周正先去那边等我。

我小心地跟着汪洋和林婉婉，走了几步，躲到一颗粗树后面。

“洋洋，我们去前面坐一下，好不好?”

林婉婉真是个美人坯子，举手投足，都是风情。

“你是累了，还是舍不得走?”汪洋气哼哼的，脸变成了酱紫色。

“你发什么神经?”林婉婉站在那，幽怨地瞪着他。

“我受不了你看楚梦寒那副花痴一样的表情。他不就是有钱吗？你有没有想过我的感受？为了你，我连欣欣和我十几年的感情都抛弃了。你以为负心男人就那么好做？我父母要和我断绝关系……你说，你是不是还想着楚梦寒？还想着和他复合?”

复合？这两个字深深地刺痛了我。汪洋说的是实情，他父母早就认准了沈欣欣做女儿、做媳妇，这个林婉婉，恐怕他家里一时半会很难接受。

“什么负心人？你不是把钱和房子都给她了吗？我什么都不计较，你还这么大声凶我?”

还说不计较？她委屈得眼圈都红了。

不等来世　只要今生
（下）

“怎么，你觉得我还应该把钱和房子抢回来？不可能……”汪洋显然急了。

“到底是谁余情未了？就算让你要回来，我有错吗？我也想有自己的房子，也想生活得好一点。我……”说着，林婉婉又哭了起来。

汪洋的气焰一下子熄灭了，很没出息地走过去，拉着林婉婉的手，柔声地哄她：“好了。我会努力赚钱的，一定能让你过上好日子。”

林婉婉并不领情，脸上的表情明显是不信。

汪洋面上一僵。

他们身后的采访已经结束了，林婉婉的目光又被吸引了过去。

“你到底走不走？”汪洋这回真的怒了。

林婉婉没想到他讲话这样冲，一委屈，脸也拉下来了：“你嚷什么嚷？你声音大，就比人家强了怎么着？”

可能是说溜了嘴，她睁大眼睛，有些后悔。

汪洋甩开她的手，头也不回，扔下她，自己走。

“汪洋……”林婉婉喊了几声。

汪洋可能是真生气了，仍旧没回头。

林婉婉站在路边，气得直跺脚。

这个时候，后面一辆车开过来。这里不能行车，林婉婉没回过神来，想要躲，脚下一绊，跌倒在了路边。

一个司机走下车子，上前问：“小姐，没事吧？”

林婉婉正好有气没地方使，大吼：“这里能开车吗！神经病！”全没了往日的气质和风度。

司机也有些不耐烦，看林婉婉根本没什么事，就想离开。林婉婉却不依不饶。

“桐桐，你在这干什么呢?”周正看到我了，很不高兴地向这边走来，“崔维他们买好了票，等着我们去云南园呢，快走吧!”

他不由分说，拉着我的手就往前走。

“哦!”我答应了一声，跟在他身后。

“桐桐!”

我一扭身，竟看见楚梦寒从刚才的那辆车子上下来，目不斜视地向我走来。我看了看他身后的林婉婉，她所有的表情冻结在脸颊上，眼睛一下子红了。

我也没想到楚梦寒眼见着林婉婉摔倒了，自己就一动不动地坐在车上，只让个司机下来。我心里有种报复似的快感。

“桐桐，你怎么在这?”他说着，瞥了一眼我身旁的周正。

“来散散心。”我简单地回答他，手却被他捉住。

“回去吧。”说着，他就要把我带进车里。

“你放手，欣欣还在前面呢。”

提到沈欣欣，楚梦寒的手减轻了力度：“你们一起来的?”

周正站在一旁，冷冷地看着我们两个，不屑地问：“他们在前面等着我们呢，你到底还去不去?”

“我们走!”我丢下楚梦寒，跟上了周正的脚步。

这回，楚梦寒一定会捎林婉婉一程吧?

“你到底走不走?”这次是汪洋的声音，他脸色苍白，瞥了一眼楚梦寒和我，声音几近怒吼。他还是放心不下林婉婉，回来找她，却没想到看见了楚梦寒。他一定是以为林婉婉真的是在这里等着楚梦寒，气得不轻。

不等来世　只要今生
（下）

“你……有本事走，别回来呀！”林婉婉把怒火都投向了汪洋。

“嫌我碍事了？”从没听到过汪洋这么冷的声音。

“我……”林婉婉委屈地说不出话来，余光撇着楚梦寒。

“周正，那次说请你吃饭，不如就今天吧！”楚梦寒一下子改变了态度，对着周正微微一笑。

我以为我听错了，楚梦寒要和我们一起游园？

我还没反应过来，楚梦寒回头吩咐司机先走，明显是不想给我们拒绝的机会。

我跟着周正走在前面，楚梦寒不紧不慢地跟在我们身后。

才走几步，楚梦寒的手机就响了起来。身后传来他的声音，很急切，好像是有很要紧的事等着他去处理，他正在安排给别人。

崔维和沈欣欣坐在前面的石凳上等着我们，看到了我身后的楚梦寒。沈欣欣瞪大了眼睛，一脸的不可置信。崔维则咧着嘴角，拿眼睛瞄着他的表哥，一脸很不厚道的表情。

“我和欣欣买了票，去前面的石花洞。你们想游云南园，自己去排队好了。”崔维站起身，拉起沈欣欣。

沈欣欣向回抽了一下，没抽动，被崔维拉着向左前方走去。

又剩下周正、楚梦寒我们三个人了。他们两个，一个是我老板，一个是我前夫，一起去游园，这样的气氛简直太怪异了。

周正似乎并不介意，引着我向售票厅的方向走去。

看着那长长的队伍，我有点却步。

“不如我们去前面随便走走。”楚梦寒在一旁建议。

周正和楚梦寒两个人一直在谈论着，本来站在中间的我，不知道什么时候已经被楚梦寒越过，像个小跟班似的，跑到了他的右侧。

中途，楚梦寒又接了两个电话。他简单地做了安排，丝毫没有要离开的意思。

迎面跑来一个小姑娘，手里拿着大捧的鲜花。她从里面抽出一支递给我："姐姐，买一支吧，很漂亮。"

两个男人同时回头。

我对小女孩说："姐姐不要，你去问别人吧。"

那小姑娘回过头去，瞥了瞥那两个男人。

楚梦寒眼眉一扬，周正眉头皱了皱。

最后，楚梦寒大步走了过来，从皮夹里拿出一张人民币，递给那个小姑娘："不用找了。"

说完，看也不看我，又回过头去继续跟周正闲聊，好像是天经地义似的。

我尴尬地拿着那支红玫瑰，连拒绝的机会都没有，又不好直接扔在地上，只得把整支都放进皮包里。

大概一个多小时后，周正拨通了崔维的电话。我坐在路边的石凳上休息，楚梦寒站在我身旁。

沈欣欣回来的时候，脸上的气色不错，一脸高兴。

"公园外面有一个很有名的饭店，叫'世外桃源'，我们去那里吃饭，怎么样？"崔维说。

"'世外桃源'？"沈欣欣被名字吸引住了，一脸憧憬，"真的是'世外桃源'吗？"

自从和汪洋分手后，沈欣欣就一直有些神经质。

到了那家饭店，我发现这里的装修果然与众不同，田园风味十足。

刚刚点好了菜，楚梦寒的手机又一次刺耳地响了起来。

“楚总，您先忙，我和我哥会照顾好这两位美女的。”崔维一本正经地对楚梦寒说。

楚梦寒面上没有半分的起伏，只过来对我说：“桐桐，我有一份重要的文件在你那，急着用，能不能回去帮我拿一下？”

“现在？”

“嗯。”他认真地点了点头。

我已经换了锁，之前，沈欣欣的钥匙给他用过一次，我狠狠地骂了她一回。我看了看桌子旁的其他人，总不能当着这么多人的面直接把钥匙给他。

“好吧。”我无奈地点点头。

楚梦寒嘴角一勾，看了看我，然后向周正兄弟两个人道歉。

坐上了出租车，我问：“楚总，你的东西是不是找个时间搬走？”

“你可以直接给我钥匙。”

我气结。

车子一路前行，很快就到了市中心。楚梦寒电话不断，我们几乎没有一句对话。

当他最后一通电话结束后，我瞪了他一眼，没好气地问：“又不回公司了？”

他微微一笑，表情诚恳，却没有丝毫的歉意：“嗯，时间来不及了，会议改到明天了，不用去拿文件了。我们去吃饭吧。”

“楚梦寒，你觉得这样有意思吗？”

三年前，如果他是这个样子，也许我们根本也不会离婚。现在，还有用吗?

“如果你真的想去‘世外桃源’，改天我带你去，今天我们去别的地方。”楚梦寒提起“世外桃源”，口气怪怪的。

“我就在前面下来吧。楚梦寒，求你了，你能不能让我从你的世界里彻底消失?”

“就算要消失，也不能不吃饭呀。你再瘦下去，就要变成白骨精了。想吃什么?”

白骨精? 我暗自用手掐了掐自己的腰，这些日子确实瘦了很多。

“吃麦当劳吧。”我看楚梦寒脸上的表情僵硬了一下，心里稍微舒坦了些。

今天是周末，麦当劳里人山人海，很多情侣或三口之家左顾右盼地找位置，点餐口的队伍排了好几米长。

外面很冷，麦当劳里却暖和得有点过。楚梦寒还穿着刚才发言时的正装，在这里显得格外扎眼。我有了一种报复似的快感。

好不容易找了座位，我便自顾自地坐了过去。

足足等了将近四十分钟，才看见他满头是汗地端着两个餐盘走了过来。

我低头一看，天哪! 麦当劳里所有的东西几乎都被他买来了。

“不知道你喜欢吃什么，就索性都买了!”

他坐下来，替我把汉堡的盒子打开，眉头却是紧紧地皱着。他从来不爱吃这些洋快餐，嫌这些是垃圾食品，他更讨厌闻到这股气味。

楚梦寒一口也没吃，剩下的自然是大包小包地带回家去。

到了家，我没让他送我上楼，一个人拿着东西跑上了楼。

天色已经很晚了，沈欣欣还没回来，我一个人看着桌子上的“垃圾食品”默默发呆。

不知过了多久，我的手机响了。

“桐桐，到家了?”是周正。

“到了，欣欣和你们在一起吗?”我本来也想过一会给欣欣打电话。

“她和崔维在一起，我先走了!”听口气，他的心情似乎不是很好。

“桐桐，是不是在你心中，楚梦寒永远都重要? 如果现在有一个机会，让你去另外一个陌生的城市，你愿不愿意试试?”

他的话题转得太快了，我一时没明白。

“公司今年春节后有意去 T 市扩展业务，年前这些日子，要派人去那里做市场调研，你愿不愿意去?”

离开 A 市? 我愣住了。

楚梦寒送我回到了家，却并没有马上离开。他身上的衣服很单薄，他站在冷风里，却忽略了身上的寒意。

他抖出一支香烟，点燃，慢慢地在小区里踱步。

这些天来，他绞尽脑汁，想着如何让我原谅他，他知道，让我原谅他，需要时间。可今天看到周正和我一起出现在公园里，他有些急躁了。

他很了解周正，这个人城府很深，想做的事，一定不会轻易放弃。现在周正并没有让我知道他的心意，这也是他高明的地方，但是随着时间的推移，周正一定不会永远做谦谦君子。周正，不是蒋若帆。

他也知道，我对周正也是欣赏的，甚至有些崇拜。

如果说蒋若帆和我没走到一起，是因为家世的差距，那我和周正之间，完全不存在这个问题。

楚梦寒环视着这个小区，想着用不了多久，周正就会回到这里，而自己却不得不离开。

他的心隐隐地不安了……他想着要不要认真地和周正谈一次。

可他却忽略了，林婉婉也住在这个小区。他更没想到，她会在这个时候出现在他身后。

“梦寒……”林婉婉的眼里转着眼泪。

楚梦寒眼中却没有一丝波澜。

两两相望，很快，林婉婉的眼圈就已经泛红。

汪洋本来是周一要出差的，因为之前吵了架，他下午的时候就收拾东西走了。他第一次没像之前那样耐心地哄林婉婉。

其实，当林婉婉知道我和楚梦寒分手的消息后，汪洋对她来说，就是一块鸡肋，食之无味，弃之可惜。

林婉婉走过去，说：“梦寒，对不起……”

楚梦寒表情很冷淡。

当初对这个女孩子，他心里是复杂的。现在他却再也无法在她身上找到印象中那个善良柔弱的影子。

如果说那一夜是他们所有关系的终结，在那以前，在那段灰色的岁月里，她也曾给过他温暖，他甚至也曾有过短暂的迷茫。那一夜过后，他心里有的，便只是愧疚。所以，当她来到A市找他的时候，他想过补偿她。只要她开口，除了感情，他愿意从经济上或其他方面补偿她。可万万没想到，她竟会做出如此伤害我的事情来。

楚梦寒心想，我说得没错：“出来混，总要还的！”当初的那些愧疚，随着她来A市后所做的一切，慢慢地变淡。楚梦寒心中的包袱渐渐地放下。可这一切却是以我的伤心欲绝作为代价的。

林婉婉暗自打量了一下自己，对此时自己的打扮还算比较满意。她脸上的泪水还淌在面颊上，长长的头发随风飞舞，好像蔓藤一样。

她从小就知道自己哭的样子很好看。小的时候，父母感情不好，经常吵架，每每自己一哭，妈妈就会来哄她，爸爸的吼声也会变小。所以，眼泪是女人最好的武器。

她心想，早晚有一天，她能把眼前的这个男人绑住。

当初爱上楚梦寒的时候，是因为她从没见过这样英俊的男子。

他对谁都是彬彬有礼，可谁也不能真正走进他。他虽然每天那样的忙碌，不给自己留片刻空余的时间，却怎样也掩饰不了他内心的孤独。

在工作中，她发现他是一个自信又强势的男人，这一点和她爸爸有点像。对待这种男人，你只有柔弱，他才会放弃对你的抗拒。工作时，她故意让自己表现得笨拙无助，找机会接近他，很快就成功了。

之后，她又故意让单位的其他人误会自己是和他在谈恋爱，去试探他，没想到招来了他的厌恶。

她在暗中观察他的一举一动。直到他生病那次，她终于有机会真正的走近他。

在病中，这个一向坚强硬朗的男人，看上去那么憔悴。他在昏迷中轻唤着一个女人的名字——桐桐。

她第一次听到这两个字，却永久地记住了。

当他睁开眼睛看到她的时候，她明显看到了他眼中跳跃的火花，可只有一瞬间，便熄灭了。不过，她还是很庆幸，那个叫桐桐的女人，并没有联系他，甚至在他病中，也没打过一通电话。

看着他不时瞥向电话的眼神，她知道，这个男人不是没有怨恨。

她不急了，她知道，一个男人不会没有条件地永远对一个女人好。爱情是平等的，也是相互的，没有付出的那一方是不会获得爱情的。

可她还真是低估了那个女人的魅力。

春节之后，他替她申请了涨工资，却对她明显冷淡了。他是怕吧？怕他会爱上自己？她心里忐忑着，却没想到，他要离开公司。

他是去 TPC 工作了，那是全球排名靠前的大集团公司。

她觉得他一定也是有些喜欢她的，于是产生了一个大胆的想法……

在一个他醉酒的夜晚，终于有了机会。

那一晚，一个女人放弃了所有的矜持，决定要和他在一起。

可他心里想的却是另外一个女人，他嘴里不停呼唤的，也是另一个女人。

她心碎。

他早上醒来的时候，她还在哭。

他看到她的样子，慌乱得好像天崩地陷一样。她恨死了那个叫“桐桐”的女人。

他的决绝，让她得到了一大笔钱。

他原来真的不爱她。

她没有办法，又被父亲逼着回去相亲。

再后来，她在电视里看到了他。长久以来的思念好像潮水一样，把她淹没。

她听到他说，他要结婚了！她不能再等了！

她原以为A市将是她的心碎之地，可没有想到，那个女人真是个傻子，真的和他分手。

汪洋连楚梦寒一个脚指头都比不上，她怎么能放弃那个傻女人给的机会呢？

林婉婉轻轻地哽咽着，伸出手，去拉楚梦寒的胳膊，才一接触，就死死地抓住。

楚梦寒使劲一挣，竟没挣开。

“梦寒，我们能谈谈吗？我错了……我不该接受汪洋的照顾。我那时只是太孤单了……”

“你觉得我们还有什么可谈的吗？”

楚梦寒依旧冷漠地看着林婉婉。她的泪水与悲伤没能得到他一点怜惜。

林婉婉有些不知所措，但仍旧死死地抓着楚梦寒的胳膊不放。她有些语无伦次：“她和你分手了……你有……什么打算？”

楚梦寒微微一笑，眼神淡淡地从她美丽的面庞上扫过，然后慢慢落到了左边的一颗秃树上："婉婉，你知道你最大的缺点是什么吗?"

他像是嘲讽，又像是告诫。

林婉婉迷茫地看着他。只要是他不喜欢的，她都可以改。

"你太贪心了！珍惜真正对你好的人，才会获得幸福！我和你之间永远也没有可能，我心中从来都只爱桐桐一人，半点位置也不会留给其他人。"

"你胡说！你把我推给汪洋，就是不想对我负责。我和别的男人在一起，你心里就不会再内疚。"

林婉婉大吼着。

曾经，楚梦寒对她是那么的内疚，她不信他现在的心真的变得像石头一样硬。

楚梦寒无语苦笑，还是那双好看的眼睛，可林婉婉觉得他的眼神是那么的陌生。

楚梦寒自嘲道："我已经为了当年的那个错误，付出了最惨痛的代价，所以，我永远也不内疚了……"

楚梦寒很不怜香惜玉地推开林婉婉抓着自己的手，再也不看她一眼，向小区外走去。

林婉婉看着他离去的身影，木然地站在原地。

沈欣欣回来的时候，已经是晚上九点多钟了。她还没走近，我就闻到了一股刺鼻的酒气。

"喝酒了?" 我接过她手里的皮包，去厨房倒了一杯水给她。

"我刚才在路上碰见汪洋了。"她皱着眉头，也没脱衣服，魂不守舍的样子。

“他就住对门，搞不好要天天见。”看她那没出息的样子，我生气了。

“唉，他站在路边看着我们，看上去很憔悴，像个小老头似的。”

我们？是说她和崔维吗？

我拉着她坐下来，嘿嘿一笑：“坦白从宽，抗拒从严，说，发生什么事了？”

沈欣欣有点急了，替自己辩解：“周正也说临时有事，也走了。一桌子的菜，就剩下我和崔维两个人吃。他倒是很健谈。聊了一会才知道，他也是刚刚失恋。同是天涯沦落人，不知不觉，酒就喝得有点多了。我的酒量，你是知道的，我倒没什么事。崔维醉得不行，他被我扶着下车的时候，我正好看见了汪洋。他拎着行李箱，像是在那等车。你说他是不是和那个狐狸精闹别扭了？”

我恨铁不成钢，狠狠地戳了一下她脑门：“你到现在看见他，还是这么没出息！”

“哎呀，疼！”她推开我，噘着嘴，“一开始我也挺解气的，趁着崔维醉酒不清醒，故意紧紧地搂着他，可看见那混蛋一脸落败的样子，我心里也不好受。你说他是不是误会了？”

“沈欣欣，如果现在林婉婉和汪洋分手了，他回来找你，你还要不要他？”

本来，我还想把上午看到的好戏告诉沈欣欣，可现在她这一副余情未了的样子，让我有点犹豫。

“我也不知道……”沈欣欣眼圈一红。

她脱了衣服，喝了热水，拿起桌上的薯条往嘴里送，“这个崔维，醉酒后还挺有酒品，吐了三次，还知道我是谁。我把他送回家的时候，还没忘和我说谢谢……他女朋友是空姐，后来在飞机上认识了个马来西亚的拿督，就把他给甩了。”

我看着桌子上摆得满满的垃圾食品，心里酸涩难受。酒后乱性是借口吗？为什么人家崔维喝醉了酒，还知道道谢？不是我不肯原谅他，只是，我还是有些接受不了。也许周正说得对，暂时分开一段时间，对我来说才是最好的选择。

对于新的工作，我其实还有些期待。只是，我没想到，这次来T市调研，周正竟亲自出马了。

酒店是T市最好的滨海大酒店。有服务生帮我把行李拎进房间。周正就住在我隔壁。

春节前，公司里还有很多事，我们不能在这里久留，所以，我们这几天的行程安排得满满的。

到酒店休息了一个小时左右，周正打电话给我，让我换好衣服，准备出发。

客人是两个男士，一个四十开外，周正唤他李总，另一个年轻，周正喊他小刘。我是酒桌上唯一的女性，他们偶尔也把话题放在我身上。

他们举杯，向我敬酒，都被周正一杯一杯挡回去了。见我不喝，他们不肯善罢甘休。周正有求于他们，当然要让他们喝得高兴，只好替我喝。

连番轰炸，周正有点吃不消了。可那个李总貌似最喜欢的就是把别人撂倒在这种场合。

我在一旁想着替周正，刚拿起酒杯，就被周正拦下。

他在我耳边说："别喝，开了头，他们就不会放过你！"

我赶紧放下杯子。

酒桌下，周正悄悄把钱包塞给我。他是让我先去把账结了。

我结完账，坐回周正身边，看见旁边的一瓶五粮液又见底了。他们不再添酒。我暗自松了口气，这场饭局终于要结束了。

送走了客户，周正坐在水族箱旁的沙发上。

"你没事吧？"我看他额头上都是汗水，从皮包里拿出纸巾，替他擦汗。

他笑了，冲我摆摆手："我没醉，就是空着肚子喝酒，有点难受。桐桐，我和你很投脾气。我没有兄弟姐妹，我认你做妹妹，你觉得怎么样？"看我惊慌的表情，周正又笑了，"你放心，我这人最公私分明，只要你在永正做一天，我就不会给你走后门，我只会比别人更严格地要求你。今天和你说的这个，真是我的心里话。从认识你那天起，就觉得你和我的性格很像。我不说空话，一定会像亲妹妹一样对你！"

我想着和周正认识以来的一幕幕。不可否认，在工作中，他的帮助让我成熟了很多，我对他也很欣赏。这个社会，人和人之间那么冷漠，要真有个哥哥一样的朋友，似乎也不错。

"萧桐桐，你活得太小心了！"

我呵呵一笑："我这个人比较较真，要是认了你当我大哥，以后你就真是我大哥了。有了称呼，就有了责任，怎能不仔细考虑呢？"

周正脸上一僵，但也就是一瞬间。他笑着说："好啊，那就这么定了！”说着，向怀里摸去。

“你的皮夹在这！”我把他的皮夹递过去。

他从里面拿出一张五块钱的新纸币，又摸出一支签字笔，郑重地在上面写下了他的名字，然后递给我，说：“收好，无论什么时候也不许丢，一直放在你的钱夹里！”

我皱皱眉头，然后又笑了，这么大的人了，喝了酒，就跟个孩子似的。

之前，我见过周正签名的文件，那上面的签名龙飞凤舞。这两个字却是一笔一画，格外工整有力。

“桐桐，你有时候真的倔强得让人心疼。以后，你是我妹妹，我不会让别人欺负你的！”

他说得那样真诚，让人心里一暖。

回到酒店的时候已经很晚了。周正的车子放在了饭店的停车场，我们打车回来的。路上吹了风，周正就更不舒服了。我把他送回了房间，安顿好，然后走回自己的房间。

一看手机，有好几个未接来电，都是楚梦寒的。这些天，他无论多忙，每天早晚都会给我打一个电话。

我犹豫了一下，还是把电话拨了回去。

才响了一声，电话就接通了：“睡了吗？”

“还没有。”

“那怎么不接电话？”

“我刚才没听到。”

“我就在楼下，你从窗子那里就能看到我。”他说着，重重地咳嗽了两声。

没经过大脑的几个字从我嘴里溜了出来："你感冒了?"

"没有，车子里的暖风开得久了，太干燥。你把灯打开吧，走到窗前，让我看看你！明天我要去一趟香港。"

他在楼下？我感觉到了他浓浓的渴望。他知道我不会给他开门，所以才等在楼下的。

我看着窗外，树枝上挂着几片残叶，隐隐听到了北风呼啸的声音。今天上午离开 A 市的时候，天空还飘着雪花，现在，A 市的天气一定很冷。如果是在家的话，下了雪，我会不会真的再次赶他走呢?

我的口气没了刚才的冷漠："我不在家，来 T 市了。路面不好走，你快回去吧。"

"你去 T 市干什么?"他的声音立刻高了几度。

"我来做市场调查。若是可以，春节后，我也许会来这边工作……"

"春节前，各地犯罪率比平时翻了几倍。这个时候，你一个女孩子跑到 A 市去做市场调研？你要是为了躲着我，大可不必跑到那么远的地方去……"楚梦寒担心地说。

"我不是一个人，我有同事的。"

"几个人?"他的口气更急了。

"我和周正……"回答着，我人已经躺在了床上，找了一个舒服的姿势，闭上了眼睛。

"就你们两个人?"楚梦寒的口气比窗外的北风还要凛冽。

我一个人生活了三年，都过来了，他还担心什么？我在心里冷笑着。

"是，就我们两个人！"

第四章
除了说再见，我们已别无选择

“什么时候回来？”

我看不到他的表情，只是，这一瞬间，他的语气全变了。

“大概一周左右吧。如果时间长，我就直接从这里回家。”离春节已经很近了，我再回A市，实在没什么必要。

“你先挂吧。我回头再打给你！”说着，他就已经挂掉了电话。

一夜辗转反侧，手机却再也没响过。

我想了很多事。第二天天明的时候，我看着镜子里的自己，脸色苍白，大大的熊猫眼，憔悴得惨不忍睹。

我把自己收拾干净利落后，刚好听到外面有人敲门。

“桐桐，起床了吗？”

“好了！”我把门打开，看见周正笑着等在门口。

他上下打量我一番，然后眯起了眼睛，问：“昨天没睡好？是不是因为某人的电话？”

他的笑很随意，仿佛是在说一件极小的事，更像是在调侃：“他昨天也打给我了，说是刚和你通完电话，气势汹汹，好像我是天字第一号大色狼一样。”

我的脸“腾”的一下红了。

“我当时迷迷糊糊的，没听清楚他说什么，不过，我确定，他是一直在骂我。”

说着，我们已经到了餐厅。服务生把精美的早点一碟一碟地放在了我们面前。

“为了一通电话，你可真行！”他叹了口气，把面包抹了果酱，递给我。

“当然不是，刚换了地方，睡不好。”

“你看你，这么不识逗。其实，我知道你已经试着想原谅他和林婉婉的事了，你是一个明事理的女孩子。要知道，一个男人，三年里杜绝一切女人，尤其是美女，并不是一件容易的事。他这几年也不容易……”

我猛地抬起头，初晨的阳光照在他脸上，他狭长的眼睛里闪烁着亮晶晶的笑意，那里并没有嘲笑，只有真诚。

“最初，你恨他，决定要和他分开，你不是怕他‘一时糊涂’，而是怕他根本就是‘情难自禁’，怕他没有你心中那么高的道德防线，压根就是抵制不住诱惑，怕他已经不是你当年熟识的那个男人了，不值得你托付终身。”

我把牛奶杯子里的吸管放进嘴里，默默地低下了头。

“现在，最让你纠结的，也不是这些。你是无法原谅他骗你。你怕今后你们在一起了，不知道他哪句是真，哪句是假，你对他和自己都失去了信心。你现在需要的是……让他重新把你们之间的相互信任找回来。你希望他多哄你，多向你保证，迁就你，理解你，给你时间……昨天，你一直在等他的电话，也不光是为了这些，还因为你怕他下雪天开车不安全，不放心，对不对?”

我的眼泪突然有些不受控制，从眼底涌出来。

“我都是你哥了，想哭，就哭吧……我以前学过心理学，你有什么心里话，都可以告诉我，我帮你分析，一定有用！我愿意做你肚里的蛔虫。”

周正的洞察力，我不是第一次领教了。他每一个字都说进了我心里。为什么一个外人都能知道我在想什么，楚梦寒却不理解我呢?

第四章
除了说再见，我们已别无选择

我把眼泪用最不引人注意的方式抹干净，这才注意到，周正今天穿的不是西装，而是一身休闲服。

“今天我们不工作吗?”

“嗯，工作。下午我们要去城西的地质勘察院，我约了他们院长。不过，一会有人来看我，所以上午你可以接着休息。”

“嗯。”我点头答应，想着上午回房间补觉。

到了中午的时候，我的房门被敲响。没想到，打开门的时候，出现在我面前的，除了周正，还有一对中年男女。尤其是那位阿姨，正用慈祥的目光看着我，嘴角的笑容更是亲切又真诚。

周正指了指我，介绍：“这是我的同事，萧桐桐。”然后又笑着向我介绍，“这是我爸妈，来T市旅游，知道我在，顺便来看看。”

“伯父，伯母。”我微笑着请他们进来坐。

周正摆摆手：“下午我爸妈就走了，我们要去吃饭，想起中午你一个人怪可怜的，就一起吧。”

周妈妈在一旁推了他一下，笑着转过头对我说：“小正的公司多亏你们大家帮着，别客气，一起去吃饭吧。”

周正的妈妈穿了一件红色的中款羽绒服，头发剪得很短，脸上的肤色白里透红。她的头发没有染，鬓角微微泛白，可给人的感觉仍然是健康又有活力。

他的爸爸是一个瘦高的老人，看着比他妈妈要大很多，也在打量着我。他虽然沉默，身上却没有让人难以接近的压迫感。

“谢谢伯母，我不饿，你们去吧。”我由衷地说。一上午没活动，心里又装着事，根本什么也吃不下。

“不饿也要吃，走吧，快去穿衣服。”周妈妈替我做主，热切地把我往房间里推。

周正开车，我和周妈妈坐在后面，周爸爸坐在了副驾驶的位置上。他开始教训周正：“别总拿工作忙当借口。赚钱，什么时候是个头？你以为我和你妈稀罕你买的那些破烂？其实就是中国制造，贴个外国商标，几千几万地糊弄老百姓。送别人行，给你爸、你妈，就是敷衍。我告诉你，我们对生活没太高的追求，别说我们两个人做了这么些买卖，就是每个月，两人加起来四千多块钱的养老金，也花不完的。你给的那些钱，对我们来说，也就是存折上的一个数。等我们死了，还不是你的。你小子别跟我们耍这花活，我们不稀罕。你自己说，你这一年回家几次？我二十几岁就开始养活你，到老了，正经成了没儿了。”

周正连忙赔笑：“爸，您大儿子不就坐你跟前吗？逢年过节，再忙，大多数时候，我不也回家吗？实在回不去，我也是电话伺候着。您打灯笼找去，像我这么孝顺又有本事的儿子，全国也难找到几个。”

我忍不住笑出声来，这对父子可真逗。

周妈妈也笑了：“你们两个，都是自己夸自己，也不怕人家小萧笑话。”

“我这管儿子呢，你别废话。小萧也是年轻人，要是觉得我说得对，就一块听着。”

周妈妈冲我一撇嘴，给了他一个大白眼。

“谁都有个老，等你老的时候，你儿子看你平时怎么做的，照原样跟着学，你还别不当回事。”

虽然周爸爸是在教训儿子，可看得出，父子两人的感情很好。

“天地良心，我就是发自内心的，我但凡有点时间，就往家跑。你看看对门的那个小季，都三年了，我就没见过他。”

周爸爸毫不客气地打了一下他的头：“我丑话说在前面，别仗着自己有几个钱了，就不拿感情当回事。你也不小了，正经找个女孩子成家才是硬道理。要是随便拿感情当儿戏，可别怪我到时翻脸。”说着，周爸爸的声音已经变冷了。

“老周，我儿子在感情上一向拿捏有度，这点你根本不用怀疑。”

周爸爸回过头，依旧是一本正经的样子：“有则改之，无则加勉，你别跟着瞎掺和。”

车子停在了一家酒店门外。看外表，这家酒店不是很高档，进去一看，是人满为患，要不是预订了，根本不可能找到位子。点的东西都有特色，可看样子，应该都不太贵。他们一家三口，你问我答的，家庭气氛很不错，让我很羡慕。周正没了工作中的威严和精干，活脱一个乖儿子，让我忍俊不禁。

“小萧，吃菜，别客气！”周妈妈说着往我碗里夹了一个虾球，“小萧家里有什么人呀？快过节了，还出差，父母也惦念了吧。”

“还好，我在外面待了很多年了，父母早就习惯了。”

“看你的年纪，父母也已经退休了吧？”

我见过很多这个年纪的阿姨，除了沈欣欣的老妈，这个周妈妈给人的感觉最亲切。

“我父母都是农民，年纪都大了，早就不做农活了，母亲在家，父亲在外面做些零活。”

不等来世　只要今生
（下）

周爸爸叹了口气，又开始发言："好好孝敬你父母，我们这一代人，经历的太多了。你们赶上了好年代，一定要珍惜。每个时代有每个时代需要面临的考验，但不管怎么样，对生活的态度才是最最关键的。"

我点点头，表示赞同。

周正抬起头来，看着我笑了笑，然后说："爸，我这位同事，别看是个小姑娘，自己赚钱给父母供房子，很厉害的！"

周爸爸看着我的眼神里有几许赞赏，搞得我多少有些不好意思。正好，我的手机这个时候响了起来。拿出来一看，居然是老妈。

"妈。"

"没几天就要过年了，你答应过我，过年带着男朋友一起回来。你们哪天来啊？我和你爸提前准备一下。"

我拿着电话的手微微颤抖了一下。我知道老妈盼着我领男朋友回去过年，不是一天两天的事了，可我与楚梦寒现在这个样子，根本不可能实现老妈的愿望。

"妈，他有事，春节不能和我回去了，过几天我自己回去，你不用准备什么。"说到后面几个字，我自己都觉得没了底气。

"你这死丫头，到底搞什么鬼？"老妈的声音里透着浓浓的失望。

"没有，他只是……时间……"

"没时间？不是定好了吗？怎么又突然变卦了？你别对付我。要是没有，就乖乖给我相亲。"

"您要是看我烦，我就不回去了，省得一家子都因为我不痛快。"

第四章
除了说再见，我们已别无选择

老妈的脾气，我太了解了，一般都是越说越生气，根本不顾及别人的感受。这架势，保不齐老爸和弟弟都跟我一起受牵连。

“死丫头，存心让我不痛快。我说你两句，你还有理了?”

“妈，你就别逼我了。我现在在外地出差呢，等我回去再说吧。”

没等她说完，我直接挂掉了电话，因为我看到身后有一个身影正慢慢地从旁边移近我，是周正。

“遇到麻烦事了?”

“没什么，本来春节想和楚梦寒一起回家的。我妈本来就不同意我们在一起，现在我们这个样子，我更没力气去和老妈战斗……”

我心里的落寞随着这些话向上翻涌。

“你老妈知道你和楚梦寒一起回去?”周正皱着眉问。

“不是，我只说和男朋友一起回去。本来是想想办法让她接受我们的，可现在……”心里烦哪。

“要不要我帮忙?”周正突然眉开眼笑，心情大好的样子。

“这忙没人能帮!”

“先进去吧。等把我爸妈送走后，我再和你讨论这个问题。”

送走了周正的父母，我和周正回酒店换衣服，准备下午一起去见勘察院的院长。

一路上他都是若有所思的样了。

“我们大概要在T市待多久?”

我看着车窗外连绵的冬色，心好像随着春节将至而格外空落。此刻，我才知道，空间上的距离不能改变任何情绪，相反，眼前所看到的陌生的一切更加重了我心里的不安。爱情真是折磨人的东西。他在你身旁时，想到他伤你如此之深，只想把他远远地赶走，可真的离开后，才发现，他已经带走了你所有的情绪。表面上是在惩罚他，其实根本就是自虐。

“想回去了?”周正终于从自己的思绪里回来，扭头看我。

“嗯。”

“市场和销售是两个不同的领域，能做好销售，不见得能做好市场工作。要想成为一个管理者，不见得都要做好，但这些工作一定都要清楚。只有这样，才不会被下属欺骗。不仅是市场、销售，乃至财务、人事……有机会，都要熟悉。”

我有些意外地抬起头看他。

“管理，不能只记住书本上的死知识，实践中积累的经验才是最宝贵的。”

“你觉得我今后有机会去这些部门学习吗?”我睁大眼睛问他。

“当然有了！一个好的管理者，如果不懂销售，只会定制度，看表格，那企业是不会往好的方向发展的，但楚梦寒说得没错，你不一定非要一直做销售。销售、市场、财务、人事等等，每一项工作都同样存在风险，只是风险表现的方式不同而已。你是我的妹妹，我当然会给你学习这些的机会。学好了这些，你以后就算离开了永正，也不愁找不到好工作。”

看着我仍旧惊异的表情，他笑得更开心了，补充说道：“能不能做好，要看你自己的工作能力。就算你是我妹妹，在以前的工作中，我没偏袒过你，今后更不会。”

我深深地吸了口气，开始从心底感激周正，学有所用是每一个人毕业时所向往的。我知道周正给我的是一个平台，虽然他说得没错，从进永正的那一天开始，我都是在靠着自己的努力工作。就算我那次去求他帮忙，他也没管我，只是给我讲了一些道理。可努力的人很多，并不是谁都能有这样的机会，我真的感谢他！

当我回过神，抬头去看他的时候，我从他的眼睛里看到了自己脸上洋溢的笑容。这么多天，我今天笑的次数好像格外多……我发现周正扬起的嘴角慢慢回拢，看我的神情那么专注……

就在这时，车子突然一个急刹车，我的头重重地撞在前面的中控台上，眼前一片金星，手脚冰凉。

几秒钟后，眼前才恢复了清明。

一条有力的胳膊伸到我面前，看那样子，似乎是刚才的一刹那，下意识地要来替我挡住什么。

“你没事吧？”周正的声音都变了。

“没事，你呢？”我揉了揉脑门，那里高高地鼓起了一个包，不过，应该不严重。

“唉，活到三十岁，第一次开车走神，你真是中奖了。”

周正系了安全带，没什么事，只是透过车窗，我们看到，我们的车子和另外一辆轿车碰在了一起。

周正解开安全带下车，我也随着他下了车。仔细一看，对方的车子似乎没什么事，我们的车头左侧却瘪进去一大块。

有时候，人和人之间的缘分，正如书上所说的，乃是前世注定的。对方开始只下来了一个司机，可当我们站定后，对方的车门再次打开了，蒋若帆从车里缓缓走出。

迎上他的目光，我在他的眼睛里看到了不敢置信、惊喜等情绪交织在一起的复杂神情。

蒋若帆西装笔挺的样子我见得很多，可是此刻，我分明在他身上感受到了一种不一样的气息。

我打量了半天，最后，目光落在了他的手腕上。他戴着一只手表，那只手表在阳光的照射下，闪闪发光。

我恍然大悟，那种气息就是贵气！蒋若帆站在那，已经不是我所熟悉的那个生活简朴的蒋师傅了，他现在显得很耀眼……

"桐桐?！真的是你？你没事吧?"

说着，他已经快步向我走过来，按住我的肩膀，从头到脚地打量着我。

"我没事……"

他的目光最后直直地落在了我的小腹上。

我脸一红，这样的眼神提醒我，这么久了，我好像还没向他说过我根本没怀孕的事，难怪他会用这样的眼神看我。

蒋若帆的眉紧紧地拧在一起，沉默了。

当着周正的面，我又不好意思解释，只能笑着说："若帆，我挺好的，真的挺好的。"

"是蒋先生吧？真是幸会！"无人引荐，周正自己走到了我身边，冲着蒋若帆伸出手来，"我是周正。"

"若帆，这是我们老总。我这次是来T市出差的。"

蒋若帆上下打量着周正，一向温和的他，眼睛里流露出了少有的戒备，但最终还是伸出手，和周正握在了一起。

"你们去哪？我送你吧。这个车子我派人去处理。"

"我们先回酒店换衣服，然后去一个客户那里。"我抢着回答。

第四章
除了说再见，我们已别无选择

看周正没有拒绝的意思，我报上了酒店的名字。

车子一路飞驰，蒋若帆在我们下车的时候，问我："桐桐，晚上有时间，我们单独吃个饭，好吗?"

"嗯，好!"

蒋若帆微微一笑，随手带上了车门。

看着车子开远了，周正笑着打趣我："这个蒋若帆在T市可算是个名人，不仅继承了家族的企业，还与政府合作多个公益项目。他要是肯帮我们，我们在T市开个分公司，估计比总公司的业绩还高。不过，他好像看我很不顺眼，我只能多仰仗你了。"语气里透着不甘心的味道。

知道他是在开我的玩笑。周正是一个很骄傲的人，虽然他的公司规模不大，但他是自己一个人白手起家的。我知道，其实他骨子里是看不起蒋若帆这样的富二代的。

晚上的时候，蒋若帆派车子来接我。

车子到了，是座靠海的别墅。有人把雕花的铁艺大门打开，车子直直地驶入了别墅。

"萧小姐，里面请！少爷在二楼等您很久了。"一个老伯笑着对我说。

"哦，那麻烦老伯带我去吧。"站在别墅一楼的大厅里，豪华尽收眼底。

到了二楼，我看到蒋若帆穿了一件白色的套头毛衣，米色的长裤，站在中厅的窗子前，面对着窗外的大海。他身后立了一张大大的餐桌，上面的饭菜说不上丰盛，却都是我平时喜欢吃的。

"若帆。"我声音有些沙哑，轻不可闻，但他还是听到了。

“桐桐，你来了！”他过来替我拉开椅子，等我坐下后，也挨着我坐在下。

“如果今天没有突然遇到我，你是不是根本不会告诉我，你来了T市？”他语气里有着毫不掩饰的失落。

“嗯，你上次离开A市的时候不也没告诉我吗？没听过一句话吗？君子之交淡如水。我们之间，还需要用见不见面来衡量吗？”我喝了一口海鲜汤，笑着说。

“那个时候，我以为你……”他说着，又扫了一眼我的小腹。

我的脸很快又一阵发烫。

“我听说楚梦寒在筹划着自己出来开公司。”

楚梦寒想要自己出来开公司？我怎么从来没听他说过。

“楚梦寒在香港和一个投资人谈起这件事，刚巧，那个叔叔和我家是世交。”

我低头吃着他夹给我的菜。

“你在暗中调查他？”

“我只是想知道他对你好不好。”

“若帆，我很好，真的！”我不想让他再替我担心了，也不希望他过分地关注楚梦寒。

蒋若帆看着我，最终无奈地叹了口气，然后摸了摸我的头顶，柔声说：“最初，我只是想知道，一个那么爱你的男人，怎么会狠得下心，和你离婚。”

第五章

哪有什么岁月静好，不过是有人替你负重前行

我和周正在 T 市一直工作到大年二十九的上午。

周正把我送上了火车。

我一个人到家的时候，已经是晚上了。家里的氛围可想而知。唠叨还能忍受，最受不了的是，老妈居然初六就给我定了一个相亲的对象。这回，连老爸和小弟都站在老妈那一边。

一晃到了初三早上，我穿着睡衣，披着头发，窝在自己屋子里的床上看书，忽然听见叮咚的门铃声。

“请问，这是萧桐桐家吗?”

“是!”

“伯父吧? 我是桐桐的同事周正，送我父母串亲戚，路过 X 县，过来给您拜年。”

我的脑袋嗡的一声……

我慌乱地穿上拖鞋，披头散发地冲出屋子，果然是周正拎着

东西站在了门口。

他怎么会突然来？又怎么会知道我家的地址？

我还没来得及说话，老妈已经从厨房里快步跑了出来，三下两下解下自己的围裙，拿在手里，挡在了我前面，连连说：“快进来……外面冷……”

周正笑着把东西递到了老爹手里。

老爹接也不是，不接就要掉在地上，连忙说：“大老远的，买啥东西……”

“你怎么来了？”

“死丫头，怎么说话呢？”老妈说着，在我腰际狠狠地掐了一把，痛得我差点掉眼泪。

“妈，这是我们公司的领导，不是我说的那个……”

老妈明显是误会了。

知女莫若母，看我急得直跺脚，老妈的神情也黯淡了些许。可再次端详了周正几秒后，她脸上又恢复了笑容，引着他坐到沙发上。

“我正和馅，准备烙盒子，走的时候带几个。”

“谢谢伯母！小时候，妈妈也烙盒子，我特别喜欢吃。您烙好了，我走时多带点。”

老妈一听这话，兴致顿时更高了，喊老爸沏茶水，自己又钻进了厨房。

“你怎么回事？”

“你是我妹妹，过年来看看你父母，怎么，不欢迎？”

老爸端来茶壶，沏好茶，也去厨房帮忙，客厅里只剩下我和周正两个人。

“不是不欢迎……只是太突然了。再说，你怎么也不给我打个电话？还有，你是怎么知道我们家住哪的?”

“我是送父母路过。你不是说回家有麻烦吗？我来替你解决。保证不让你父母误会，他们又不逼你去相亲。至于你的地址，你的身份证复印件上不是有吗?”

“哦。”

周正的能力，我从来没怀疑过，可春节期间，他来我家，实在是太让我意外了。

“我一会就回A市去，还有些应酬等着我。”他长长地叹了口气，兴致缺缺。

而我，居然因为他这句话，心里轻松了不少。

才十一点半，老妈金灿灿的盒子就已经摆在桌子上了。

老爸开了瓶年三十晚上都没舍得开的好酒，要给周正满上。

“爸，一会人家还要开车呢。”

老爸恍然大悟:“开车可不能喝酒。”

周正却伸手从老爸手上接过了酒瓶:“伯父，我不喝酒，敬不了您，我替您满上!”

老妈替我们摆上醋碟，看了看周正，嘴角又扬了起来。

我的手机响了，我站起来，去卧室里拿手机。

是楚梦寒的电话。

“喂。”

“在家吗？我已经到X县城了，一会就到你家门口了。”

“你一会儿到?”

我的心怦怦地跳着，各种情绪一起袭来，但最终还是兴奋和激动占了上风。

“嗯……过路口，先挂了。”

记得以前我们谈恋爱甚至结婚的那两年，逢年过节，让他和我回一次家，简直就像要他的命。老妈从看他第一眼开始就死不待见他，那时，我们又没钱买什么像样的礼物，每每相见，老妈的脸都拉得像长白山。而让楚梦寒去主动讨好谁，那又是不可能的事！楚梦寒来我家的次数屈指可数。来了后，做得最多的事就是躲在沙发上看报纸，一分一秒地挨着，如同受刑。想不到还有一天，他能主动跑来给我父母拜年。别管他是不是因为心里对我有愧，只是为了让我原谅他，他能有这样的转变，我就无比的兴奋。我这样的女人，其实真的很好哄，只要我爱的人肯真心地为我着想，我就知足了。

我拿着电话，捂在手心。客厅里此时正把酒言欢，笑声不断。我的眉头又拧成了疙瘩。

妈妈看周正，眼睛都快弯成月牙了。她当年要是肯这么对楚梦寒笑，我们也许根本不会离婚。

我关上门，换上了牛仔裤和毛衫，把头发梳成马尾，拿着手机走了出来。

我越过餐厅，走进厨房，看见碟子里放着七八张金灿灿的盒子，隆重地摆在那儿，不用想也知道，那一定是给周正留的。

我从抽屉里拿出空着的饭盒，把盒子夹进去，直接端了出来。

“妈，你别唠叨了，领导一会还有要紧的正事呢。这是给领导带的盒子吧？我端出来了，领导工作忙，吃完饭就要走了，我放在这，省得一会忘了。”

“吃完饭就走呀？好不容易来一趟，下午让桐桐带着在县城里好好转转。年前刚把老城隍庙修好，听说已经被评为省里几大旅游景点之一了。”老妈放下了筷子，看着周正。

周正脸上的表情一点都没有变，只接着我的话，笑着说：“伯母，我晚上真的有事，下次一定。”

接着，他又说了一些我在工作中的表现以及对我的期望。

说着说着，话题就转到我初六相亲的事上了。

老妈瞥了我一眼，哼了一声，对周正说：“我这个丫头，学习、工作从来没让我着过急，就是在婚姻大事上少了根弦。之前被人骗，现在不着急，急死了老爹老娘，她倒跟个没事人似的。”

“桐桐是一个很有主见的女孩子。感情不能勉强，今天说句心里话，我觉得今后桐桐对待婚姻，无论做出什么样的决定，您和伯父都应该支持她。毕竟幸福不幸福，只有她自己能感受到。别人认为的幸福，对她来说，未必适合。”

屋子里一下子安静下来。

我感激地看着周正。

一向话少的老爸说：“老婆子，人家说得对。孩子们大了，我们管得太多了。闺女不愿意相亲，咱们就别逼她了……”

老妈不语，等于是默认了。

周正真是个人才！

他笑着看我。我的手机这时候又响了，看着屏幕上的号码，心里一阵紧张，楚梦寒这么快就到了？

“你今天电话怎么这么多呀？”老妈不高兴地问。

“一个朋友！”说着，我又跑回了卧室，关上门，低声问，“你到了？”

“嗯，我到你家小区门口了。”

我沉默了一会，说：“我先下去吧，我怕你直接上来，会吓到老爸、老妈。”

这一刻，我紧张得手心都渗出汗来。

“嗯。”

“妈，我下去一趟，马上回来。”

“你哪疯去？客人还在呢！”老妈气得站了起来，那架势，伸手就要拍我的头。

我向后一躲。我确实心虚，憋了半天，最后鼓足勇气说：“一个朋友来了……我下去接他……”

“朋友？”老妈双眼扫向我，脸上看不出是惊喜，还是生气。

我瞥了一眼周正，他脸上的笑容一点一点褪去，皱眉看我。

我想，他一定猜出是楚梦寒来了。

我下了楼，直接跑去小区门口，远远地看到楚梦寒的车子停在左侧的枯树下。

车门打开了，楚梦寒从里面走了出来。

我突然停住了急切的脚步，站在原地，委屈的酸涩从两腮爬上鼻翼。

他眉头拧在一起，嘴唇抿住，深深地看着我，然后慢慢向我伸开了双臂，他风衣的下摆被北风吹起。他脸上渐渐浮上的笑容被阳光镀上了一层金色。

我委屈更甚，原来之前的那些爱恨纠缠我都没有忘，原来那些心碎的场景，还是那么清晰……可是双脚却不受控制一样，我飞快地向他跑去，一头撞进了他的怀中，眼泪顺着脸颊往外涌。我把头埋在他怀里，呜呜地哭着。

“傻丫头，对不起……”

他手臂一合，把我紧紧地搂在了怀里。我感觉到他的心也同样剧烈地跳动着。他身上的气息夹杂着淡淡的烟草味。我贪婪地呼吸着，双手不知不觉也环住了他的腰。

“楚梦寒，谁让你来的？你走……”

他猛地一用力，我双脚随着他移动。我抬起头来，见他把后车门拉开。我还没搞清状况，就已被他带进了车子里。一个深吻，然后，他又去吻我的耳根，吻我的下巴，最后，一点点吻干我脸上的泪痕。

“我就是傻，所以才会被你骗，我就是傻，才会……”

他把我扶起来，让我靠在他的肩头。

“妈妈要是知道你来了，一定会大发雷霆。”我哭够了，面对现实，又紧张起来。

“这一天早晚要面对的。”

从他的声音里，我听得出，他也在紧张。我想，如果不是之前突然发生了林婉婉的事情，也许他不会这么仓促地赶来。他从来都是一个做事有计划的人，像这样没准备的事，他一向很少去做。

“你真的要上去吗?”

“最起码，应该让他们知道，我是有诚意想和你复婚的。”他的手指慢慢地替我抹开拧在一起的眉心，“我买了一些东西，在后备厢里。”

他紧紧地拉着我的手，一起走下车去。

“周正突然来了，说一会就走。”

楚梦寒的身体顿时僵住。他沉默了数秒，眼神里聚起了寒意。

“他在就在吧……”楚梦寒抿着嘴唇，打开了后备厢。

楚梦寒买的是高档昂贵的保健品。

我知道楚梦寒的脾气有时和我很像，我要是执意让他避开周正，他心里也许更不是滋味。

绕过两排楼，楚梦寒突然停住了脚步。

我顺着他的目光看去，心也跟着往下沉。老妈和老爸众星捧月一般，送着周正向我们的这个方向走来，而周正显然看到了我们。

我猜周正也不愿让楚梦寒尴尬，所以，他没等我，就急着离开了。

老天却不作美，这个时候，老妈老爸明显也看到了我和楚梦寒。

隔着一段距离，我都能感觉到老妈的眼睛里几乎要喷出火来。

倒是周正快步走了过来，笑着对我和楚梦寒说：“你们回来了？我有事先走了，回头电话联系。”说着，回身和老爸老妈挥了挥手，快步走了。

“等等……”老妈追了过来，居然没搭理我，一路小跑，到了周正近前，把手里的饭盒递给他，“这是桐桐给你带的盒子，别忘了。”

我感受到楚梦寒的手越来越冷。

身后的汽车声渐渐听不到了。我感到一股外力袭来，有人从背后狠狠地推了我一下。我一个没站稳，整个人扑倒在地上，手腕、膝盖上一阵钻心的疼痛。

“萧桐桐！你别告诉我，你春节要领回家的男人就是他……

你千万别说，否则我今天就打死你！”老妈拿手指着我，浑身哆嗦。

老爸走过来，扶着她：“老婆子，大过年的，打孩子干啥?”

“妈！是我求桐桐和我复婚的，您别怪她……”

老妈被楚梦寒突来的称呼惊得说不出话来，眯着眼睛看着他，突然狠狠地咬牙说：“谁是你妈？别乱叫！”

楚梦寒的脸色更是瞬间苍白得没有一丝血色。

我挣扎着站起来，走到他身旁：“妈，先别生气，我们回家说，好不好?”

这个时候，我已经看到很多人从阳台上探出头，向我们看来。

老妈一向爱面子。她气得脸色铁青，跺着脚向前走去。

我们默默地跟在她后面。

我们刚走进家门，老妈“嘭”的一声把门带上，看着我的时候，已经是泪流满面。

“妈……”

多少年了，老妈几乎没掉过眼泪，除了老爸生病，几次都是为了我和楚梦寒的事。看着老妈花白的鬓角，我几乎咬破了自己的嘴唇。

“我求你放过我的孩子吧……”说着，老妈竟给楚梦寒跪下了。

“妈……”我尖叫着和楚梦寒一起跪了下来。

“闺女，快把你妈扶起来。”老爸急着走过来扯老妈的胳膊，老妈甩开他的手。

老爸无奈地拍着自己的大腿，苦着脸瞪向楚梦寒：“大过年的，这是造的什么孽啊！”

“楚梦寒，我听说你现在有钱了，你要找什么样的姑娘没有？桐桐她缺心眼，被你伤害过一次，没记住疼，可你不能因为这样，就还接着骗她……她眼看就奔三十了，你再耽误她几年，她这辈子就毁了！”

“妈，过去是我的错，我没有好好照顾桐桐，让她受了很多苦，我会用后半生去补偿的。桐桐她很孝顺，您怎么责怪我，我一句怨言也没有，可您这样，桐桐受不了。您快起来吧。”

说着，楚梦寒不由分说，上前去搀扶老妈。老爸是时机地去另一侧扶她。

我的腿都软了，两耳轰鸣，老妈太狠了吧……

我感觉身上一轻，抬起头，原来是楚梦寒把我扶了起来。

老妈被老爸扶着，坐在对面的椅子上，闭着眼睛，默默地落泪。

“妈，过年了，你别哭了。”我哽咽着说。

“闺女，老妈快六十了，长寿活到八十岁，也就还有二十多年。老妈不是因为他妈骂过我，顾着自己的面子，才反对你们。你和他根本就不可能有好日子过！”

“你记不记得？当初我反对你们结婚，你跪在当院，拍着胸脯保证，他一定会对你好，对咱们家好，可是结果呢……当时，我要不是心软信了你，现在你可能孩子都满地跑了。看看你现在，快三十了，还孤零零的一个人在我眼前晃来晃去。每次看见你妹领着孩子回家，我就想起你，几宿几宿地合不了眼。现在我不求你找什么有钱人，只要能有个好男人和你过日子，我就放心了。”

“这个人，单说他的家庭，能容得下你吗？要是他妈就是不同意你们在一起，他会为了你不认他妈？就算他为了和你在一起，连他妈都不要了，但是一个连妈都不要的人，你还能指望他一直对你好？就算他妈同意你们在一起，你也得顺着她，你以后的日子怎么过？那些年，你为了他，忍气吞声还少吗？现在人家有钱了，你就更是自找丢人现眼。你从小就倔，打了多少次，也改不了性子。这一回妈求你了，和他断了吧……”

老妈的声音没了刚才的尖锐。

我的心像被刀剜：“妈……我都知道……可我做不到为了这些，就离开他。”

要是真的可以，这些年我早就把他忘了，又怎么会有今天。

“妈，我已经错过了三年，这一生，我绝对不会再对桐桐放手。您担心的那些，我不能保证不会发生，但我会用最大的努力去解决这些问题。请您给我时间，我会给桐桐幸福的。”楚梦寒说。

“我不信！你能保证你妈能对她好？”

“妈……”

老妈擦干了眼泪，恨得直咬牙：“这天下的男人都死绝了怎么着？非得找他？你要人有人，要学历有学历，你就觉得找不到比他强的怎么着？像今天那个周正那样的男人，不就挺好？”

“妈，你瞎说什么，那是我同事！”

老妈的脾气一向火爆，这个时候和她纷争，只能让她更恼火。我无限不忍地看着楚梦寒。

楚梦寒上前一步，走近了老妈，恭恭敬敬地冲着她和老爸九十度鞠了一躬，然后站好，无比郑重地说：“爸，妈，以前都是我的错。我没指望你们能这么快接受我，但请你们相信，我和桐桐复婚是想要对她好，给她幸福，用自己最大的力量去保护她、呵护她。迟早有一天……我妈也会接受她！”

老爸睁大了眼睛，说不出话来。老妈也眉头一皱，不眨眼睛地看着他。

从这个在我老妈面前曾高傲得不肯说一句软话的大男人口中说出这些话来，难怪老爸老妈会是如此难以置信的表情。

“妈，我这辈子跟定他了……”我含着泪走到了楚梦寒身旁，和他并肩站在了一起。

“唉……冤孽！真是冤孽……这年真是没法过了……”

“爸，妈，我先走了。”楚梦寒本来伸出手想要拉我的，可看见老妈杀人的眼神，又收了回去。

“快走！快走……”老妈好像是在轰苍蝇。

“我送你……”我听不下去，抓起楚梦寒的手就往外走。

“你给我回来！不许去……”老妈怒吼。

“哎哟，老婆子……”一旁沉默的老爸呻吟着。

“老头子，你怎么了?”老妈急切地问。

我也慌了。坏了！老爸的心脏！才一扭头，却看见老爸偷偷向我使了个眼色。

“没事，心里发慌。你扶我进去躺躺，别嚷了，小点声。”

老妈吓得连连点头，再也顾不上我们，扶着老爸向卧室里走去。

送楚梦寒回来，老妈把我单独叫到了跟前。

没有我想象中的大吼大骂，她语调平静，我听着却更是心惊。她说："只要我还活着，就决不会同意你和楚梦寒的婚事！"

大过年的，家家户户张灯结彩，A 市今年又取消了燃放烟花爆竹的禁令，耳畔传来噼噼啪啪的声响。汪洋低着头，眼前浮现出方才在路口，一家三口站在小区里放烟花的情形。炫目的烟火映红了孩子的笑脸：男人旁边的女人明明已人过中年，厚重的羽绒服裹着臃肿的身材，可那男人脸上的笑容却是那么的满足幸福。

也许在平时的日子里，家的感觉不会这么强烈，他今天的心情显然不太好。以往这个时候，他还在老家，吃了晚饭，老爹也会拉着他和沈欣欣出去放炮仗。沈欣欣胆子比男孩子还大，逞能，专拣最厉害的二踢脚放，那动静，连他都捂着耳朵往后退。今年，他带着林婉婉回家，却被爸妈赶了出来。

这样的结局，他不意外，可他觉得，要是不带着她回家过年，就对不住她。林婉婉不但不领情，还埋怨他为什么要带她回来，让她受这样的侮辱。

三十晚上，林婉婉整整哭了一夜。一晚上，汪洋好话说尽，可她只是哭……他以为他的重视会让林婉婉高兴，没想到最后却变成了这样。

汪洋心疼林婉婉，在家没待几天，就赶回来陪她。他甚至想晚上几天班，陪林婉婉回她家看看，虽然她的父亲已经再婚，可毕竟是她的亲人。他想让林婉婉高兴，也不想让她父亲再逼她嫁人。可林婉婉却冷着脸说他没有事业心，说只见过男人拿工作当生命一样重视，哪像他，像个女人似的，婆婆妈妈的。汪洋知道，林婉婉又在拿他和楚梦寒比。

以前，和沈欣欣在一起的时候，沈欣欣就喜欢黏着他，也从来没有像林婉婉这样哀怨过。

他好像无论怎么做，林婉婉都不满意。一切的一切，好像和他想的都不一样，一点也不一样。汪洋想，他是真的爱林婉婉，尤其是和她上过床后，他的身体真的离不开她了。她情动时迷离的表情，妖娆的身体在他身下绽放，像罂粟一样，让他丢魂失魄。那样的激情，让他好像第一次接触女人的毛头小子似的为她疯狂。以前书里说的那些英雄为了女人，丢了江山，失去了一切，都甘之如饴的感觉，他认为他尝到了。可这几天，老娘的眼泪，老爹的怒骂，林婉婉的冷脸，以及沈欣欣父母电话里让他无法反驳的控诉，还有自己无能为力的感觉，让他真的累了。

回来之后，林婉婉就生气，不让他再碰她。昨天，他喝了酒，躺在她身边，鼻尖萦绕着她淡淡的体香，身体竟然一丝反应也没有，后来竟然很快就睡着了，而且还做了梦，梦见了沈欣欣，梦见她挤进他怀里，甜甜地喊老公。他伸开手，把她揽过来……

“把你的手拿开！别碰我！”林婉婉本来柔柔的声音因为冰冷的语调，听起来有些犀利。

一刹那，汪洋身体里刚起的火又灭了。不仅如此，他之后竟再也没睡着。他竟有点害怕。暖气很暖，又裹着棉被，可他还是觉得冷。

初六，我没让楚梦寒来接我，自己一个人去坐回A市的火车。

在火车站排队买票的时候，我接到了沈欣欣的电话。

第五章
哪有什么岁月静好，不过是有人替你负重前行

“桐桐，你说我该怎么办呢?”

“怎么了?”听口气，她是真的着急了。

“妈妈不让我回 A 市上班了，让我留在家里相亲，等着结婚。”

其实，平心而论，沈欣欣留在父母身边，未必不是一个好的选择。

“欣欣，那你觉得呢? 你觉得自己非得来 A 市吗?”

“哎呀，你不知道。汪洋的父母给我爸妈打电话，说只认我是他们的儿媳妇，说那个混蛋是一时鬼迷心窍，他们是绝对不会接受那个狐狸精的，还说汪洋年三十领着那个狐狸精回来了，被他们赶了出去，汪洋初一自己回来后，初三就走了。我爸极力反对我再和汪洋在一起，我妈的心却好像又活动了。”

“那你怎么想?”

我走的时候，沈欣欣对汪洋还是有些余情未了，现在过了半个月，不知道她现在是怎么打算的。其实，我对汪洋的恨，远远超过了对林婉婉。要不是男人对感情不忠诚，就算有女人贴上前，又能怎样? 有人拿刀逼着他们动心吗?

“我心里乱死了，一分钟也不想在家里听妈妈唠叨。”

“回来吧。”

这种情况，沈欣欣还是回来比较好。

“你跟你妈说，就算辞职，也得有手续呀，这么扣着你，到时算个开除，档案里带一辈子。”

老一辈的人最看重这些了。

“呵呵，桐桐，还是你最聪明。”沈欣欣在电话里亲了我一口。

火车票和预想的一样难买，好在不是特别远，几个小时后，我先上车，后买票，上了一辆去南方的过路车。

下了火车，天都已经黑透了。

我拦了一辆出租车后，拨通了楚梦寒的电话，告诉他我到了。

电话里，他很生气："这么晚了，你一个人挤火车，火车站多乱，你知道吗?"

我拿着手机吐了吐舌头，我原来告诉他明天才回来的。

"你先回家吧。我忙完手边的事，一会儿给你打电话，一起吃饭。"

我也是这么想的，虽然肚子已经在抗议了。

沈欣欣说晚上来找我的，我拨了几次电话，都没打通。等到了小区口，我刚要再打一次，竟看到了两个熟悉的身影。其中一个，不是沈欣欣同学，又是哪个？而她旁边的一位，我反反复复看了几遍，才敢确认，是周正的表弟崔维。两个人背对着我。

"我就算着，你今天该回来了，一打电话，没想到你就到小区门口了。"

"我来找桐桐。"

"这包里是什么呀？鼓鼓囊囊的。"

"妈妈给我带的大鱼大肉。在家都吃得腻死了，还非要给我带着。"

"幸福的人呀！我老爸老妈都在国外，没回来，我一个人过年，孤苦伶仃的。"

"不如你来桐桐这，我们三个人一起吃饭吧！"

第五章

哪有什么岁月静好，不过是有人替你负重前行

我不禁纳闷，欣欣什么时候和这个崔维如此熟络了？

“好呀！两个美女作陪，我今天才叫过年。”崔维笑着问，“她什么时候回来？”

“我已经回来了。”

我突然出现，吓得他们两个同时一愣。

沈欣欣过来狠狠地拍了一下我的肩膀：“你怎么在这？”

我一听，乐了，反问：“你怎么在这？”

沈欣欣没来得及答话，崔维走过来解释说：“我谢谢上次沈欣欣送酒醉的我回家，请她吃饭，可这位小姐忒实在了，说是受之有愧，又反过来请我……”

原来是这样。

我看着沈欣欣的大书包，说：“今天我不能和你们一起吃饭了，我晚上还有事。”

我要是走了，留沈欣欣单独和崔维在家里吃饭，她会答应吗？

果然，沈欣欣沉默了，看样子很为难。可就在这时，我看见沈欣欣的眼睛突然直直地看向我身后。

我顺着她的目光看去，汪洋那厮正低着头，捡钱包似的向这里走来。

沈欣欣看见汪洋，恨得牙根痒痒。她看汪洋越走越近，故意提高了嗓音，对身旁的崔维说：“崔维，你要是没有要紧事，今晚和我一起吃饭吧！”

汪洋一激灵，抬起头，一眼看到了沈欣欣、我和崔维。他对崔维并不陌生，上次，沈欣欣从车上下来，扶着崔维，今天，他们又在一起……

崔维一看沈欣欣的表情，大概猜出了这个男人就是害得沈欣欣失恋的那个“陈世美”。同是天涯沦落人，那种被甩的疼痛，没人比他体会得更深刻。他仗义地一把把沈欣欣拉到自己身边，声音高扬：“好呀！”

沈欣欣感激地看着崔维，任由他拉着，转身就走。

汪洋盯着他们两个人的一举一动：“欣欣……”

不知道他是怎么开的口。他抬腿走到了沈欣欣身边。他不想让她和这个男人走……他怕她被人骗……他不放心……

沈欣欣想走，脚却像生了根，眼泪就要从眼眶里掉出来了。

“有事吗？”崔维回过头，满脸不屑地看着汪洋。

“我没喊你，我找欣欣……”汪洋的语气有几分傲慢。

“你找我女朋友，当然要问我……”崔维不紧不慢地说。

沈欣欣紧张得额头都冒出汗来，崔维握着她的手暗暗用了几下力，沈欣欣稍微镇定了一点。

“你凭什么做她男朋友？你们才认识几天？”汪洋觉得自己都神经不正常了。

崔维松开沈欣欣的手，几步走到汪洋跟前，拿手指着他的鼻子：“就凭我再听你一句废话，就抽你！”

汪洋没反应，他此刻竟有一种被抽也不错的感觉。他眯起眼睛冷哼：“你了解她吗？”

“砰！”崔维一拳打在汪洋面门上。汪洋眼前金星一冒，倒在了地上。

崔维真打……

“妈的！”崔维爆了一句粗口。

这一拳不知道是替沈欣欣打的，还是替自己解气。要是那个拿督在他面前，说不定他会拿刀剁了他。

“汪洋……”沈欣欣没经过大脑，做出了第一反应，向倒地的汪洋扑去。

汪洋闭着眼。他听见了，嘴角咧开了笑纹。

“走……”崔维上前，一把拽住沈欣欣，往前走。

沈欣欣才一犹豫，就被他拽着走了好远。

汪洋狼狈地爬起来时，只看到了他们两个人手牵手的背影。

“大过年的，怎么形单影孤呀，该不会是被林美人赶出来，无家可归了吧。上楼的时候，别走错了门。欣欣今晚约会，你要是去了，林美人还以为你对旧爱余情未了呢，又要哭倒长城了……”

汪洋面上一僵，嘴唇抖动着说：“萧桐桐，你也别光替沈欣欣打抱不平。我们才分手几天，她不是也这么快找男人了？她的爱情还不是不值钱……”

他怎么解气，怎么说。可是，气没解，只觉得心慌。

我被气乐了：“汪洋，你该不是每天抱着林美人，还对旧爱余情未了吧？你还真是够恶心的！你觉得就因为你和沈欣欣相爱了十几年，她就得像旧社会的弃妇一样，每天泪流满面，耗光了青春，等着你回来？或者你某天良心发现，分点爱怜，她就感激涕零，一辈子替你守节？又或者等你发现了已经转正的小三的种种劣迹，浪子回头，伸手一招，欣欣就得屁颠屁颠地向你投怀送抱……这是二十一世纪，你醒醒吧……”

我并不是刻意挖苦他，我只是陈述事实。

汪洋呆呆地站在原地，一动不动。

楚梦寒的车子已经守候在了路边。

我飞快地跑过去，打开车门，坐在了副驾驶的位置上。

还没说话，他就已经俯了过来，紧紧地把我抱住，嘴唇热切地覆上我的唇，流连不去。渐渐地，他的吻从我的唇移开，落在我的耳际，落在我颈间，似乎只有把我抱在怀里，和我亲密接触的时候，才能感受到我的存在。

一瞬间，我感觉这个硬朗的大男人竟是从没有过的脆弱。我伸出一只手，轻轻地抚摸他的短发。

吃完饭回家的路上，我给沈欣欣打了一个电话。这小妮子竟然没接。

走到楼下，窗子里漆黑一片。林婉婉的屋子里倒是亮着灯。

到了房子外，我开门一看，客厅里收拾得整整齐齐的，根本不像沈小姐以往用餐后的环境。

我又拨了几个电话，依然无人接听。说好了今晚留在我这儿的，怎么回事？我心里隐隐约约担心起来。

楚梦寒脱掉了大衣和西服。我把头靠在了他肩膀上，拿着手机还在琢磨沈欣欣去哪了。

楚梦寒说：“元宵节妈妈要来A市，我想告诉她我们在一起的事，你觉得呢？”

楚梦寒说得极为小心。

我紧张了一阵，终于还是点了头。

上班后，我去周正的办公室。进去的时候，我看到他面前堆着许多文件，他正聚精会神地看着。很久，他也没有要搭理我的意思。

第五章
哪有什么岁月静好，不过是有人替你负重前行

“这些日子，我仔细地想了一下，觉得我还是不要去T市工作了。我现在的情况，还是留在A市比较适合。”

我的话说完后，周正终于放下了手中的签字笔，把文件推到了一边，说：“知道了！”

“谢谢领导！你先忙吧，我出去了。”

虽然还有别的话想和他说，但看他一副兴致缺缺的模样，我觉得还是先离开吧。

周正没回应。可就在我马上要推开玻璃门的时候，听到身后传来他的一声低低的叹息。

“等等……”

我转过头，看见他指了指椅子，让我重新坐在那。

他的眉头已经松开，他却仍旧装作认真的样子。

“你和楚梦寒和好了？”

他是没想到我能这么快原谅楚梦寒吧。其实，我也不止一次地问过自己，真的能够忘记吗？忘记他有过别的女人，忘记他和别的女人一起演戏骗我？也许在今后岁月的某一天、某一件事情中，我还是不可回避地会因为这件事去联想，去猜疑，此时此刻，我却无法因为他曾经的错误，就挥剑斩断我们之间的爱情。我做不到，也不会那么傻，像几年前那样勉强自己，委屈自己。这一次，我想忠于自己的心。

“嗯，都过去了，那件事我已经不想再提了。”我坦诚地对周正说。

周正笑了笑：“看来过年的时候我真是多此一举了，要知道楚梦寒会去你家，我一定不会过去的。”

他说起这件事的时候，脸上有了我从没见过的尴尬。

我以为像周正这样的人，什么事都会潇洒处置，原来并不是。

“桐桐，你知道吗？我活了这么大，这些日子以来，活得最窝囊。”

我被他的表情吓了一跳，小心地问：“周正，你怎么了？”

他皱着眉头看我，动了动唇，又气恼地把话咽了回去，沉默了好一会以后才再次开口：“我从小到大都争强好胜。我家境一般，但因为是独生子，也算得上娇生惯养。长大后，因为这个性格，在生活上、感情上、工作上，凭着自己的智商和韧劲，想要的，一向都没有得不到过。可是最近，我遇到了一件事，我知道自己不是因为争强好胜，可是我……”

那个在我面前讲惯至理名言，讲惯人生哲理的周正突然有些说不下去了。

“周正……”

他摆摆手，不让我开口。他像被上了发条的机器一样，停不下来：“桐桐，我希望你能得到幸福。在T市时，我和你说的话都是发自肺腑的。人与人之间的缘分有很多种，我没有亲兄弟姐妹，只要你愿意，这一生，我都会像亲妹妹一样对待你。你的父母也是我的亲人，我的家人也是你的家人。你以后如果再遇到了什么困难和委屈，一定要真的把我当作大哥……”

他没头没脑地说着。

我们相识以来，周正对我的关心多过了良师益友。曾经几次，在我最痛苦无助的时候，都是他陪在我身边，而我却从没真正关心过他。

“当初，你带我去医院看林婉婉，梦寒很生气，他不想让别人介入我们之间的事，可对我而言，你那样帮我，我很感激。当时我如果没发现这件事，而是在某年某月的某一天，我们复婚生子后才知道，我也许就真的不能原谅他了。事情过去了，你和梦寒还会是朋友，只要你愿意。在我心里，你永远是我的哥哥，没人能够取代。”

“桐桐，过几天我就要出差了。”

我坐在沈欣欣家的沙发上，看着对面愁眉苦脸的沈同学：“出差？还没过完十五呢。谁给你安排的？”

昊天集团的业绩一落千丈，裁了不少人，现在的岗位，都是一个人兼好几个。

“我自己申请的。”沈欣欣颓丧地垂着头。

“你怎么了？昨天我打了那么多电话，你都不接。今天我赶过来了，你说你要出差？你发什么神经呀？一个‘陈世美’值得你天天神经兮兮的吗？你忘了你水土不服？你去陌生的地方，身上有时还会起小疙瘩。要知道这样，还不如不让你回 A 市呢。

“我不是因为汪洋，我就是心里烦。”这丫头终于抬头了，可脸红得像个番茄似的。

“你到底怎么了？”

直觉告诉我，昨天她不接电话，一定是出了什么事。该不会是她和崔维之间发生了什么吧？比如说，同是天涯沦落人，对饮解千愁，最后来个酒后失节什么的。

“哎呀，昨天我和崔维喝了酒……他打车送我回家……然后……”沈欣欣用手捂着脸，话说了一半。

真被我猜中了？

“我就是别扭，其实都什么年代了，不就是接个吻吗？”沈欣欣安慰着自己，小脸越看越像苦瓜。

啊！我心脏归位，原来事情没我想象的那样严重。

接下来，听着沈小姐和我叙说，我才明白，原来两个人昨天根本没在我家待着，而是打车去外面饭店吃的。两个人吃饭时喝了酒。沈欣欣酒后话更多，喋喋不休地和崔维说起她和汪洋十几年的浪漫故事。开始，崔维还配合着安慰她，可到了她家门口，她还像祥林嫂一样反复提汪洋。崔维终于忍无可忍地吻了她，把她的话堵了回去，而沈欣欣竟然一巴掌把崔维的脸打肿了。

我听着整个过程，有点想笑。

“你说怎么办呢？我长这么大，从没被别的男人吻过。其实，我也不是想打他，就是条件反射。这以后，我们俩没法见面了。”

“他醉酒占你便宜，就是他不对。你也不至于要收拾东西逃跑吧？你难受，莫非不是因为他占你便宜，而是后悔打他？”

“哎呀，我也不知道，先离开再说！”

沈欣欣的手终于从脸上拿开了。她冲进屋子里收拾东西。

这时，我听见她放在茶几上的手机响了，是短信的声音。

“你的短信，是崔维的吧？”我故意逗她。

沈欣欣跑了出来，一把从我手里抢过手机，翻看之后，脸上一白。

“是崔维吗？”

“不是！是汪洋……”沈欣欣艰难地说出这几个字，然后痛苦地闭上了眼睛，“他说……对不起……”

汪洋怎么会突然给欣欣发这个短信，难道是他和林妹妹出事了？吃着碗里的，看着锅里的，说的就是汪洋这种男人吧。欣欣离开一段时间，也许也未必不是好事。

明天楚妈妈就要来了，说好了晚上一起去给楚妈妈买礼物，可我等了很久，也没等到楚梦寒。他的手机也一直打不通，提示手机关机了。看看墙上挂表的时间，已经是快晚上十点半了。我一个人在空荡荡的屋子里，看着满桌子的饭菜，好像一瞬间又回到了之前一个人的日子。我的心没有一刻能够平静。只不过是短短几天，我的心境已经完全不一样了。早上明明说好晚上一起吃饭的，为什么手机关机呢？我很担心他，担心他开车是不是遇到了状况，更怕他在工作中遇到了什么麻烦。

我站在窗子前，呆呆地看着楼下。私家车越来越多，连楼门口都几乎要被堵上了。楚梦寒若是来了，一定连停车的地方都找不到了。

想着，我拿着钥匙、手机，跑下楼去。神经质似的，不停地在楼下溜达着。每从小区门口驶进一辆汽车，我的神经都跟着跳动一下，可每一次都是失望。

我有点不死心，索性溜达到小区外的马路上。在汽车的噪音下，心情好像多少有些平静了。看，这么多人，不都是还在忙碌？

“萧桐桐！”

我听到有人喊我，回过头去，看见一个男人从车子里探出头来，是周正。

“站在这发什么呆？”

他问我话的时候，后面的车子已经很不友好地狂按喇叭。

他把车停到了靠着花坛的拐弯处，从车里下来，走到我面前。

“我在等楚梦寒。”

周正眉头拧了起来，陪着我在小区里走了走。

“你第一次见到楚梦寒，是在什么时候?”我望着夜空，不知怎的，就问出了这句话。

小区里这时已经没什么人了。我住的楼下，有供业主休息的长椅。我怕楚梦寒回来找不到我，就和周正坐在了那里。

“我认识楚梦寒是在三年前吧，那时他还不在TPC，而是在香港黄埔集团下属的分公司里。而我，也在一个规模不算小的公司里工作。我和他都是为自己的公司去竞标。那时，我认识了他。他口才很好，谈起事情来，思路清晰，我一直认为，他要是去做律师，应该更适合。”

想着楚梦寒一贯严肃认真的样子，他是那样。想着，我不自觉地扬起了嘴角。

周正瞥了我一样，叹了口气，然后，语气刻意变得有些自豪：“可是，没想到，楚梦寒在某些方面却幼稚得可以，根本不是我的对手，最后还不是落得惨败?”

其实，我觉得输的那个应该是周正，起码我心里是这么认为的。

“九十年代初全国轰轰烈烈的下岗工人事件，你知道吧?”

“当然知道，我又不是外国人。”

“嗯。我家条件本来很好，我父母是同一个工厂的，妈妈是人事科的科长，爸爸是车间主人。那时，厂里本来决定半年后就提拔爸爸做技术厂长。结果，一夕之间，我爸妈双双下岗，变成了无业游民。”

我有点惊讶，原来周老板的父母都是下岗工人。

“他们那一代人，毕业后，进了工厂，就没想过要换单位。大多数人接受不了。从小看着我长大的一个阿姨和他老公，下岗后，不知道以后怎么活，就手拉手跳楼了，孩子留给了爷爷奶奶。”

我张大了嘴巴。这些以前也听说过，可没想到，竟然都是真事。这也太愚蠢了吧？可偏偏就是真事。

“我爸妈就想得开，当然，家里也有些积蓄，能够支撑短期的生活。不过，他们那时已经四十多岁了，找工作很难。他们想着自己干个小买卖，考察了很久，决定开个小超市。那时，家家户户买东西，还都去小卖部。我们家小超市的生意自然很红火，没多久，就开了分店。老爸说，要知道这样，还不如早点辞工，说不定早发财了。你看，所谓的‘噩梦’竟成了我们家致富的机会。因为家里的关系，我在同龄人中是比较早接触商业的。上高中的时候，我就摆过地摊，不单单为赚钱，也为了解闷，也是尝试。在社会经验方面，我比一般人早熟。估计楚梦寒那时还是个书呆子。”

说到这里，周正毫不掩饰得意的神色。可我心里却一点也不认同，听他这么说，忍不住轻轻地“哼”了一声。

周正依旧眉飞色舞地接着说：“第二次，我们是在夜总会见的面。”

夜总会？我在心里惊呼。那些地方简直是社会阴暗角落的代名词，楚梦寒那个时候就去那里？

“我的朋友是楚梦寒要争取的客户，那晚，我被拉着作陪，所以又见到了他。我朋友是个富二代，平日里斗鸡走狗，拈花惹草，在老爸的公司里做关门皇帝，没事就找供应商吃喝玩乐。我万万没想到，那是楚梦寒第一次去夜总会。”

周正有意观察着我的表情。我抿着嘴唇，等着他继续说下去。

“当晚，楚梦寒脸上一直很难看。他本来是请我朋友吃饭，没想到直接被我朋友带到了夜总会，而且，上来就叫了小姐来助兴。那些小姐坐到楚梦寒身边的时候，我看到楚梦寒的手一直在发抖，他额头上的冷汗都冒了出来。那腼腆劲，就像个刚毕业的学生。哪里是去玩乐？根本就是受折磨。呵呵！本来不过是逢场作戏，可我朋友看见楚梦寒一脸不高兴的样子，就有意整他。后来，我那朋友越来越过分，不住地让那些小姐去戏弄楚梦寒。后来，楚梦寒终于被惹火了。他站起来说有事，要走。我朋友那少爷脾气，怎么可能同意？他对楚梦寒说：‘今天要是走了，从今以后，你们公司就别想从我这里拿走一分钱，我还直接告诉你们公司，是你楚梦寒故意怠慢客户。’有时候，这些富二代确实是无法无天。结果，楚梦寒那厮真是有骨气，要了三瓶洋酒，自己连着喝了两瓶，然后咬着牙向我朋友道歉，最后还不忘把账结了，离开了夜总会。连我朋友也没想到……他连逢场作戏也做不到……”

自己一个人喝两瓶洋酒？我不禁回想起大学时代的楚梦寒，他那时几乎滴酒不沾。我心底不仅酸溜溜的，而且还很疼。

“那你就在一边看笑话？”

这个周正，枉费我崇拜他一番，原来也是个夜夜笙歌的奸商。

“你怎么知道我没有？”他白了我一眼，“我那朋友看不惯楚梦寒的冷脸，觉得他一个销售经理，有什么可口的？所以故意整他。那时，我和楚梦寒还只是第二次见面，根本连认识也算不上，更别提交情了。不过，这两次见面，他给我的印象却一次比一次深刻。”

“后来呢?”我忍不住问。

“后来，我们走的时候，在夜总会的大厅里看到了楚梦寒。他嘴角都是血，我好心把他送到了医院。不出我所料，果然是喝酒喝得胃出血。我当时就想，这哥们还真有点宁折不弯的劲！也许是因为那次吧，我们就真正算认识了。后来几次在生意上，我发现他有头脑，很勤奋，更能吃苦，但他对客户确实是有选择的。你做销售，应该知道，谈一个项目很不容易。只要客户有需求，做销售的都会倾尽全力去迎合。楚梦寒却对我说，他只赚自己有本事赚的钱，自己能力达不到的，宁可不赚。所以，我曾对你说过，我佩服的人不多，楚梦寒算一个。他年纪轻轻就能做到TPC的执行总裁，绝不是靠天上掉下来的机会。我记得他和我说过，他一直把一句话当作座右铭：‘走得稳，才能走得远。稳健中求发展，发展中不忘稳健。’他说，他再穷，也不为了钱勉强自己做自己根本无法接受的事。有再大的吸引力，他也不会为了利益，触犯法律。现实社会中，能做到这一点，很不容易。尤其是像他这位样一个没有背景的穷小子，能有这样的坚持，很难。所以，我佩服他。”

听周正这么说，我心里好高兴。虽然不是夸我，我却依然感到骄傲。我心中的楚学长就应该是这个样子。

时间越来越晚了，我们两个人默默地坐在长椅上。

周正和楚梦寒是那种君子之交淡如水的交情，所以，他们联系得并不是十分频繁，他也只有楚梦寒的手机号码。

不等来世　只要今生
（下）

已经是晚上十二点了，周正还陪在我身边。看着我越来越落寞的样子，他就讲他创业前的事。

原来他在大学快毕业的时候，家里的三家小超市出了一些问题，险些倒闭关门。虽然最后化险为夷，但那时，家里所有人却都是提心吊胆的。

那个时候，他女朋友有一个出国的机会。他只能对她说："我家里没能力供我出国，但我会努力奋斗，在国内等着你。"

那女孩临走的时候，只对他说了四个字："再联系吧！"

那个女孩就是我第一次见到周正的时候，在"加州牛肉面"看到的那位。

女孩很快另结新欢，就提出和他分手。

三年后，那个女孩回来找他。他不是对那个女孩一点感情也没有了，但她终究不是他心中原来的那个人了。所以，他只能决定转身。

"既然感情已经变质，那就不如干净地忘记。当然，如果有一份感情经历了千山万水，对方依然如昨日，在原地等你回头，这种机会通常可遇而不可求，不握住，便稍纵即逝，所以，如果可以，一定要珍惜……如果他爱你，没人能妨碍他靠近；如果他忘情，谁也无力阻止他离去。"

这是周正走之前留给我的一句话。

一上班，我就打给 TPC 的前台，因为楚梦寒的手机并没有开，仍旧是关机。

前台听到我说要找楚梦寒，马上就把我的身份询问了一番，最后才把我的电话转了过去。

第五章
哪有什么岁月静好，不过是有人替你负重前行

电话接通了，却并不是楚梦寒的声音。电话那一端只对我说：“楚总现在不在，如果有急事，可以把电话留一下，他会给您回过去。”

这样的回答，让我有了片刻的安心，但很快，我就更加难受。现在不在？是不是就是说他之前在过？他没有出事，却不理我？为什么前一刻还要向我复婚，后一刻就消失得无影无踪？

后来，我意外地接到了楚妈妈的电话，她说是从TPC那里得到的号码。她问我楚梦寒去了哪里，为什么联系不上。最后，无奈之下，她把她的号码和酒店的地址告诉了我，对我说，如果有消息，一定立刻告诉她。她的口气里，往日的厌恶完全被焦急所替代。

我知道楚梦寒是最孝顺的，正常情况下，他是不会不联系她的，所以她才会那么着急，甚至忘记了和我吵架。

与楚梦寒失去联系的第五天。

我在办公室，听到旁边的乔磊冲着电话大吼：“开什么玩笑！这项目，我还一分钱提成没拿过呢，凭什么让我干这擦屁股的活！谁拿的钱，谁来负责！”

我右眼皮一跳，第六感传来。这是个凶兆。

果然，乔磊才出去，我桌上的电话就响了：“小萧，清华商贸的项目出了些问题，技术部做的小样，他们迟迟不认可。这样，工期拖下来，算我们没有按期完成，有退款的风险，整个公司都要受牵连。这个项目，第一笔佣金是你拿的，方案也是你做的，这件事还是你去协调吧。”

听口气，李峰很是担忧。

我挂了李峰的电话，静静地坐在办公桌前想了很多。这件事绝不只项目本身这么简单。

我不知道楚梦寒那时和卫思平是怎么谈的，但他明明说，以后卫思平不会再来找我麻烦，现在怎么又会这样？我一个讨生活的小女子，为了不被纠缠，已经放弃了九万块钱的提成。九万块钱呀！卫思平竟还不罢手？他们这些有钱人难道真是闲得没事做，专爱玩猫捉老鼠的游戏？既然这样，我就重新要回我该得的东西。退让不是办法，那我就不再妥协。

对我的到来，卫思平并不意外。他浅笑着对我说："萧小姐没想到这么快我们又见面了吧？"

"但愿今天是最后一次。今日之后，我们永远都不要再见。"本姑娘一向爱憎分明，要不是为了工作，我早就拿茶水泼他了，还会忍到现在？

"不会的，我很有耐心，直到萧小姐有一天盼着我出现。"

他的笑容依旧儒雅斯文，我心里却像吃了一只苍蝇般恶心，却又不得不耐心地对他说："卫董的话，我一点也听不明白。"

"萧桐桐，你很任性。"

没想到他会冷不丁地这样评价我。这一点，我从不否认。可从他嘴里说出来，显然变成了另一种意思。

他又说："有本事任性的人，就要有本事坚强。"

他是在威胁我？

"萧小姐，很多年了，我几乎没发现过我想要，却得不到的东西。你的任性突然让我的生活多了很多意趣。我喜欢任性又倔强的女人。我会慢慢地等着你改变心中的想法，心甘情愿地做我的女人。我那天开出的条件，你如果不满意，可以随时告诉我。到时候，你会知道，做我的女人，能得到的东西，不是你现在能够想象到的。”

我的底细，恐怕他早就已调查清楚了：农村孩子，离异，在A市无依无靠。所以，他吃准了我只能任由他欺负。可是，他真的想错了！

“卫董，您的名字很有意思。”

他没想到我会突然这么说，饶有兴味地笑着看我。

“思平，思平，您的父母给您取名字的时候，一定是想您这一生平平安安，想他们毕生积累的财富能一代一代往下传，想您家能得到社会的认可和尊重。可没想到，您却辜负了他们的期望。您还是把您准备包养情妇的钱留给别人吧，对我说这些，您是找错对象了！”

卫思平听我这样说，不但不恼，反而似乎更有兴致了。

我不理会他，接着说：“永正公司与清华商贸的合作项目，还请卫董不要滥用职权，有意刁难，毕竟一个有社会地位的大老板，为了包养情妇，去做这种见不得人的事，很不光彩。”

说完，我头也不回地走出了卫思平的办公室。身后传来他轻轻的笑声。

“萧小姐，我保证，我们很快会再见面的。”

其实，我并没有我自己想象的那么勇敢。

走到路边的公用电话亭，我一下一下地按着名片上的号码。我觉得我的双腿都在打战。

电话接通的那一刻，我眼前一片空白，嘴唇发凉，耳朵也跟着轰鸣起来。

“哪位?”

电话那一端传来卫思平的声音。

我深深地吸了口气，强迫自己镇定下来，对他说：“卫董，刚才我们之间的对话，我已经用手机录了音。如果我把它传给您的妻子或孩子，不知道会不会对您的生活产生影响。或者，您可以凭您的财富和地位让我的生活变得更糟，或者派人杀人灭口。很多电视剧里不都是那么演的吗？但你觉得为了一个猎人猎捕猎物的游戏，值得吗？我只是一个讨生活的小女子，为什么不能放过我呢?”

说到这里，我的泪水忍不住从眼角落了下来。

卫思平的反应，没有想象中的震怒，他只是很长时间没说话。他沉默了好一阵，然后低低地叹息了一声，没有讲话。然后，再听到的就是电话被挂掉后的忙音。

回到公司的时候，已经接近下班时间了。

李峰亲自走到我身前，对我说：“小萧，还是你有办法。刚才技术部来人告诉我说，清华那边已经把设计小样确认了，马上就要进入下一个流程了。”

我有点不敢相信。虽然问题看似解决了，可我心里却更加忐忑起来。卫思平难道是真的怕了？还是又在想什么更坏的主意对付我？他是那么容易接受失败的人吗？

回到家时，已经很晚了。今天有课，我没去上。我一点胃口也没有，晚饭也不想吃。

我思索着自己的人生，到底是哪里出了问题？我的人生为什么会变得这样糟？以前，我经常勉励自己：萧桐桐，再坚持一下！再坚持一下！可是现在……突然听到敲门声，我的心扑通扑通地跳着。

我走到门前，轻声问："谁呀？"

外面沉默了几秒钟，传来一个低沉喑哑的声音："桐桐，是我。"

我手上一顿，整个人都忍不住颤抖起来，居然是楚梦寒的声音。这家伙凭空消失几天后，又出现了？

想起那晚我焦急地等待，还有今天解决卫思平的事后的不安，我忍不住对他大吼："楚梦寒，你快走，我再也不想看到你了！你到底当我是什么？招之即来，挥之即去的宠物吗？我再也不会理你了，你快走，你快走……"

门外传来了他焦急的声音："你打开门，听我解释，好不好？"

"我不要听，你快走吧！"我用手捂住耳朵，不想听他的话。

"桐桐，听话，先开门……"他的口气里都是哀求。

我想了一下，终于还是打开了门。

我还没来得及把门带上，就被他紧紧地抱在了怀里。他低下头吻我。我奋力挣扎着，想要狠狠地推开他，却被他抱得更紧。

我好不容易避开了他的嘴唇，抬起头来。看清他的那一瞬间，我不由惊呆了……楚梦寒脸色苍白，眼窝身陷，原本光洁的下巴，现在长着青色的胡茬，整个人说不出的疲惫和憔悴。不过，他眼睛里仍旧闪着自信的光芒。

他从来都是注意仪表的。之前，他身上穿的，不一定是多昂贵的名牌，但一定是干净整洁的。他现在这个样子，明显是几天没好好休息了。

"你……"我很生气，但看到他这个样子，还是把那些绝情的话咽回去了。

他布满血丝的眼睛里盛着满满的笑意。他伸出手来，捏了捏我的脸颊，问道："生气了？"

真拿我当小狗？高兴时逗弄逗弄，不高兴时彻底失踪。

萧桐桐，你在别人面前，能把自己掩饰得那么好，为什么在这个男人面前，总是一次次地失控？自己那修炼多年的白领淑女的气质和待人接物时一贯的包容与忍让，一沾上这个男人，怎么就轻易变成了歇斯底里？

"你想说什么，就快说吧。如果不想说，就尽快离开。"我背对着他，冷冷地看着对面窗口的灯光，口气却不由得稍微比方才缓和了些。

他这个样子，让我暗暗揪心。难道这几天发生了什么事，所以才没和我联系？

他沉默了很久，极不情愿地缓缓开口："突然接到董事长的电话。他有要紧的事找我，让我马上回总公司。这几天，我没在A市。"

我愣了一下……这能叫理由吗？

"楚先生，您难道忘了这世界上还有一个伟大的发明叫电话吗？"

现在不是几千年前，相隔远时，互通消息不便。即便是再忙，难道连打一通电话的时间都没有？还是他觉得我在他的工作面前，根本不值得浪费几分钟的时间？还是他根本就是骗我？

他的口气认真却温柔："桐桐，事情有点突然，所以没来得及打电话给你。别生气了。我现在很累，我们能不能改天再谈？"

他这样轻描淡写地说，好像我是在无理取闹。他难道想象不到我之前是多么担心他吗？我曾想过他是不是出了车祸，或者被人绑架了，我甚至想过要不要报警，他就这么淡淡的一句话？改天再谈？

我长长地叹了口气，抬起眼睛，对他说：“好，我也累了，你走吧。”

“桐桐，我累了。”

一股酸意直接冲到了我眼鼻间。在他的嘴里，事情就是这样一下子变了味道，倒成了我无理取闹，想要吵架了。

他皱着眉看着我，一副欲言又止的样子。这个时候，他的手机响了。

电话接通后，楚梦寒拿着手机，从我身边离开，走到了客厅最尽头的落地窗前，似乎有意不让我听到通话的内容。可偶尔还是有一字半句落在了我耳中。但我也没听明白他电话的内容。

通完电话，楚梦寒收好手机，转过身，向我走来：“我先走了。你脸色不好，早点休息。”

等我回过神来的时候，他竟然已经走了。

我愣了几秒，脚步不受控制地追了出去，可楼道里却连他的背影也看不到了。

楚梦寒走后，又剩下担心和怨恨陪伴了我一夜。

海伦递给我一本杂志，愤愤不平地说：“桐桐姐，你说这本杂志里怎么就没有咱们周总呢？”她毫不掩饰对周正这个老板的崇拜之情。

“桐桐姐，这本杂志我翻遍了，最吸引我的就是这个 TPC 亚洲区的执行总裁楚梦寒。他还不到三十岁，长得真帅，比电影明星还有型，只可惜呀……”

我正看到TPC在亚洲的业务介绍，冷不丁听她说出这几个字，抬起头，愣愣地看着她："怎么了？"

她眨了眨大眼睛，涂了睫毛膏的长睫毛一闪一闪下，眸光里都是惋惜之情。她递给我一份《每日新报》，然后指了指经济信息下面的一块地方，对我说："这位楚总，不守商业规则，恐怕要被TPC踢出局了。所以，我还是坚定不移地拥护周总……"

她后面的话，我已经听不清楚了。我两只耳朵嗡嗡作响，手心渗出汗来。

我仔细地看着报纸上篇幅不算大的几行小字。我看了足有十分钟，终于明白了上面写的意思。刹那间，我只觉得浑身的血液都要沸腾了。

"桐桐姐，你怎么了？"

"桐桐姐……"

很久，眼前的一切才逐渐清晰。孙澜的脸孔在我面前显得格外的突兀。

我甩甩头，强迫自己没有流出眼泪来。飘出的声音好像不是自己的一样："没事。"

我一个人跑到楼梯间，掏出手机，颤抖地拨着楚梦寒的电话。

依旧是关机。

我打到TPC公司，那里传来女孩温柔的声音："对不起，楚总那边没有人接听……"

我迷茫地挂断了电话。

昨天，如果我能多留他一会；在他拥抱我的时候，我能紧紧地搂住他；在他吻我时，我没有推开他，以上，哪怕我能做到一点，他是不是也能感觉好过一些？可我就那样狠狠地推开他，用最冷的话赶走他。

想到这里，我蹲下身，用手捂住脸，从来没有感到过的疲惫袭来。

“萧桐桐……”

一个熟悉却严厉的声音在我身后响起。

我慌忙地擦干眼泪，站起身来。

“你在这里做什么？”周正几步走到我面前，“现在是上班时间，不要把生活中的事带到工作中来。”

“我找不到楚梦寒了……”我深深地吸了口气，逼回眼睛中的泪水。

周正忍住了怒气，逼近我一步：“你害怕他丢了？他不来找你，自然有不来找你的道理。据我所知，他以前不是三年都没联系过你吗？”

周正从来不是刻薄的人，可这一刻，他有着忍不住的怒火。

我使劲地摇摇头：“不一样的，这次不一样的……”

“什么不一样？”

我哭得更甚：“今天，我看到报纸上写着，有消息说，TPC亚洲区执行总裁楚梦寒因为涉嫌将TPC的商业机密透露给清华投资，其职务已暂时由董事会其他成员代管……”

我想，这一切都是因为我吧。

周正也惊呆了。我想周正也还没有来得及看到早上的报纸。而且，那也不是多大条幅的新闻。这个时候，看他的表情，他是相当震惊的，估计他也绝不会相信楚梦寒会做出这样的事情来。

周正看了一下周围，对我说：“去我办公室吧。”

我点了点头，跟在他身后。我脚步都是轻飘飘的。

我突然好恨。卫思平根本就是个道貌岸然的伪君子，他居然用这种卑鄙无耻的手段达到自己的目的。我从来没有想过，自己所谓的一点点美貌能值得卫思平这样的社会名流大费周章。无论怎样，终究是因为我，害了楚梦寒。他一个没有背景的穷小子，有今天的成就，不得不说，除了他的能力和勤奋，还有机遇和运气的成分在里面。如果真的失去了这个位子，下一次，他还能有这样的运气吗?

终于来到了周正的办公室，他关上了门。我们两个都没坐下。

“怎么回事?”他着急地问。

我使劲地摇了摇头，嘴唇哆嗦：“不知道，他什么也没说。”

“你见过他了?”周正有点不敢相信。

“昨天晚上，我见过他。但很快，他接了一个电话，就走了。刚才我给他打电话，一直打不通……”这个时候，我恨自己竟已经超过了恨卫思平，我几乎被愧疚折磨得痛不欲生，“都是因为我。如果不是我，卫思平不会这样陷害他。”

这里只有我们两个人，我终于无法再压抑情绪。

“卫思平?”周正本来不算很大的眼睛突然瞪了起来，“你和卫思平有什么关系?”

他的口气有些冷厉，不知道他到底在生什么气。

我自嘲地笑了一下。我也从没想过自己这样的小人物会和卫思平有什么关系。

不知从什么时候开始，周正在我心目中，已经不单是老板那么简单。我对他的那种能力上的认可，已经潜移默化地变成了一种信赖。我更希望他能帮助楚梦寒。现在，我才真正体会到自己的渺小。我曾经以为，在这个社会上，自己只要勤奋努力，早晚有一天，能过上幸福的生活。可等到你的人生真的出现了大事，才会知道，自己的想法多么的天真。

我不再对周正隐瞒，把与卫思平接触的几次过往都告诉了他。

周正的脸色阴沉得像千年冰潭，那微微抖动的嘴角，让人很容易看出他心中此刻压抑着熊熊怒火。

办公室里变得异常的安静。

“我觉得这件事没有那么简单！”沉思了好久，周正才说出了这句话。

周正说出这句话后，上下打量我一番，然后一边思索，一边说：“你之前和卫思平认识吗？”

“不认识。你那天让我参加的那个酒会之前，我根本不认识他，但他说曾经见过我一次。”我坦白地说。

“卫思平是A市的社会名流，我直接或间接地接触过他几次，我不认为像他这样的人……”他停下来，拿起了手边的杯子。

“你是说，他不会因为垂涎我的美貌而这样大费周折？”我直接说出了他想说，又没说出来的话。

他本来拿着杯子喝水，没想到我这么直接地说出来，被水呛到，剧烈地咳嗽起来。本来一脸凝重的表情，突然被抑制不住的笑容所代替。

他呵呵笑了好久，然后停下来看着我，嘴角还有未散尽的笑意。他戏谑的口气里夹着几分认真：“萧桐桐，要骗你这样的女人，还真是不容易。你很聪明。”

我没心情在这里和他开玩笑，无奈地说："妈妈从小就说我笨。我也许并不聪明，但我很有自知之明。"

周正深深地看着我，表情有点怪："其实，我并没有贬低你的意思，我只是在分析卫思平这个人。你其实……"

他沉默了几秒，接着说："卫思平的妻子，我也见过，是一个很端庄貌美的女人，而且，以卫思平的身份和地位，周围应该不会缺少美女。按常理推断，以他的做事风格，他不会这么做。"

这和我的想法不谋而合。我只是一个小公司的销售员。电视剧里一见钟情的桥段，在现实社会中，显得太过幼稚苍白，尤其是发生在卫思平这样的人身上，更是不太可能。可他到底是为了什么呢？我冥思苦想，也找不到答案。

一抬头，看到了周正认真看着我的目光。他的目光与我相触的瞬间，刻意避开。他盯着自己杯子里的水纹，慢慢地说："也许他一开始的目标就是楚梦寒，只是楚梦寒这个人做事太过严谨，卫思平一直找不到他的软肋而已。商场如战场，有的时候，为了企业扩张，他们不会放过任何一个机会。"

我突然想到了之前在酒店，楚梦寒走出包厢时的表情，喃喃道："他难道答应了卫思平的无理要求？楚梦寒为什么那么傻？"

我只是一个微不足道的销售员。他好不容易才奋斗到今天，怎么可以拿着自己的前途开玩笑。多少有能力、有才华的人，奋斗一生，也未必能坐到他的位置。他以为这样的机遇，一生可以有无数次吗？

"因为他爱你！"

周正的话太过简短，突兀，让我一时忘记了反应。

"事业是男人格外在意的，有了事业，有时就意味着有了一切。如果他为了一个女人，甘愿去冒这样的风险，那就只能是因为这个理由。”

周正说着，仰头把杯子里的水全喝了。

这是我第一次从别人的口中听到他爱我。那个离开我三年，从未和我联系的男人，那个有什么事情，也不愿和我解释的男人，真的爱我吗？

“在其他事情上，楚梦寒也许都可以做到冷静睿智，但当他知道一个强大得连他都望尘莫及的对手在打他老婆的主意时，我能想象到，他当时一定是要疯了。何况，就算卫思平并不是真的看上了你，但有心纠缠的话，你也根本无法应付。楚梦寒这样做，也许真是无奈之举。”

“你们怎么知道我无法应付？”我生气地大声说出来，狠狠地瞪着他。我眼睛里看到的，根本不是周正，而是永远都自以为是，不愿和我明明白白地说话的楚梦寒。

“你怎么应付？”周正皱起了眉头，反问我。

我嘴唇一阵发凉。我把那天去找卫思平，用手机录音的事也详细地告诉了周正。

“如果卫思平再敢胡来，不肯罢手，我就直接把他告上法庭。到时候，他也别想置身事外。”

他以为别人都是这么好欺负的吗？

“你真的这么做了？”周正一脸吃惊地看着我，极力在我的眼睛里寻找着什么，“萧桐桐，据我所知，你已经和楚梦寒离婚了。卫思平是社会名流，外表也很吸引女人，如果你真的跟了他，他随便‘照顾’一下，也许都能给你这辈子如何奋斗也享受不到的生活。你真没有动过心？从没有因为虚荣心而激动过？”

周正问得很直接。

我毫不犹豫地摇摇头，说："妈妈说我从小就死心眼，什么事情都爱较真。是我的东西，我才会要；不是我的东西，就算再好，摆在我面前，我也不稀罕！而且，我觉得，无论什么事情，付出和收获一定是对应的。有的时候，表面看似得到的不少，其实，失去的往往会更多。"

周正听我说话的时候，头一直低着。他再抬起脸时，眼睛里亮晶晶的，问道："你准备怎么办?"

"无论怎样，都是因为我，他才会惹上这样的麻烦。我一定要帮他！"我坚定地说。

"其实，如果真的采取法律途径，因为剪接和伪造的可能性太高了，录音被取证的几率并不算高。"

周正严肃认真地说。

我冷哼了一声："可是，你不要忘了，有时候，舆论和道德的压力，对卫思平这样的人也一样有效。"

"你什么意思?"周正有些担心地问。

"如果他真敢让楚梦寒离开 TPC，我就把录音寄给他的妻子、孩子，或者直接放到网上去。"

周正吓了一跳，提醒我："如果你真的这样做，你的生活也一样会受到很大的影响。

"没关系，该来的总会来。一味地退让并不是解决问题的好方法。"

"我想问你几个问题。"周正低低地叹了口气，"你们已经离婚了，对吗？是什么原因让你和楚梦寒离婚的?"

我被他的问题噎住了。

第六章
因为有你，我愿意原谅这个世界所有的恶意

我打通了卫思平的电话，直接说明我的意思。

他自然是对楚梦寒的事与他有关矢口否认。最后，他冷言告诉我："你和楚梦寒已经离婚了，不要为了一个已经与你没有任何关系的男人，惹上麻烦。那些后果极有可能是你远远不能承受的。"

我在电话的另一端冷笑道："明天我们就去复婚。那样，是不是所有人在听过那段录音后，对你的设计陷害楚梦寒的事就更加相信了?"

我终于隐隐感受到了卫思平不再镇定的呼吸声。

第二天早上，头好晕好晕，多日来的失眠，让我的身体已经到了极限。从昨天到现在，我一点工作的热情都没有了，似乎只要楚梦寒不出现，干一切都没有了精神。

不等来世　只要今生
（下）

看看表，才六点钟。我给李峰发了短信，告诉他，今天请半天假。

我走到阳台上，看着小区里还没有熄灭的路灯，怔怔地发呆。

不知过了多久，一个熟悉的身影慢慢地向我所在的楼走来。我的心剧烈地跳动着，是他！真的是他！

我打开门，用最快的速度冲到楼下。

他刚好走到了一楼的楼梯口，左臂上搭着脱下来的西装，上楼的样子都是那么英俊潇洒。

“梦寒……”

我忘记了一切，冲过去，狠狠地扑到他怀里，用手臂抱住他的腰。泪水无声地滑落，我哽咽得说不出一句话来。他身上熟悉的味道让我安心了不少。这样真实拥住他的感觉，让我有一种前所未有的满足感。

“傻丫头，想我了？”

他声音里透着笑意。

我没有抬头，把脸埋在他怀里，泪水沾湿了他的衬衣，“嗯！”

他用手摸着我的长发，把我从他怀里拉起来，伸手替我抹去脸上的泪水，仍旧在笑：“不赶我走了？”

我使劲地摇了摇头，抱着他的手臂不肯松。我贪恋地呼吸着他身上干净清爽的气息。

走回了屋子，我像个小孩子一样，固执地抱着他，不肯撒手。

他拉着我坐到沙发上，宠溺地看着我。

我都已经忘记了，自己曾经也这样依赖过他，粘着他。那些记忆中的感觉，越过了现实的无奈，终究深藏在记忆中，永远无法抹去。

“这么早，怎么不多睡一会?”

“想你想得睡不着!”

明明是那么肉麻的话，可说出来，只是痛心。

楚梦寒双手一用力，把我拖到了他的腿上，让我坐好，长臂圈住我，让我紧紧地靠在了他怀里。

我看着他的脸。他虽然有些憔悴，却依旧自信从容。我心里也不像之前那么难过了，问道:“为什么要为了我，拿自己的前途开玩笑?”

他愣了一下:“你都知道了?”

“嗯!”我点点头，埋怨他，“你真傻!那个卫思平，不会对我怎么样的。你这样做，根本不值得。你甚至有可能是中了他的圈套。你难道真的以为我值得他那样的人花那么多的心思吗……”

“你永远不会知道，当我听到卫思平亲口对我说出，想要让你成为他的女人时，我当时的那种心情。他志在必得的眼神，满屋子的玫瑰花，以及他在我面前一一列举着你的美好。我当时真想杀了他。所以，当他提出条件的时候，我知道是圈套，也忍不住要往里面跳。也许，他是在利用你，但我是一个男人，从他的话里，我听得出，他同时也真的对你动了些心思。我怕他会纠缠你，伤害你，甚至会不惜手段得到你。每一个念头，都会让我万劫不复。”

他的眼神慢慢从愤怒变成温柔:“我曾经以为工作在我的生命中是最重要的。就算那天刘津来公寓找我，我也选择跑下去追她，怕她坏了我倾注了很多心血才有起色的项目。我觉得我还有机会向你解释，或者你能够理解我的做法，但当卫思平说出那些话的时候，我第一次感受到了前所未有的压力和惶恐。也许什么都没有了，我都可以从头再来，但失去了你，我不知道我还能不能从头再来……”

“梦寒……”

看着眼前这个对我讲话的男人，我大胆地用手臂环住了他的脖子，把自己的嘴唇贴在他的唇上。我真的想他了。楚梦寒和我的身体同时颤了一下。我的嘴唇轻轻地触碰着他的唇。他紧紧地把我抱住，狠狠地吻住我，越吻越深。

“我也想你。”

他的声音如魔咒般，把我定住了……

炙热的吻结束的时候，我几乎已经要虚脱了。我们的心终于冲破了三年的距离，真正开始贴近。我低声说：“这件事，我决不会让卫思平得逞的。”

“你安心地做好你自己，其他的事不用管。”他刮了一下我的鼻尖，安慰我。

我摇了摇头，说：“楚梦寒，你如果真的爱我，就应该让我和你分享你的一切，不光是你的成功、财富，还应该包括你的困难。”

我说着我心里的真实感受，却遭到了他无情地拒绝：“你以为我会让我的女人去□这趟浑水?”

“楚梦寒，其实在知道你这件事之前，卫思平并没有信守对你的承诺。他通过清华的项目，又让我找过他一次。他的态度根本没有一丝改变。”

我的话音刚落，楚梦寒终于发怒了。我清晰地听到他手骨节咯咯作响。

第六章

因为有你，我愿意原谅这个世界所有的恶意

我拿出手机，把那天的录音播给他听，眼底不免有了几分骄傲的神色。

“如果他再作怪，我就把这个录音放到网上去……”

“拿来！”楚梦寒原本就不怎么好看的脸色瞬间沉了下来。他眼睛都红了。

“怎么了?”

他一把把手机抢过去。

我明白了他的意图，喊道：“楚梦寒，你干什么?”

“你要把它放到网上去?”

他生气的时候很骇人。

“你别删呀……”

我扑过去，却被他推开。这回，我也急了，那是我花了多大的力气，费了多少心思，才拿到的证据。

争夺之间，“啪”的一声，手机摔在了地上，电池都蹦出来了。

“你干什么?”我蹲在地上捡手机。我被他气得几乎要把嘴唇咬出血来。

楚梦寒也气得不轻，坐在沙发上，从怀里摸出一个银色的烟盒来。

“不许抽烟！”我把手机电池盖好，把手机紧紧地攥在手里，上去一把夺过已经被他叼在嘴里的香烟。

“我已经删了，没有了。”他把头靠在沙发背上。

我低头打开手机，翻开收藏夹，那段录音真的被他删掉了。我用了那么大的勇气，得到的证据，就被这个男人手指一点，轻而易举地删除了。我今后拿什么去帮助他，又拿什么来保护自己?

经过方才的激动，他慢慢平静下来，但语气依旧冷得骇人：

“这件事，我自己可以处理好，你什么都别管。”

看到我默不作声地站在那，他站起来，把我重新拉到他身边，让我坐下，解释道：“我为了自己工作上的事情，难道要把你和卫思平的这段录音放到网上去？那样的话，今后，只要有人提到卫思平，就会谈论到你，或者提到你的时候，不可避免地想到卫思平。除非我死了，否则，我决不会允许这样的事出现。”

我赌气，闭上眼睛，不再去看他。

他从身后把我抱住，声音已经缓和下来：“桐桐，你这样做，无非是想利用卫思平对自己名誉的在意，要挟他。可在我心中，你的名誉要才是最最重要的。这是鱼死网破的下下策，就算真的一切无法挽回，我也决不会让你去这样做。这件事交给我吧。三年来，你一个人承受的已经太多了……”

一晃两天过去了，我连对工作都好像失去了原有的热情。好在那天之后，卫思平并没有继续找我麻烦，清华商贸在永正的项目进展得也很顺利。可我总觉得，身边就像埋着一颗定时炸弹，会随时爆发。

楚梦寒非常忙，却从不告诉我他在忙些什么。那天下午，我去上班之后，就没再见过他。但与之前不同的是，他的手机一直开着，每天会打电话给我。这种被他排斥在困难之外的感觉其实很难受。可我知道，以他的性格，如果我再去做任何一件冒险的事，他都会生气。

周六的早上，楚梦寒敲开了我的屋门。他一身休闲打扮站在门外：“快去收拾，一起去买菜！”

我跟着他下楼后，才发现，他居然找了一辆自行车。

“上来!”说着，他已经骑上了车子。

我坐上了自行车后架。他载着我，沿着林荫道骑过去。

天气晴好，在林荫道上骑自行车，我们仿佛又回到了上学时的那个年代。那时，我就是这样坐在他身后，我们穿梭在校园的每一个角落。

他轻松地吹起口哨，我被他的好心情感染，用手紧紧地搂住他的腰。

我喜欢菜市场，我觉得菜市场比超市好得多，东西也更新鲜。以前，我们两个人在一起的时候，我一天当中最喜欢做的事就是去菜市场买东西。可现在，我们却难得有这样的闲情逸致。其实，就算在以前，楚梦寒也很少和我一起来这种地方，可来了才知道，他砍起价来，也是真狠，我觉得他可能把商务谈判的技巧都用上了。用他的话说，他给的价格都是“卡脖”价，最后，小贩卖也难受，不卖也难受。

我呵呵地笑着，似乎好久都没有这样轻松地笑过了。把一切烦恼暂时抛却，在阳光明媚的清晨，把所有的心事都蒸发掉。如果生活中只剩下柴米油盐酱醋茶，似乎也很幸福。

我们做了四菜一汤：红烧鲤鱼、蒜香鸡翅、清炒油麦菜、温拌全贝，还有醋浇汤。我们还喝了酒，不用看也知道，定是满面通红，眼睛里却是满满的幸福。

我把头靠在他的肩膀上，并且用手环住了他的腰。

“梦寒……不要再离开我了。”

我感觉他的肩膀颤动了一下。

他打横将我抱起。

反应过来的时候，我已经躺在了床心。他的身体覆上我，手臂撑在我身侧。他看着我。

我感觉他今天怪怪的。

“梦寒，你怎么了?”

因为喝了酒，楚梦寒的脸上微微发红，褪去了平日的严肃冷峻，收去了之前隐忍的笑意，显现出异常温柔的神色。我的嘴唇被他低头吻住，我所有的话语也被拦截住。渐渐地，这个吻不再温柔，变得很强势。他的气息在我的唇齿间翻滚、纠缠、放纵，似乎在放出心底压抑已久的渴望。他的唇一寸一寸地在我的身上亲吻着，似乎要在我身体的任何一个部分都留下他的痕迹……

激情结束后，我们都没说话，就这样彼此依偎着，气息交错。

我软软地靠着他的胸口，听到他的心跳声疾而有力，一下下，似乎在撞击我的耳膜。

我在他怀里微微地侧了角度，将自己埋得更深一些。我仿佛被温柔的海浪卷着，柔软适意。

“梦寒，晚上我们一起去看电影，好不好?”

这么多天的夜里，几乎都没睡踏实过，现在，枕着他的胳膊，依偎在他怀中，感到格外的踏实和安心。

“嗯!”他搂着我，用手一下一下地抚摸我光洁的背脊。

“我们已经很久没看过电影了。”

困意袭来，我眼前又浮现出大学里有些简陋的电影院。冬天，里面很冷，我们两个人裹着厚厚的大衣，嘴里呵出白色的哈气，电影里放着凄美的爱情故事，我哭得稀里哗啦，他却在一旁带着笑意看着我。那些已经被我强迫丢下的回忆，又重新被我拾了起来……

这一觉睡得格外的沉。

我从梦中惊醒，猛地坐起来，身边已空空如也。

他呢？

我干脆用被子把自己裹紧，跳下床去，喊他："梦寒……"

屋子里的空间不大，我各个角落都查找了一遍，可哪有楚梦寒的影子。

我掏出手机，拨通了楚梦寒的电话，他的手机又重新回到了关机的状态。

我回到卧室里，看到床头上放着一个不陌生的文件袋。我打开一看，里面是楚梦寒那次留给我的他那套公寓的产权证，另外，还有一张银行卡。一个绝望的念头浮到了我的脑海中，他走了，他又走了，他又像三年前那样，把我丢下，一个人走了！我抱紧了身体，心里却感觉更加空虚。

我忽然想起了什么，把文件袋里的东西都倒出来。

没有！

为什么没有？为什么没有？我以为会有那枚我曾看到过的戒指，可惜没有，他留给我的，只有房子和存款。那枚戒指并没有留给我。

后来，我才知道，卫思平这件事并没有我想象的那么简单。现在，TPC 法国总部怀疑楚梦寒泄露给清华投资集团的是一块地的底价，涉及金额十几个亿。此外，还有相关项目的商业计划。如果楚梦寒找不到解决问题的方法，很可能要走法律程序。他又一次消失，去独自解决问题，是做好了最坏的打算。

周正告诉我：“以楚梦寒的智商，他不会让事情发展成这样。而且，如果真的像法方所说的那样，那这个代价太高了。楚梦寒那样的人，就算是为了爱情，也一定会有自己的道德底线。他一定是被别人设计了。”

周正说得很对，楚梦寒被人设计了。一切早有预谋，而我，就是那根导火索。

我用了楚梦寒给我的卡，密码是我的生日。自动取款机上显示了一长串的数字，更让我吃惊的是，这张卡居然是我的名字。楚梦寒真的做好了一切准备，而我也彻底认识到了这件事的严重性。

第二天的报纸上登出了消息：法方已经专程从法国调了一个人，暂管 TPC 中国地区的事务。

我的手机响了，竟然是楚妈妈。她也第一时间看到了报纸的内容。

“梦寒到底怎么了？那天着急地见了我一面，就又联系不上了。到底是怎么回事？”

我的心和她一样焦急，声音颤抖地说：“伯母，我也不知道。他应该是出事了。”

从没有过的绝望向我席卷而来，我几乎要哭出来。

电话的听筒传来楚妈急促的呼吸声，然后，我就听到听筒掉到地上的声音。

“伯母……”

我送楚妈妈进了抢救室。

随后，周正到了。楚梦寒的电话还是打不通，我只能打给周正。

有医生拿来风险协议，让我签字。

我一咬牙，签上自己的名字。

抢救的红灯一亮，周围陷入了一片死寂，那种心慌的感觉再次向我袭来。

“楚妈妈不会有事吧?”我紧张地喘不过气来。

“我说不会，就一定不会!”周正说得平静又自信。

“为什么?”

楚妈妈一路上都在昏迷。进手术室之前，我大声地喊她，她却一点反应也没有。

“我以前说的话，有说错的吗?”周正一脸严肃，走过来，把我按在椅子上，让我坐好。

这句霸道的话，有效地镇定了我的情绪。

“别害怕，我会一直陪着你的。你闭上眼睛休息一下，手术室的门就开了，听话。”周正轻轻地拍着我的手背。

我是真的害怕，我难以想象，如果楚妈妈真的有事，楚梦寒会是怎样的伤心欲绝。子欲养而亲不待，是天下最无奈的悲哀。

“桐桐……”周正本来轻拍我手背的右手突然把我的手握住，“楚梦寒一定不知道你是这么的爱他。”

我因为他的举动呆住了。他眼睛里荡漾着柔情，他轻轻地松开我的手，独自长长地叹气。

“谢谢你!”

我心里有种说不出的感觉。楚妈妈病了，和我一起赶赴医院的，竟然不是楚梦寒，而是楚梦寒一向鄙视的周正。

周正随意地一笑。

不等来世　只要今生

（下）

我看着手边的电话，心里既担忧，又难过。

沈欣欣赶到的时候，楚妈妈已经被送到了重症病房。冠心病引起的高血压，差一点就要了楚妈妈的命。

“桐桐，楚梦寒知道了吗？他老娘要是有个三长两短，就你自己守在这……唉……”沈欣欣风风火火地跑过来，身上还带着外面的寒意。

“已经脱离危险了。”

冠心病、血压高平时没大事，可一旦发病就非常凶险。出了抢救室，楚妈妈就一直在昏睡。楚梦寒的手机还是打不通。我的右眼一直在跳。

“周总，谢谢你了！我来了，你快回去休息吧。”

周正抿着嘴，不说话。

我回过头，顺着他的目光看去，看见崔维也从电梯里走了出来：“哥，谁病了？”

沈欣欣背对着他，听到声音，怔了一下，不自然地垂下了头。

“你来晚了，现在没事了，我们走吧。我没开车，正好一起。”周正向崔维走去。

崔同学看到沈欣欣，惊讶地说：“欣欣，你也在这？是你的家人吗？”

“不是，是桐桐的婆婆。”

沈欣欣的眼神都好像没处放，强挤出的笑容显得特别假。

“原来是楚总的妈妈病了。”崔维如释重负，对我说，“怪不得我哥八百里加急，把我调来，原来是桐桐姐有事相求。这医院的院长是我爸的老同学，他看着我长大的。明天他上班，我去找他。”

“谢谢你，崔维。”说着，我心里又涌上一股热流。我最感谢的其实还是站在我身边的周正，难得他那么快赶来陪我。

最后，周正和崔维谁也没走。

我和沈欣欣一起去卫生间，暗地里问她：“你和崔维到底怎么回事?”

“我和他能有什么，他心里想的都是他前女友，他对我，只不过是有点……有点歉意……”她话里有话。

“什么叫歉意？你们该不会是已经……”

沈欣欣吓得连忙捂住我的嘴：“没有！绝对没有！只是吃过几次饭，遛过几次马路……”

“不是还接过吻吗?”我不依不饶。

沈欣欣脸红了，支支吾吾道：“就两次……有一次还是他喝醉了。”

“能让别的男人吻你，你还说和他没什么?”

沈欣欣耷拉着脑袋，半天没说话。

“欣欣。”

我们俩被崔维的声音吓了一跳。

沈欣欣一把拉起我的手，躲在了我身后。

我晕！这哪是我从前认识的那个大大咧咧的沈欣欣。

“欣欣，我找你，不是因为什么抱歉，我是喜欢你……”崔维站在卫生间外面，大胆说出爱的宣言。

看来崔同学一直在女卫生间外偷听。

沈欣欣抓着我的手还是没放开。我能感觉到，她整个人都在微微颤抖。

过了好久，她哽咽着说："我有什么好喜欢的？我都二十九了，相亲时，连带着孩子的二手男，都说要回去考虑考虑。你不过是因为心情不好，想找个人排解寂寞。对不起，你找错人了。"

崔维还站在那里："我知道，你还爱着那个'陈世美'，但一切都会过去的。欣欣，人总要往前看。我们不能用别人的错误来惩罚自己！"

沈欣欣没说话，哭了。

"崔维，你先回去吧。"我为这个小伙子的大胆直白而感动，可我知道，沈欣欣现在是不会接受他的。

"不同意就算了，干吗非说人家不是真心的，走啦！"

沈欣欣默默地跟在我身后。

转天清晨，楚妈妈醒过来了，第一句话就是："给梦寒打电话了吗？"

她的声音倒是没有像想象中那样虚弱。

我扶着她，让她慢慢地坐起来。

就在刚才，我还给楚梦寒拨了电话，可仍旧是无法接通。怎么和楚妈妈说呢？

"打了，他说尽快赶回来。"为了让楚妈妈安心，我只能撒谎。

"麻烦你了。"楚妈妈抬起眼，轻轻地对我说，口气是从来没有过的温和。

"伯母，您多休息，我们争取在梦寒回来之前出院！"

楚妈妈点点头，皱着眉头叹气："我刚才做梦，梦到梦寒出事了，一下子就醒了……”

我手一颤，手机掉到了地上。

医院食堂的饭菜不是一般的难吃，楚妈妈每次都吃不了几口。中午的时候，我打车去了“粥王府”，买了鱼片粥和小菜，打包带到了医院。

“你也吃一点，剩这么多，浪费，都是花钱买的。”

“嗯?”

楚妈妈说话的时候，我正靠在椅背上打盹。公司的事情太多，培训部这个月的任务骤增，销售部很多针对新人的培训内容，都要我去做。刚才，我看着楚妈妈吃饭，竟然睡着了。一时没明白楚妈妈的意思。

楚妈妈已经盛了一碗粥，放在了右手边的小桌子上，说：“快吃吧。晚上有护士在，你回去睡觉吧。”

“没事，旁边有空床，在这一样的。”

我端过粥碗，低头吃了一勺。

“你又不是大夫，回去吧。”

我心里滑过软软的温热。

楚妈妈这几天对我的态度明显有了改善。有时候，她也会和我念叨念叨她儿子的近况。她看我下了班守在医院，也经常是电话不断，有时还要把工作拿到这里来做。她终于有些相信了，我不是白吃饭，光花他儿子的钱。

“没事。梦寒不在，我怎么能把您一个人丢在医院呢?”

楚妈妈没说话，低着头把碗里的鱼片粥喝完。

晚上，沈欣欣下班后来陪我。她看着躺在床上的楚妈妈，叹着气对我说：“桐桐，你看，你婆婆那么凶的老太太，一躺在病床上，也就是这副可怜的样子。看她现在这个样子，以前的那些嘴脸，估计也都淡了。”

病房的门被推开了，进来的人把我和沈欣欣吓了一跳。竟然是林妹妹！

她拿着一束百合，另一只手里提着一个果篮，明显是来看病人的。

她不是搬走了吗？怎么会知道楚妈妈病了？

沈欣欣的脸色马上变了。

我回头看看，楚妈妈已经睡了。我压低嗓子对林婉婉说：“你来干什么？”

“我是来找你的！”她对沈欣欣说。

沈欣欣一下站了起来：“你想说什么？”

“我们能不能出去说两句？”林婉婉看见沈欣欣激动的样子，微微一笑，表现出胜利者的姿态。

“走！”沈欣欣没拒绝。

我不放心，看楚妈妈睡得很平稳，小心地跟在了她们后面。我眼见着她们两个走进了病房的楼梯口。我悄悄地站在了楼梯口外。

“沈欣欣，汪洋就要和我结婚了。”林婉婉面带微笑宣告。

沈欣欣的脸色果然瞬间惨白。

“你们要结婚了？”沈欣欣不敢置信，喃喃地说，像是在自言自语。

“汪洋前一段时间找过你的事，他已经和我说了。”林婉婉淡淡地说。

沈欣欣咬着嘴唇，睁大了眼睛看她。

“你知道，我曾经最喜欢的人并不是他。我因为不坚定，对汪洋的态度十分不好。那时，我对他说，暂时不要来见我，我想先冷静一段时间。他给我打电话，我也不接。他很生气。最后一次，他在电话里大吼：‘你不见我，有人想见我……’然后，他就跑去找你了。”

“你和我说这些，是什么意思?”沈欣欣冷笑。

“没什么，我只是想来和你道歉。经过这些天的思考，我觉得，我还是和汪洋在一起比较适合。他是真的爱我。所以，我打电话给他。他高兴得快疯了，立刻追着我说，要和我结婚。我很理解你，这么多年的感情，不是说放下，就能放下的，但我要劝你，作为女人，你的青春就那么几年，该忘的，就忘了吧！”

“这些话是汪洋让你来和我说的?”沈欣欣咬着牙说。

“汪洋有时就像个孩子一样，意气用事。我让他生气了，他一冲动，就跑去和你说了很多不该说的话。他没脸见你，所以，有些话，只好由我来说。”

林婉婉刻意地昂起头。她的目光与沈欣欣的目光相对时，我看出她很不自然。

“你们以后幸福不幸福，结婚或离婚，都和我没有半点关系！拜托你，下次不要因为任何事来找我。我没有兴趣！我以后再也不想听到你们的任何消息！”

沈欣欣猛地转过身子，推开门。她看到了我，嘴角一撇，泪流满面。

我余光瞥到林婉婉，她竟然深深地吸了口气，一副如释重负的表情，脸上没了一丝的得意。她慢慢地转身，直接从楼梯走下楼去。

沈欣欣回到病房就一直在发呆。

我走过去，轻声安慰她：“欣欣，是时候放下了。这未尝不是件好事。”

沈欣欣抹了把眼泪，哽咽着说：“我都知道，我只是想不通，破坏别人的第三者为什么可以活得那么嚣张？他们怎么就能在我眼前这么幸福！”

楚梦寒一天没有消息，楚妈妈的病情就一天不见好转。常年的高血压、冠心病，这次发作，她几乎脱了相。我知道她寡居半生，儿子是她唯一的精神寄托。

有一天，我把楚梦寒留给我的房产证和银行卡都放在了楚妈妈手里：“伯母，这是梦寒放在我这的，见到您，还是您来保管吧。”

楚妈妈盯着我，一副不敢置信的样子，最后竟落下泪来。

虽然已经没有了可以要挟卫思平的录音证据，我还是鼓足了勇气，给卫思平打了一个电话。

他听到我的声音，并不感到意外，口气依然是温和有礼，但依然是置身事外，把自己撇得一干二净，并且只字不提曾与我说过的那些话，也许又怕我录音吧。

“卫董，你也许认为我是一个无足轻重的小女子，在你眼中，根本不值一提，但我告诉你，如果楚梦寒有事，我一定会倾尽毕生之力，和你周旋到底……”

第六章
因为有你，我愿意原谅这个世界所有的恶意

妈妈说我从小就死犟，我认准的事，从来就会一直做到底。管你是达官显贵，还是流氓土匪。

卫思平生在豪门，他能理解一个像楚梦寒这样的人，奋斗到现在，有多么不容易。那天，听了周正和我说的话，我一直心疼了很多天。卫思平就这样为了自己的利益，设立圈套，把他害成这样？我不甘心，更不允许。

卫思平在电话里沉默了一会，对我说："其实，如果法方能拿到那块地的使用权，剩下的事，楚梦寒一定可以自己解决。"

"你什么意思？"

卫思平为的难道不是那块地？那他要的是什么？

"我可以告诉你，沪津省资源管理厅的厅长和楚梦寒的关系很不一般，你可以去找找他试试。"

卫思平的口气中听不出一丝的情绪，我在怀疑之际还是记下了他给我的电话号码。

当我真的见到了这位厅长的时候，惊呆了。

办公室很大，右边一侧放着一圈深色的皮沙发。一个中年男子从后面的办公桌前站起，走到我身前，指了指沙发，说："坐吧。"

眼前的这个男人看上去比卫思平大不了几岁，眉眼之间，分明与楚梦寒有七分像。除了年纪不同外，他的个子似乎比楚梦寒矮了些，再有就是楚梦寒的肤色很白，而这个男人略显黝黑。

他也姓楚，他难道是楚梦寒的父亲？想到这里，我突然有点同情楚梦寒的妈妈。如果他们两个人同时站在我面前，我一定会认为他妈妈比这位楚厅长要大上十几岁。一个女人被丈夫抛弃，含辛茹苦地抚养孩子长大成人，自然会显得沧桑。而她的丈夫人

到中年，依旧是容光焕发，岁月在他脸上都不曾留下太多的痕迹。这样一想，楚梦寒的妈妈也不过是个可怜人。想到这里，我对她的厌恶似乎又少了几分。

“你叫萧桐桐?”声音低沉浑厚，让人有些不敢接近。

“是的。”

我礼貌地点点头，发现他也在从上到下仔细地审视着我。

既然他和楚梦寒关系匪浅，自然关系说得越近，越不会被拒绝，所以我直接说我是楚梦寒的妻子。他这样仔细地打量我，我也不奇怪。

不辨喜怒，他端起手边的茶水对我说:“喝茶吧。真正的黄山毛峰，你尝尝看。”

“对不起，楚厅长，我不爱喝茶，现在更没有心情。”

我开门见山，实话实说。

“是楚梦寒让你来找我的?”

他的声音听不出情绪，却有着过分的疏离冷漠。

楚梦寒，连名带姓。若不是他们长得太像了，我根本不会去联想他们是父子。

我张了张嘴，决定不打着楚梦寒的幌子，实话实说:“不是，是我自己想要来找您的。”

他冷哼了一声，神色倨傲地说:“楚梦寒一定已经告诉你我和他的关系了吧?”

我暗自叹息，楚厅长的存在，楚梦寒还真没提过，就连他妈妈也没提过。

“您是梦寒的父亲?”我试探着去问。

他把茶碗放到茶几上，果断地说:“不是!”

难道我猜错了？我心里有些紧张。

“我最讨厌他们打着我的旗号在外面搞事情！早在数年前，我就已经把话说得很清楚了，所以，今天，他让你来找我，无论什么事情，恐怕你这一趟是要白跑了！”

我突然有些明白了，这位楚厅长一直怀疑楚梦寒在外面打着他的旗号做事？他难道认为楚梦寒有今天的成绩，是沾了他的光？我忍不住愤愤不平起来，提高了声音说：“梦寒从来没有打着您的名义在工作中做过什么，这点，您大可以不必担心。”

我想起了简陋的小屋，楚梦寒大学时代的勤工俭学……如果他这个老爸肯随便帮他一小下，他的人生也许会大不一样，甚至我们都不会离婚，不会分开三年。但他没有啊，我一直以为他老爸已经死了，谁知道……

他冷哼一声，不以为然地说：“没有最好，无论你知不知道，我还是有必要把话和你说清楚一点，我和我前妻已经离婚快三十年了。十几年前，我找过楚梦寒，那时他已经不小了。我有意让他以后跟着我生活，但他没有同意，并且主动要和我断绝一切关系。所以，从那个时候开始，我们就已经没有什么关系了。当时的情况你不清楚，今天我说了之后，希望你能清楚这些。”

“我今天来找您，梦寒并不知道，我也是实在没有办法。他在工作中被人设计陷害，如果您不帮他，也许他会有牢狱之灾。”

当年的事情，我不清楚，但是无论怎样，谁能眼睁睁地看着自己的儿子去坐牢而袖手旁观？

“我的话，你没有听到吗？他坐牢也好，枪毙也好，和我没有半点关系。以后不要来找我，你走吧！”

我放在身侧的手紧紧地攥成拳头。世界上怎么会有这样的父亲？我的父母虽然穷，但他们会尽自己最大的努力，让我们过上好的生活。楚梦寒虽然有父亲，却连陌生人都不如，他有的只有蔑视与冷漠。

我不能放弃。

“我和梦寒是大学同学，他品学兼优，勤奋刻苦，上大学的时候一直在外面勤工俭学，生活简朴。我不知道您为什么会对自己的亲生儿子有这样深的误解，但我可以肯定地说，梦寒是一个值得您骄傲的儿子。他能到今天的位置，完全是自己奋斗的结果。他现在遇到了困难，这个世界上，只有您能帮助他。对您来说，帮他也许并不是一件困难的事。他们公司投标的一块地，被别人泄露了标底，现在，这块地还并没有最后确定归属，只要在同等竞价下，您能够让梦寒的公司拿到这块地的使用权，他的问题就可以解决了。况且，无论从实力上看，还是从设计理念上看，他们公司都不错。您只需要主持正义。我求您了，帮帮他，好不好？”

“果然是在外面惹了麻烦，让我来收拾烂摊子！”楚厅长嫌恶的表情一点也没有掩饰，“你可以走了！”

“他是你的儿子，你为什么不肯帮帮他？而且，我也并没有让您做什么违法乱纪的事。”

“有一次，就有第二次，再说了，事情哪有你说的那么简单。我不会替他做什么的，你走吧！”

我还想说些什么，他竟厌恶得径自走出了办公室。

我站在资源管理厅的门口已经有两个多小时了，我想，我不能就这样离开，我还要再见那个楚厅长一面。

第六章
因为有你，我愿意原谅这个世界所有的恶意

在快六点钟的时候，我看到楚厅长站在大楼的门口等车子。在车子经过我身边的马路的时候，我跑了过去，把车拦住。

楚厅长对司机说了些什么，车子很快被停在了一边，他缓步走了出来。他带着我走到了大门旁边的一棵高大的柳树下，停住了脚步，看着我说："你真是有个好婆婆，她之前的本事都让你学会了，你们脸皮的厚度都一样。"

真是服了楚梦寒的这对父母了，我活了二十六年，最冷酷无情的挖苦都来自于他们。

我近乎乞求他："您说，您怎样才能帮他呢？只要你能说出条件，我一定会竭尽全力。"

我坚定地迎上他的目光。为了楚梦寒，我不介意在他父亲面前卑微。

他冷笑一声，说："我和他们早已恩断义绝，就算他们饿死在路边，我也不会多看一眼。这回你明白了吗？"

我想我要疯了……这个人简直是丧心病狂。我真的怀疑他是怎么坐到这么高的位置的。他的话太绝情了，超出了我能想象到的一切词汇。这是什么样的恨？这是一颗怎样冷漠的心？才会说出这样的话来？我呆呆地站在原地，不知道应该继续说些什么。

就在这时，我看到了眼前这位厅长大人神色的异样。他的目光越过我，看向了我身后。

我下意识回头。那一刻，我几乎落下泪来。楚梦寒就站在我身后，他表情复杂地看着我。

"梦寒！"我张开双臂，扑进了他怀中。

他却把我从他怀中拉开。

我抬头看着他，他的表情冷得让人不忍去看，却没有怨恨的

神色，仿佛那个人刚才说出那样的话来，他一点也不感到意外。

“来这里做什么？”他低头看着我，声音里充满了心疼与怜惜。

“我只是想帮你……”

我知道，在这一刻，他的心受伤了，虽然表面看起来，他仍旧那么坚强。

“记住，以后永远不要来了，知道吗？”

我听话地点点头，心里愧疚得发疼。

“走吧。”他拉起我的手，向他停在路边的车子走去。从头到尾都没和他父亲讲一句话。

我忍不住回头去看那位厅长，他怔怔地看着我们离去的脚步，目光一直没有离开。

“对不起，如果知道，我不会来的。”我坐在他的车子里，拉着他的手，不肯松开。

“今天，如果不是打电话给周正，我还不知道你竟跑到这里来。”他无奈地笑着，有些自嘲。

“我只是想帮你。”

“我知道。”他摸了摸我的发心，叹着气，“桐桐，我渴望能有一个幸福的家庭，有你，有孩子，如果我能处理好这件事情，嫁给我，好不好？”

我毫不犹豫地点了点头。

他开心地笑了，忍不住低下头，在我的唇上亲了一下。

我觉得莫名地哀伤起来，自责道：“对不起，如果不是因为我……”

他摇摇头，安慰道：“不关你的事情。这件事的来龙去脉，我大概已经知道了，但是……”

他欲言又止。

我心里一惊，他说他找到原因了。不是因为我，那是因为什么？

“卫思平的主要目标不是你，也不是我，而是楚厅！”

楚梦寒对楚厅这个称呼说得很自然，平淡到听不出一丝一毫的异样情绪。这种疏离淡漠绝不是一朝一夕形成的，而是一种根深蒂固的习惯。

我想起了我的爸爸，我家里虽然穷，但上学的时候，他会早早起来，喊我们，不让我们迟到。妈妈做了好吃的，爸爸会把老妈夹给他的，放到我们碗里……楚梦寒的爸爸呢？

“梦寒……你和他……怎么会变成现在这个样子？”

也许他的家庭条件比我好，可他从小就没有一个完整的家……他是一个没有爸爸的男孩子。如果他爸爸真的死了，也就算了，他还可以把没有爸爸当作动力，激励自己去努力奋斗，可他爸爸偏偏还活着，而且是个有头有脸的大人物。他给楚梦寒的只是被抛弃后的无视与侮辱。楚梦寒心里一定有一种带着怨恨的失落，内心这样深的伤口，他竟从来没有和我提过。

“妈妈是一个很要强的女人，在我小的时候，不甘心被他抛弃，经常去找他的麻烦。去他的家，他的单位……甚至他的上级部门……对他也造成了一些很坏的影响。所以，他对妈妈越来越反感。从最初的，还有那么一点点的内疚，最后变得说狠话，威胁，甚至恐吓。他越是这个样子，妈妈就越愤恨，就越是对找他麻烦乐此不疲，恶性循环。不知从什么时候开始，两个人几乎变成了仇人。那年，我已经上初中了，他找到我和妈妈，给了妈妈一笔钱，说是想把我接过去，和他一起生活。那时，他再婚很多年了，一直没有孩子。妈妈拿起桌上的茶杯，砸破了他的额头。他赌气地拉着我说，供我去最好的学校读书，高中毕业，就送我出国念名校。他把妈妈不能给我的未来都说了一遍。妈妈当时几乎气疯了，拉扯我，发狠，让我自己选，一脸玉石俱焚的决绝。我当然不会和他走。我毫不犹豫地选择留在妈妈身边。妈妈还嫌不够，她疯狂地让我发誓说，这个人和我从今以后一点关系也没有。被抛弃后的妈妈，在现实生活里，常年处在极度没有安全感的状态中……”

楚梦寒叹了口气，摸出香烟，放在唇间，然后对我淡淡地笑了笑：“总之，妈妈让我说了很多恶毒的话。后来，他留下那笔钱后，再也没来找过我们。他临走的时候，也把话说绝了。后来几年，妈妈又找过他几次，不过是为了发泄一下心中的积怨。甚至有一次，她还找过他现在的太太，扇了她一个耳光。那时，他们已经有了自己的孩子……现在，就像你看到的，我和他形同路人，或者，更像是仇敌。”

看着我目瞪口呆的样子，楚梦寒伸出手来，揉了揉我的发心，他顺势把我搂在了怀里。

在他看来，这是他的伤疤，更是他的耻辱。我们相识相爱这么多年，经历了结婚，离婚。我却不知道，他竟有这么多的事，我都不清楚。我一直知道，他的自尊心很强，而且还有严重的大男子主义，没想到，他内心深处竟有这样深的伤疤。如果不是出了这样的事，他是不是要隐瞒我一辈子？原来我们的心其实从来没有完完全全靠近过，难怪会离婚……

他叹着气，接着告诉我事情的真相。

“这些天，我一直在调查这件事。几年前，卫思平曾和楚厅有一些过节，他是想通过设计陷害我，抓到楚厅的把柄。他苦心没少费，却完全想错了！”楚梦寒苦笑一下，接着说，“他以为楚厅一定会在这件事上跳出来帮我，却高估了我在楚厅心中的地位。”

“你是说，你是因为他才被设计的？我也是如此？”

天哪！那个所谓的父亲，扬言儿子饿死在街头，也不会看一眼，可他没有想到，他儿子所遭遇的一切，竟是因为他！他将来如果知道了真相，会不会内疚呢？

楚梦寒的脸色有些复杂。他嘴唇抖动了一下，看着我说：“卫思平对你，不是完全的利用。我想，他和你说的那些不完全是假的，他确实是对你有些好感，所以才会去调查你，然后才发现了我们之间的关系，也看出了我对你的保护。他想一箭双雕。”

说着，楚梦寒的眼睛微微眯起，眼睛里比刚才多了愤恨的怒气。

“梦寒，我们应该怎么办？”

“我明天会离开A市，去TPC的总部，事情解决之前，就不会再回来了。”

他轻轻地拥着我，把下颚抵在我的发心。

“无论怎样，我都等着你！”我靠在他胸前，轻轻地说，每一个字都是我的心里话。

楚梦寒走了。

我再一次来到卫思平的办公室的时候，是快下班的黄昏。

他开门见山地说：“萧小姐这次来，不会是又想从我这里获得什么所谓的证据吧？”

他小口喝着咖啡，嘴角挂着淡淡的笑意，似是在嘲讽我曾经的幼稚。

我定定地看着他。我并不是一个善于揣摩别人心思的人，大多时候，我都是按照自己的理想和人生观去活着，去奋斗，去努力，甚至去任性。我想，再坏的人，是不是都应该有善良的一面呢？卫思平不过是一个商人，他要的是利益，只要他不是一个十恶不赦的人，我想，损人不利己的事，他是不是也有可能放弃去做。我没有一分一毫的把握，但我想试一次，最后试一次。

“卫先生……这次我不是来和你谈什么条件，也无心再从你这里搜集什么证据，而是来诚心求你一件事。”

他示意我坐下，眼睛里多了些倨傲。他是觉得我这种和他社会地位悬殊的人，早晚有一天会来求他吧？或者是很多人都这样求过他。

曾经的我，绝不会这么低声下气地去求人，但现在，我心甘情愿来求他。我不求利，不求他的任何好处，只求他能听进我的话，能将心比心。

“你说吧，只要我能办到，一定会帮你。之前，我和你说的那些，一直有效，不用和我那么客气。”

他说话的时候，眼睛向我扫来，没有了往常的斯文儒雅。已经有过婚姻经历的我知道，这是一个男人看女人的眼神。他似乎在期待什么。

我只当没看见，微微一笑，对他说：“卫先生，您的父亲是一个极好的人吧？”

我这样一说，他愣了一下，随意地点头回答：“当然！”

我叹了口气，平静地看着他，说：“他留给您偌大的家产，给您最优越的成长环境，让您生来就是天之骄子，能踩在巨人的肩膀上奋斗。您即便是原地踏步，也同样是高高在上。可这世上，像您父亲那样的人是少之又少的。我的父亲是地地道道的农民，面朝黄土背朝天，地里刨食。这样的人，有很多很多，也许你一辈子也不会过那样的生活。我父亲给不了我很多的钱，甚是连我念大学的学费也是东拼西凑的，为了让我能读完大学，他拼命地工作。他虽然没有钱，但给了我全部的爱。有这样的父亲，我依旧是幸福的。楚梦寒呢，从小，他父亲就什么都没给过他。在他没有记忆的时候，他就已经失去了父亲的保护和疼爱。他甚至没告诉过我，他的父亲还活着。楚梦寒现在所拥有的一切都是他自己努力得来的。您现在因为自己与楚厅长之间的过往，设计圈套，陷害楚梦寒，让他因为莫名的理由，再度变得一无所有，甚至赔上名誉。这样对他实在是太不公平了。

“楚厅长我已经见过了，他对我说，即便是楚梦寒母子死在路边，他也不会多看一眼。无论楚梦寒是枪毙，还是坐牢，都与他无关。他不是在说笑，他是认真的。像您这样有本事的人，如果觉得我是在说谎，大可以派人去调查一下。我只是想说，楚梦寒是无辜的，他的父亲从来没有给过他什么，他不应给因为您和楚厅长之间的恩怨，遭受这样无情的对待。您有身份，有地位，像您这样的企业家、社会名流，我觉得，总不应该这样卑鄙吧？难道每个贫苦出身的年轻人，每个来自破碎家庭的午轻人，都应该自怨自艾？他们有着坚强的斗志和向上的理想，也要被无情打击？他们就像正准备跃龙门的鲤鱼，刚刚跃出水面，就被人无情地用砖头拍回水底。卫先生真的要这么做吗？”

我说得很激动。对面的卫思平正用一种奇怪的眼神看着我。

不等来世　只要今生
（下）

“萧桐桐，你讲道理的样子很像我念小学的儿子，执着又任性。你说的话虽然是事实，却很幼稚可笑。”

我早知道可能会是这样的结果，但说出来，我不后悔，我毕竟争取了。

“你把我想象得太好了，我不是救世主。这个世界上，少一个向上的人，多一个自暴自弃的人，对我来说，没有任何影响。我关心的人很有限，在我圈起的范围内，我会尽力保护，圈外的人，是生是死，跟我有什么关系？你想让我帮你，其实可以有更好的方法，而不应该像个小学生似的，在这里和我讲道理。”

他走过来，手指毫无预兆地在我脸上轻轻地滑动了一下，吓得我连忙后退，跌坐在沙发上。他则把身体撑在我上方，居高临下，好像俯瞰猎物一般看着我。这样的姿势异常的暧昧和屈辱。

我的心彻底凉了，现在，我有的只是无助与迷茫。

这样沉默地对视着，他忽然笑了笑：“我儿子的话虽然幼稚，但只要他说得对，我一般都会答应他。但我和你之间的关系是不同的，我是一个商人，讲究的是利益……”

“卫先生，你想要什么？我什么都没有！”

我害怕他会说出一些令我难堪的话来。

“你放心，我想要什么样的女人，都不会找不到，至少现在，我还不愿强迫你什么。”

我的脸因为他这句话腾地红了起来。

“这样吧，我会做我该做的事，但楚梦寒能不能全身而退，那还要看他自己解决问题的能力。”

卫思平的话，我听懂了，我忍不住兴奋起来。

“就当你欠了我一个人情，等以后找机会还给我。”他站起身，几步走回了他的老板桌后，坐下，“与我之前和你说的那件事无关，你不用害怕。”

“好。”

我心中感慨，明明他才是万恶之源，最后却成了我欠他的。可又有什么办法呢？这一刻，我宁愿相信，卫思平其实并不是一个坏人。或者说，人性本善，这世间没有绝对的坏人。

十二月中旬，TPC举行了新闻发布会，宣布旗下一个耗资十几亿的商业项目正式启动。出席名单里，我清楚地看到上面写着一个我熟悉的名字：中国区执行总裁楚梦寒。那一刻，我的眼泪毫无征兆地落了下来。他没有让我失望，我不知道我有没有帮到他。不管怎样，三年后的今天，我们共同面对了一个巨大的难题，一起从困难中走了出来。这种快乐，是我认识他这么久以来，从来没有体会过的。我没给他打电话，我知道，很快，他就会回到我身边。

林婉婉怀孕了！这个消息对汪洋来说，喜忧参半。这一年多来，他和林婉婉的感情早就已经由浓转淡，这个终结了他和未婚妻十几年感情的女人，让他有一种说不出来的感觉。他觉得他们的心不但从未走近过，反而一天比一天遥远。她总是喜欢比，以前，她拿他和楚梦寒比，后来，她拿他和身边的任何一个男人比。

汪洋根本不想回到他们同居的那间屋子。“分手”两个字，他不是没想过，可他最终还是没有说出口。他害怕，他不甘心，他不愿承认，当初抛弃了十几年的感情换来这个女人，是一个错误。

今天，汪洋的心情还是不错的，情场失意，事业得意，他刚刚被提升为销售部副经理，光是基本工资，就涨了三千块。这样算起来，只基本工资和年底分红，一年也有十五六万，再加上每个月的团队奖金，房子、车子离他越来越近了。他甚至觉得，这个孩子就是来拯救他的，也许从今以后，一切就都可以不一样了，曾经远去的幸福，终究没有彻底抛弃他。

汪洋回到家的时候，林婉婉坐在沙发上，脸像冰山。刚刚怀孕，她的身材还是那么窈窕多姿。很久没有过的感觉涌上了心头，汪洋忍不住想上前去抱抱她，把自己的好消息告诉她。

“婉婉，有孩子了，我们什么都别想了，以后好好过日子。明天，我们就去把结婚证领了吧。”

汪洋深深地吸了口气，明明是说给林婉婉，可又好像是逼着自己下决心一样。有了钱，有了孩子，他汪洋可以不矛盾了。

林婉婉摸着自己的肚子，看着汪洋，就莫名其妙地生气。汪洋终于开口和她求婚了，因为这个孩子吗？她曾多次听到汪洋在睡梦中喊那个肥妹的名字。她林婉婉找的，应该是像楚梦寒那样的男人，跟了他，挤在这间又小又破的屋子里，已经够委屈了，他心里居然还想着那个丑女人。林婉婉觉得憋屈，心里发狠地恨着，恨自己，恨汪洋，恨沈欣欣，恨我，更恨命运。

“谁要给你生孩子？你知道现在养孩子多贵吗？一桶奶粉就要一百多块，一袋纸尿裤就要好几十。你养得起孩子吗？没有房，没有车，你是想我生孩子去医院时也去挤公车吗？”

汪洋按捺住自己的脾气，他怕一爆发，就会到不可收拾的境地。他耐心地说：“不会的，我会努力让你们过上好日子的！”

林婉婉没有看出汪洋暴怒前的隐忍，像个祥林嫂一样，接着唠叨：“你努力，怎么努力？你这些瞎话只能骗沈欣欣那个肥妹。”

第六章
因为有你，我愿意原谅这个世界所有的恶意

抬头看看租来的一居室，林婉婉委屈得掉眼泪。

这句话触了汪洋的逆鳞，不知道是气愤还是恐惧，他觉得自己的声音都是轻飘飘的：“你能不能不提沈欣欣，这和她有什么关系?”

他闭上了眼睛。沈欣欣从不抱怨，和他在租来的房子里，一住就是几年；沈欣欣从不拿他和别人比，她只爱在他怀里撒娇；沈欣欣喜欢孩子；沈欣欣知道他什么都没有，可她一直都觉得他是最适合她的，她需要他，她离不开他……他想不出沈欣欣有什么不好，当初，怎么就分开了呢?

他咬咬牙，声音沙哑，好像下最后通牒似的问道：“明天去领结婚证，你到底去不去?”

林婉婉睁大了眼睛，她怎么会不想去？可她咽不下这口气。有了孩子。汪洋就可以这么有恃无恐了吗？他忘了当初他是怎么哄着她，把她当宝贝，捧在手心里了……可不知道从什么时候开始，他不愿意理她了。

“我不去！我不要给你生孩子，我明天就去医院做了。沈欣欣怎么了？我就是要提她！提她一千遍、一万遍。我才不跟一个心里想着别的女人的男人结婚！给你生孩子？你做梦吧……”

林婉婉心想：这一年多来，他总是拿出差当借口，不回来。他找过沈欣欣，还不止一次，如果沈欣欣肯回头，他是不是就不要她了？沈欣欣那个蠢样子，怎么能和她比?

“你到底去不去?”汪洋表情阴沉，五根手指头攥成了拳头。

林婉婉愣住了，一时没反应过来。汪洋已经不是第一次用这种口气和她说话了，可现在，她怀孕了，他怎么能这么凶地对她？她不过是想让他哄哄自己，毕竟，跟着他这么一个男人，受委屈的是

她，不是吗？她都已经这样了，说两句气话，他就受不了了？

她痛苦地闭上了眼睛。她知道自己也不小了，不能拿自己的青春开玩笑。可结了婚，女人付出的就是一生，就让自己再任性一回吧。

“汪洋，你看看你的求婚，没有戒指，没有鲜花。哪个女人跟了你，就是倒了八辈子的霉。天底下的男人那么多，我凭什么给你生孩子？你不觉得愧疚吗？”

说的是气话，却也是心里话，林婉婉的眼泪落得更凶了。

“你真的不想要这个孩子？”

汪洋早已经不是以前的那个毛头小子，总把心情写在脸上。

林婉婉觉得，不知道从何时开始，汪洋已经越来越让她觉得遥远了，他不再是她手里的风筝，轻轻一扯，就能回来。

“我……”

看着林婉婉惨白的脸、刻薄的表情，汪洋失望，失望，还是失望……当初，天使般的面庞，什么时候变成了怨妇的嘴脸？他不想让自己说出更绝情的话来，扭头冲了出去。

门“砰”的一声带上了。林婉婉这才猛然惊醒，她陷入前所未有的惶恐。他才刚走了两个月，又要走吗？

“汪洋……”林婉婉穿着拖鞋追了出去。

楼道里很黑，汪洋刚到楼下，就听见一声惨叫。

“啊……”

那是林婉婉的叫声，汪洋的后背一下子流出了冷汗……

崔维来到了沈欣欣的家乡。这是一个很干净的小城市，和沈欣欣给他的感觉一样，他觉得这里亲切又自然。从我这里拿到地址，他就赶来了。

按门铃，开门的是一位五十几岁的阿姨。

崔维有些紧张，小心翼翼地说："伯母，我是沈欣欣的朋友崔维，欣欣在吗？"

沈妈妈一愣，从头到脚打量起这个年轻人，问道："你找欣欣？"

"是。她手机打不通，我就自己来了。"

哪里是打不通，是根本不肯接。

"欣欣一会才回来，快进来！"

沈妈妈快要急死了。沈欣欣相亲很多次，都没有中意的，前两天，沈欣欣又高唱什么不婚主义，把她和老伴愁得好几天没睡着觉。眼前这个提着大包小包的小伙子一表人才，气质不凡，沈妈妈心里又激动，又忐忑。

"我叫崔维，家里有父母和奶奶，现在都在国外，父母下个月就回来。我喜欢欣欣，但欣欣对我有些误会，所以，我这次来，是请伯父和伯母帮忙的。"

崔维是出了名的自来熟，可这个时候，他也难免紧张，额头也冒出汗来。欣欣一直不好好理他，他没有办法，只能自己跑来了。

沈妈妈心中的忐忑马上全部被激动代替。她更加仔细地看着崔维，正应验了那句老话："丈母娘看女婿，越看越有趣。"

崔维对沈妈妈的问题是言无不尽。从自己每个月的收入，到兴趣爱好，甚至自己老爸老妈出国前的职称，都仔仔细细地汇报了一遍。

看着沈妈妈笑得越来越开的皱纹，崔维一咬牙，说："伯母，我想下个月能不能趁着我爸妈回国，我和我爸妈一起，来拜访您和伯父，要是欣欣不再反对，就把我们两个人的事定下来。”

釜底抽薪！这两位老人同意了，事情自然就成功了一半。想起沈欣欣胖嘟嘟的小脸，崔维不自觉地扬起了嘴唇。

有时候，缘分就是那么一瞬间，没有早一步，没有晚一步，刚巧遇上了，也许就是一生一世。沈欣欣回来的时候，看见满桌子的菜，像小狗一样吸了吸鼻子，问：“妈，今天是什么日子？”

“今天有客人！”沈妈妈没露头，在厨房里回应着。

崔维从里面走了出来，吓了沈欣欣一大跳。

“你……”

想起电话里那些肉麻的情话，沈欣欣从耳根开始发烫。这个崔维怎么从天上掉到自己家里来了？

“欣欣，你不接我的电话，我只能自己找来了。别再躲我了，我是认真的。”

看着崔维诚恳的目光，沈欣欣傻了。她转过身，跑了出去。

他说他是认真的，可能认真多久呢？一年？两年？再久，久得过十几年吗？

她动心了，早就动心了，可她不敢再轻易把自己交给别人，她输不起了。她宁愿找一个自己根本不爱的人，没有过动心，也就不会再伤心。

“伯母，给我留着，我回来吃。”崔维换上鞋，追了出去。

空中淅淅沥沥地下起了小雨。天公作美，崔维简直想要亲吻大地。他追上了沈欣欣，拉着她，打车到了一家酒店。

“欣欣，我们谈谈。”

沈欣欣被他一路拉着，默默不语。

酒店到了，沈欣欣扭头要走。

崔维哪里肯，一着急，拉着她的手，单腿跪在了她面前，然后从怀里掏出一个小盒子，拿出里面的东西，不容反抗地套在了沈欣欣的无名指上。

“你！”

“欣欣，嫁给我吧！”

大堂里所有人都停止了工作。小地方的人哪见过这个场面，只看得下巴都要掉到地上了。

沈欣欣愣住了，好大的一颗钻戒戴在了她手上，这是只有电视剧才有的情节。这个男人竟单腿跪地，向她求婚？她不再是被人抛弃的小胖妹了，终于也有人拿她当宝贝了？说不出是什么心情，沈欣欣的眼泪流得更凶了。

房间内，崔维用手替沈欣欣抹去眼泪，保证道：“欣欣，我和以前的女朋友彻底断了。我向你保证，今后再也不会去见她，就算在马路上看见，也装作不认识。你受过伤害，我也受过伤害，那种被欺骗的感觉，我们都了解。我只对你一个人好，每天定时向你汇报行踪。你以后也不要去见你的前男友了，在外面认识了男生，要告诉我……我们的父母见过面，我们就结婚。我父母不在身边，让你爸妈也跟我们去A市住……我收入不高，但也还算可以。老人和咱们一起过日子，替咱们持家，能多存点钱……”

崔维说着，也很激动。

“你喜欢我什么？”

“我喜欢你的一切，但最打动我的，是你对爱情的执着，我们都是一类人。我找了十几年，才遇到一个你……”

“执着，说白了就是傻。他说我对他太好了，所以才不要我了……”沈欣欣哽咽着。

“我曾经羡慕他，嫉妒他，现在要感谢他。他不稀罕，我珍惜着，宝贝着……”

这一晚，崔维大获全胜，沈欣欣一晚上在他怀里哭了个肝肠寸断。哭久了，哭累了，醒来的时候，是不是就能全忘了……

早上的时候，沈欣欣醒了，看见自己身无寸缕地睡在崔维的怀里，回想起昨晚的一幕幕，羞得用被子把自己蒙了个严严实实。

窗外的阳光照了进来，沈欣欣的黑夜终于彻底结束了，她轻轻地笑了。身旁的男人早就醒了，用手臂把她搂得更紧。崔维心里窃喜着，又懊恼着：今天的太阳太刺眼了，昨天的大雨为什么停得那么快？要是现在还在下着，该有多好！

“那个……”

沈欣欣才要开口，身边的电话突然响了起来。

“你能不能转过去？我先穿下衣服。”

“就这样接吧，反正已经成事实了，你要对我负责到底。”崔维坏坏地笑。

沈欣欣一咬牙，连号码也没看清，真的就那么接了。

“欣欣。”

这熟悉的声音让沈欣欣浑身一颤，是汪洋。

她抬起头，尴尬地看了崔维一眼，张了张嘴，竟说不出一个字来。他还是找到了自己的联系方式？

第六章

因为有你，我愿意原谅这个世界所有的恶意

“欣欣，是我。”

汪洋的声音，她听了十几年，多少次，他打电话，接通后第一句话说的都是这四个字，可是口气从没有今天这样的失落。

沈欣欣鼻子有些发酸，自己正一丝不挂地躺在别的男人怀里。不对，她昨晚答应了他的求婚，她的手上还带着他送的戒指，他是她的未婚夫，电话里的那个男人才是别人。

崔维闭上眼，像是浅眠，又像是回味，胳膊则以绝对占有的姿势把沈欣欣抱得更紧。

“有事吗?”沈欣欣平静了心情，叹了一口气。

“欣欣，我在医院，我出车祸了。你能来看看我吗?”

“啊? 你没事吧?”

沈欣欣关切的口气让汪洋兴奋。

“我很疼，你能来看看我吗?”汪洋再一次哀求，“欣欣，我和她分手了。我爱的是你，我们重新开始好不好? 以前是我混蛋，是我对不起你，你原谅我一次，好不好?”

这句话没有让沈欣欣感动，反而让她一瞬间清醒了。汪洋早已不是她什么人了，躺在自己身边的这个男人才是她现在爱着的男人，甚至是很久以前，自己就已经爱上的男人。他给了她自信，让她重新活了过来。

“汪洋，我在老家，帮不了你。以后不要再联系了。”

“欣欣，我知错了，看在我们十几年的情义上，原谅我吧。我刚刚升了职，以前没有的东西，都会慢慢有的。我看清了自己的心，欣欣，我回来了。”

崔维还是闭着眼睛。

沈欣欣悄悄地擦了擦自己眼角的泪水，坚定地说：“汪洋，

我要结婚了。如果真的有十几年的感情，就祝福我吧！”

“你要结婚？不可能。欣欣，你别赌气了，欣欣……”

“欣欣，太阳照屁股了，我们该起床了！”崔维在沈欣欣耳边大声说。

汪洋听到了，手机“哐当”一声掉在了地上，他的眼泪哗哗地流了下来。林婉婉的孩子没有了，他和她之间最后的牵绊没有了，他和她在一起最后的理由也没有了。他回来了，可欣欣已经不在了……如果可以，他愿意用自己现在所有的一切去换回曾经的幸福，可十几年的感情没有了，他不爱林婉婉了，欣欣却已经爱上了别人。

刚回到 A 市，我就接到了沈欣欣结婚的消息。

崔维妈妈的一个老同学在 A 市教育局做局长，把沈欣欣调到 A 市第一中学当老师。崔维的收入不低，而且自从订婚后，他爸妈总是时不时地给他们汇钱。

最近，沈欣欣忙得不亦乐乎。婚礼前，她约我去挑首饰。人逢喜事精神爽，看着她远远走过来，真的很美。我和她走进了珠宝店，原来这一次她是给沈妈妈买首饰。我们同时看中了一款翡翠镶钻的戒指，配套的还有一条白金项链，翠绿的宝石外是和戒指一样的一圈碎钻，既大方又典雅。整套标价八万块。

“崔维说我一定得选一套给我老妈，说我结婚一辈子一次，妈妈参加女儿的婚礼，一辈子也是一次。买了吧！”沈欣欣一咬牙，把卡掏了出来。

拿好东西，到了沈欣欣车子旁边，听见有人叫我们。回头一看，一个纤细的身影站在我们右侧。

我和沈欣欣互望了几秒，才敢去认。这不是林妹妹吗？她身上穿着一条半旧的长袖连衣裙，依旧是长发飘飘，可脸色苍白，抹了很多粉，也掩饰不住憔悴。再看看沈欣欣，比以前苗条了不少，皮肤白里透红，脂粉不施，也健康靓丽。

“有事吗？”沈欣欣已经打开了车门，又回过头去问。

林婉婉深深地吸了口气，似乎是鼓足了勇气，说：“沈欣欣，我想问问你，知道汪洋的电话吗？”

“我已经和他很久没联系了，拜托你以后不要再来找我。我要结婚了，我先生不希望我和你们再有任何一丁点关系！”

我们上了车，沈欣欣“砰”的一声关上车门。回头透过车窗，我看到林婉婉纤细的身体蹲了下去，不住地颤抖，好像是哭了……

沈欣欣婚礼那天，崔维的父母、好友都到齐了，场面很盛大。仪式结束后，沈欣欣拖着礼服长长的后摆挨桌敬酒。

她的娘家人不多，我和楚梦寒坐在她的娘家席上，崔维领着她来到我们跟前：“楚总，幸会！幸会！”

楚梦寒知道他是周正的表弟，举起酒杯和他碰杯。

我四处寻找周正的身影，可酒宴过了一半，也没看到他。这一看，却让我意外地看到了一个最不该看到的人。

“梦寒，我去一下洗手间，你等我一下。”

我慢慢地向刚才放音响设备的角落走去，低声喊：“汪洋。”

汪洋抬起头，用手抹着脸。我这才发现，他脸上都是泪水。

“我来看看她穿婚纱的样子，很……漂亮……你知道，那时，我们连婚礼的酒店都定好了……”说完，他又止不住地落下泪来，然后转过身，逃也似的离开了。

日子忙碌又紧张，甜蜜又温馨。我和楚梦寒的婚礼定在了九月九号这一天。

我们上一次结婚，根本没有婚礼，只是领了结婚证，几个要好的同学去吃了一次饭。而这一次，因为工作太忙，我也没太在意，可当我看到婚礼现场的时候，我忍不住落泪了。

披着白色的婚纱，同心爱的人步入婚姻的礼堂，是每一个女人心中的梦。虽然我现在已经有了一切，可这个梦依然让我陶醉。

他公司的副经理告诉我，婚礼这些几乎都是楚梦寒和公司里的人亲自准备的。难怪他那时一直加班，原来是要给我一个惊喜。

他请了很多我的朋友，有大学时我要好的同学，毕业了，同学们各自去了不同的城市，几年也难得见上一面，现在都来了。还有我之前打工的早教中心照顾过我的孙姐。

最聒噪的就是大学时代一直暗恋楚梦寒的陆芸。化妆师在给我贴假睫毛，陆芸则不停地向大家说着当年楚某人在大学里为了我，横眉冷对众美女，惹得大家哈哈大笑。

我完全打扮好了，刚才笑声不断的化妆间里顿时安静下来。

“完了，我也想再结一次婚，怎么办？萧桐桐，连我都要被你迷死了！”陆芸夸张地嚷了起来。

婚纱设计得典雅大方，不算暴露，只是胸口有些低，深深的乳沟露出来。后背的设计很别致，腰部的位置是用镂空的玫瑰连起来的，腰背的线条若隐若现。长长的下摆好像层层云朵，远远望去，我好像是踏着云月而来。

第六章
因为有你，我愿意原谅这个世界所有的恶意

我提着裙摆，缓缓地向楚梦寒走去。他今天穿着一身白色的西装，尊贵优雅，童话里的白马王子一定没有他更让人目炫。婚礼进行曲缓缓地播放着，我在所有人的目光下，走到了他身边。

音乐停止，所有人安静下来，司仪的声音响起：“楚梦寒先生，你愿意和萧桐桐小姐结为夫妻，永远地敬她，爱她，保护她，与她携手，共伴一生吗?”

“我愿意！”

他的声音微微有些颤抖，这是誓言。

“萧桐桐小姐，你愿意与楚梦寒先生结为夫妻，永远地敬他，爱他，无论他健康与疾病，也无论他富有与贫穷，都与他携手，共伴一生吗?”

“我愿意！”

我们互相凝视，我看到，他眼中隐隐闪着晶莹的泪光。我鼻子一酸，泪水无声地滑落。

“楚先生，在这个激动人心的时刻，如果让你对你的妻子，美丽的新娘，说一句话，你想说什么?”

时间仿佛在这一刻静止了，曾经的一幕幕往事飞一般在眼前划过，当他的声音再次传来的时候，明明只有那么短的时刻，却好像经历了万水千山。

“桐桐，我等这一天，已经等了太久了……我们经历了那么多的风雨，我很庆幸，你依然选择我，谢谢你！你是我今生唯一的爱人，今后，请让我照顾你，保护你，一生一世……我永远爱你……”

我看见妈妈、爸爸、楚妈妈，还有欣欣、孙姐……这些一路见证我们的感情历程的人，都在偷偷地抹眼泪。我竟也看到了蒋

若帆，他站在爸爸身旁，正对着我温和地笑。我的泪水更多了，我不敢相信，我怎么可以这么幸福。

下一刻，我听到司仪问：“萧小姐，面对这么年轻有为，潇洒英俊的丈夫，此时此刻，如果让你对他说一句话，你想说什么?”

我深深地吸了口气，调整了一下情绪，把又要涌出眼眶的泪水逼了回去：“梦寒，其实我从最开始决定要和你在一起的时候，就从没想过要和你分开……能嫁给你，是我一直都想要的……”

泪水不受控制地流下来，我终于泣不成声。

楚梦寒一双有力的大手把我带进了怀里，他抬起我的脸，深深地吻住我。台下响起了雷鸣般的掌声。

“新郎新娘交换戒指！”

礼仪小姐拿着托盘，里面有两枚戒指，其中一个心形的钻戒闪闪发光，是那枚戒指。从我第一次看到它，到今天，竟然已经有这么久了，还是那么美丽夺目，静静地躺在那，尊贵又典雅。

楚梦寒轻轻地拿起它，动作那么小心，我的心随之颤抖。我想这就是真的幸福吧。等了这么久，他终于亲自把她戴在了我的手上。美丽的卡地亚钻石，女人奢望的梦想，今天在我最爱的男人手中实现了。

无数的闪光灯向我们投来，幸福的时刻，终于在相机中成为永恒……

番　外
那年，他为何离开我

我已经很久没有见到蒋若帆了。来到餐厅时，我看到蒋若帆一个人坐在靠窗的座位旁。他穿着水蓝色的衬衫，白色的长裤。纱帘轻轻地飘动，从我这个角度看过去，那情形好像是一幅油画般。

“若帆。”

蒋若帆抬起头，看见我向这边走过来，我之前一直笔直的长发，烫出了随意弯弯的弧度，一身白色的洋装，除了与生俱来的清纯气质，此刻更是不经意间透着女人的妩媚与干练。我过得很好，很幸福。

蒋若帆笑了笑，起身替我拉开椅子。

“若帆，听说你交女朋友了？”

我由衷地祝福他。像他这样的好男人，应该早日拥有自己的幸福。

“自从身体好了以后，我一直觉得自己很幸福，觉得什么都值得珍惜。我年纪不小了，忽然想安定下来。”

能再次拥抱这个世界，他觉得自己已经拥有太多了。

“其实T市的空气真的很好，等你结婚时，我带着晓梦，好好去那里住些日子。我们太忙了，都没有时间陪她去玩。”

蒋若帆记起当时在T市遇到我和周正时的情形，不自觉地扬起了嘴角。

我看到他的表情，也想起了往事。不知不觉，已经过去那么久了。

蒋若帆犹豫了一下，认真地对我说：“桐桐，你还记得那个时候，我说有一件事想告诉你吗？”

“在T市你家别墅的时候？”

“是。”

我记得他曾经犹豫地说过一句话，我回忆着。

“是关于楚梦寒的一些事。我一直想不明白，他要是真那么爱你，为什么会那么狠心地离开你？所以，我就找了人，去偷偷查他，没想到，还真发现了一些事。我那时想，如果他能给你幸福，我就告诉你；如果他再次得到了你，却依旧不能让你幸福，我就一辈子也不会对你说，让你彻底忘了这个人。”

我微微一笑：“他就是大男人，自尊心受不了呗。他觉得给不了我幸福，很痛苦。他怀疑我和他在一起没有安全感，偷偷打掉了他的孩子。我们那时很穷，为了我家里的事，我也很心烦，最后，他忍受不了……还能有什么？”

“你这么信任他？”蒋若帆故作神秘。

我还在笑。

“他能被你这样信任着，真是他的福气！不过，他确实是个好男人，值得你信任！”蒋若帆轻轻地说，“其实，当年，他在一家小公司里做采购，因为急需一批原材料，找了很久，也找不到货。老板很生气。他最后好容易找到了，却需要现金付款。你知道，企业出现金的话，一般是要在发票回来前走借款的。楚梦寒很不幸，遇到了一个骗子公司，因此欠下了一大笔货款。报警后，也没有结案。最后，公司没让他自己完全负担，但他也需赔给公司六万块钱，然后被辞退。”

我惊了，原来还有这样的事！难怪当年老妈一和他提钱的事，他的表情就变得那么僵硬，难怪那些日子，他经常整晚失眠。他自尊心那么强，那个时候，老妈还喋喋不休地找他要钱，讽刺他，他怎么能受得了？他是决不会向自己母亲开口要钱的，他自己是如何在短时间内筹到好几万块的呢？我想得心疼。

全书完

不等来世 只要今生

没有真正的交付，就没有彻骨的伤害

（上）

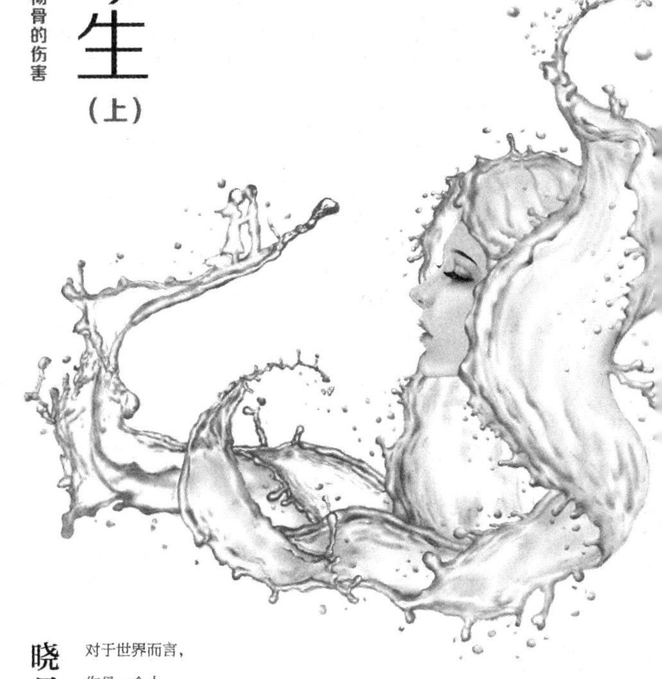

晓月——著

对于世界而言，
你是一个人，
但是对于我而言，
你是我的整个世界。
那一年，
你走了，
我的世界坍塌了……

台海出版社

图书在版编目（CIP）数据

不等来世　只要今生 / 晓月著. —北京：台海出版社，2017. 6

ISBN 978 – 7 – 5168 – 1446 – 8

Ⅰ. ①不…　Ⅱ. ①晓…　Ⅲ. ①长篇小说 – 中国 – 当代　Ⅳ. ①I247. 5

中国版本图书馆 CIP 数据核字（2017）第 136667 号

不等来世　只要今生

著　　者：晓　月

责任编辑：王　萍　赵旭雯　　装帧设计：天下书装

版式设计：天下书装　　责任印制：蔡　旭

出版发行：台海出版社

地　　址：北京市东城区景山东街 20 号　邮政编码：100009

电　　话：010 – 64041652（发行，邮购）

传　　真：010 – 84045799（总编室）

网　　址：www. taimeng. org. cn/thcbs/default. htm

E – mail：thcbs@ 126. com

经　　销：全国各地新华书店

印　　刷：三河市人民印务有限公司

本书如有破损、缺页、装订错误，请与本社联系调换

开　　本：880 × 1230　　1/32

字　　数：346 千字　　印　　张：16

版　　次：2017 年 8 月第 1 版　　印　　次：2017 年 8 月第 1 次印刷

书　　号：ISBN 978 – 7 – 5168 – 1446 – 8

定　　价：58. 00 元（全 2 册）

版权所有　翻印必究

目 录

第一章
三年，一千零九十五天

没有想到，再次遇到楚梦寒的时候，会是那样的情形。三年后，他终于出现了，来为我们之间做最后的了断。

这世上要是有后悔药可以买，我绝对二话不说买一瓶来吃。脑子短路，才会跟着沈欣欣这个逛街狂跑到彩梦新都来。

下班时间肯定是不能打车的。七月的天气，地铁里的冷气已经被肉贴肉、脸对脸的人们呼出的二氧化碳侵蚀得所剩无几。到了彩梦新都时，我们两个人早已一身大汗。

才逛了半个小时，我就败下阵来。早就知道来这种地方，根本就是浪费时间。打了半天折，一件吊带衫也要好几百块，稍微看上眼的女装，都要好几千。能为实体经济捧场的人，绝对不是我们。我还是比较喜欢在电脑前逛淘宝，因为价格便宜，所以每次购物都很有成就感，不像现在，满眼都是挫败。

沈欣欣却乐此不疲，一副过过眼瘾也解馋的样子。我实在不忍心扫了她的兴致，忍耐，忍耐，谁让我们是好朋友呢。

我忽然想起了楚梦寒。

当年，我来到这座大城市时，身旁只有楚梦寒。我们同在南方小城的一所大学，毕业后，一同来到这座全国最著名的城市。

那一年，两个年轻的情侣第一次在夜幕下为这座大都市所倾倒时，眼中迸射出的火花，比漫天的繁星还要耀眼。后来，他走了，我一个人留下了。如今，竟然已经过去三年。

要说起男人的绝情，我算是深深领教了。没有工作，身无分文，那个在和我结婚时，口口声声说爱我三生三世的男人，在一个仲夏之夜摔门离去了，把我自己留在了一个陌生的城市。

我的号码一直没有变，三年了，他却一通电话也没有打来过，我的死活根本与他无关。所以，我们之间实际上已形同陌路了……

呼，呼，怎么突然又想起这些了呢？看着满眼的奢侈品，我自嘲地撇了撇嘴。

实际上，我和沈欣欣两个人现在也算得上是白领阶层。我们所在的设计部是全公司除了业务部外奖金最高的部门，部门里任何一个女同事偶尔来这里消费一下，都绝对不成问题，唯独我和沈欣欣不行。

沈欣欣的老公是资深宅男，大学毕业后几乎没怎么工作过，除了最初家里有限的补贴，几乎全靠沈欣欣一个人的收入。

不知多少次，沈欣欣高呼着“姑奶奶这回要是不跟他分手，以后就跟他姓”，可是，那男人电话里一声“老婆我想你”，她又没事人似的买了便当送回家去。

第一章
三年，一千零九十五天

我在她身上验证了一句至理名言，情人眼里，不仅出西施，还出潘安。

“哇！”沈欣欣一声高呼，用百米冲刺的速度向一个品牌专柜奔去。

指着灯光下塑料模特身上一件水蓝色的长裙，沈欣欣不住地摇头叹息：“桐桐，这件衣服太美了！”

“小姐，麻烦拿一件中码的，谢谢！”

沈欣欣无视我杀人的目光，接过专柜小姐手中的长裙，把我塞进了试衣间。

不可否认，这件裙子真的很美，穿上它，让早过了做梦年纪的本姑娘恍惚觉得自己蜕变成了童话中的公主。

“桐桐，这裙子简直就是专门为你这种清水美人设计的。”

沈欣欣话音刚落，专柜小姐也笑着走来，说：“小姐真漂亮！这件裙子非常适合您的气质！”

漂亮，果然漂亮，可是灰姑娘不会因为一条裙子就真的变成了公主。

我很“职业”地笑了笑，准备把裙子换下来。标价本姑娘看得很清楚，12888 元。

这个世上有很多东西，不是因为你喜欢，就可以拥有的，例如这件裙子。

“寒，这件裙子怎么样?”

我从镜中看到了一个修长的身影，她正迈着优雅的步子向这里走来。

轰，一瞬间，我的眼前一片空白。直到刚才娇柔的声音再次响起，我才微微回过神来。

风度翩翩的楚梦寒正挽着一个高挑婀娜的美女站在我身后。两人身高匹配，挨得极近。俊男美女，一对璧人。

“小姐，这件衣服只有一件了，您……”

“哦，我换下来。”

从试衣间走出来，我略微把长裙整理了一下，向前递了过去。眼前伸过一条修长的手臂，从容稳妥地从我手中接过裙子。

最终，我还是抬起头。他还是他，无可挑剔的五官，颀长的身姿。我还是我，齐肩的长发，清丽的脸庞。只是，谁能看得出，我们曾是睡在一张床上的夫妻？对，曾经，只是曾经。

楚梦寒反复打量手里的那条裙子，目光有意无意向我瞟过来，如同我是路人一般。

“寒，会不会太文静了？”

“不会，你穿什么都好看，包起来好了。”

楚梦寒说得极其自然，显然，这样的场景他早就轻车熟路了。

我挑挑眉，微微侧了侧身，目不斜视，拉着沈欣欣，步调从容地向商场的扶梯走去。

沈欣欣上了扶梯还没有完全把头正过来，对着我的胳膊用力捶了一拳。

“你们也太冷血了吧，好歹也夫妻一场，至于吗？搞得真跟陌路人一样，都是什么人啊！”

“我们现在本来就是陌路人。”我愣是笑了，“走，我请你吃饭。”

电梯直达彩梦负一层，右手边是一间港式茶餐厅。我拉着沈欣欣进去，随便找了个座位坐下，开始点餐。

“桐桐，你们在大学时是校花、校草，金童玉女，后来修成正果，让大家羡慕得一塌糊涂，怎么就走到今天了呢？桐桐，你有没有发现，楚梦寒这几年不见，越长越妖孽，就光凭那张脸，不知得有多少女人前仆后继。桐桐，看来这几年楚梦寒事业发展得也不错……”

我点了好多，专注于“埋头苦干”，根本不理沈欣欣。

沈欣欣自讨没趣，只好跟着加入“战斗”。

好几天，我都把电话放在离自己最近的地方，等着楚梦寒打给我，可电话却一直没响。他既然已经来到了A市，没有理由不来找我。

我一直郁闷着，要知道最后会是这样的结果，当初就算是有人拿枪逼着，我也不会结婚。

二十二岁结婚，一年后分开，如今，我不过二十六岁。公司里很多海归剩女，三十多了还没男朋友呢，可人家就能整天一副小女孩姿态，而我的心，早已生锈了。

打开公司的内网，公告栏清楚地写着：“晚间公司举办酒会，下列部门员工必须参加。”粗粗扫一眼，“设计部：蒋若帆、萧桐桐……”

我当初来昊天集团设计部时，将若帆也刚进公司不久，他那时刚从法国镀金归来，在设计部做项目经理。我有幸在他的手下学了不少东西，以前一直管他叫蒋师傅，如今，他已经做到了公司设计总监的位置，这个称呼似乎不太合适了，可蒋若帆却一直坚持不让我改口。

内线：“桐桐，晚上我带你过去？”

“好。”

都市生活，人情淡如水，在A城，若说朋友，除了沈欣欣，我似乎就只有这位蒋师傅了。

曾几何时，我以为这位海归精英想要追我，事实证明不是，这是我们能成为好朋友的最大前提。

要问我们的关系是如何从普通同事升华到现在的，还要从一个自来水管破裂的事情说起。

有一次，我住的地方水管坏了。那房子已经有三十几年的高龄，根本没有物业。外面正好下起了瓢泼大雨，屋里屋外都是水。我无人可求，正巧蒋师傅的电话打来。

半个小时后，他赶到了我住的地方，十五分钟，解决问题。

那时，我想起了一句十分没出息的话：女人根本离不开男人。

感动的一瞬间，我又想起了楚梦寒。那一刻，我清清楚楚地感受到了自己心中的恨意。

没错，我恨他，恨他的无情，恨他的薄情寡义，恨他的谎言，恨他的所有一切。每个女人在如花的岁月里，都有一个公主的梦想。他把我带入了水晶般的童话世界，却又亲手打碎了一切。

我们也曾小心翼翼地试图将碎片重新捡起，可谁知结果不过是换得双手的鲜血淋淋。

蒋若帆年轻有为，相貌不凡，正因为如此，我没少得罪公司里的女职员。可是，这些年过去了，蒋若帆从来也没有向我表白过什么，就连一个亲密的动作都不曾有，谣言在一片唏嘘声中不攻自破。我那颗早已生锈的心，也逐渐心安理得起来。

第一章
三年，一千零九十五天

下班回家换了一条白色的长裙，化了妆，蒋若帆的车子就已停在楼下了。

他一身浅色的西装，倚在车门旁，文质彬彬，英俊潇洒。

他看到我，远远地打量一番，给了我一个惊艳的微笑。

“蒋师傅，你可不可以不要这么习惯性的鼓励我?”

“鼓励?”

他被逗笑了，然后又认真的审视着我。

“你是我见过的最自信的女人，同时也是最没自信的女人。这两年，我从你身上实在找不到什么令你不自信的地方。你说，是因为你把自己隐藏得太深呢，还是我的智商太低呢?”

我被问愣了，在他的目光下，无处遁形。

酒会办得专业而热闹。

这种场合最令我百无聊赖。蒋若帆需要应酬的人很多，我一个人穿梭在云香鬓影、谈笑风生的会场中，正要寻个僻静的角落坐一坐，就听见身后有人叫我的名字。

“桐桐。”是人事部的刘经理。

他的旁边是？陈董？昊天集团的董事长，陈漠然。今天他居然亲自出席了酒会。

小职员见到大老板，多少会有些局促不安。我整理了一下长发，走到他身旁。

“陈董，刘经理。”

“来，介绍个人给你认识。”

嗯？董事长亲自介绍我这个小职员给别人认识？平日里，低调得几乎没怎么见过老总的我一时想不明白，可隐约觉得，这绝不会是什么好事。

跟着他们来到了酒店花园的喷泉池边，各色的射灯把喷泉映射得炫彩夺目，那里正站着几个人在寒暄。

我感觉有一道熟悉的目光一直在暗处打量着我，一抬头，就看见一双深邃的眼睛。楚梦寒?！他居然也在！

我愣了一下，还是硬着头皮走了过去。

“介绍一下，这位是TPC中国区的执行总裁楚总。楚总，这是我们集团设计部的萧桐桐。”

楚总?！

我恍然大悟，公司最近正在争取与TPC合作，这次酒会就是为了争取合作而特意举办的。

三年不见，这个当年的落魄青年，果然发达了。

人事部的刘经理笑着说：“楚总是在G大读的大学，我记得桐桐也是呦，两个人不会是早就认识了吧?”

我沉默。

他浅笑，笑得邪恶。

“初次见面，楚总，我敬你！”

我抢先开口，打破沉默，拿起旁边侍应生盘中的一只高脚杯，一饮而尽。

楚梦寒把酒杯举到嘴边，微微眯起眼睛，在五彩斑斓的灯光下，显得深不可测。他嘴角上扬，环视了陈董与众人一圈，笑着说：“此行能遇上这么漂亮的校友，才是最大的收获，不知是否有幸请萧小姐跳一支舞?”

那口气，很暧昧，让我十分不舒服，好像我是他猎艳的对象一样。

所有人的目光都看向了我这个默默无名的小职员。

故意的，绝对是故意的。想看我发窘无措?

哼哼！我毫不示弱地对上他充满挑衅的双眸。

“很荣幸。”

舞池中响起了轻柔的音乐，楚梦寒拉起我的手，在所有人的注视下，翩翩进入舞池。

我根本不能喝酒，哪怕是一点，也会上头。洋酒的后劲很大，刚才喝得又很急，我现在已经开始有反应了。

楚梦寒饶有兴致地观察着我脸上一点一点的变化，掌心炙热，紧紧地贴着我的腰。

“不能喝酒，逞什么强?”

难得他还记得。

我下意识地向后，与他拉开距离，却被他的大掌束缚得更紧。

“看样子你过得不错……”

面对嘲讽，我选择闭着嘴不出声……

越来越晕了，可这个时候怎么能示弱？我瞪大眼睛盯着他。

楚梦寒突然低下头，略带酒香的男子气息放肆地喷在我的脸上，制造了一种暧昧的气氛。我忽然想起了若干年前，大学校园中法国梧桐树下，他第一次亲吻我的那一瞬间。那场景近在眼前，又恍如隔世。美好的瞬间很快就被后来那些永无止境的争吵片段所代替。

我突然觉得异常的疲惫，一如三年前最后分开时。那时，只剩下两个人久久的沉默。

身旁来往穿梭的人跳着优雅的舞步。

“楚梦寒，我们尽快把手续办了吧。”

声音极小，只能两个人听见。

三年前，我们就已经达成一致，只是差个手续而已。

话音刚落，一曲完毕。

楚梦寒好像被什么人吸引过去，一转身，猛地松开我。我一个不稳，险些摔倒。才站好，我就看见楚梦寒紧紧地搂着一个高挑的美女向舞池走去。那美女身上的裙子，正是我在商场时试穿的那一件。

看着他们的舞姿，突然响起了一首老歌：“你像只蝴蝶在天上飞……飞来飞去，飞不到我身边……我只能远远痴痴望着你……盼呀望呀，你能歇一歇……”

这首歌，他曾在我宿舍的窗下拿着吉他为我弹唱。那时，我想，他那么骄傲的一个人，肯用最浪漫的方式追求我，这应该是幸福吧。可现在我才知道，我不是那唯一的蝴蝶。他的歌不只会为我而唱，同样会为别人而唱。

“桐桐，你喝酒了？”

蒋若帆从身后扶住我的肩头，这是这几年来我们之间最亲密的一个动作。若在平时，我可能会有些不自然，今天我真累了，单薄的身体不由自主地向他靠了靠。

“嗯，我累了，能不能先走？”

“你等我一下，我和几个人打声招呼，然后送你。”

蒋若帆揽着我走到边上的长椅旁让我坐下，自己才离开。

有个之前向我示好的男同事过来向我敬酒，我一饮而尽。

等蒋若帆赶来的时候，我已经不知道喝了几杯了，也许我根本就是存心想醉。

自从懂事开始，我就是父母眼中的乖女儿，老师眼中的好学生，公司里的好员工，唯一一件破格的事情就是离婚。可那也不算破格，我的父母支持，楚梦寒的母亲也支持，我们自己也绝望。今天，我只是想放纵一下自己……

头好晕，可睁开眼睛后，才发现，不仅仅是头晕这么简单，眼前的情形，让我整个人都要晕掉了。除去开会，公司组织旅游，几乎与酒店绝缘的我，正躺在一间豪华套间内松软的大床上。

屋顶上的水晶灯散发着璀璨的光彩，右侧的落地窗前垂着咖啡色的纱帘，纱帘随着夜风轻轻飘动，隐隐约约透进来外面交叠闪耀着的霓虹灯光，如此华丽，如此迷蒙。这种气氛应该怎么形容呢?

这时，我又听到了浴室内传来隐隐约约的流水声。我终于找到了一个很好的字眼，来形容此时的气氛。

暧昧!

绝对暧昧!

床上好似有火苗烫到了我，我坐起身，想马上离开这，可一阵天旋地转，我不得不又重新靠在了床头。

记忆迅速倒到醉酒前的片段，我喝酒，蒋师傅说要送我回家……他让我等他……我继续喝酒……然后醉倒……蒋师傅无法送我回去，只好帮我在酒店定了房间。

我终于镇定了些，可是想到此时我在床上，一个男人在里面洗澡，空气里还是有一种让我忍受不了的尴尬。但想到毕竟是光明磊落、谦谦君子的蒋师傅呀，我才稍微安下心来。

看看桌上的电子钟，指针已经指到了午夜一点。虽然晚了，我还是想请蒋师傅送我回家。听到浴室门开的声音，我有些迫不及待。

“蒋师傅！”没人回答，我只能再喊一次，“蒋师傅！”

当喊到第三声时，我看到一个男人走到了我面前，用杀人的眼神看着我。

看着面前这个既熟悉又陌生的英俊男人，我简直要发狂，哪有什么蒋师傅，他是楚梦寒！我听到了自己磨牙的声音。

这究竟是什么状况?!

他身上裹着一件白色的浴袍，微微敞开的胸膛上还挂着没有被擦干的水珠，半干的头发稍显凌乱。

三年后的他好像是一颗被打磨后的钻石，夺目得让任何人都移不开眼睛。可是，任何人却不包括我，因为我除了见过他最深情的样子，也见过他最绝情的样子！那两幅画面，三年来，几乎在每一个夜晚，都会在我的脑海中交替浮现，折磨着我，也激励着我，以至于现在，站在那里的他都可以在我的眼前模糊起来。

我有话要和他说，可我那强大又脆弱的自尊，却不允许我在眼下的情景中和他对话。

我跌跌撞撞地走到门前，却被一股巨大的力量拽了回来，整个人又跌坐回去，更跌入了一个男人的怀抱中。

他从背后紧紧地抱住我。

我奋力挣扎，但声音尽量保持冷漠与蔑视。

“楚总，请你放开我！”

他愣住了，箍着我的手臂也僵在那里，他被我的这个称呼点成了化石。

我想我的语气和表情已经很明确地告诉他，我不是在和他斗气，我真的当他是陌生人而已！

没有你的三年，我没被饿死！没有去坐台！没有给人家当情妇！没有滚回老家！更没有打电话求你！反而在这个世界知名的城市里活得好好的。你心有不甘？所以又想来搅乱我平静的生活？能想象得出，主动向你投怀送抱的女人肯定有很多，当年就不少，更何况你现在又成了有钱人。但我对你，除了不屑，还是不屑！你以为把我骗上你的床，就能让我像从前那样沉沦在你那并不可靠的柔情蜜意里吗？简直是笑话！

听到他在我耳边轻笑了一声，不知道是不是我的错觉。笑声有些悲凉的味道，但更多的是愤怒和不屑。接下来，便是他的吻密密麻麻地落下来，一双手用力地撕扯我的裙子。这一刻，我再也做不到平静。我用力地推拒着，冲着他喊："楚梦寒！你做什么！"

他一翻身，把我压在身下，攥住我的双手，放在头顶。这样的姿势彻底激怒了我，从他的眼中，我几乎看到了自己愤怒得有些可怕的表情，可身上的这个人却似乎比我还要生气。他死死地盯着我，深深地探究我，似乎想要一下子从我的脸上看清这三年来的每一分、每一秒。

我没有兴趣研究他由愤怒转向复杂的表情，只是冷冷地看着他。

"楚梦寒，你用这种卑鄙的手段把我骗到这里来，你不觉得恶心吗！你到底想要做什么！无论你想怎样，只会让我更加轻视你！"

他沉默了一会，幽深的黑眸中涌上久违的柔情。他的眼睛很迷人，波光潋滟，看不到底，时而还会有一丝忧郁的神情。高傲而又忧郁的白马王子如此深情地看着你，想必没有哪个女人能抗拒，当初，我就是因为望进了这个眼底，最终把自己一点一点迷失掉。

他低下头，轻轻地吻上我的唇，像要慢慢地感受我的存在，像当初那样万般爱怜我。

“桐桐……”

他轻唤着我，看着我一点一点地沦陷。

感受到我渐渐软化，他松开了我的手腕，一只手小心翼翼地抚摸着我的脸颊，好像在抚摸着一件易碎的瓷器。

我的心底突然酸得难受，一股巨大的苦涩从心里涌上眼底，泪水无声无息地落了下来。

一抬手，我的巴掌清脆地落在他的脸颊上，所有的柔情全部静止在这一秒钟。

他一个激灵，愣了足有一分钟，不敢置信地看着我，然后吼道：“萧桐桐，你在幻想什么？你觉得我会费心把你骗上我的床来？你太高估你自己了。”

他的右脸被打得红红的，浑身都散发着怒意。

我不明白他话中的意思，迷茫地看着他。

“你不过是你们老总送给我的礼物，我回到房间就看见你躺在我的床上，现在我不过是在拆礼物而已。在我面前装什么清高！刚才你嗲声嗲气喊的那个男人是谁？你经常和他出来开房间吧？喊得真恶心！对了，你既然能被你们老总当礼物送给我，恐怕还被送给过更多的人。我想，昊天公司设计部的高薪也没那么容易能拿到。”

他似乎被愤怒燃烧得失去了理智，一只手再次禁锢住我，另一只手去撕扯我的裙子。我觉得自己就像一片羽毛，轻飘飘地向无尽的深渊坠去，再也找不到一个支点。

三年来，我努力进修，抢着加班，从设计部一名打杂的文员做起，真正成为了一名设计人员，那些寂寞苦涩的日子里支撑我信念的支柱一瞬间轰然倒塌。我曾经想过要以最骄傲的姿态再次见到楚梦寒，可没想到，我会被我最热爱的公司当礼物送到了他的面前。默默地流着眼泪，感觉自己正像一个礼物被褪去了所有包装，全身赤裸地展现在他面前。

我的意识慢慢地涣散，任由他一寸一寸地吻着我，竟产生了幻觉一般，清晰地听见他柔柔地唤着我。

他好像做错了什么事情一样。

“桐桐……桐桐……”

他试图用炙热的吻来掩饰他的害怕与不安。

酒精的麻醉，现实的无力，让我的身体很快在他的挑逗下沉沦。他用他的嘴唇、他的身体百般讨好着我。技术精湛，比三年前突飞猛进。

我不停地哭，他就律动得更加疯狂。我哽咽得噎住气，他就更用力地吻我。我的指甲陷入他的肩膀，他就咬住我的耳唇。我敌不过他，终于在他的身下呻吟出声……

时间仿佛过了一个世纪那么久，又像只有激情燃烧的一瞬间。当一切平息下来，窗外已经泛白，新的一天又开始了。

晨光从窗户射进，当阳光射到我的脸上时，我不禁被那温热的光线唤醒了。我眯着眼睛，伸手挡住了光线，转头看向窗外，才知有人把窗帘拉起了，再看向床的另一边，那里早已不见人影。

我对着天花板发呆了片刻，思索着应该如何看待昨天晚上发生的一切。

最终，我放弃了在这种没有答案的事情上浪费时间，跳下床，跑进浴室，将自己清理了一番。我知道，无论你昨天发生了什么，每天早晨天依旧会亮，地球依旧在转，所以，生活还得继续。

床上有一条新连衣裙，看来楚梦寒还算没有赶尽杀绝，好歹让我能体面地从酒店里走出去。

我换好衣服，拿起自己的包，来到马路上。

看着忙忙碌碌的人群，这一刻，所有的图像都好像变成了黑白的胶片，而我的人生在这黑白的世界里，像陀螺一样旋转着，却不能失去方向。

我，萧桐桐，来自中国苏北一个小地方。我们村里，几乎所有人都羡慕我父母供出了我这么一个大学生，虽是女孩，也照样光宗耀祖，眼热了无数的父老乡亲。看到了我，妈妈仿佛就像看到了挂着人民币的摇钱树。

妹妹只比我小两岁，成绩也很好，可是因为家里只能供一个人念大学，她便放弃了读书的机会。因此，上了大学的我就是爸爸、妈妈、妹妹、弟弟，全家所有人的希望。

不负众望，半年前，我终于在镇上为家里买了商品房，月供2426元，期限十年的。我自己每月的房租是一千八百元，再除去生活费、交通费、通讯费，我每个月银行卡上所剩不多。另外，我还要支付用于继续深造的学费。表面上，我是美丽端庄的白领丽人，可实际上，我依旧是连漂亮衣服也舍不得买一件的赤贫阶层。

革命尚未成功，小女子仍在努力，可脱贫已经不能满足妈妈的愿望，如今她最大的心愿，就是想以我的美貌做嫁妆，嫁个有钱人，彻底让家里洗底致富，这也是她当初极力反对我和楚梦寒在一起的原因。为此，当年的楚梦寒还真没少遭妈妈的白眼儿。她想不明白呀，我这么一个如花似玉的女状元，怎么就跟了他这么一个家境平平的毛头小子了呢?

楚梦寒永远也不会知道，那个夜晚，我跪在院子里，冰冷的雨水把我浑身淋透，我求妈妈，动员弟弟和我一起求她，拍着胸脯做保证。最后，她抽了我一个耳光，勉强答应了我们的婚事。

往事不堪回首，不堪回首呀。

自怜不是本姑娘的作风，我比较喜欢在绝望的时候，想一点高兴的事情。再过一年半，我在职研究生的课程就修完了。虽然在这个城市里，学历不怎么好使，可毕竟是一个希望。生活是艰辛的，但未来总是美好的。人应该给自己一个希望，哪怕是每天去买一注彩票。人有了希望，才不会绝望。

楚梦寒，我麻醉着自己，还是不可抑止地想到了他。不知哪本杂志上曾经写到过:“分手后，不能做朋友，因为彼此伤害过;不能做敌人，因为彼此深爱过，所以，只能做最熟悉的陌生人。”我不想继续恨你，你也不要再来伤害我，我们彼此放过，从此就做一对最熟悉的陌生人。

我拿出手机，按了一下开机键，几秒钟后，信号恢复。我颤抖着双手，准备拨一个三年来已经陌生的号码，却有一个电话打了进来。

“蒋师傅。”

“桐桐！你昨晚去哪了？他们对我说，你让他们转告我，你和一个朋友先走了。我晚上给你打电话，一直关机，今天上班也没有看到你，你现在到底在什么地方？”

虽然只是在讲电话，我也能感觉到一向温文尔雅的蒋师傅口气里的担心和怒火。

“嗯，蒋师傅，我没事，昨天和一个朋友聊得太晚了，我马上就到公司了。”

我一边说，一边伸手拦了一辆计程车。

今日事，今日毕，拖泥带水对我可是一点好处也没有。我决定赶回公司，找那些相关人好好谈谈。

如果真是干不下去了，我还得第一时间去找工作。也许什么事情都可以商量，可每个月银行的贷款是绝对不能商量的，晚一天，信誉记录上就抹上了一道黑色，几个月不还，就要有人来收房了。“由俭入奢易，由奢入俭难”，若是让我老妈从新房子里搬回平房去，估计还不如杀了她。当然，现在我家之前的房子也早就卖掉了，如果房子被收走，那全家就得住大街。

我决定先去公司，再去找楚梦寒。

昊天公司占据了大厦的26、27、28三层。以往，每天若不早到十几分钟，都会因为挤不上电梯而不能赶在上班时间之前按指纹。今天错过了上班时间，大厦的电梯并不拥挤。在我进入电梯的一瞬间，正好看到楚梦寒从另一部电梯内走出来，打着手机，匆忙地离开了大厦。

我脑子里都是昨晚和他纠缠的情形，身上还到处都是他留下的痕迹。我心中紧缩了一下，手心都是汗。我努力集中精力，反复想着要不要冲出去追上他，可电梯已经合拢了。

我在27层，我直接按了28层的按钮，因为人事部在那里。

我穿过工作区，来到右手边一处独立的办公室前，轻轻叩门。

“请进。”是刘梅的声音。

看到我的那一瞬间，她面部的表情明显僵了一下，然后立刻挂上周到的笑容。

“桐桐！”她做贼心虚，站起身替我泡上了一杯咖啡。

我并不想和她周旋，开门见山地说：“刘经理，昨天晚上的事，我需要一个解释。你也是女人，有一句话，女人何苦为难女人。你这样做，一点都不觉得羞耻吗！”

刘梅听我说完，不以为然地耸了耸肩，整个人靠向了椅背。

“OK！桐桐，你这样直接，我也就不再绕圈子了，是我把你送到酒店去的。楚总年轻有为，相貌出众，是典型的钻石王老五，而你单身未嫁，又是同一所大学的校友，如果你们能有发展，也是一件美事。若从法律上讲，就算我搭错了桥，我也只是将你送到了酒店而已，之后发生了什么事，只有你们两个人知道。你有权报警，我一定配合调查。”

她在我的脸上寻不到答案，沉默了一会，又摆出了一个无奈的手势。

“若从公司的角度讲，你也应该理解我。职位再高，也只是个打工的，我只是听从安排而已。”

她一边说，一边用手指了指旁边董事长的办公室。

我仔细琢磨着她分析的这几个方面，这件事，她居然说得有理有据，我不得不佩服她。若认真追究，我毫无胜算。报警？我和楚梦寒至今还保留着一定意义上的法律关系，到时，警察还不骂我是精神分裂？

三分钟后，她得意地一笑，从抽屉里拿出了一套文件，推到了我面前。

“这是我们公司与TPC合作的计划书，公司的意思是让你也参与到项目中来。”

“我可以拒绝吗？”

“我们公司的企业文化是不失职，不越权。这是公司高层的决定，我想你不能拒绝。”

“那我可不可以先请几天年假？”

“可以，当然可以。”

她答得这么干脆，一定是记得我今年的年假还只有三天而已。

我抱着沉沉的计划书，临走的时候，回过头说：“我会保留保护自己权利的法律手段。”看着刘梅几秒钟的惊愕，我的心脏小小地舒坦了一下。

我真怀疑是楚梦寒有意暗示公司这么做的，他才是万恶之源。

回到我的位子上，我开始整理自己的东西。

桌上摆着的是去年公司司庆时我们设计部所有同事的合影。那个笑容灿烂的女生是我，我用手搂着沈欣欣的肩膀，另一个男同事搂着我，以此类推，好一个朝气蓬勃的工作团队。

看着看着，眼睛有点疼。那时，一个刚刚毕业不久的女生，独自在这么一座大城市里讨生活，没有亲人，没有朋友，尤其是每到夜幕降临的时候，那种外乡人的孤独感就特别强烈。公司是唯一让我有归属感的地方，别人不愿意加班，我抢着加班，别人不愿意做的工作，我从不拒绝，这里几乎是我三年来生活的全部。低头工作之余，抬起头，入眼的是银灰色的工作隔断，我一直想着自己要和公司一起成长，一起壮大。

三年了，我知道自己一直爱着这份工作，爱这个公司，没想到离开时，竟会这么的不舍得。

沈欣欣经常说我一根筋，情商高得不是地方。如今这个社会，像我这么弱智的人几乎绝种了。可能我真的缺心眼吧，否则这么努力向上，怎么会搞得自己离婚又失业……

“桐桐，你在做什么?”

蒋师傅的声音突然在身后响起，吓了我一跳。

我想辞职的事情还不能告诉蒋师傅，不是我不够意思，我实在是没法解释我想辞职的理由。

“呃，蒋师傅，我想把今年的年假休完，刚填了请假单，估计要到下午，他们才会拿给你签字。我……正简单收拾一下东西。”

“你要请假?”他很惊讶。

“家里最近有点事，需要点时间处理一下。”

他没有问需不需要帮忙，因为之前家里的一些事，他问过我几次，我都谢绝了。可能是因为在家排行老大的缘故，我这个人比较喜欢帮助照顾别人，对别人的好意，总感觉很不好意思，不愿欠别人的人情。

我活了这二十几年，连父母都没有绝对依靠过，唯一想全心全意依靠过的人，只有楚梦寒。谁知，希望越大，失望越大。楚梦寒这个恶魔！

蒋师傅非要请我吃饭，我拒绝不了，下班后，在自己的座位前等他。亦师亦友这么久，此刻，我想，我对他也是很舍不得的，心里空空的，酸酸的。

人几乎都走光了，蒋师傅才从办公室里匆匆地走出来。

“等久了吧？”

他在办公室只穿着白衬衣、黑长裤，没有打领带，极简单的装扮，看起来却是那么令人赏心悦目。他微笑着说：“有一个客户，公司让我今天出面接洽一下，大概需要一个小时，然后我们一起去吃饭。”

“你不用跟这个客户吃饭吗？”

“嗯，不用，他们今天还有事，但又等不到明天，所以才临时决定的。”

蒋师傅一向很忙，但说话一向算数，和他在一起，永远会让你感觉很踏实。

我把头靠在副驾驶的靠背上，目光飘向窗外。

“蒋师傅，这条路可以游车河吗？”

蒋若帆笑了笑，一转方向盘，车子急转弯，向河岸边的快速路驶去。

车窗外星河璀璨，闪耀着一道道流动的光，好似时间的脚步，才一失神，它就已经走了好远。

蒋师傅，你知道吗？几年前，我刚毕业，来到这座城市，举目无亲，找不到工作，好羡慕那些开着私家车上下班的都市白领，觉得和爱人一起游车河是一件时髦又浪漫的事情。

第一章
三年，一千零九十五天

我想起那年来到 A 市时，在这条著名的河边，楚梦寒拉着我的手说："桐桐，总有一天，我们一定会生活得比任何人都幸福，别人有的，我们都会有……"

那时，我幸福得可以抛下整个世界。

可不知道从什么时候开始，幸福就像指尖的细沙，越想抓住，反而流失得越快。

当车子停在一座大厦前时，我有些昏昏欲睡了。蒋师傅替我带好了车门，一个人走进了大厦。

大约过了半个小时左右，我的电话响了。

"桐桐，"是蒋师傅的声音，他有些着急地说，"我车子里有一个黑色的文件袋，麻烦你帮我拿上来好不好?"

"好的，蒋师傅。"我一边听电话，一边已经找到了那个文件袋，"在多少层？我马上过去。"

"在 20 层，TPC，A 城分公司，他们前台还有人，会领着你找到我。"

TPC?!

天哪！

我犹豫着自己到底要不要上去。

我并没有做过什么对不起楚梦寒的事，我为什么要偷偷地躲着他呢？这三年里，我也是堂堂正正的，我一步一个脚印地用自己的努力和汗水在这个城市里生活下来。昨晚的事，完全是拜他所赐。既然这样，正好可以找个机会和他约一个办手续的时间。

前台小姐带着我走到一间巨大的玻璃墙隔成的办公室前。

我看见蒋师傅正和两个人热火朝天地讨论着什么，其中一个人，我用脚尖也能认出，正是楚梦寒。他此时的表情极为严肃，一边说，一边用手里的签字笔在A4纸上画着什么，在做注释。

我还是第一次看见他工作时的样子，可是也并不觉得陌生，反而有一种熟悉的感觉。读书的时候，他每次和我讨论习题，也总是这种神态。无论什么事情，他几乎都是认真对待。我的成绩就很好，他的成绩更好，所以，毕业时，我们才会满腹自信地跑到A城来闯天下。

“咳，咳。”前台小姐一副见怪不怪的表情，我想她一定误会我对着她们楚总犯花痴了。

我尴尬地笑了笑，看着她敲玻璃门。

“桐桐。”没等其他人开口，蒋师傅就已经站起身向我走来。我用余光看到，楚梦寒在看到我的那一瞬间，明显惊愕了一下。

我把手里的东西交给蒋师傅。

“桐桐，谢谢！”

他接过东西，又引着我向老板桌正中和左侧的两个人介绍：“这是我的同事，萧桐桐。桐桐，这位是楚总，你昨天见过的，这位是马工。”

我主动伸出手，楚梦寒倒也很配合地和我握了握手。他旁边的那个马工是个三十左右，戴眼镜的男人，他笑着对蒋师傅说：“若帆，你们昊天集团的女同事是不是都这么漂亮呀？如果是，我要考虑换工作啦。”

我无意听他们男人之间的打趣，礼貌地退后一步，说：“蒋总监，你们忙吧，我先走了。”看来他们一时也谈不完。

“桐桐，我们快谈好了，你在外面等我一下。”

蒋师傅似乎并不愿意把定好的一起吃晚饭的事取消。

“若帆，这位该不会是你女朋友吧？你小子近水楼台先得月啊，老同学也保密？”

难怪这个马工和蒋师傅这么熟络，而公司也特意安排蒋师傅来接洽 TPC 的项目，原来他们是同学。

我看到楚梦寒这时似乎想到了什么，脸色突然难看起来，冷冷地重新打量着蒋师傅。他的表情突然变得有点莫名其妙，嘴角一弯，对着蒋师傅说：“蒋总监，若是没有太重要的事情，今晚我请二位吃饭吧，我想这个计划一时半会我们也谈不完。”

蒋师傅看起来有些为难。我想，项目方的负责人请吃饭，作为服务方，应该是求之不得，无论如何也不该拒绝吧。蒋师傅一向敬业，但这个时候却有点迟疑。

我连忙说：“蒋总监，我还有事。”

我暗示着蒋师傅。

他虽然不知道我和楚梦寒的关系，但一定知道我非常讨厌应酬。

“萧小姐不用客气，我们昨天跳过一支舞，应该也算是朋友了。”

没等蒋师傅开口，楚梦寒居然不紧不慢地说出了这句话，眼睛还顺便瞥了撇我的衣领。这件连衣裙是他早上替我买来放在床上的，不知是巧合，还是他特意吩咐侍应生选的这件有领子的裙装，正巧能把他留在我脖颈上的痕迹遮盖住。

他就这一眼，我脑海中仿佛又浮现了昨晚他疯狂吻我时的样子，不放过我身体的每一寸，像是要把我生吞了一样。那些感觉潮涌一般，让我心里一阵异样。

我的手心又渗出汗来，我几乎有点装不下去了。可就在这个时候，手机的铃声从桌上传来。

楚梦寒拿起电话。

“喂?”

电话里似乎没有回应，我却看见他的目光投向了玻璃墙外。我们都顺着他的目光看去，一个端庄美丽的女人正合上电话，隔着玻璃墙，笑盈盈地看着他，随意指了指旁边的一个座位，然后就坐了过去。

这个女人不是我在商场看到的那个。

我的心里一下子有什么东西燃烧了，却又熄灭了。

我没有再继续拒绝，我想，这应该是我与楚梦寒最后的晚餐吧?

马工因为要赶飞机，共进晚餐的就剩下了我、蒋师傅、楚梦寒，还有这个陌生的美丽女人。

我们去了一家西餐厅。

用餐时，我知道楚梦寒身边的那个女人叫康然。朦胧的灯光下，我暗自打量着她。她不属于那种美艳型的女人，她脸上很清爽，基本没有化妆，只是淡淡地涂了一点唇膏。她举手投足间有一种很温柔婉约的韵味。她很迷人，很有魅力，我给楚梦寒的女友打了一个高分。

两个男人还在就那个合作计划交谈着。

看着他们杯子里的红酒，我微微皱了皱眉，忍不住提醒：“蒋师傅，你不是还要开车吗?”

楚梦寒醉不醉，我管不着，可蒋师傅，我却不能不去提醒。

康然看了看楚梦寒，甜甜一笑，把头扭向我：“没关系，我们牺牲一下，一会开车送他们好啦。”

她是他的女朋友？那那天在商场内挽着他胳膊的那个美艳女人又是谁呢？

我自嘲地弯了弯嘴角，一下子释然了。看来这三年木姑娘自关心门，感情世界一片空白，而他楚梦寒则是七彩世界，夜夜斑斓。难怪这三年来会音讯全无，连回到A城后，也抽不出时间来找我，原来如此！

知道我不会开车，蒋师师傅笑着说：“没关系的，桐桐，一会就把车子放在停车场，我叫的士送你回去。”

无意间迎上楚梦寒的目光，他嘴角弯起。

是嘲笑我吗？想笑就笑吧，这样的机会我想以后应该不会再有了，我永远不会再给你嘲笑我的机会了。

我心里这样告诉着自己，一失神，手背上突然传来炙热的疼痛。

“桐桐！你没事吧！”

蒋师傅紧张的声音从我耳边传来，几乎是同时，他拉起我的手，放在嘴边，轻轻地吹了两下。

这个动作很夸张，甚至有些搞笑，却是最真实的第一反应。就像小时候还没有任何自我保护能力，不小心弄伤了自己，跟在身旁的大人，都会下意识地在小孩子的伤口处轻轻地吹着，而孩子也认定了那样做伤口就真的不会痛了，甚至经常还嫌不够，对大人说：“吹吹，吹吹，还痛……”

呼，呼，我的鼻翼两侧有点发酸，若不是环境不允许，我想我真的要掉泪了。虽然经常被一种倔强的力量支撑着，可是也难免在有的时候，感觉需要被关怀，被呵护。我想那个“难免有的时候”说的就是我现在所经历的这个时刻吧。

“对不起，对不起，真的对不起……”

来送浓汤的服务生不住地点头道歉。这家餐厅档次很高，来这里用餐的人非富即贵，这个服务生紧张得脸都变色了。

很快，餐厅的经理也赶了过来。

我收回了被烫伤的手，对那个经理解释说：“不关他的事，是我自己不小心撞到他的。”

虽然手背很红，但我想擦一点药就没事了，如果这个年轻人因此工作受到了影响，我一定不能安心。

“你们马上去找一点药来！”

楚梦寒早就站了起来，面色难看，口气很冷。

那个经理立刻带着刚才烫到我的服务生去了他们的工作区，而我也抹在这个时候去了一下洗手间。一点点小意外，根本不算什么，我不想让自己成为本来安静的餐厅里大家的焦点。

当我走出洗手间的时候，在餐厅拐角处的吸烟区看到了正在吸烟的楚梦寒。他居然也学会吸烟了。

四周很安静，那里只有他一个人，大堂里放着一首老歌——《昨日重现》。

我愣了一下，最后一步一步向他走了过去。我想在这个时候说清楚一些事情应该还算适合吧。

“When I was young, I'd listen to the radio.

Waiting for my favorite songs.

When they played I'd sing along, It make me smile……”

音乐很煽情。电影里每次放这首歌的时候，都是久别重逢的俊男美女在颇有情调的咖啡馆里，无意间重逢，男女主角不知谁先开口说一句张爱玲经典的台词：“原来，你，也在这里……”之后，两人紧紧相拥，功德圆满，电影华丽落幕。可我们却截然相反，重逢不过是为了更彻底地分离。

我走得很慢，脚步也连带得有些沉重。

终于走到了他的面前，我竟然暗自在心里长长地松了口气，缓缓地说出了我的想法。

“楚梦寒，你明天和后天哪天有时间，我们去把手续办了。拖得太久了对大家都没好处。”

他没说话，沉默了很久后，把手中的烟蒂用指头掐灭，扔进了烟缸里，戏谑地笑了笑。

“这么想和我撇清关系，就是为了蒋若帆吧？他就是你昨天晚上连喊了三遍的蒋师傅？”

提到昨天晚上，我感觉自己就像在众目睽睽之下被人扒光了衣服，难过又难堪。而他，充满挑衅的目光，看向我的领口，似乎是在寻找那些痕迹。

来不及发作，他居然又抢着开口了：“既然这么着急，三年了，你为什么不打电话找我？时间，这三年我都有，偏偏现在没有了！”

“那你是什么意思？！难不成你不想离婚了？！”

我咬牙切齿，他什么意思！求婚是他！离婚是他！今天反悔的，又是他！他在玩猫捉老鼠的游戏？是可忍，孰不可忍！

“楚梦寒，我们好歹都是接受过高等教育的人。分居两年以上，就可以申请离婚。我们当初是自由恋爱，就算离婚，也没有必要真的告上法庭，反目成仇吧！”当初呀当初，真是悔不当初。我忍耐着，继续耐心地说，“如果真的上了法庭，说不定你的财产还要分我一半。你都当上执行总裁了，这点常识应该不会不懂，所以，我们还是低调一点，受益的是你。"

楚梦寒冷笑一声，反驳我："分居两年，无过错方可以向法院提出离婚申请，并要求分割夫妻共同财产。而你，算得上是无过错方吗?"

这句话才是重点。

逻辑思维一向不错的我顿时恍然大悟：他突然变卦的原因不是别的，应该是误会了我和蒋师傅的关系。像他那么骄傲自大的一个人，事隔三年，出现在我面前，发现我离了他不但没有被折磨得不成人形，反而活得好好的，还找了一个优秀的男人，他自觉失掉了面子，怎么会愿意"成人之美"呢?

闪婚的结局就是到了离婚时才发现，原来你对和你结婚的这个人根本就一点也不了解。明明不爱我，却还不放过我，他是这样的人吗?

"那你想怎么样?"

我想我的愤怒很快就压抑不住了。

他也有些烦躁："等这个项目结束时再说吧!"甩给我一句话，头也不回，匆匆离开了。

这个曾经要给我安定生活的男人，不但没有兑现过承诺，还在再次出现的时候，把我本来平静的生活再次搅乱，几乎让我又失去了所有。我真想像当年那样，好好和他大吵一架，可想起明天还要去逛招聘会，我还是放弃了这个念头。

才走了几步，却看见康然站在洗手间不远的地方看着我，不知道已经站了多久。

"萧小姐，我们可以单独谈几分钟吗?"

“当然可以。”

她很客气，我也没有拒绝的理由，虽然我知道，她想和我谈的一定和楚梦寒有关。

我重新打量她：米黄色的小套装，很适合她的气质，式样看似普通，可细心一看便能发现做工相当讲究，肯定不是便宜货。看得出，康然是一个优雅，并很有“味道”的女人。

“我不是梦寒的女朋友。”

呃，我眨眨眼睛，瞪着她。我无论如何也想不到，正在我欣赏美女之际，这位康然小姐居然这样直白地和我说了这句话。

我一时语塞，期待下文。

她从化妆包里掏出一个精巧的银色金属烟盒，轻轻按了一下，从里面弹出一支细长的女士香烟，她夹在手里，另一只手翻开打火机的盖子，艳丽的火苗“砰”地闪出，在她的脸上映出了光晕。她把红唇凑过去，吮住香烟，深深地吸了一口。好似幽幽地叹息般，白色的烟雾从她的口中慢慢吐出。

她的手指白皙修长，整个动作一气呵成，她浑身散发出那种成熟、迷人的魅力，让我根本移不开眼睛。也许从这一刻起，我可能要改变了认为女人吸烟很不正经的古板看法，原来女人吸烟也可以这样迷人。

曾经，在还是小女生的那个年代，我特别喜欢看相貌央俊的男人吸烟，无论是在电视上，还是在现实生活中。我觉得他们夹着香烟，若有所思，轻轻吐出烟雾的样子，非常非常帅，以至于我在和楚梦寒恋爱之初，曾经颇有遗憾地对他说：“你为什么不吸烟呢?”他很惊讶，有点像看怪物一样看我，然后不以为然地吐出两个字：“戒了!”

我当时没有拆穿他，其实我早就从他一个高中同学那打听过，楚梦寒在高中时代就是幼稚少年一个，很多人都吸烟，他却从来不沾，上了大学，更是如此，品学兼优，作风端正根本就是他楚梦寒的代名词。不过，那好像已经是上辈子的事情了，他已不再是原来的他，而我，也不再是原来的那个我了。

收回思绪，却看见康然也正在仔细地打量着我。

我假笑了一下，说道："康小姐，好像没有必要和我说这些吧？"

"有必要！"她简单扼要地说了三个字。想不到，下一句话更是雷人，她说："我是他的女伴，也是他众多床伴的一个。"

我终究还是涵养不够，时至今日，听到从别人的嘴里说出关于他的这样一句话，心底有什么东西慢慢地沉了下去。那是一种类似于窒息的感觉，让我几乎承受不住。

康然显然看出了我的不自然，她的眼中这才带出了笑意。

"梦寒用了三年的时间坐到了这个位子，压力是很大的。执行总裁，薪水再高，也只是个高级打工仔，能力再强，压力也需要释放，同为都市男女，我们夜晚互相安慰寂寞的心灵，天明整装待发，重新做回英勇的斗士。"

在我还没有完全把她这歪理邪说消化时，她又说了一句更雷人的话，把我定在了原地。她说："萧小姐愿意加入我们吗？"

康然迷人的笑容这一刻让我觉得刺眼。

也许当初我嫁给楚梦寒的时候，并不是完全了解他，以至于在婚姻的道路上败得一塌糊涂，可我主观上还一直有一种潜在的意识左右着我，不愿意去承认什么，甚至还对他有着那么一丝丝的期盼。可是现在，我再也无法把我认识的那个楚梦寒与现在康然口中的那个男人联系起来。三年的时间，已经把我们彻底分成了两个不同世界的人，与贫富无关，与地位无关，用最通俗的话解释，可以说，我们已经不再是一路人。

我摇摇头，回答她："康小姐这个玩笑开得一点也不好笑，我对这个话题不感兴趣，更谈不上什么加入你们！"

"如果不想，就离梦寒远一点，不要因为自己一时的虚荣心而毁掉已经到手的幸福。"

她是在说我和蒋师傅，不过，我听她这句话的口气，更像是在警告我些什么。

回到了座位。

这个时候，我几乎失去了任何应酬的能力，只顾埋头吃着盘子里的牛扒。

有点冷场。

过了一会，听蒋师傅笑着对我说："很少看见现在的女孩子能够把盘子里的一份牛扒完全吃完，不是怕长痘痘，就是怕长胖，像你这样的女孩子，几乎已经绝迹了。"

我呵呵一笑，道："那是真正的淑女。需求层次论很精辟，人总要先满足了基本需求，才能去追求更高层次的享受。我目前还处在金字塔的最底层，没有多余的钱贡献给其他，所以，要先填饱肚子。对我来说，身体健康比外表美丽更重要。"

不知道是不是我看错了，楚梦寒看着我把最后一块牛扒报仇雪恨似的放进了嘴里，嘴角微微上扬，好像是在笑。

晚上回到了自己的窝里，我冲了一个热水澡。第二天是我三天年假的第一天，我却要比平时还要早起一个小时，因为体育中心举办的高端人才交流会会吸引本城几乎所有自认为是人才，却还没有找到工作的高才生们，还有那些在职场中郁闷、不得志，准本奋勇跳槽的各界精英。当然，还有那些为了寻求职业敏感度，本来干得好好的，非要评估一下自己市场价值的“神经病”们。我几乎能够预想到明天招聘会上人挤人的惨烈状况。

想早点睡，可老天爷似乎非要和我作对一样。隔壁几天前新搬进来的一对男女此时正在激烈地做着成人运动。这个楼房的隔音效果一向不好，女人娇喘的声音刺痛了我的耳朵。我想起了昨晚……我愤怒地一下子用被子把自己的头死死盖住。脑中再次想到了康然所说的那个词——床伴，这个时候，他在做什么？是不是也正和他的床伴运动着？

招聘会果然没有让我失望。九点钟进场，经过将近三个小时的拼杀，走出体育中心时，我真像刚刚打完一场战役，浑身疲惫，只想找个地方填饱我的胃。

走进街边的“加州牛肉面”，点了一碗拉面。

旁边的那桌正上演着佳人有情，怎奈郎心似铁的老套桥段。

美女嘤嘤地哭泣着：“你记不记得，上大学的时候，我们经常来这里吃饭。我一直记得，你最喜欢吃这里的‘海带丝’。吃完饭后，我们一起散步……你曾经对我说的每一句话，我都记得。你说你爱我，你说你要和我结婚……你现在怎么都不记得了？”

这时，我的面已经上来了。我拿起筷子，夹着面条，送到嘴里，心想，那美女喋喋不休地说了这么久，怎么那男的既不恼，也不说话，怎么只是一直在傻笑？仿佛正在上演的这出戏的男主不是他。

美女已经急哭了，拿起桌上的餐巾纸，不住地擦眼泪："我知道，当时我出国的决定伤了你的心，可正因为我去了法国三年，才知道，我是有多么爱你。那里的生活一点也不浪漫，华人留学生无论怎样也无法融入他们的生活圈子。我一直很孤独，很寂寞。几乎每个晚上，我都要想着你，才能入睡。"

呃，原来是这个女人三年前先甩掉的这个男人，现在又要吃回头草?

正想着，那男人终于开口了："小莹，我很高兴你能回来，你哭什么?"说着，竟然替她抹起眼泪来。

谁知，那女的听他这么一说，哭得更厉害了："我要和你在一起!"

"我们不是已经在一起了吗?"男人懒洋洋地答。

"我要做你的女朋友，我要你娶我!"女人有些激动了。

"我没说你不是我的女人。"男人依旧在笑。

"那为什么情人节、七夕、你的生日，你都不肯让我陪你，而是第二天才让我去找你!"

"咳，咳。"牛肉汤烫到了我的嗓子。

男人斜睨了我一眼。他长得很有品阶，只是有点嚣张。

"周正，你什么时候喜欢那种女人了!你说过，最喜欢的是我!最喜欢吃我烧的菜，最喜欢我穿白色连衣裙的样子……"

女人已经有点歇斯底里，胡言乱语了。

这个叫周正的男人缓缓开口，笑着吐出了一篇大论："小莹，三年的时间，很多事都已经变了。比如说，我三年来，从来都没来过这种面馆。你拉着我来这里回忆过去，我只能说是配合。我当年很喜欢你烧的菜，可也并不排斥别人的。至于你穿白色连衣裙，我喜欢，可是，我现在更喜欢女人穿的衣服是‘皇帝的新装’。我们眼下的这种相处方式，你如果喜欢，就继续，如果不喜欢，就不要再来找我。”

“周正，你是在报复我，对不对?”女人的眼中写满了不甘和愤恨。

周正无奈地摇摇头，站起身，走了出去。

“周正!”那女人喊不住他，拿起包追了出去。

他说得很无厘头，可有一句话很对，三年的时间，很多事情都已经变了!

第二章
你依然是我心中的那根刺

回到家中，我又在网上投了一些简历。

我可能是心太急了，一直精神紧张地守着手机，生怕错过了任何一个面试机会。一朝被蛇咬，十年怕井绳，当年找工作时留下的阴影至今让我心有余悸。虽然有了三年的工作经验，可找工作时的要求也和当初大不一样了。那时，只要能养活自己，在遵纪守法的前提下，做什么工作都没有太多的计较，对薪金的要求也很低。可三年后的今天却是不同了，昊天集团的待遇在业界是数一数二的，眼下正值全球经济危机，我换工作，未必能得到现在的待遇，所以只能多找几家，再综合比较。

哪知等到了第二天的下午，居然连一个面试电话都没等到。我记得以前的经验是，一般，招聘会投过简历的前三天，用人单位会打电话给你，越往后，机会越渺茫。

我坐在沙发上默默地发呆。这样的姿势基本上持续了一个小时之久，终于，我手中的手机响了。当时真有一种想亲吻手机的冲动，可看清了手机屏幕上的号码，眼中的火花又“嘶”的一声熄灭了。

电话的另一端传来妈妈的声音：“桐桐！你爸住院了！”

晴天霹雳！

我从沙发上跳了起来。

妈妈的声音在发抖。

自己的爸爸，我是很了解的，平日里感冒、发烧他都不爱吃药，这次居然严重到住院。

“妈妈，爸爸到底怎么了？我马上回去！”

一边说着，我已经跳下沙发，冲到了衣柜旁。

“桐桐，你爸爸今天早上突然在家里晕倒了，救护车把他送到医院后，直接把他送进了抢救室。之后，大夫没让我们见面，就直接把他送进了重症室。一天，只在下午四点有半个小时的探病时间，到现在我也不知道你爸爸怎么样了，呜呜……”

妈妈一边说着，一边在哭。

妈妈对我们姐弟三人一向很凶，从小到大，我们挨打挨骂根本就是家常便饭，可唯独在爸爸面前，妈妈永远是温柔体贴的。现在，身体一向健康的爸爸住进了医院，妈妈怎么能受得了呢？

“妈妈，你快告诉我，爸爸怎么会病得严重到需要抢救，还被送进了重症观察室？”

她立刻激动了起来：“桐桐，你爸爸是心肌梗塞，大夫说要立刻进行心脏搭桥手术，要快！越快越好！否则随时都有生命危险。”

我的脑子“嗡”的一声，登时一片空白。

怪不得爸爸要被送进重症室，这种要命的病，随时都有可能发生生命危险。

“桐桐，你先别急着赶过来，医院让我们去交五万块钱的押金，我这里只有你过年时拿回来的八千块，你赶快想办法，你爸等着救命啊！”

我把已经拿在手里的衣服重新扔回了床上。

是呀，没有五万块钱，医院是不会给爸爸做手术的。自己的银行卡上只有三位数的余额，筹不到钱，回去又有什么用呢？

人生就像一场充满悬念的戏，你不知道明天，甚至是下一分钟，你的人生将发生什么改变。

中国人有不喜欢借钱的传统，我从小生活的环境也极受这种传统的影响。我妹和我弟都属于“超生”，因为妈妈好强，立志一定要为萧家生一个儿子。到弟弟出生时，我家所有的积蓄几乎都缴了罚款。从那时开始，我家就在“钱”这个问题上没有翻过身。可即便再困难，妈妈也坚决不向别人借钱。

潜移默化地受到母亲的影响，借钱在我的心里是一件极为丢脸的事。活了这么多年，除了银行以外，我还真是从来没向别人借过钱，更别说是这么多钱。五万块！一天之内拿到！我想我要急疯了。

坐在床上，脑子里第一时间想到的竟然是楚梦寒的那张脸。其实，这三年来，我每一次陷入困境的时候，第一个想到的，都是他。很多时候，习惯就像是鸦片，一旦沾染上，就很难戒掉。自从我和楚梦寒交往开始，一直到我们分开，我都是那么的依赖他。记得有一次，清晨，我躺在宿舍里，刚刚睡醒，刚要坐起来，就是一阵天旋地转……

我一直颈椎不好，那天是最严重的一次。等我再睁开眼睛的时候，楚梦寒已经坐在了我的床头。当时真把我吓了一跳，那是全校闻名、古板内向的楚大帅哥呀！他居然出现在了女生宿舍里！而那些室友都齐齐地人间蒸发了，偌大的宿舍里只剩下我们两个人。那时我们刚刚交往不久。

我问："你怎么来了？"

他说："听说你晕倒了，我就赶来了。"

"这里是女生宿舍，你怎么也来了？"

"以后，只要你需要我，无论哪里，我都会赶来！"

这三年中，我虽然也曾无数次地陷入困境，但凭着自己的不认输，我一样挺了过来。可是现在却不一样，我从来没有像现在这么无助过，绝望过，因为，不是我自己需要，那是我爸爸的救命钱。

在普通的同事中，一天的时间内借到这么多钱几乎是不可能的。沈欣欣的经济状况比我还差，她不会有钱借给我的，而蒋师傅……我想他是会借钱给我的，可我不想向他开口。我不是没有被人喜欢过，多少能知道蒋师傅对我的感觉，所以，我不想在我们简单的关系中牵扯到"金钱"这两个字。

我颤抖地划着手机，在这短短的几秒内，我想到了楚梦寒在商场里眼都不眨一下地花掉了一万多块给女人买衣服的情形，我想到了那天晚上他说的"你只是你们公司送给我的礼物"，我想到了康然口中所说的"床伴"，可到了这个时候，我才知道，我宁愿让他挖苦我，轻视我，也不愿意和其他的男人纠缠不清。原来，我还是这么的没出息。

第二章
你依然是我心中的那根刺

我不知道自己鼓起了多大的勇气，怀着一颗怎样卑微的心，打通了这个电话。

手一直在抖，电话那边迟迟没有传来声音，我的心浮到了半空中。

就在我即将挂上的时候，电话接通了。

“喂?”

电话的另一端传来一个女子的声音，带着丝丝的妩媚。

我先是一怔，随即心跳加速，只听到对方说：“您好，请问是哪位?”

这个女子的声音很熟悉，若是没有猜错，应该就是那天楚梦寒身旁的康然。我没想到接电话的不是楚梦寒本人，而是一个女人。

外面的天色已经渐渐暗了下来，我的心情也随着夕阳淡去的余晖而更加晦暗。

看来楚梦寒的手机里并没有存着我的电话，否则，康然看到来电显示，是不会这样问的。

“请问楚梦寒在吗?”

康然在电话那头沉默了几秒钟，才开口问：“你是哪位?”

“我是萧桐桐，麻烦你让他接一下电话!”

我的语气有点急，因为我实在不想和她多说一个字，尤其是在现在这种情况下。

“是桐桐呀，我是康然，你找梦寒有事?”

这个女人怎么这么啰唆！我找他当然有事，一定要让她知道吗?

我深深吸了口气，尽量保持语气的平静：“嗯，康小姐，有事，能麻烦让他接一下电话吗?”

“嗯……他现在不太方便，要不然你过一会再打过来?”

再打一次? 这通电话几乎已经耗尽了我所有的心力，还要再打一次吗?

“那我多久再打过来比较方便呢?”我傻傻地问。

她可能没有想到我会这么说，口气有点异样：“你找他有急事吗?”

“嗯，是的!”我拿着电话点了点头。

“那你等一下，我把电话给他。”听她这么说，我不禁暗自长长地舒了口气，可是电话的那一端，又传来了她补充的一句话。

“他在洗澡。”

我终于知道了康然口中的不方便指的是什么，也许，我这个电话根本就不应该打。

我突然有点恨自己，为什么没有管住自己的心!

果然，电话里清楚地传来了流水声，还有康然柔媚的语调：“寒，昊天集团的萧桐桐找你。”

楚梦寒几乎没有任何的犹豫，冷冷地道：“叫她回头再打来。”

他的口气很冷。我眼前浮现出浴室里那一男一女暧昧的情形。他一定是很不耐烦，觉得我妨碍了他们吧。

没有等到康然再次开口，我就合上了电话的。已经很丢脸了，何苦还要让自己再难堪? 三年都忍了，现在为什么还要自取其辱呢?

想着，我的泪水已经顺着眼角流了下来。有一句话说得很对：没有人会陪你走一辈子，所以你要适应孤独，没有人会帮你一辈子，所以你要奋斗一生。萧桐桐，不要哭！

我打通了沈欣欣的电话："喂，是欣欣吗？"

"桐桐，你怎么了？"她被我的声音吓到了。

听到电话里姐妹的声音，我擦干的眼泪又流了出来，"欣欣，我爸爸心肌梗塞，现在住在医院重症室里观察，大夫说要马上做手术。"

我说着又呜呜地哭了起来。

"啊？你爸身体那么好，怎么一下子得了这么要命的病！"

沈欣欣去过我家很多次，和我爸爸很熟悉。

"不知道，我很害怕，不知道应该怎么办。"

其实我知道和沈欣欣说这些也没有什么用，可我现在必须和人倾诉一下，否则，我想我会疯掉的。

"你在哪，在医院吗？"

我听沈欣欣有要马上赶来的意思，连忙说："我没有，我还在A市。"

"你怎么还不去医院？"沈欣欣顿了一下，马上意识到了什么，急着说，"是不是没有钱啊？"

我的眼泪流得更凶了，在电话旁泣不成声地嗯了一声。

"我凑凑，应该有一万块，你还差多少啊？"

没想到沈欣欣这个月光族还能有一点存款。

我擦擦眼泪，如实告诉她："妈妈已经交了一万块了，医院说做手术要再交五万押金，多退少补。我钱都花在我家的房子上了，现在只有不到一千块。"

沈欣欣一听也急了，在电话那边大骂我："你缺心眼儿呀，都不知道留点钱应急，现在有急事，哭有个屁用！"

我委屈，我哪里乱花过一分钱，每个月房贷加房租就花去了我收入的三分之二，哪里会有富余的钱，而且，在我的心里，我的父母都还很年轻。我知道他们总有一天会变老，可没有想到会这么快，更从来没有想过，他们有一天会突然在我的身边倒下去。原来我还没有准备好，他们就真的已经老了。想到这里，我竟然打了一个冷战。

“还差四万，这么多钱，一点一点借，等借到了，估计就把你爸的病给耽误了。”她沉默了一会，再开口时，语气已经没那么激动了，但听起来十分无奈，“桐桐，你去找楚梦寒帮帮忙吧，毕竟夫妻一场，他现在也有钱了，送人一条裙子，就一万多块，四万块钱，我想对他来说，根本就是小意思。现在不是要强的时候，自尊心救不了你爸的命。再说，当年你妈讨厌他，但你爸不是和他关系还不错吗？你求他帮忙，我想他不会不管的。再说，四万块钱也不是很多，慢慢还给他，也不会太久的。”

听着她苦口婆心地帮我分析、讲道理，我的心像被人戳了一刀似的：“欣欣，谢谢你！另外的钱，我会尽快想办法的。”

她最了解我的脾气，低声骂了一句：“死要面子活受罪……”

她还要继续劝我，我已经快为刚才的事情崩溃了，再也忍受不了了，哭喊着说：“我打了，他正和别的女人一起快活……欣欣，你不要再提他了，我们早就已经没有关系了，以后就算去卖血，也不会求他的！”

沈欣欣在电话那边吼一声，爆了一句粗口。

“你把卡号发给我，我一会找个时间把钱打给你。你先别急，我也再帮你想想办法。”

挂了沈欣欣的电话，我把一张建行卡的卡号发给她，心底有了一丝温暖，可是另外的四万块去哪里找呀?

就在这时，我手上的手机再次响起。我看清了屏幕上的电话号码，连忙按下接听键，几乎是立刻，电话的另一端就传来了蒋师傅急切的声音。

“桐桐，你到底出了什么事情了?”

我一下子愣住了，蒋师傅怎么会在这个时候打电话来，而且口气没有了以往的温婉柔和，甚至听起来还有浓浓的怒意。他这样的问话，让我一时间不知道该怎么回答，我还没有确定真的要向他开口借钱，我支吾着。他的语气似乎更着急了。

“桐桐，一定要和我这样见外吗?对你真的很失望！我们认识以来，虽然知道你一直封闭着自己，但我以为，我和其他人多少会有些不同，最低限度，我们也算得上是朋友了，可没想到，认识三年，在你心里，我们居然连朋友也算不上!”

“蒋师傅，不是的，我一直把你当成我的朋友，只是……”

在他的叹息下，我觉得自己好像做错了事一样。

“既然是朋友，就应该互相帮助，等我哪一天需要你帮助的时候，我想，我会第一时间打电话给你，这样才叫朋友!”

蒋师傅说得很真诚。

也许他说得很对，这三年来，我生活得太过封闭，刻意把自己和很多人隔离开来。是不是真的错了?

“蒋师傅……”

我发现自从楚梦寒出现后，我的泪腺就特别的发达，此刻，我不知不觉又已经泪流满面了。

“桐桐，沈欣欣说你出了大事，可是我问她，她又不告诉我，让我自己打电话给你。”

原来是沈欣欣。刚才说让我不要着急，她会替我再想办法，原来就是找蒋师傅。

我吸了口气，不再矫情，也没有任何矫情的资本，我轻声说："蒋师傅，我需要四万块钱，很急，最好今天就能拿到，因为……"

还没有说完，话就被蒋师傅打断："桐桐，你在家里吗?"

"嗯，是的!"

"我两个小时后到!"

他说得斩钉截铁。

我看了看外面的天色，A城多雨，天气说变就变，此时已经是阴云密布，空气里一片潮湿。

我想让他和沈欣欣一样，把钱打给我就好了，可又一想，四万块不是小数目，怎么样也应该给蒋师傅打个借条什么的。

"蒋师傅，谢谢你，可能会下雨，记得带雨伞啊。"

他在电话的那头轻轻地笑了，随即挂上了电话。

很快，一个小时过去了，中途妈妈又打了电话来，我说钱已经筹到了，让她不用着急，我今天连夜赶回去。

手机响了起来，蒋师傅这么快就到了？可拿起手机一看，原来是楚梦寒的号码。

我的血液凝固了一瞬间，他这个时候打电话来做什么？刚刚和康然从巫山看完了云雨，正神清气爽，看什么都很顺眼，所以想起了我？还有意义吗?

我把电话调成静音，看着屏幕上不断闪亮的那一串数字。

他一遍一遍地打来，每次间隔大概有十分钟左右，三次后，手机屏幕彻底暗了下去。

我轻轻地拿起手机，把楚梦寒从通讯录里删除。动作只需要几秒钟就可以完成，我却用了三年的时间。

呆呆的，不知道等了多久，我听到了楼下汽车的声响，跑到窗前，果然是蒋师傅。天空中已经飘起了雨滴，我拿了一把伞，跑了下去。

蒋师傅已经停好车，从里面走了出来。他穿着长袖衬衣，领口系着领带。这样的打扮，无疑是刚从公司赶过来。

我走近他，才发现他的脸上还淌着汗珠。

“桐桐!”

我还没有开口，他便叫住我，从身上摸出了一张银行卡，塞到我的手里：“这里面有五万，沈欣欣刚才告诉我是你爸爸病了。住院不像买东西，差钱可以不买。余额上就算少一分钱，医院也不会给病人做手术，除了基本的抢救，其他一切医疗措施都会停下来。我多打了一万，避免到时候你又像现在这样急得掉眼泪。”

他温和地笑着。

我心底暖暖的，紧紧攥着那张银行卡，好像是攥着所有的希望。

“蒋师傅，谢谢你!”

除了感谢，我不知道该说些什么。

“傻丫头，谢什么，又没说不用你还。”

他一定知道我现在心里是十分不安的。

我想了想，最后还是对他说：“蒋师傅，这么多钱，我给你打一张借条吧，我可能不能很快还给你。”

他愣了一下，笑意更深，可不知道是不是我的错觉，他的眼睛里闪过了一丝让我有些不安的情愫，要是用一个词来形容，那好像是叫“怜惜”。我看上去很可怜吗？这样的感觉一点都不好。

他深深地看着我，笑着说：“现在欠债的都有借条，还不是呆账、坏账一大堆？我不要借条，保管你跑不了。”

呃……

“你若是赖账，我就直接从你工资里扣，所以我不用担心。”

说得我也笑了。

“要下雨了，我送你！”

我一下子愣住了。

他又打开了车门，我看到副驾驶的座位上放着两个袋子。

“我刚刚去超市买的，我想你一定还饿着肚子，都是些吃的东西，从这里开到你家大概要六个小时左右吧，我想路上，或者在医院陪病人时，应该用得到。”

“蒋师傅！”

我没有想到，这么忙的他会从公司赶到超市去买这些东西。

“蒋师傅，我去收拾一下东西……”

才一开口，眼泪就忍不住掉了下来，连声音都变得哽咽，那种久违的被人关心的感觉。除了感动，竟然还让我突然感觉到特别委屈，好像心里面隐藏许久许久的酸涩，都在这一刻爆发出来。

感觉他轻轻地揽住了我的肩头，用手替我擦眼泪。在他双手触及到我的那一刻，我怔了一下，可是下一秒，就被他揽在了怀里，他说：“桐桐，别哭了，你爸爸一定会没事的。”

这句话让我的心一下子安静了。

哽咽中，我听到汽车开动的声音。一辆黑色的轿车“嗖”的一声从我的左侧开走了，开得太快了，卷起了地上几个散落的垃圾袋，车上的人看上去有点狼狈。

这个车子似乎有点熟悉，我搜肠刮肚地想了一番，好像是那天晚上吃饭时，楚梦寒的座驾。

会是他吗？他还记得我们一起租房的地方？我不信，一定不是他！即便是，也肯定只是巧合。一切再也与我无关！

我和蒋师傅到县医院的时候已经是深夜了。

到了重症室门前的看护区，我看见妈妈一个人发着呆，坐在一侧的椅子上。妈妈面色苍白，眼睛又红又肿，一夜之间，苍老了不少。

“妈！”

我的眼泪在眼眶里打转，又怕哭出来惹妈妈伤心，只好强忍着。

“桐桐，你来了，钱的事解决了吗？”

妈妈看见我，晦暗的眼睛里才冒出了一点亮光来。

“嗯，已经借到了。”

我知道妈妈最关心这个，从书包里掏出两张卡来，说：“放心吧，明天医院一上班，我就去办手续，让大夫尽快安排爸爸手术。”

妈妈马上舒了口气。

“桐桐，真是吓死妈了。”

“怎么会突然这样呢？爸爸身体一直都很好呀。”

若不是真的到了医院里，我到现在都不敢相信发生的一切都是真的。

“大夫说了一大堆，我没咋听明白，有一条倒是记住了，说你爸可能是红烧肉吃得太多了，堵塞了血管。”

我想起爸爸每次吃红烧肉或炖猪蹄，一吃一大碗的样子，现在想起来，是有点吓人。

“等他出了院，我天天给他熬大白菜！吃肉，吃肉！吃得命都要没了！”妈妈咬牙切齿。

我听到身旁的蒋师傅轻轻地笑了一下，妈妈这才回过神来，发现了我身边的帅男，混沌的眼睛立刻冒出金光来。

我不觉心尖一颤，我的娘呦！妈妈又要来劲了。

“这位是?”

“伯母，我是桐桐的同事蒋若帆，听说伯父病了，陪桐桐赶了过来，不知道能不能帮上什么忙?”

蒋师傅彬彬有礼，温文尔雅。

妈妈的目光像刀片一样，迅速把他“解剖”了一遍，最后满意地点了点头。鉴定已完毕，老娘开始对我进行审讯。

“你的同事?”

“是我的领导！”

我大脑中尽量搜索着不让妈妈产生遐想的词汇。

“这钱也是蒋领导借给你的吧！”

我这老娘，虽然没念过几年书，可比谁都精明。

“蒋领导，谢谢你，不过我家穷，这钱，恐怕年关前还不上你呀。”

“伯母不用客气，这钱我不着急，桐桐平时工作很努力，我们都很喜欢她，现在家里出了事，帮这点小忙，也是应该的。”

“我们?”

妈妈口气怪怪的，目光落在了蒋师傅手上的那两个大塑料袋上。

蒋师傅脸微微红了一下，把袋子放在旁边的空椅子上，“这些是给桐桐买的晚饭，我怕伯母也没有吃东西，所以顺便多买了点。”

妈妈嘴角翘得更高了：“蒋领导，成家了吗？”

“妈！”

我有点急了，我知道她最近两年一直张罗着我再嫁的事，恐怕我这只“股票”因为年纪大了，越来越贬值。

“又没问你，闭嘴！”妈妈狠狠地白了我一眼。

“蒋师傅有女朋友。”我怕他尴尬，抢着回答妈妈，并且赶快岔开话题，“妈，你累了吧？不如先送你回去，我在这盯着好了，反正也进不去，要是有事，大夫会出来喊我的。”

“我没女朋友……”蒋师傅慢吞吞地解释着。

我皱了皱眉。

他又说：“伯母，不如我先开车送你回去吧。”

“不用你们送，你弟弟在外面抽烟呢，我叫他进来。”说着，妈妈的眼睛狡黠地眯起，“那这里就交给你们了。蒋领导，我可就不拿你当外人了。”

“伯母不用客气。”蒋师傅笑着说。

妈妈满意地点点头，拉我过来，说：“这蒋领导不错，别搞丢了！”

我下意识回头，蒋师傅显然听到了，冲着我微微一笑。

我拉了妈妈的手臂一下，咬牙说：“妈，你别瞎说，他是我领导！”

“你妈吃的盐比你吃的米都多，死丫头，他要是不喜欢你，我把眼珠抠出来！”

“妈……”我气得直跺脚。

妈妈一副恨铁不成钢的样子，在我手上掐了一把：“你眼瞎，心也瞎，这小伙子不比那楚梦寒强一万倍？”

“妈！”

我的脸色估计一下子变得很难看。我整个人都僵住了，恨不得立刻从地球上消失。

和楚梦寒的关系，我不愿让任何人知道，尤其是现在。我只想悄悄地与他把离婚手续办了，从今以后再无瓜葛。

梦想是美丽的，可人生是现实的。和他分开的这三年里，我饱尝了一个毕业生步入社会的所有酸甜苦辣。为了交房租，为了一日三餐，为了寄钱给家里，在进入昊天集团之前我做过超市的促销员，做过家教，做过楼盘的导购，做过小公司的文员（上了一个月的班，却被拖欠工资，再上班时，公司居然不见了）。无数次挤招聘会的经历，让我一听“应聘”这两个字就胃痉挛。

我记得接到昊天集团人事部通知我去上班的电话时，我一个人坐在屋子里，不住地抹眼泪。上大学，对于很多人来说，可能都不算什么。许多人都认为，只要一年能拿出几万块，高中毕业后，都可以拥有一张大学毕业证书，甚至，我认识的几个同事，高中没毕业就直接去国外念书了。可我和他们不一样，我的那个证书，曾是我所有的梦想，更是全家人的希望！那一天，我拿着毕业证书对自己说，我终于能到一家大型的集团公司里面去上班了。

生活的阳光重新明媚起来，我努力工作，拼命奋斗，无数次想着以最骄傲的姿态出现在楚梦寒的面前，可谁知，和他见面会是那样的情形。我突然觉得自己真的很傻很天真……

我这个妈妈，怎么就那么容易把我推到难堪的局面里呢？这一刻，我甚至都不敢回头去看蒋师傅。

县医院的重症室内病人很少。

陪护区内这一刻只剩下我和蒋师傅两个人。气氛不好，让我难受，呼吸困难。

“桐桐，你和楚总认识?”

我从不会说谎，傻子看到我现在浑身细胞都紧张起来的模样，都会知道，妈妈嘴里的楚梦寒一定就是那个楚总。

我没有说话，曾经有人说，若是不想说的话，可以不说，但是不能说谎。

“桐桐，我总觉得你一定是一个有故事的女孩子，三年里，我看着很多人想要追求你，都被你果断地拒绝了，那时我就猜，你心里面是不是一直有某个人存在，是他吗?”

蒋师傅脸上有些凄惶。

心里一直有一个人存在？我脑子想着他的问题。

是的，楚梦寒一直在我的心里！三年里，我总是想再见到他的样子，想让他吃惊，想让他仰视我，可那不应该是蒋师傅所说的那种“存在”吧。他的意思是说，我还爱着楚梦寒？不，我不爱他了，早就不爱了！

我抬起头看着他，他正一动不动，目不转睛地看着我，等着我的回答。

“蒋师傅，不是你想的那样！”

他轻轻叹了口气，像是挣扎了很久很久，才认真地对我说："桐桐，其实我一直很想照顾你！"

他深邃的眼眸牢牢地注视着我，一股股绵绵的情意在其中流淌，让他的神情平添了几分醉人的温柔。

我的心跳猛烈地加快。

这是在向我表白吗？他没有说喜欢，而是用了"照顾"这两个字，我应该怎样去理解呢？

"桐桐，你是一个好女孩，独立，坚强，可这样的你，有时更让人很心疼！这句话我藏在心里好久了，我怕今天不说出来，将来会后悔。"

他的话说得很轻，很慢，听在耳朵里，丝丝麻麻的，让我的脸一下子火烫起来。

我眼前突然浮现出这几年来他帮过我的点点滴滴，看着像是不经意的一些事，可细细去想，是不是都是包含着他的"照顾"呢？我的心里突然紧张忐忑起来。

无论从哪方面来说，蒋师傅都是一个很好的男人，明明喜欢我，这些年来对我却只有默默的关心、帮助。他像一位良师益友，一直守护在我身旁。三年，一个女人最好的时光又能有几个三年呢？

我轻轻地抬起头，一侧脸，却感觉到他温热的呼吸打在了我的脸颊上。我们这个时候的距离竟然是这么的接近，仿佛只要是轻轻一动，他的嘴唇就会碰到我的脸上。

我一动也不敢动，却能感觉到他的呼吸一下子变得炙热起来。我清晰地看到他浓浓的眉、高挺的鼻梁、深抿的嘴唇，还有那双深邃的眼睛，眼底满满的情意，夜色突然变得暧昧起来。

我猜到下一刻他要做什么，想着拉开距离，可他的唇却已经落了下来。只是，因为我的躲闪，那吻轻轻地落在了我的右脸颊上。接下来，没有等我反应，身体就已经被他抱在了怀中。只觉得一阵天旋地转，我脑海中一片空白。全世界都在这一刻停止了下来。三年里，他一直维持的距离在这一刻被他粉碎。

我想推开他，他把我抱得实在太紧，我只能将身体靠在他的胸膛上，感觉到了他剧烈的心跳。这一次，他没再犹豫，低下头，深深地吮住了我的嘴唇。一股久违的感觉刺激着我，晕沉中，他的舌尖已经缠住了我。

我开始挣扎，他圈在我腰间的手收紧再收紧。他的嘴唇不停地探索着，像恨不得将我揉进他的怀内。渐渐地，在他的带领下，我忘记了挣扎。就在我感觉呼吸越来越困难的时候，他的唇离开了我。

“桐桐……”

他的声音里带着歉意，还有一丝恋恋不舍。

我的心剧烈地跳动着，这几秒钟的变化，让我和他之间的状态彻底改变。我想我暂时还无法适应，时间不对，地点不对。心很乱，一切都很乱。

我把头埋在了膝盖上，这种感觉让我有些不知所措。

我想我对蒋师傅一直都是欣赏的。既然早已同楚梦寒形同陌路，那我现在是不是也应该放下所有的心结，开始一段全新的感情?

爸爸手术做得很顺利，我们回到 A 市时，已经是两天后的清晨了。

这两天里，蒋师傅一直陪在我身边。临走前，他向妈妈建议，希望爸爸能到 A 市做一次全面的检查，毕竟那里的医疗条件要比县城好很多。

妈妈一听，脸上乐开了花，满口答应着，说等爸爸恢复些日子，就一起到 A 市来。显然，妈妈在心里已经接纳了蒋师傅。可她要是知道了我到今天还没有和楚梦寒办理离婚手续，我真怕她会打死我。

到达 A 市，我匆匆赶回家。洗漱过后，离上班时间还有一个小时。昨天在老家的时候，接到了一个电话，让我今天下午两点去金皇大厦面试。乘地铁，那里离昊天只有两站，倒不是很远，应该能在下班之前赶回来。我把毕业证、身份证都找出来，装到自己的包里。我对自己说，这次面试，只要能维持我基本的开支，我就一定辞职。

无论我接受不接受蒋师傅的感情，我想，昊天公司我是真不能待下去了。我一直是一个简单的人，有简单的生活，简单的人生信条。这种复杂的人和事要不尽快解决，我恐怕就要疯掉了。

刚走到楼下，竟然看到了蒋师傅，他正神清气爽地站在车子旁。

我愣了一下，走过去：“蒋师傅，你怎么在这?”

他微微一笑：“桐桐，从今天起，我来接你上下班!”

“蒋师傅……”我想了想，还是没说什么，坐上了他的车。

上车后，发现车上放着一份还热着的三明治。他递给我：“买给你的，女孩子不吃早点，很容易老的。”

若说我没有被感动，没觉得温暖，那绝对不是真心话。

第二章
你依然是我心中的那根刺

路上塞车很严重，到公司大厦的时候，居然迟到了半个小时。

我和蒋师傅从车内走出，一抬眼就看见了楚梦寒和之前的那个马工正一前一后走进大厦的转门。

休息了很多天，工作一大堆，我一头埋在工作里，恨不得马上做完。

一抬头，看见电脑显示器上的时间显示，已经十一点半了。想起请假的事情，才要拿起电话，内线响了起来。居然是刘梅，电话那一端，她无比神秘地说："桐桐，现在到28层的小会议室来一下。"

我一愣，电话已经断线了，只听见听筒里的忙音。

我到了28层的小会议室，发现会议室里的光线很暗。把灯打开，里面空空的，没有人。会议室很小，只有十平米左右，摆上了一圈皮质沙发，几乎就占满了整个空间。这里似乎是一间专用的会议室，平时少见有人进来。右边的墙上只有一扇小小的百叶窗，阻挡了外面的阳光。

我走进去，在右手边的沙发上坐好。我等了很久，却没有人进来。我静静地坐着。这里的封闭性很强，好像是公司里与世隔绝的一隅天地。在这样的环境下，我的心居然有了片刻的沉静。

这间会议室，我第一次来，我想应该也是最后一次了。我很快就要和这里的一切告别了。

再见了！三年来，我一直引以为荣昊天集团。

再见了！三年来，早已熟悉的一张张面庞。

再见了！三年来，我在这里留下的最宝贵的青春。

虽然面对外面的世界，我还是极为忐忑，可人总要学着离开，学会重新开始。之前，有一位离职的同事对我说过，树挪死，人挪活。太安逸的生活或工作很容易让人产生惰性，然后再也不敢接受挑战。我似乎从来与安逸这个词沾不上边，所以，萧桐桐，不要怕！你有手有脚有大脑，一定可以创造出更好的生活！

就在我为自己摇旗呐喊的时候，会议室的门被打开了。楚梦寒走了进来，随手把门关得严严实实。

“你?!”

我张大了嘴巴，睁大眼睛看着他。我想过来28层有可能见到他，却怎么也没想到过会单独见他。我这个“礼物”也太明显，太廉价了吧。

一刹那间，我燃烧了！

我冷冷地瞄了他一眼，轻轻地哼了一声。沈欣欣说得没错，这几年，他长得果然越来越妖孽了。一件银灰色的衬衣，黑色的长裤，身材比例近乎完美，站在那，任是哪个女人，也移不开眼睛。

我下意识地把手臂抱在了胸前，冷冷地看着他。

相对于我的不友善，他今天倒是收起了之前的蔑视和嘲讽，径直走到了沙发一侧离我最近的地方坐下。

“那天打电话找我什么事?”

他的目光落在我的脸上，神情很是复杂。

我没有想到，他还会关心这件事。我微微一笑，道：“楚总，工作时间，本来不谈私事。可你既然问了，我就不再耽误时间。”

他的眉头紧紧地皱在一起，这种既忧郁又认真的表情，当年不知迷倒了多少青春美少女。

我不屑地眨了眨眼，告诉他："楚梦寒，我打电话能有什么事，当然是约你去民政局办手续……"

我还没说完，就看到他的表情一下子变了，刚才的温和友善荡然无存，他整个脸也不自觉地向我移近。我感受到了他的怒意和失落，也意识到危险正一点点向我逼近。我急忙向沙发的另一侧挪了挪身体。

他是在生气吗？可我实在是想不出他应该生气的理由，我更不明白，曾经那么相爱的两个人，怎么会走到了今天。只是，此刻的我已经不想去琢磨这些没有意义的事了，现在的我只想和他彻底划清界限，最好一生不要再见，老死不相往来。

"萧桐桐，你就这么想和我离婚？"

他冷冷地看着我，像是我欠了他一百万似的。

这不是废话吗？三年前，我们两个人对离婚这件事已经说得无比清楚，难道当年那些话他都忘了？若是真忘了，这三年来，我的老公在哪？若是真忘了，三年后的今天，他在遇到我之后，在我最无助的时候，还能和别的女人风流快活！见过欺负人的，可没见过欺负得这么颠倒黑白、随心所欲的！

"是呀！我天天想，日日想，做梦的时候都盼着这一天！"

我的表情更冷了。

他的目光暗了下去。他微微低下了头，我看不到他的表情，只听他一字一句，说得坚决："我说了，这件事过一阵再说。"

我对他失望得更加彻底，冷哼了一声。

"楚总，三年了都没见你来找我，如今却在这样的情形下，说要再等一段时间。我若还是当年那个被你虚情假意骗得团团转的无知少女，可能还以为你此刻对我余情未了，想再续前缘呢。可三年来，现实社会深刻地教育了我。楚总，你此刻还能这样对我说，不过是因为我当初被你甩了之后，没缠着你一哭二闹三上吊，反而活得好好的，所以你心有不甘，想着我可能未必全心全意地爱过你，这让你的自尊心受到极大的创伤。你无比恼怒，想要毁掉我的一切，彻底把我的尊严践踏在你的脚下，以此来满足你作为一个成功人士那极度膨胀的虚荣心。其实，你大可不必如此纠结。早在那一晚，你拆我这个‘礼物’的时候，我所有的尊严就已经被你彻底地践踏了！”

一口气说了这么多，我有点缺氧，深深地吸了口气后，谁知再开口，我连语气都变了，我几乎是有点哀求他：“楚梦寒，我很累了，你寂寞时，大可以去找你那些‘床伴’，我只是一个讨生活的小女子，当不了你无聊时的调剂品。你放过我，就当我们从来没有认识过，行吗？”

楚梦寒抬起头来，眼中闪过痛惜的神情，嘴唇抿得很深。

“桐桐，这三年，你过得好吗？”

我一阵唏嘘，只想仰天大笑，可还没等我说话，才几秒钟的失神，他又燃烧了：“床伴？什么床伴？”

我哼了一声，假装专业地解释说：“就是彼此不承诺，不负责，只提供肉体安慰的男女关系，我说得对吗，楚总？”

“不承诺，不负责？床伴？”

楚梦寒咬牙切齿：“谁教你的？”

谁教我的？

“当然是你！”

我毫不犹豫地脱口而出。想着他洗澡时，康然去送手机的情形，我都觉得恶心。我怎么也想不出，当年那个保守、自律的楚学长，怎么能堕落成这个样子！

他的脸一下子变得煞白，嘴唇抖了抖，皱着眉头。

“你胡说些什么！”

我白了他一眼，无语望天。

“这三年来，你一直和蒋若帆在一起？”

他口气不善，根本就是在审讯。可他有这个资格吗？

我懒得解释，没有回答。也许这样的反应在他的眼中，形同默认，可是，管他呢！

“萧桐桐！你要知道，你还没离婚呢！现在我还是你丈夫，你就这么明目张胆、迫不及待地找男人？我不答应！”

我没想到从他的口中会说出这样的话来，明明是他堕落无耻，却要把肮脏的罪名套到我的头上。

“楚梦寒，若是我没记错，当年提出离婚的人是你，你现在这么无理搅三分，难不成你真的不想离婚了，还是你到现在还爱着我？”没有等他说出侮辱我的话，我抢着又说，“可是对不起，我已经不爱你了。我要马上离婚！一分钟也不愿等！”

也许三年来我潜意识里还对他有着一丝期盼，可在那天我给他打去唯一一通电话以后，这仅存的一点好感、感情上最后的一点依赖，都已经不复存在了。

他怔了怔，几秒钟内，脸上已经变换了好几个表情，最后居然冷冷一笑。我只觉得后背发凉。

“三年前，你和蒋若帆在一起的时候，就是因为他事业小有成就，收入稳定？你跟了他三年，三年，都不打电话给我，我还曾经以为……”

他自嘲地苦笑了一下，忽然把身子探了过来，在与我的脸相隔数寸的地方，咬牙道：“我要是让他现在失业，那样他是不是就没有现在这么吸引你了?!”

“你……”

我想说他无耻，可依照我以前对他的了解，只怕我这样就真的惹恼了他，那样只会害了蒋师傅。

我强压住心头的怒火，尽量用平和的语调低声说：“其实我和蒋师傅不是你想象的那样。”

我的心口剧烈地起伏着，眼角微微有些湿润。我用牙齿咬着下嘴唇，不甘地看着他。他也在极力压抑着什么，眉头紧紧地皱着，一动不动地与我对视。因为距离太近，我们彼此几乎能感受到对方温热的呼吸打在自己的脸上。

一秒，二秒，三秒，谁也不肯示弱妥协。突然间，他竟然低下头，狠狠地吻住了我。

“呜，呜……”

我睁大了眼睛，不敢相信他会这样做。我极力挣扎，可他揽着我的手臂，一用力，把我抱得更紧。这个蛮横侵略的吻，吻得我好痛。嘴唇被他死死地吮吸住，身体也被他狠狠地箍着。

我怎能在这个时候、这个地点被他这么欺负?！我用尽全力，去抵抗和他体力上的不对等。我奋力地挣扎，拼命躲闪，两具身体在紧贴中不断摩擦升温。

他强迫着我，吻得却非常有技巧，无论我怎样躲闪，逃离，他都能准确地捕捉住我的嘴唇。在我抵死不从，忍到窒息缺氧，不得不张口呼吸的时候，他的舌尖便以胜利的姿态闯进来，一路检阅着领地。该死的是，在他的唇舌狂扫吮吸间，我的心竟慢慢地蒸腾起来。

想到很多电视剧的镜头就是坏男人把女主虐得半死，然后回来一个强吻，那女的便找不到东南西北了，再次毫无保留地奉上了自己的身心。我萧桐桐决不要那样！既然反抗不了，那就……隔着他的衬衣，我的指甲狠狠地扎进去。

他吃痛地闷哼了一声，眼底闪过一丝悲哀。下一秒，他便报复似的，把我压在了沙发上。在感受到他所有的重量完全袭向我时，我全身像被一处巨大的黑洞吸了进去。这样的感觉，让我有些害怕。

我不要沦陷，于是，我开始回吻他，他吻我多深，我就吻他多深，他多用力，我就也用相同的力度还回去。终于，他的身体骤然升温，动作变得很轻很柔，禁锢着我的手，从我的身下抽离，一边吻我，一边轻轻地摸着我的脸颊。他的舌尖抽离，只用双唇，一下一下地轻啄着我的唇瓣。那么温柔，那么小心。像有一阵杨柳清风，缓缓地吹进了我的心房，一会这样，一会那样。几乎就要让我意乱情迷，沉醉其中。此时，他完全松开了对我的禁锢，所有的感觉都流连在我的唇瓣上。

我一个激灵，没有一点的犹豫，用尽最大的力气，猛地推开他。

他没有来得及有任何反应，被我推倒在地。他惊愕，眼中满是不可置信。很快，那里就又装满了受伤和愤怒的神情。

我深深地吸了一口气："楚梦寒……你……不要欺人……太甚……"

最后几个字，我几乎是哽咽着，一个字一个字说出来。你凭什么！你凭什么……我用手捂住脸，呜呜地哭着。感觉到他的手碰到了我的膝盖，我要躲开。

就在此刻，我听见会议室的门“砰”的一声被打开了。蒋师傅皱着眉头，站在那，看着满面泪痕的我。这个时候，我和楚梦寒两个人都是衣冠不整。再看他时，他一向温和的眼底已满是关不住、就要倾泻而出的怒意。空气里有一种要燃烧的味道。

我站起来，走到蒋师傅的身边，声音还有些颤抖：“带我走……”

我不知道我是在怕什么，可是，因为我的这一句话，我看到已经站起身的楚梦寒，目光凝结成了冰。

“桐桐?”

蒋师傅的声音透着心碎，我看到他的手指狠狠地攥在了一起。

我用尽全力，把他拉出了会议室。

“蒋师傅，我……”我的心几乎已经无法跳动了。

“桐桐，我不会让别人欺负你的！”

蒋师傅从我身后传来的一句话，声音沙哑，却斩钉截铁。

我落荒而逃，不知道应该怎样面对他，告诉他我是公司送给楚梦寒的礼物？说吃我豆腐的那个人是我“前夫”？还是嘱咐蒋师傅要对那楚梦寒小心？我也不想让他保护我，所有的一切，都将因为我离开昊天而结束。

这个面试，我一定要成功，我甚至想，只要能维持生计，我就立刻上岗。

看看表，被那个人搅和得已经迟了半个小时。我拦了一辆计程车，赶到金皇大厦的时候，又过了十五分钟。我的神啊！

第二章
你依然是我心中的那根刺

我用最快的速度冲进大堂，却被保安拦住。

“小姐，你去几层?”

保安哥哥以为我是推销员么?

“我去13层永正公司面试。”

保安让我登记了一下，才放我进去。

13层，很多公司租大厦的时候，都避免13这个数字，认为很不吉利，我想，选择这一层作为办公区的老板，不是贪图租金便宜，就是很有个性的一个人。

“小姐，我是来面试的。”

透过她身后的玻璃墙，我看到偌大办公区的装潢很有品味，而且看起来，公司规模不小，每个人都很忙碌。

“请问您应聘的是什么职位?”

“设计师。”

我一面说，一面把简历递给她。

她看了看腕上的手表，很为难地说：“萧小姐，您迟到的时间太长了，设计部的经理已经面试完了之前的几个人，现在去开会了。”

我看了看对面布艺沙发上坐着的几个人，说：“这不是还在面试吗? 我排在他们后面就好了。”

我太心急了，语气里几乎是乞求。

前台小姐轻轻一笑，似乎很理解我找工作的迫切，耐心地解释说：“萧小姐，他们是应聘其他岗位的，面试官不是同一个人，我想你没有等的必要了。”

我一听就急了。

“他们应聘的是什么岗位? 我可不可以试试? 我不一定非要

做设计的。”

她一定是认为我在无理取闹，态度变得有些不耐烦，“这位小姐，我们通知面试的简历都是事先筛选好的，不是你想应聘什么岗位，就有人给你面试。”

我没有被她的话吓跑，我想要再替自己做最后一次努力，机会都是人自己创造出来的，不是吗？

“那可不可以把我这份简历拿给现在面试的主管看一下，我之前没有投，但也未必不符合永正公司的标准，拜托了！”

其实当初大学毕业时，那点所谓的专业知识在工作中根本没有太大的作用，而且，我刚到设计部时，只是一个打杂的文员，一切都是进了公司慢慢学习的。我想拿出当年的劲头来，我可以在任何一个岗位上做好。

“对不起，我没有这个权利。”

冷淡地回了我一句，她坐下去，翻着手中的工作，不再理我。

“这位小姐，能不能把你们人事部主管办公室的号码告诉我一下，我自己问，好吗？”

你没权利，我毛遂自荐行吗？

这个姑娘彻底被我激怒了，刚想发作，却愣愣地看向我身后。我一回头，看见了一个男人。他正嘴角微微上挑，饶有兴趣地看着我。我不知道他在我们身后听了多少，会让他的脸上出现这种表情。

“周总！”

前台小姐用最优雅的姿态和他打招呼。我一眼认出，这个男人不就是那天“加州牛肉面”里那个“皇帝新装”吗？

“这个小姐错过了面试的时间，现在想应聘别的岗位。”

前台小姐解释着，虽然怕怪罪的成分居多，倒为我创造了一个机会。

“让她进来！”

我很兴奋，随着他穿进了办公区，走进了一间宽敞的办公室。

“请坐！”

他的表情很严肃。我想，他的职级一定很高。在这样的氛围下，我有一点紧张。

他随手翻看着我的简历，开门见山地说：“刚才你和小蔡的谈话我听到了，虽然你一直没有做过类似的工作，但我觉得你很适合我正在面试的这个岗位。”

我认识他，他却不认识我，一上来就这么肯定我适合，我有点疑惑了。

他看出了我的疑问，说道：“萧小姐知道自己应聘的是什么岗位吗?”

我摇摇头。

他认真而又严肃地说：“我现在面试的是公司最重要的一个岗位，公司所有工作的运行都围绕着它来开展。”我心中一阵骄傲，却又听他说，“这个岗位就是销售！”

呃，是推销员吗? 我撇撇嘴，一下子成了化石。我有一些同学大学毕业后，最先开始的职业就是销售，现在有的做了公司的高管，有的则自己开公司，当了老板。但多数人都做得不怎么样，浪费了许多时间，因为始终没有一技之长，频繁地换工作，至今仍为生计发愁。这个岗位我还真是没考虑过，真正做什么，怎么去做，对我来说很陌生。更重要的是，那些在这个岗位上做得好的同学们从来都是学校里的活跃分子，而我，只是死读书，读死书的那种学生。做销售好比大浪淘沙，冲上去的人无数，但最终能做好的却是少之又少。我想，我这种内向又面薄的人还是不要去浪费时间了。

看到我眼中的胆怯，周正冲我挑了挑眉。他之前给我的是一种很张扬的感觉，虽然只是第二次见面，但这种感觉已在我的大脑中根深蒂固了。这一刻，我却从他的眼睛里看到了鼓励。

我不知道昊天集团的高管们每天具体在忙些什么，但我可以肯定，老总级的人物是决不会亲自面试业务员。想到他刚才说得那些话，我断定，这家公司应该确实对销售岗位极为重视。可是为什么呢？据我所知，销售岗位无论在哪个企业，流动性都是最大的。大浪淘沙，凭业绩生存。一般老总只会关注那些做得最好的。

“周总，为什么会觉得我适合呢？您刚才也看到了我的简历，我并没有做过类似这方面的工作。”

我是一个比较理智的人，不会因为别人突来的“赏识”忘了东西南北。

周正表情严肃，坐在老板桌后给人一种压迫感。

“你很需要一份工作，或者说，你目前很需要钱！”

我的脸上有把这些写得这么明显吗？

“我看了你目前的薪金待遇，你以前做的这个职位，我们公司也在招聘。昊天给的待遇应该是业界数一数二的，凭你的工作经验和学历，在A市恐怕很难找到能提供相同待遇的公司。”

他说得很对，这一点，我从投第一份简历开始就有心理准备。

“所以，你要想赚到和现在同样的薪酬，或者更高，做销售是一个不错的选择，若是做得好，可以拿到你现在薪酬的十倍！”

十倍？我对这个数字动心了。也就是说，我做一年的时间，可以获得相当于之前十年获得的报酬！

“销售本身就是一个浓缩人生的职业！”

他一本正经地说着，虽然口气有点像传销，但是不可否认，他的话对我有着巨大的吸引力。

他看出了我的心动，又接着说：“我始终认为，一个企业最最核心的部门就是销售，没有销售，没有订单，企业的一切都是零。真正好的企业，每一个员工都应该有销售意识，无论是销售企业的产品还是品牌。甚至有的时候，企业最大的销售员就是老板自己。所以，一个优秀的销售人员值得企业所有员工尊重。”

这一刻我彻底被说晕了。

“对金钱的渴望，是一个好的销售员应满足的基本要求之一；其次，要有一种坚忍不拔、永不放弃的韧性！这最重要的两点，你都具备。当然，还要有优良的品质，这一点可以在实践中观察。如果你不具备这一点，现实会比公司更残酷地惩罚你。”说到这里，他眼中露出了一丝狡黠的笑意，“最后一点，好的销售员，还需要一个不错的外表，最好还能给人以可信的感觉。我说的这些，除了我还不了解的品质，其他几点，你基本都具备，所以，我会给你这次机会。”

他说得很认真，每一句话都说进了我心里。

“谢谢周总给我这次机会，我想我很愿意接受挑战。”

他打了电话，让我去销售部了解薪金待遇。

原来销售工作的基本工资很低，所谓的相当于我之前十倍的报酬，绝大部分来自佣金和年终奖，而基本工资只够我每月交付房租的。我突然有一种莫名的惶恐，可是下一刻，我在脑海中仔细盘算了一下，我的信用卡可以透支支付我两个月的生活费和贷款。人生总要拼搏几次，上大学时，案例中的那些成功人士，很多当初都比我惨多了，不试一次怎么知道自己行不行。萧桐桐，接受挑战，回去辞职！

在永正公司里澎湃的激情慢慢褪去，走到街上，我才感觉有些惶恐起来。毕竟我从来都是踏踏实实工作，然后换取报酬的人，这个职业真的适合我吗？刚才那个销售部的经理说，做别的岗位是领导让你做什么，你就去做，然后做到最好。可是做销售，不会有人要求你做什么，你所有的工作只围绕着一个数字去开展，达到指标，就 OK；达不到，就会被淘汰。

物竞天择，优胜劣汰，听起来很残酷，我心中涌起一种莫名的浮躁。汽车的汽笛在耳旁不停地鸣响，路边的花香遮不去刺鼻的尾气。这本就是一个浮躁的世界。我站在这个忙碌都市的街头，更有一种无依无靠的感觉。

看了看表，才知道我没有自怜的时间，我必须马上赶回公司去。好聚好散，这点职业道德我还是有的。

赶回公司的时候，沈欣欣的电话打了过来。

“桐桐！你去哪了？今天蒋总监被楚梦寒整惨了！”

我的指尖一颤。我想起了下午楚梦寒的威胁，心怦怦直跳，压低了声音：“怎么回事？你说清楚点。”

沈欣欣在那边沉默了一会，说："陈董刚才在办公室里和蒋总监发了好大的脾气，蒋总监也很生气，两个人吵的声音好大，最后，听说蒋总监要被调岗了。"

啊！我手一颤，电话落在了桌子上。听筒里传来了沈欣欣的惊呼，很多同事都不约而同地回头看我。

不能再给蒋师傅添麻烦了。

我走到他的办公室门前，轻轻地敲了敲门，手里拿着之前就已经打印好的辞职报告。可是敲了很久，却没人开门。坐在离蒋师傅办公室最近的一个隔断内的同事站起身，走过来对我说："桐桐，蒋总监不在办公室，你要是有急事，就打他手机吧。"

我点点头。他是我的直属上级，这个辞职报告，我只能交给他。

下班了，没有了往常的加班奋战，我像一个无魂的幽灵似的，心里空落落的，漫无目的地走在车水马龙的大街上。

我不想回家，因为回到那里，也是自己一个人。我也不想去上课，我想，以我今天的心情，就算去了，也是听不进一个字。我想买东西，发泄一下自己的郁闷，可口袋里却没有一分多余的钱。

我曾经有过无数美丽的梦想，小时候想过当科学家，想过当女军官，想过当女博士……没想到，现在自己二十六岁，在这个尴尬的年纪，会过得如此落魄。

路边的橱窗内展示着华丽的珠宝、绚丽的女装，还有很多很多漂亮精致的包。这些从来不曾属于我，我以前也从来没有特别注意过这些，到今天我才知道，不是我不喜欢，只是我一直都是忙忙碌碌的，没有时间去留意。

那个周正一眼看穿了我，我对金钱从来都是渴望的。虽然我一直活得那么理智，可我骨子里想过人上人的生活，这种想法一直都存在。

橱窗里摆放着一个极为精巧耀眼的小王冠，那么璀璨，我一时看得失神了，没有注意到，我身边，一个人已经站了很久。

“这么巧?”

周正脸上带着一点坏坏的笑意看着我，和办公室里那个严肃得给人压迫感的男人很是不同。

都不知道他已经在那里看了多久，抬抬头，才发现已经很晚了，大路两旁的霓虹灯都已经亮了起来，各种颜色交叠闪耀。A市的夜开始了。

“有喜欢的吗?”

他笑着问我。

我面上一烫，我想，我在这么聚精会神地看着这些奢侈品，凡是从我身边走过的人，大概都能看出来，更何况是他，这个能轻易看透我的男人。

“都很漂亮。”

我点点头。这些橱窗布置得这么漂亮，为的不就是吸引别人驻足吗?

他仍旧在那里看着我，目光很放肆，但又没有轻蔑，似乎还很认真，让我找不到生气的理由，却觉得尴尬。

“喜欢哪个？我送给你。”

他说得很平淡，就好像是在问，你今天吃饭了吗?

什么意思？我就算喜欢，干吗要你送？我想我的脸色一定变得很难看。谁知下一秒，手腕就被他拉住。他的力气好大，带着我往专卖店里面走去。我发誓，我活了二十六年，从来没有这么抗拒过一件事。我对这个男人原本有的好感荡然无存。

“周正，你放开我，你有病吧?”

我很不淑女地喊了一声。就算你是永正的老板，也用不着在我面前炫富吧?余光中，我看到他嘴角弯起的弧度更深了，兴致勃勃的，好像在玩什么极有趣的游戏一样。

走进了这间店，里面装修得极为豪华，四下飘着优雅的钢琴曲。顾客不多，只有两对男女在射灯闪耀的柜台前静静地挑选着珠宝。我觉得和他在这样的氛围下撕扯，实在很难堪。果然，我重重的脚步已经让那两对男女同时回过头来看我们，一旁的保安也戒备起来。

我站定，吸了口气，随便扫了一眼那些贴着的标签，才知道这里的东西究竟有多贵，而周正此时则完全换成了一副绅士的模样，脸上的笑容也跟着正式起来。

“萧小姐，被漂亮的女人这样拒绝是非常丢脸的，这就算我欢迎你加入我公司的见面礼。”

他是在正式地向我介绍他是永正公司的老板吧?

下一秒，他掏出了自己的皮夹，随意看了看。我看到里面有无数张金卡，还有厚厚的一叠现金。果然是有钱人，是不是里面随便的一张卡，都够我活个十年八年的?

我突然被他逗笑了，这也太滑稽了吧，就算我喜欢钱，能不能用高超一点的手段诱惑我?当我是无知少女啊?是不是他经常这样诱拐良家女子?

我半恼半笑地打量着他，这厮皮相很不错，皮肤的颜色有点黝黑，可是很健康阳光，不是优雅的白马王子类型，却有另一种坏坏的、能迷倒无数女人的魅力。

我随意看着柜台内那些美得令人眩晕的钻饰。当年，楚梦寒向我求婚的时候，送给我的是一个两千元左右的白金戒指。那时候，我觉得那就是全天下最最宝贝的东西，戴在手上，生怕被别人抢了去，现在想起来了，都是嘲讽。

我的目光被一个玻璃罩内摆着的一个心形钻戒吸引住了。太美了！看了看牌子，才知道，这是一枚卡地亚一克拉的心型钻戒。它静静地躺在那里，散发着迷人的光辉，让人只看一眼，就再也难以忘记。记得曾经有一句话：钻石是女人最好的朋友。

呵呵。

我看了看标价，199999 元！这“朋友”果然够分量！

我看了周正一眼，故意指着这枚只戒指说：“这枚！”

我想这个男人恐怕不会冤大头到这种地步吧。想炫富？我就看看你是什么表情。

余光扫向他，他居然连眼睛都没眨一下，嘴角带笑，静静地等在一旁。我却突然紧张起来，心里想着，二十万，对他这种有钱人来说，根本就是一个非常小的数字，我这种赤贫阶层怎么会有机会娱乐他呢？根本就是自讨苦吃。

这时，他的嘴角微微扬起来，好像在强忍着什么一样。

我一副视死如归的神情，看着那导购小姐戴好白手套，用钥匙把那玻璃打开，把戒指取出，放在我面前。她耐心地讲解着：“这颗钻石的成色非常好，形状也是极难得的，今天下午才空运来。”

哪知周正却极有经验地说：“瑕疵决定钻石的价值，没有一颗钻石是绝对完美的，再好的钻石，里面也会有杂质，只不过人们非要把纯洁和坚定寄托在钻石上而已。”

我的心此时怦怦直跳，听见周正的话，赶快见坡就下。

“是呀，是呀，小姐，这个，你……还是……收起来吧！”

周正却急忙止住：“我看很适合你呀，不如戴上看看。”说着，就抓起了我的手，递给那个导购小姐。

啊?！这厮不会真的要送给我一个二十万的戒指吧！我用最大的力气向后抽自己的手，可那家伙力气大得惊人，硬是强制性地任那导购员把戒指戴在我的无名指上。

我觉得手指上凉凉的，大小适中，很美很美，可是却再也不能吸引我。

周正抿着嘴，每个毛孔里都是笑意，对导购小姐说：“就要这个了！”

“啊?”

还没等我反应过来，他又坏笑着说：“我又不是逼婚，送个礼物而已，你难道不喜欢吗?”

我的头摇成了拨浪鼓，连忙哀求道：“不喜欢！一点也不喜欢……”

可他已经从皮夹里拿出一张卡来，递给了那导购员。

我正准备不再理他，夺门而逃，却听有人在里面对那导购小姐说：“Amy，这款戒指几天前已经有人预定了。”

我的上帝啊！我的佛祖啊……这个最可爱的人，一句话解救了我。

出了那家店的玻璃门，我的心还在剧烈地跳着。我看见身旁的周正一脸憋笑的表情，在目光对上我的时候，他再也忍不住了，哈哈大笑起来。

这个人真有病吧！

等笑够了，他喘着气对我说：“萧桐桐，你真有意思！”

我不明白他为什么这样笑，有些恼怒地瞪着他：“你什么意思？”

他看着我气鼓鼓的样子，脸上仍旧带着淡淡的笑意，表情却慢慢认真起来，说：“萧桐桐，你的品质，我放心了，我真心邀请你到我的公司来。”

我这才恍然大悟，原来他根本就是在逗我玩！想看我发窘、紧张的表情，这跟逗小狗有什么区别！

我抿着嘴，强忍着尴尬和恼火，看着他。

可这时，周正却换上了一副完全认真的表情，说：“萧小姐，刚才是我冒昧了，请你原谅。不过，我想问一下，你怎么知道我叫周正？”

啊！我只得如实回答：“其实，我之前在‘加州牛肉面’的时候，听别人这样招呼你的。”

他的眼睛不是很大，一直都是眯起的样子，可这时候却一下子瞪得大大的，足有半分钟，才恢复如常。我想任谁被别人窥探到隐私，都会觉得尴尬，更何况他那天说的话是那么无厘头。

他点点头，恢复了白天在办公室的严肃和沉静，郑重地说：“刚才的事情不要介意，我只是开个玩笑，永正现在走了几个资深的销售员，我希望你能在这个岗位上发挥出你的潜力。”

周正远走后，我一人怔怔地站在路边，肚子咕咕地叫了起来，我想是时候回家填饱肚子了，可才一回头，却在刚才的那家珠宝专卖店门前，意外地看到了一个熟悉的身影。那不是楚梦寒吗?

我把自己隐藏在树后，隔着数米远的地方，我看见他走进了那家店。玻璃窗内，刚才招呼我的那个导购小姐满面笑容地迎了过去，热情地把他引到了柜台前。看来他并不是第一次来。楚梦寒坐在独脚椅上，低下头，神情专注地看着他手中的东西。

我向他身后看了看，并没有人跟上来，他竟会一个人来逛珠宝店。我不是特别喜欢逛街的那种人，他更不喜欢。记得以前，偶尔陪我去买东西，他就是一副兴致欠缺的样子。三年，看来真的会改变很多东西，他不仅喜欢陪着女人逛商场，而且还会自己跑到珠宝店内去为女人挑首饰。

本来跟我一点关系也不再有，我的双脚却像生了根一样，一步也迈不开。我远远地看着他拿出卡来，导购小姐刷卡后，让他签字，然后满面堆笑地把精美的盒子递给他。

第三章
我爱你，可惜整个世界都不相信

电脑里反复放着我喜欢的几首怀旧的歌曲。我一边吃着泡面，一边给沈欣欣打电话，她听说我要辞职，十分震怒："萧桐桐，你是不是闲得难受啊！"

我没有和她说我和楚梦寒之间发生的事，所以对她的不理解，也没有感到意外。

她最终在挂电话的时候，扔给我一句话："三年前，楚梦寒让你一无所有。现在，他回来了，不要因为他，又变得一无所有。"

我受了刺激，放下手中的碗筷，跑到卧室里，从柜子里拎出一个皮箱。打开，里面是楚梦寒以前的衣服、他经常看的几本书，还有他和他妈妈的几张合影。里面没有一张我和他的照片。三年里，每当我想他的时候，我就会把我们曾经的那些照片翻出来看。后来，我把它们单独放在一个盒子里，再没拿出来过，因为我不敢相信，我们曾经真的像照片里那样相爱。

楚梦寒是单亲家庭，他从小和他妈妈相依为命。我从来没听他谈论起他的爸爸，只知道他爸爸在他很小的时候就死了。他妈妈一直希望楚梦寒毕业后回S市工作，她已经在一家事业单位为他找好了工作。可楚梦寒并不想回去，他认为男孩子应该到外面去闯下一片属于自己的天地，在事业单位干，不是他想要的工作。

他妈妈一直觉得我配不上她儿子，尤其是知道我和楚梦寒搬到一起时，她一直觉得我是一个非常轻浮的女孩子。她曾很多次阻止我们在一起，那次，她觉得一定是我不想让楚梦寒回到她身边，对我的厌恶就更加不掩饰了。我们的婚姻从最一开始就没得到双方家长的祝福。可我们相信，我们是彼此相爱的，我们可以在这个世界著名的城市里好好地生活下去。

可谁曾想到，梦想离现实是那么的遥远。第一次争吵，我记得很清楚，是因为妈妈想买房子的事。我不知道妈妈在电话里和他说了什么，只记得他整个晚上都只留给我一个冷漠的后背。

渐渐地，我们吵架的次数越来越多。

最后，吵架变成了久久的沉默。

爱情在柴米油盐酱醋茶中越来越显得苍白。

我们似乎都不知道彼此究竟出了什么问题。

有一天，我发现自己怀孕了……

音箱里缓缓地放着一首老歌。

“那时候的爱情为什么就能那样简单？而又是为什么，人年少时一定要让深爱的人受伤……”

我们的爱情也像歌里唱的那样美丽，可现在，那曾经相依相靠的两个人却越走越远，直到成为陌路。

我合上箱子，把它重新塞回了柜子。这时，手机响了，我看到上面是一个陌生的号码。

接通电话，里面却是长久的沉默。可从呼吸声里，我已经知道电话的另一端是谁了。

我电脑的声音开得很大，刘若英舒缓干净的嗓音一字一句地唱着，好像是在念着一首唯美而又凄清的叙事诗。

直到那首歌缓缓唱完，我才听到电话的那一头楚梦寒略带干涩的声音传来："是我。"

我心里一动。

我记得以前念大学，我和他刚刚认识的时候，他和我都不属于外向的人，每次打电话的时候，他也是这样，只有两个字，那时却足以让我的心怦怦地跳上好久。

"有事吗？"

没有了白日里对他的反抗，怒吼。这一刻，我也觉得开口很难。这是三年来，我第一次接到他的电话。他走后的第一年，等他的电话仿佛是一天中占据我心最多的事情，可失望久了，也就慢慢习惯了。不过，三年后的重逢后，几天前，我内心还是想他能给我打一通电话。而现在，我确实已经想不出我还能对他说什么了，所以唯有沉默。我和他都是自尊心非常强的人，或许这也是我们不能走下去的原因吧。有时想，父母那样平淡，打打闹闹的生活中没有轰轰烈烈的爱情，却依然能够细水长流，过那么多年。白头到老的婚姻于我们却是那么可望而不可即。

"你在做什么？"他的声音很低沉，似乎隐藏了很多情绪。

我的思绪被打乱，他没有挖苦我，我也没有讽刺他，简单地回答："吃饭……"

这间屋子还是我和楚梦寒当年来到 A 市时租下的一室一厅。三年里，租金涨了两倍，可仍算便宜的。我没少和房东太太费口舌。三年里，我添了不少家当，可屋里的格局，很多东西的摆放还是和以前一模一样。不同的是，小小的餐桌上，三年来，只剩下了我自己一个人。

他似乎有话要说，却开不了口。

我想起了一件事，慢慢地对他说："你有时间，来我这里一趟。"

我听见他在电话里轻咳了一声，呼吸声有些不平稳。

"这里还有你很多东西……你来拿一下吧。"

三年前他走后，就再也没回来过，这些东西，我既然没有扔掉，那就只有还给他。他还会要吗？我自嘲地笑了笑，却听见他似乎长长地叹了口气。

"好。"

一个字，却让我有些意外。我无法想象，他再次回到这里时，我究竟会是怎样的心情。

又是长久的沉默。

我禁不住再次问他："有什么事情吗？"

三年没有给我打电话了，他不会无缘无故地打这通电话，一定有事找我。

"嗯，我……"

就在他吞吞吐吐的时候，门铃响了，而且很急切。时间已经很晚了，会是谁呢？我拿着电话，几步走到门前，"谁呀？"

"是我，桐桐。"

居然是蒋师傅的声音。他的声音很大，和以往似乎很不同。我愣了一下，却听见电话挂断了，只留给我一串忙音。

我打开门，看见蒋师傅站在门口，一副神情紧张的样子。

“蒋师傅，你怎么了?”

他没说话，但表情有点不自然。我把他引进屋，看着他的目光若有若无地飘向窗外。

“没什么，来看看你。”他看到我后，安心地笑了。

我把音乐关掉，给他倒了一杯水。

“你还没吃饭?”

他看着桌上还剩着一半的泡面，皱着眉问。

“一个人，随便吃一点就好了。”

我也不饿了，收拾起碗筷，放到了厨房里。

“桐桐，难怪你这么瘦。”他叹了口气，又很理解地笑了笑，“不过，一个人吃饭确实没有胃口。”

“蒋师傅，你也没吃饭?”我有些疑惑地问。

他点点头：“不仅晚饭没吃，还有午饭。”

想到了中午的那一幕，我心里有点难过，都是因为我吧，立刻说：“我去做一点，一会就好。”

他朝我笑了笑，没有和我客气。

围上围裙后，我在冰箱里翻了一遍。因为好几天没在家了，冰箱里空空的，只找到两个西红柿和几个鸡蛋，还有一只皮蛋。我在心里掂量一下，就开始在厨房里忙碌起来。蒋师傅这时也走了进来。厨房太小了，两个人站在一起，显得十分拥挤。他这样侧站在我的身旁，我觉得很不自然，用余光看着窗子上我们的样子。两个人的身体离得那么近，灯光下，甚至能给人一种他从身后环住我的错觉。

“蒋师傅，地方太小了，你随便坐一下，一会就好了。”

这是他第一次不请自来，走进我的小屋子。以前，他也只是来过有限的几次，也是我急需帮忙，才打给他，叫他来的。他每次都是匆匆地来，又匆匆地走。自从那天在医院，我们经历了那个吻后，他和我的关系似乎完全变了。此刻，这样同处一室的感觉，我有点不太自然，甚至隐隐约约在担心着什么。

我把熬的皮蛋粥和西红柿炒鸡蛋摆到桌子上，蒋师傅已经靠在沙发上睡着了。我走过去，想叫醒他，却发现他的脸上有着一丝不正常的潮红。想起这几天和我一起在医院守候老爸时，他就老咳嗽，我下意识地去摸他的额头，果然很烫！我心里很内疚。

我拿来一支体温计，想替他测一下温度，他却睁开了眼。

“蒋师傅，你发烧了！我陪你去看医生吧！”

他温和地笑了笑：“一个大男人，哪有发一点烧就去医院的?”

看着他的眼里布满了血丝，浑身也是很疲惫的样子，我走到桌前，拿起盛好的那碗粥，递到他的跟前：“蒋师傅，喝点粥吧。”

他眼睛中立刻闪现出亮晶晶的光彩，却没有用手去接那只碗，而是静静地等在那里。那种温柔的眼神让我的心慌乱起来。

我试着舀了一勺粥，递到他嘴边。我发现自己的手都是颤抖的。

他低头，把勺子里的粥喝光。他再抬起头时，眼睛里已经是无比坚定的目光。我已经停下了手中的动作，把碗塞到了他自己的手里。我想要退后，却被他一把拉住。

“桐桐，我知道你现在还不能完全接受我，我会等着你，等到你爱上我的那一天。但是，请让我陪在你身边，我不想再让任何人欺负你！”

他说得那样坦诚，目光温柔得几乎可以漾出水来。我问自己，像蒋师傅这么优秀的男人，萧桐桐，你还在犹豫什么？你到底要等到什么时候，才能开始新的生活？

我深深地吸了口气，对他说：“蒋师傅，我决定辞职了，以后不会再有人欺负我了。至于我们之间，再给我一段时间好吗？我要把我自己的事处理干净，那时，我们再正式交往，好吗？”

这一刻，我已经下定决心，给自己一个机会，重新开始！但在这之前，我要把自己和楚梦寒之间的关系彻底了断。

“你辞职?!”

他愣住了。

“辞职有什么？无论怎样，我也不可能在一个公司做一辈子。”

我尽量让自己表现得无所谓，虽然心里是极舍不得的。

“为什么会这么想？”

“你看咱们公司，那么多人，除了行政部的几个司机师傅，根本就没有超过五十岁的。在公司做了三年，我还没看过谁在公司正式退休呢。就算我现在不辞职，也不会在这里干一辈子。多去几个公司也没什么坏处。”

这些倒是心里话。

他叹了口气：“其实，我觉得女人还是留在家里做老婆比较好，压力太大，很容老的。桐桐，不要让自己太辛苦。只要你愿意，其实……”

留在家里做老婆？我微微一笑。我对蒋师傅说，我已经找到了工作，却没告诉他我是要去做销售。见我态度十分坚决，他没再阻拦。他执意不肯去医院，身上的温度却越来越高。我拿了药片，让他服下，然后在冰箱里冰了毛巾，放在他额头上，替他降温。很快，他就在沙发上睡着了，并且睡得很沉，看得出，他是累坏了。我也很累，却迟迟睡不着。一个男人在我这里过夜，我总有一种做错事的感觉，心里十分忐忑。沈欣欣说的可能没错，像我这种保守无趣的女人，不讨人喜欢。对蒋师傅，她几次劝我，让我一定要把握好。

第二天，我去公司正式办理离职手续。蒋师傅是我的顶头上司，他已经同意签字了，本应该没什么问题，可人事部却迟迟没给我回馈。我直接去找刘梅，她支支吾吾，也答不出个所以然来，却无意间透露给我，老板对与 TPC 的合作志在必得，为了这个项目，已经决定让蒋总监暂时调职，我的辞职申请恐怕会被驳回。如果我一意孤行，调档案时肯定会遇到麻烦。我气得直想骂人，这就是我兢兢业业，奋斗三年的公司？什么企业文化！根本就是糊弄老实人的废话！

我冲出人事部，跑到安全通道，拨了楚梦寒的电话，连打两遍，居然没有人接听。我的肺几乎不能负荷住我的怒气，我索性连续拨了无数通。终于在我的骚扰下，电话的另一边传来了楚梦寒的声音。仿佛昨天给我打电话时那片刻的温和根本就是我的错觉，他的声音冰冷到极点，又恢复了之前的嘲讽与不屑。

“萧桐桐！你发什么神经！有事回头再说，我现在没有时间！”说着好像就要挂掉电话。

我急了，这种不清不楚、好像上辈子欠他的日子我真是受够了："楚梦寒！你要是敢挂掉电话，我就直接跑到你们公司找你！你赶快打给陈漠然，让他尽快安排人事部批准我辞职的事！你再耍什么花样，我就跑到你们公司去，说明我们的关系！"

他似乎对我的威胁不以为然，冷哼了一声，然后却又沉默了。片刻后，他才说："你要辞职？"

"是！我不想和你这种人有任何关系！我不会再给你任何羞辱我的机会！"

"找到了好归宿，不用工作了？"

他口气不善，似乎每次我发怒的时候，他都比我还要气愤。

"是！我要马上去办手续！马上！立刻！"我斩钉截铁地说出这句话。

那边又沉默了。这次，他没了怒火，似乎很平静："明天中午来找我。"说完干脆地挂掉了电话。

我找出了自己最最喜欢的一件水蓝色的连衣裙，穿好，用梳子仔细地梳理好垂肩的长发，画了一个淡淡的妆。镜子里的女人，大大的眼睛，长长的睫毛……这个样子走在街上，一定能吸引不少人的目光吧。记起以前，很多时候，我梳理好头发，镜子里的另一侧，那个男人总是笑着看着镜中的我，说："不是一般的漂亮呀！"现在，我的样子并没有太大的变化，镜子旁却早已空空。

来到楚梦寒工作的大厦外面，已经是十一点钟了。我拿出手机，拨了他的号码。接通的时候，里面讲话的却是一个女人：

“您好！我是楚总的秘书，他现在正在开会，您有什么事情？可以过一会再打来，或者我可以帮您转告。”

好大的架子，我有足够的理由怀疑楚梦寒是存心的。

“我是萧桐桐，你告诉他，我在大厦的入口等他。”

“您是萧小姐呀，楚总说，您要是到了，请您到公司里等他。”秘书小姐声音很急切。

“不用了，我就在这里等他好了。”

我的口气很坚决，她听得出，没有说服我的可能，只好挂了电话。

上去做什么呢？我是要和他去办离婚手续，难道还要人看到我像那次康然那样，在他工作的时候，默默等着他的样子吗？

足足等了一个小时，终于看到了他脚步匆匆、英俊挺拔的身影。他看了一圈，终于发现了站在一个巨大广告牌下面的我。那一刻，我看到他明显地怔了一下，下一秒，他又生气了：“怎么不上去？在这站了一个小时？”

他的眉头紧紧地拧在一起，好像我是傻子一样。

我不想在今天还要和他吵架，吸了口气，说：“没关系，这么长时间都等了，不在乎多这一个小时，我们走吧……”

楚梦寒还在上下打量我，眼睛里的怒火一点点变弱，最后，他的表情整个温柔起来：“你等我，我去开车……”

我坐上车。这是一方封闭的空间，阻隔了外界的所有喧闹，我们两个人的呼吸声都很清晰。曾经，买一辆几万块钱的小车子是我们的梦想，现在，他的梦想实现了，却已与我无关。

“你的车子很不错啊。”我客气了一句，打破了沉默。

他的脸色难看起来，他却没说话，伸手按下了音响的开关，一首悠扬的歌曲从里面荡漾出来。居然是那首刘若英的《后来》。

歌在唱，我们很久很久都没有再说一句话。直到车停了，我才从思绪中回过神来，拧着眉问：“楚梦寒，你把我带到这里来做什么？”

这里根本就不是民政局，而是一处私人俱乐部。

“现在是中午吃饭时间，你以为民政局二十四小时办公吗？”

高大的树木掩映下，这个精致的意式建筑显得格外幽静。这里是早年意大利在华的租界，这个五层的美丽建筑就是殖民地时期遗留的产物。不知道那时会不会有贵族的小姐，穿着美丽的长裙，在树荫下静静地看书，那一定是一幅极美的画面。而我呆呆地站在这美丽的风景里，似乎也算得上和谐。

我隐约看到三层的一扇窗子里有一个男人正端着酒打量我。来不及仔细看，我的手腕突然被楚梦寒捉住，他拉着我就往里面走。

在开门的那一瞬间，我惊得呆住了。天哪！这也太豪华了吧！金碧辉煌，好像什么东西都在闪闪发光。光是外面的一个观景台，就是我住的小屋的两倍大。楚梦寒的生活竟然是这样奢侈！而我，努力了半天，却还要为了每月一千几百块的房租和房东太太软磨硬泡，我气得只想杀人。

楚梦寒看着我一副乡巴佬进城的模样，终于心满意足地笑了。他竟自顾自地坐到了一张巨大的餐桌旁，然后伸出手，对我说：“过来。”

哼，既来之，则安之，看他到底要耍什么花招！我“平静自若”地走了过去，坐在了他对面。

不久，服务生微笑地推着华丽的餐车走了进来，满满一车精美的食物散发着诱人的香气，餐车的一端还摆着一大捧美丽的百合花。

不是玫瑰。我撇撇嘴，我们是要去离婚，百合，只当是彼此最后留个纯洁的印象吧。

真的饿了，从老家回来，我兜里就只有一点点钱，拒绝了蒋师傅的再次资助，我几乎每天都是方便面，这些天，我几乎没好好吃过一顿饭。尤其是今天，依旧没有吃早餐，还站了一个小时等他，这会早已饿得前心贴后背了。服务生摆好了饭菜，我便不客气了。这些东西怎么这么好吃啊！有钱人天天过的就是这样的生活吗？

他给自己倒了一杯红酒，慢慢地品着。

在我狼吞虎咽地吃着的时候，隐隐听到他轻轻地叹息，这一瞬间，原本美味的菜肴在我的口中突然失去了所有的味道，我好像失去了把它们咽下去的力量。

他在笑话我吗？是呀！我就是这个样子，他不是一直都知道的吗？简单的一日三餐，阴暗潮湿的斗室。突然感觉鼻子有点发酸，我鼓鼓嘴，逼回想要落下来的眼泪。萧桐桐！在谁面前伤心都可以，就是不要在这个男人面前掉眼泪，你有出息一点好不好？

我把头埋得更低，大口大口地吃着那些食物，可眼泪还是不争气地落了下来。怎么办？我总不能一直低着头。

就在这时，他的一双手却摸上了我的脸颊，轻轻地擦去那些泪水，轻轻地唤着我，一如当年那么温柔：“桐桐……”

“呜呜……”

眼泪再也控制不住，像决堤的水一样。

我抬起头，不去看他，费力地咽下嘴里还没有咀嚼好的食物，接下来就是几乎让我窒息的哽咽。

我很可笑吗？难道在你面前，我还要伪装吗？我一直在努力，一直在奋斗，也一直在……等你……可你呢……除了侮辱和嘲笑，你还会做什么？你根本就是个混蛋……才不要在你面前哭……

我正想去抹眼泪，一股力量让我的身体不由自主地贴上了他的胸膛。楚梦寒把我紧紧地抱在怀里，把脸贴在了我耳边：“桐桐……桐桐……”

他的声音温柔似水。恍惚间，仿佛又到了几年前，早上，他在我的耳边叫着我：“桐桐，桐桐，起床了……小懒猪……”

“你是大懒猪……”

两个人在床上嬉闹成一团……

被他紧紧地抱着，一点也动不了，索性趴在他的肩膀上哭了个痛快。直到他那件一定很昂贵的衬衣被我的眼泪弄湿了一大片，我才断断续续地止住了哽咽。有点恨自己，可我控住不住。

楚梦寒松开了我，深如寒潭的眼睛里清楚地映着我的身影。我们两个人离得这样近，我听到他的呼吸慢慢地急促起来。

我猛地推开他，站起来，倒退了几步：“楚梦寒，谢谢你的午餐，我吃饱了，我们……赶快去民政局……”

他低头看了看手腕上的表，很认真地对我说：“从我们进来到现在，只有二十分钟。”

看着我不耐烦的样子，他的表情有些落寞。他重新坐到他的位子上，仔细地盯着我说："桐桐，我有话想和你说。"

见我沉默，他叹了口气，似乎很痛苦的样子："你就这么放心把自己交给蒋若帆？你了解他吗？他有没有能力好好照顾你？你对他的感情……确定……是爱吗？"

说完这个"爱"字，他居然摸出一支香烟来，熟练地夹在手中，点燃，吸了几口，然后长长地叹了口气："桐桐，我怕你……"

"楚梦寒，你是不是太莫名其妙了？"我打断了他语重心长的关心和提示。我微微一笑，平和地说，"蒋师傅是一个很好的男人，有能力，有担当，责任心很强，为人低调，正是我喜欢的类型。我和他认识三年了，欣赏他，崇拜他，也很爱他。他对我很好，很好。我们在一起，很愉快，也很……幸福……并且，妈妈也很喜欢他……"

楚梦寒的脸色冰冷到了极点，夹住香烟的手指颤了颤，然后狠狠地把它按在了烟灰缸里。他站起身，再次逼近我："你说的真是心里话？"

我坦然地迎着他的双眼，无比郑重地点点头："真的！比真金还真！"

良久的对视，我看见他眼中方才闪烁的光芒熄灭了。

楚梦寒的自尊心可不是一般人比得上的。上学时，他的自尊心就很强，现在有了钱，有了地位，估计更强。

他低下头，似乎是做了一个重大的决定，然后慢慢地从身上掏出一张银行卡。我怔了一下，手已被他拉住。他摊开我的手心，把那张银行卡放在上面。来不及推拒，他的手就已撤走。我看见他面色铁青，好像生病了一样难看。

"这是什么？"

我拿起了那张银行卡，在他眼前晃了晃。银行卡里面当然是钱，我想问他给我这个是什么意思？我们当初是自由恋爱，协议离婚，所以，他不用付给我什么青春损失费。再说，那么困难的时候，我都过来了，现在给我这个，有什么用？我就算再穷，再需要钱，也从没想过傍个什么大款来改善自己的生活，更何况这个人还是我的“前夫”！他的钱，都是离开我后赚来的，所以，一分一毫都与我无关。

握着这张轻飘飘的银行卡，我自嘲地笑了笑，我想，若是在不久前的那一天，他把这张卡塞到我手里，我一定会高兴的，可现在，我已经不再需要了。

看着我的笑容，他好像被烫到了一样，才数秒钟，他就像是受到了极大的伤害一样。

“这里有一笔钱，留给你，你以后也许会用得到。”

没有说里面的具体金额。

我把银行卡递还给他：“这个我不会要的。”

若是想留给我什么，那就让我记得我们之前的那些美好吧。爱情都没有了，要钱还有什么用。

我没想到，我此刻的拒绝，在他眼中，根本就是另一种意义。他马上又恢复了往常的挖苦和讽刺：“萧桐桐！你早过了无知少女的年纪了，怎么还这么幼稚？你以为那个男人就肯定靠得住？你就对他那么有信心？一个女人，留一些钱，才会让人更放心一些！你怎么活了这么大，连这个简单的道理都不懂？”

呵呵，原来他是以为我钓到了金龟婿，才不想要他的钱。简直是鸡同鸭讲。

“楚梦寒，这卡我是不会要的！我嫁给谁是我自己的选择，当初我爱上你，也是我自己的事，一切与你无关！你的钱还是留给其他的女人吧。我就是傻，就是白痴，所以曾经才会那么相信一个男人能给我幸福……”

这时，又有服务生进来送甜点，看到我们两个人的脸色，又看了看满屋里本来很浪漫的布置，吓得吐了吐舌头，飞快地闪了，临走时替我们把门带好。

屋内安静下来，我们都不再说话，却能感到我们之间有一种无形的悲哀，慢慢地蔓延到这间华丽套房的每一个角落。一分钟，两分钟，三分钟。他突然走向我，把我搂在怀中。这一次，我没有拒绝，任由他紧紧地抱着。我想，这也许是今生最后一次拥抱了吧。我的顺从似乎鼓励了他，他低下头，吻上了我的嘴唇。我一惊，想推开他，可他已经越吻越深……同时，用一只手无限不舍地抚摸着我的身体……

我有点不知所措，或者说，今时今日，我们之间不再挖苦和讽刺，就不知如何相对了。就像在他离开之前，我们也曾经天天吵架，之后，谁也不愿意再次开口，因为怕说出的话伤害到彼此。沉默中，只有用别的方式交流，比如身体。四肢纠缠，汗水淋漓，为的就是证明彼此还依然存在。这一刻，我仿佛又回到了那个时候。

他吻着我的唇，像是要把我吃下去一样，双手不再满足抱紧我，而是探进我的裙子，不停地抚摸着我的每一寸肌肤。我挣扎，怎么能和这个男人再有任何身体上的纠缠？显然，他不是要吻别这么简单。可他的力气大得惊人。他就这样，一边用力地吻着我，一边抚摸着我的身体，一步一步把我拖到里面的一张大床上。跌落在床心，下一秒，他的身体就覆上来了。没有酒精，没有眩晕，我是绝对清醒的，可我浑身都在颤抖。他的手已经在我的身上游走，我的身体就像撩起了一层火焰。我拼命地按住他将要滑进我胸口的那只手。我试着掰开他的手指，但根本就是白费力气，深呼吸导致胸口剧烈起伏，反而令他眼睛里的颜色更深了几分。

"楚梦寒……你赶快放开我……我们已经……"

"别说那两个字，不然你会后悔的！"

果然，他说到做到，胸尖上一阵酥麻，我立刻陷入了水深火热中。他比我更了解我的身体，熟悉哪里会让我更加难受。我听到了他的喘息声，他似乎更加难受。

就在这个时候，手机响了，一遍，两遍，三遍，他终于忍无可忍，摸出了手机，放在耳边。他坐了起来。我立刻拽好自己的衣服，跳下床去，逃也似的，想要跑出去。可是他的反应更快，捉住我，把我死死地搂在怀里。距离这么近，我听到了电话里那个久违的声音。

"小寒，你去 A 市了？有没有见那个女人呀？赶快把手续办了，否则我就没你这个儿子！"

我冷笑一声，索性放弃了挣扎，冷冷地看着他。

他尴尬地看了看我，说："妈，我现在有事，回头再打给你。"说着，他就挂了电话。

原来他妈已经知道我们没办离婚手续的事了。

"回公司吧。"

我一惊，有一种被耍的感觉："楚梦寒，你什么意思？"

这时候，他脸上又换了一副复杂的表情："我什么时候说过让你来找我是要去办离婚手续？"

他的内心好像在剧烈地挣扎着。

我明显能感到他说这句话，有临时决定的成分，又有提前预谋的味道。仔细回忆，那天他确实只是说让我中午来找他……他是在和我玩文字游戏吗?

“楚梦寒，你不要这么卑鄙，行吗?!”

我抬头环视了一下这间豪华的套房，想着之前他所有的举动。凭着我之前对他的了解，他是一个做事极为果断干脆的男人，怎么三年过去了，当上了职业经理人，办事却这么婆婆妈妈的了? 难道他真的对我们离婚这件事一直没考虑清楚? 刚才和我纠缠诀别的那一刻，又让他临时改变了主意? 可不办离婚手续，他想怎样? 我们都知道，无论怎样，我们都已不可能再回到以前了。三年的时间，发生了很多事，也错过了很多事，也许我还是我，可他已不再是我所熟悉的那个楚梦寒了。

迎着我疑问多多的目光，他突然涌上了一种无力而又疲惫的表情:“桐桐，离开蒋若帆好吗?”

这句话顿时把我雷在了原地，我一动不动地看着他。就在我几乎要把他此刻的表情归结为痛苦的时候，我突然想起了那个电话，嘴边泛起有点邪恶的笑:“刚才若是我没听错，你妈是在下最后通牒，要你和我办离婚手续吧? 我记得她一直都不喜欢我，当年，有些话就已经讲得很难听了，现在，我几乎不能想象，她再见到我的时候，会怎么样地侮辱我。你非要搞得让她误会是我一直死死地纠缠你，不肯办离婚手续，你才满意吗? 我实在不明白，你身边明明已经有了那么多女人，为什么还不能让我去追求自己的幸福?”

三年了，在这最后一刻，才想起挽留我，这是什么心理? 占有？不甘？

楚梦寒听到我说他已经有了那么多女人的时候，脸色变了一下，却并没有否认。

我的心还是没有经我大脑允许，擅自抽搐了一下。

“你了解蒋若帆吗？他来昊天之前做什么，家庭情况又是怎样的，之前有什么感情经历，你都清楚吗？你怎能这么草率地把自己交给一个男人？”

我被他一连串的反问问住了，他说的这些，我确实没问过蒋师傅。

看到我愣住的表情，他似乎更加愤恨了，好像我是天下最蠢的女人一样，让人不省心。他对蒋师傅毫不掩饰的敌意，赤裸裸地写在脸上。

就在这个时候，我的手机也响了，屏幕显示是妈妈。

“桐桐，大夫说你爸现在可以转院了，我想着上次蒋领导说介绍大夫给你爸的事，想着这几天就去A市。”

转眼间，我已经去永正培训三天了。

那一天，虽然没有和楚梦寒去成民政局，他却答应了我辞职的事。多么滑稽！我的辞职，最后却需要我的“前夫”点头。

终于离开昊天了，那一刻，社会又让我体会了一次什么叫人情冷暖、世态炎凉。一张小小的离职单，上面几个老总都已经签字了，还要去财务、信息中心等部门签字，免得留下什么问题。那些经理们，每个人脸上表情不一，有的还像以往那样热情，有的就立刻换上了另外一种脸孔，无事也让你一等就是一个小时，好在我无悲无喜。只是，拿着一个小小的纸箱离开公司的时候，心里还是有些抑制不住的落寞。

晚上和部门的同事吃了散伙饭，第二天我便去了永正公司报到，开始了我全新的工作生涯。

新人的入司培训需要一周的时间，中午的时候，我和几个同事一起去大厦顶层的餐厅吃午饭。人很多，这座大厦所有的白领都可以上来用餐。只是，我没想到，天天都能在这里看到周正。以前在昊天的时候，除了蒋师傅，几乎没看到过公司的几个核心人物会挤电梯去餐厅吃饭。周正拿着餐盘，每天与不同的员工坐在一起，一边吃，一边聊天。以前看《李嘉诚传》的时候，书中说过，李嘉诚在发迹后也是每天和员工一起用餐。虽然周正和李嘉诚比差太远了，我还是忍不住给我的新老板多打了几分。今天，老板居然坐到了我的对面。和我一起吃饭的女同事中午有事，匆匆吃了几口就走了，饭桌前就剩下我和周正。

“周总！”

这个男人在工作中，甚至在和工作相关的环境中，就会把老板的风采展现得淋漓尽致，我根本无法把那天他开我玩笑的样子和现在的他联想在一起。

“这几天的培训适应吗？”他一边挖着米饭，一边看着我问。

我连忙点点头：“谢谢周总关心，老师讲得很好，我也非常喜欢咱们公司的企业文化，而且同事们都是年轻人，在一起很容易沟通。”

想起那天我不止一次骂他有病，我不自觉地回答得很婉转。

他突然嚼着米饭就笑了起来，这表情又恢复了我在公司外见到他那两次时的不羁。

片刻后，他还是强迫自己恢复了刚才一本正经的样子，反驳我说："作为一个合格的销售员，不仅要善于和年轻人沟通，各个年龄层次的人，都要沟通好，那些最后能确定项目归属的人，往往都不会太年轻。"

我连忙点点头，直觉上明白，凡是上级，无论下级说得多对，为了显示自己的威信，也忍不住反驳下属几句，更何况我和周正之间隔着很多级。

我的手机响了，拿起来一听，居然是妈妈的声音。

"喂……桐桐，我和你爸已经到了总医院了，小蒋一个人在这里，你什么时候过来呀?"

我一下子从餐椅上跳了起来。我这个老妈，居然第一个去找蒋师傅，然后才来通知我！"小蒋"？第一面还喊人家蒋领导呢，现在就直接"小蒋"了？她下面一句话更雷到了我。

"桐桐，你猜我在医院看见谁了?"

"谁呀?"

我不解地问。感觉老妈笑得得意极了："我看到楚梦寒他妈了，她也在这看病，你赶快过来。"

"你怎么了?"周正看着脸色惨白的我，皱眉问道。

"没事，没事，家里有人住院，我得去一下总医院。"心不在焉，想着，完了完了，这两个老太太在一起，我没办离婚手续的事，肯定要穿帮了。

"我刚好也要出去，我送你?"

"嗯。"我没思考就点了下头，几秒后才意识到他说了什么，连忙说，"不用了，周总。"让老板送我，这可承受不起。

"我也刚好要去那个方向。一个能成为优秀销售员的人可不应该是你这么扭扭捏捏的样子。”

周正把饭和菜搅在一起，几口扒完，用餐巾纸擦过嘴，宣告这一餐的结束。说着，他已经站起来，向餐厅的出口走去。我正犹豫着要不要跟上去，他已经走出了好远，回头皱着眉头看我。吃饭快，走路快，说一不二，这是我对这个老板的最新认识。

车子从中环开始，堵了又堵，到医院的时候，已经是下午一点半了。

我有点不安，周正说：“父母住院是大事，明天去人事部补个事假手续，今天就不用回公司了。”

我感激地说声谢谢，这样体贴的老板，相信很多员工都愿意为公司卖命。

我打通了妈妈的电话，正要往五楼的住院部走，无意间一回身，透过医院的玻璃墙，看到我的老板周正和一个高大帅气的男人谈得正欢。

流年不利！绝对是流年不利！那个背影，就算是在人潮涌动的商业街，我也能一眼认出来，不是楚梦寒那厮，又是谁？他，他，他，居然和周正认识？那亲热的样子，不像是和昊天老总陈默然那样的疏离客气，他们俩更像是好久不见的哥们，就差拥抱在一起了。没有最悲剧，只有更悲剧！下一秒，我发现周正停好了车，随楚梦寒一起走进了医院的大厅。我顾不得坐电梯，直接跑进了楼梯间。到了五楼，心还在扑通扑通地跳。

我问了咨询台的护士小姐，找到右手边的第四间病房，推门进去。蒋师傅正陪着老妈轻声说话，老爸躺在病床上睡着了。这是一个单间，环境很好。我知道这家医院是全市最大、最权威的，就算是年节，也是人满为患，想要订到这样的单间，是相当不容易的，看来蒋师傅认识的人一定在这医院里有些地位。

“桐桐，你怎么没和小蒋一起来呀？你比领导还忙？”

我撇撇嘴，把包放下，埋怨着：“妈，蒋师傅很忙，你怎么不直接给我打电话？”

“你那个电话一直打不通，我当然只有打电话给小蒋了。昨天，小蒋就给你爸订好了床位，怎么，他没跟你说？”

因为培训，我的手机一直关机。我还没告诉妈妈我辞职的事，要是让她知道我放弃了稳定的收入，去做销售，又是一百张嘴都解释不清楚了。蒋师傅知道我还没和家里说我辞职的事，所以自然也没有擅作主张告诉他们。总之，蒋师傅实在是太周到了！

我尴尬地看了看蒋师傅，这才哪跟哪呀，妈妈和他就单线联系了，他们打成一片，搞得我倒成了外人似的。我撇撇嘴，不理妈妈，只对蒋师傅说：“蒋师傅，谢谢你！”

“桐桐，喝点水吧。”

他一边说，一边朝我笑了笑。

这时，忽然听见有人说：“这房间真不错呀！”

这个声音三年后再次在我耳边响起，依然有如此强大的杀伤力。我只觉得头皮一麻，浑身的寒毛都立了起来。

说话的正是楚梦寒他妈，我的“前任婆婆”。她的头发还是一丝不苟地高高盘起，身上的衣服熨烫得一丝褶皱都没有，她说话时，不时地用手去扶鼻梁上的一副眼镜。

我有点做贼心虚地向后退了几步，不知道该如何称呼她。

妈妈在一旁接过话来：“是呀，这是桐桐的男朋友托人给她爸订的，多少高干领导都排在后面住不进来呢！”妈妈一脸骄傲。

受不了两个人一见面就剑拔弩张的气氛，我硬着头皮喊道：“伯母！”

她轻蔑地看了我一眼，眼皮都没抬一下，目光却直直地落在了蒋师傅身上。

妈妈看见她皱眉的样子，很是受用，继续无比得意地炫耀着：“我女儿现在在一家大集团里做设计师，每个月赚好几千块，他男朋友就更厉害了，是什么来着？”妈妈想了半天，“对了！总监！是个总监！”

我的脸腾的一下红了。

楚梦寒他妈妈的目光好像是探照灯一样扫射着我。以我对她的了解，她是永远不会让自己居于下风的，哪怕是用最恶毒的语言去攻击别人，只要能让她心里舒服，她决不会去顾及别人的感受，尤其是面对她早已厌恶至极的我。

“见过不知廉耻的，可真没见过像你们这样厚脸皮的家庭，难怪会有这样不要脸的女儿。”

这么恶毒的话，她居然用十分文雅的语气说出来，我真是佩服她。

刚想反驳，妈妈已经沉不住气了，站起来就要冲过去，蒋师傅意识到了事情的严重性，一把拉住了妈妈：“伯母，不要吵到伯父！”

说着，他不解地看着我，似乎想弄清这个女人的来历。

“你出去！这里不欢迎你！你可以侮辱我，但不能侮辱我的家人！有什么事，你和我去外面说。”

以前为了爱情，你怎么对我，我都忍了，可现在，我为什么还要受你的气?! 我不给她说话的机会，拉着她向外走。

她甩开我的手臂，冷笑道：“怎么，害怕了? 一边幻想和我儿子重归于好，另一边又勾搭上了男上司，就看不惯你这种脚踩两条船、自作聪明的人。女孩子，还是要检点一下，哪有像你这样，还没毕业，就搞什么同居的? 刚毕业就缠着我儿子和你结婚。我就这么一个儿子，还指望他大学毕业光宗耀祖呢。鬼迷心窍娶了你，不但家里穷得要死，还扫把星一个，拉着我儿子，非要跑到这里来，连个正式的工作都找不到。你看看，离开你以后，我儿子马上就飞黄腾达了吧? 你以为你拖着三年不离婚，我儿子就会回心转意吗? 我劝你还是不要做白日梦了。马上和我儿子离婚! 否则我要你好看!”

她的话像惊雷一样在病房内炸开。蒋师傅下意识地松开了妈妈，像化石一样定在那里。我不敢去看妈妈，她是那么骄傲的一个人，怎么受得了这样的刺激。

我为什么三年不去办离婚手续? 为什么让妈妈受这样的侮辱? 我想反驳，想解释……一抬头，却看见楚梦寒和周正正齐齐地站在屋外，不知已站了多久。

“妈!”

楚梦寒深深地看着我，拉着他妈往外走。

见到了这个卑鄙、无耻、下流的男人，我所有的委屈都涌了上来，泪水就要溢出眼眶。

啪! 一记响亮的耳光。

老妈打了我。

她的眼睛通红，几乎要喷出火来。她气得浑身直哆嗦，用手指着我，说不出话来。

我捂着被打的右脸，想解释，可怎么解释呢？鬼迷心窍的我，怎么这么糊涂呢！这一刻，我想，如果时间可以倒流，三年里，我一定会不厌其烦地打电话给楚梦寒，催着和他离婚！离婚！我觉得自己真是天底下最最不孝的人！根本就是个混蛋！和谁结婚，可以选择，父母却只有一个。父母生我养我，省吃俭用，供我念大学，为的是让我出人头地，他们将来能在人前骄傲地做人。我却让妈妈当着这么多人的面被别人的妈挖苦讽刺得抬不起头来。

眼泪像断线的珠子一样流了下来，这样的场面，不仅妈妈受不了，我更想找个地缝钻进去。

我没想过要骗蒋师傅，我是想等我和楚梦寒彻底断干净后，再把事情讲给他听。如果他还选择我，我们就正式开始；如果他嫌弃我，这段感情就在还没开始前结束。或许，我之前一直没有告诉他，也是因为我到现在也还没有强烈地爱上他吧，所以才会如此从容，没有一丝担忧。这样突发的情形，我深深地伤了他的心。毕竟，男人的自尊心比什么都重要，更何况是他这样优秀的男人。

同样糟糕的是，我的新老板，周正同志，这个时候也在。我想，无论是什么样的老总，都不会希望自己的员工私生活混乱吧？他一定和楚梦寒是很熟很熟，否则也不会来看楚梦寒他妈。他们之间是这样的关系，我还要不要继续在永正公司做下去？

沈欣欣的那句话忽然响在了耳边：“三年前，楚梦寒让你一无所有，现在，他回来了，不要因为他，又变得一无所有。”

最后，我含着眼泪，把目光落在那个我爱过，恨过，曾经给过我幸福，却又一直带给我无限伤害的人。

“楚梦寒，你如果还是个男人，就马上和我去办离婚手续！”

我咬着嘴唇，哭着说出这句话。

楚梦寒的肩膀抖动了一下，迎着他妈听了我这句话错愕的目光，深深地叹了口气，艰难地说：“妈，是我一直不同意离婚，你误会桐桐了。”

屋内的空气再一次凝固了。

“你到现在还护着她！你……”说着，她恨恨地离开。

“滚……我没有你这个丢脸的女儿……”

妈妈悲愤地冲我吼了一句，垂下脸，看着病床上的爸爸，也掉下眼泪来，轻声说：“我怎么会有这么不争气的孩子……”

我抹干了脸上的泪水，转身跑了出去。

我一口气跑到了楼下医院的花坛旁，大口大口地呼吸着新鲜的空气，抬头看着蓝蓝的天空，我的未来似乎只剩下了尴尬和迷茫。

忽然感觉有人从背后揽住了我的肩头，掌心的温度传来。我回头去看，原来是蒋师傅，他温和地对着我笑。

“蒋师傅，对不起！”我诚心地说。

“桐桐，不用和我道歉，每个人都有权拥有自己的隐私。我很庆幸，楚梦寒不懂得珍惜，才让我有机会追求你。你一直把自己封闭起来，在你还没有爱上我的时候，我怎么能要求你把你心中的伤疤揭开给我看呢？”

这个时候，蒋师傅的表情是极其生动的。阳光下，他整个脸上泛着淡淡的光泽，没有愤怒，分明是一副如获重释的表情。蒋师傅怎么可以对我这么好呢？

没有让我再能去说些什么，他把我搂在了怀里，就像我是他多年的爱人一样，给我依靠，给我安慰。也许我真的累了，我第一次用手环住了他的腰。

当我从他的肩膀上抬起头来，却看到楚梦寒正一步一步地向我们走来。

“我有话跟你说。”他口气有些颤抖。

蒋师傅放开了我，拍了拍我的肩膀：“桐桐，我在前面等你！”

楚梦寒走近我，犹豫了好久，叹息着说：“我妈心脏不好，你不应该刺激她。你知道，她是我唯一的亲人！”

轰！无明火在我胸中熊熊燃烧，看来他没有听到我们当时说话的全部内容，一定是他妈恶人先告状！可这些都已经没有意义了。

“明天我们去办离婚手续吧。”

他掏出了烟，放在口中，用打火机点燃，深深地吸了一口。

我一阵恍惚。

“明天我们去领结婚证吧！”依稀记得他向我求婚的时候，也是这样淡淡的口气，好像一切都是那么的顺其自然。原来从开始到结束，不过是几个字的差别。里面包含了我的青春、我的爱情，甚至我曾经所信赖的一切。

“好！”

我点点头，说出这个字，心里竟然空了许多。而他的眼睛里也有掩饰不住的悲伤。

缘聚缘散，一切都已结束。

第二天，我终于真正地恢复了单身。没有拥抱，没有吻别，从民政局出来的时候，我们甚至都没有再说一个字。高高的艳阳下，两个孤单的身影，一个向左，一个向右，终成陌路。

出门不利。我们来到海南已经两天了，却一直下雨，今天才有缘见到蔚蓝的天空、金色的阳光。

我穿着一件很具南国风情的碎花泳衣。这泳衣是两件套，不是比基尼，但中间依旧露着我平坦的小腹和肚脐，下面看上去有点像超短裙，不算太暴露，但整个身段都被起伏地勾勒出来。之前穿泳衣，还是在大学的时候，我不会游泳，是某人在大学的游泳馆里，用手托着我的身体，一点点教会了我。好几次，他故意松开手，我就一下子沉了下去，吓得哇哇大叫，喝了不少水，又被他满满地抱住。

“桐桐，你真美！”

蒋师傅的身后是湛蓝的海水，一直延伸到天际，海天一色，金色的阳光把海滩上的细沙照得像碎金一样。他脖子上挂着相机，完美的身材在阳光下好像希腊神话中的人物。我看着他的时候，他已经跑过来拉住我，从身后拿出一个花环，替我戴在了头上。方才来海滩的时候，有人胳膊上圈着许多这样的花环，卖给游客，我也被吸引着，看了好几眼，没想到这么细微的事，也被蒋师傅看在了眼里。蒋师傅对我真是太好了，三年来，所有的点点滴滴，汇聚在一起，到今天，我才真正看懂那感情，那不是别的，正是满满的爱。命运对我也许还是眷顾的，否则，我何德何能，能被这样一个优秀的男人默默地爱了三年。

和楚梦寒办完离婚手续后，妈妈的气还没消，见我就恨恨的。我爸的病情很稳定，但还要住院休养一段时间。在蒋师傅建议下，我让妹妹从老家赶来，平日里住在我的小租屋，给爸妈做饭。而在我离婚的第三天，蒋师傅便请了假，带着我飞来了海南。我知道，他是要给我一个全新的开始。

下雨的两天，躲在酒店里，我也没闲着，发了很多求职的邮件，顺便从网上找了一些租房信息。那个住了好几年的小屋子，虽然还有些不舍，但我已经决定不再住下去了。蒋师傅自己住着三室一厅的公寓，他说其中一间卧室始终是空着的，可以“借给”我住，被我笑着拒绝了，不知道是不是因为楚梦寒妈妈的那句“未婚同居”刺激了我。我想我再也无法在婚前和任何一个男人住在一起了。

正想着，就听蒋师傅说：“桐桐，我来替你拍照吧！”

他的笑容好灿烂，手中的快门响了几声，拿给我看时，屏幕上一个少女，长发飘飘，一双大眼睛羞涩地看着前方，这样的装束却有一种清丽脱俗的风情。这个“少女”是我吗？怎么看也不像是一个离过婚的女人。按照妈妈的说法，我最值钱的年纪都已经过去了，我却从来没有这么认为过，性格里有种不服输的劲头，完全遗传了妈妈的基因。我总是觉得，我的生活不会这么一直平淡下去，靠自己的打拼，一定可以让我和全家的生活过得更好。

这时，蒋师傅已经走过来搂住我的肩头，下一秒，听见快门的声音，才看见原来他拜托了一个少年给我们拍照。啪！一张亲密的情侣画面定格在了屏幕上。

他的心情出奇的好。他拉起我的手，向海边跑去，像个初恋的少年一样。

“以后不许叫我蒋师傅，叫我若帆！”

他的眼中是满满的期待。

我笑着点点头，与他并肩坐在沙滩上。海边的风，那么柔和，一望无垠的湛蓝的海水让人的心一下子开阔起来。生活中所有的挫折在大海面前都显得那么的渺小和不值一提。

“桐桐，这么多年来，我从来没有这么高兴过！”他温和地对着我笑，脸上写满了认真。

我不禁皱了皱眉头。说来惭愧，认识他三年，我从没关心过蒋师傅生活上的事情。我躲在自己的世界里不愿出去，而别人的世界，我也无意闯入。

三年来，我们有许多单独相处的机会，可他连我的手也没有借故拉过一下，更没说过一句暧昧的话。虽然我也曾怀疑，可他把心意隐藏得太深了，把我怀疑、不安的念头都通通打消了。

“若帆，我真的一直都不知道你喜欢我。”我如实说。

他的脸微微有点红，然后有些宠溺地看着我：“桐桐，你不知道你以前把自己封闭得多么严实，我亲眼看到过你毫不犹豫地拒绝过几个男同事。之后，人家再和你相处，你也总是有意回避。所以，我很怕，我怕让你看出来，也会遭受和那些同事一样的对待。”

“我有吗？”

这回轮到我脸红了。不过，仔细一想，他说得也没错，如果他三年前向我表白，我想，他也是一样会遭到我的拒绝。不是他不好，而是我那时从没想过要开始一段新的感情。现在我已经决定重新开始，虽然我还不能像几年前那样去爱一个人，可我想，总有一天，我会从那段阴影中走出来，把我的感情毫无保留地给真心爱我的男人。

“若帆，能和我说说你家里的事吗?”

爱也许可以从了解一个人开始。

听到我这句话，他愣了一下，目光投向海的尽头，同时收敛了所有的笑容。这是我第一次从他的口中听到他的家庭。

原来他的父亲是省里的高官，母亲是一所大学的校长。他父母一直都很忙，他是爷爷带大的。大学毕业后，他工作了两年，后来爷爷去世了，他就一个人去了国外，继续深造。回国后，他没有回家，而是一个人来到A市工作。

“桐桐，你知道吗? 我没什么远大的抱负和理想，只想找一个喜欢的女孩子，安稳地度过一生。我父母感情不好，他们那种表面上相敬如宾，私下却是冷漠疏离的婚姻，一直就是我的噩梦。你就是我一直喜欢的那种女孩子，我希望能照顾你，一直与你白头到老。”

我回望着他，看着他的眼睛，说：“若帆，我拒绝别人，不是因为我冷漠清高，而是因为我的心还不能让我去接受另外的男人，我只是遵从自己的心，不想去欺骗别人。或者说，一个婚姻失败的女人，对感情是更加敏感和脆弱的。如果不爱，就永远不会再一次受到伤害。我原来可能会继续把自己的感情封闭下去，可现在，我愿意再一次敞开心扉，去爱一次。也许现在我们之间的感情还不是对等的，那是因为，也许一个像我这样的女人，永远不会像男人那样潇洒地对待感情，轻易接受，而又轻易抛弃。你会怪我吗?”

蒋师傅看着我的眼睛，目光闪烁了一下，随着又升起了满满的爱怜和忧伤。

“桐桐，我知道要你这样一个保守而又重情的姑娘从感情的阴影中走出来，接受一份新的爱情，需要鼓起多么大的勇气。你能接受我，我感到很荣幸，又怎么会怪你呢？”

他在说这句话的时候，我明显感到了自己的心抽动了一下。生活的轮盘把这样一个好男人摆在你的面前，萧桐桐，再去试着爱一次！

两天后，我们搭飞机返回了A市，估计妈妈的气也该消了。

走出机场，打开手机，不到五分钟，居然短信提醒，有二十几个未接来电，有沈欣欣的，有妹妹的，但最多的，是一个陌生的号码。我把电话拨了回去，很快，传来一个男人的声音。

“萧桐桐？”

声音隐隐约约给人一种压迫感，似乎还有丝丝不满的情绪。

我皱着眉问：“我是萧桐桐，请问你是哪位？”

“萧桐桐，我以为你会是一个勤劳上进的好员工，没想到自由散漫，无组织、无纪律才是你做事的本来风格。”

明明是那么恶毒的话，可他说的时候，语调竟能那么平静，效果却一样惊人。这个人是周正！

“周总，对不起！没有当面向您请辞，但我已经打电话和部门经理说过辞职的事情了……”

我的话还没说完，就被周正打断。

“我记得你面试的时候可不是这种态度。所有入司的新员工中，只有你一个人和我不辞而别，而你却是我唯一推荐过的人。永正公司从来都是靠实力竞争上岗，没想到你倒是给我的公司开了先例。请你今天下午两点来我的办公室！”

说完，他就挂断了电话。

想想，自己在这件事上确实处理得有些失礼。难道其他人都以为我是走了后门才进入永正公司的，所以进出才会这么随便?

“桐桐，谁的电话?”

蒋若帆已经从停车场开来了车子。

“我的新单位。这些天我没有开机，他们联系不上我，我下午可能要去一趟新公司，办理一些手续。”

“嗯，下午我也得回公司，现在我们先去吃饭吧。”

蒋若帆替我打开了车门，我坐到了副驾驶的位置上。

“还是回家去吧，我随便做一点，咱们吃。”这几天天天在外面吃饭，我还真有些不习惯，在我看来，那太浪费了。

他按了 CD 的开关，从里面飘出来的音乐很轻快，正如他此刻的好心情。

“桐桐，我过几天要回 T 市一趟，等我回来后，挑个时间，跟我去见我的父母好不好?”

见父母? 我心里有点怕，他那样的家庭，会接纳我这样一个离过婚的女人吗? 可看着他认真坚定的表情，我笑着点了点头。

到了我的小租屋，打开门，老妈正在厨房里煮东西。

“伯母!”

妈妈侧身斜了我一眼，看样子还在生气:“小蒋，吃饭了吗?”

“桐桐急着回来，我们还没吃午饭呢。”蒋师傅笑着说。

“正好，我做的炸酱面，你们也一起吃点吧。”

“炸酱面，好久没吃过了!”

我连忙凑上去，准备帮忙。

“你出去，一会我有话跟你们说!”

妈妈依旧一脸的阶级斗争，丝毫没有原谅我的意思。

我撇撇嘴。

饭桌上，蒋若帆旧事重提："伯母，桐桐这个地方太小了，伯父还要一段时间才能出院，我住的地方离医院比较近，而且就我一个人住，不如搬到我那里去，比较方便一点。"

"若帆……"我刚开口，就被妈妈打断了。

她放下碗筷，认真地看着蒋若帆，说："小蒋，你对我这个女儿是真心的吗?"

我一愣，怔怔地看着妈妈，不知道她接下来要说什么，不由皱了皱眉头，小声说："妈……"

蒋若帆郑重地点了点头："伯母，你放心，我是真心喜欢桐桐的。"

妈妈没有理我，只盯着蒋若帆接着说："这天底下所有的父母都会希望自己的孩子能过得好好的。我更是如此。我们家桐桐从小就要强，也很懂事。我和他爸没什么本事，这一辈子就这么过来了。家里条件不好，省吃俭用，供出她这么一个大学生来，自然对她的期望要比我那两个孩子高。这些年，她一个女娃在城里生活，每年还要拿回那么多钱补贴家里，我知道她不容易。可没办法，她就生在了这么一个家庭里。三个孩子，好像三根手指头，咬咬哪个都很疼，想要一碗水端平，不容易。她妹妹的成绩不比她差，可我们供不起，她妹妹高中没毕业就出去打工了。他弟弟念书不好，人又老实，和他爸爸一样，也是没大出息的。桐桐一毕业，我就张罗着在县城里买房子，主要是想他弟弟说媳妇的时候，人家能高看一眼。我们就是这样的家庭，以后家里的大事小事，还都得指着桐桐。你若是接受她，就得接受我们全家。

不瞒你说，我从一开始就希望桐桐能找一个条件好点的人。从私心上说，哪个妈妈不希望自己的姑娘嫁个有钱有本事的男人，她过得好，娘家也能沾光。所以，当初她嫁给楚梦寒的时候，我就不同意。有句话说：‘不听老人言，吃亏在眼前。’”

说着，妈妈的眼角竟然有些湿润。她叹了口气，恨铁不成钢地看了我一眼，然后又接着对蒋若帆说：“我是个自私的妈，也没什么文化，我只是想让家里这几个孩子都能过得好好的，要说我和他爸自己享受，那还真没什么太多的想法。一家人，有钱出钱，有力出力，有本事的拉扯一下没出息的，囫囵着往前走，都别被人落下，就行了。可是，小蒋，有一句话，我不得不说在前头。”

蒋若帆听得很认真，抓过我的手，对妈妈说：“伯母，您说！”

“虽然我家穷，但我也决不卖女儿，前提是，她真的喜欢你，你也真心对她好，包括你的家庭。要是你们欺负她，就算你有座金山，我也不能把她嫁给你。她是个离过婚的人，回去和你的父母说清楚，若是你家里人不同意，或者歧视我们，那就快刀斩乱麻，谁也别耽误谁。我这姑娘傻，被人家一拖就是三年，再也没几年可以耽误了！”

我的鼻子涌起了一层酸涩。从小到大，我和父母之间很少沟通，妈妈第一次当着我的面说了这么多心里的想法。我的心里酸酸的，又暖暖的。

蒋若帆的表情一下子变得很复杂。他沉默了好久，才说：“伯母，您是一个好妈妈。我会对桐桐好的。”

妈妈却不以为然，继续说：“小蒋，我对你的印象很不错，但这年头，看人不能看表面，穷人家的孩子更输不起。我的话，你记清楚了。还有，你那房子再大，你和桐桐毕竟还没结婚，我们是不会去住的。你要是有心，等你们结婚时，你换个更大点的，我才高兴呢，但现在不行。”

妈妈说得斩钉截铁。

我从没见过这样的妈妈，也从来没真正地了解过妈妈。

周正在大厦顶层的咖啡厅等我。

那里窗子开得很小，并且都垂着波西米亚风格的纱帘，艳阳被挡在了窗外。昏暗的光线中，隐隐约约地飘散着王菲空灵的声音：

“Whenever sang my songs on the stage，on my own！Whenever said my words. Wishing they would be heard. I saw you smiling at me. Was it real or just my fantasy? You′d always be there in the corner of this tiny little bar.”

工作时间，咖啡厅里的人很少，空落落的，好像让人的心情暂时平缓了下来。我看到周正远远地坐在一个最隐秘的角落里，侧对着我。他的面前升起了朵朵烟圈，像极了电影海报中一抹生动的剪影。

我快步走过去，拉开他对面的椅子，坐下。

“周总。”

他见我来了，连忙把手中的香烟在水晶烟缸里捻灭。马上有侍应生给我端来一杯咖啡。

他眯起了眼睛，开门见山地问我：“为什么辞职?”

我看着他，这个男人脸上没什么表情，却有一种让人喘不过气的压力。

我张张嘴，刚想说话，他却抢先一步，说："因为你发现我和你的前夫认识，你现在要重新开始，想让你的前夫彻底从你的生活中消失，所以，你像一个鸵鸟一样，选择屏蔽掉关于他的一切?"

我点点头，很诚实地说："周总，你说得很对，我是想重新开始。当看到你和我前夫一起出现在我的面前时，我就已经做好了辞职的打算。尤其是你看到了那天发生的一切后，我觉得，如果我继续留在永正工作，就无法忘记那天发生的事。无论怎样，很感谢你给我的机会，我为我的不辞而别向你道歉。公司需要什么手续，我现在就去补。"

"你还没有找到工作，对吗?"他很严肃地质问我。

"是的。不过，我离职当天就已经在网上发了一些简历……"

他笑着摇了摇头，说："你还记得你之前为了一份工作，苦苦哀求前台接待员的情形吗?"

我苦笑，我当然不会忘记。如果现在有一个机会摆在我面前，我相信，我一样会那样做。

我低下头，喝了一口没有放糖的咖啡，只尝到了苦涩，并没有品出任何一丝醇香。

"为了一个男人，值得吗?"

我抬起头看他，他的话一下子击中了我的痛处，口中的咖啡苦得我皱起了眉头。

周正很满意我的表情。他用手中的咖啡勺轻轻地搅动着杯中的液体，似笑非笑地问："或许我猜错了，你现在其实并不是那么需要工作了，准备嫁人做太太了?"

他的误解让我觉得更加受伤。

“周总，这次你说错了，我从来没有比现在这个时候更需要一份工作。像你这样的有身份有地位的人，可能永远也不会知道一份工作对我来说意味着什么！”

周正此时已完全换上了一副无比认真的神情，接着说：“一个机会也许会改变人的一生，但在人的一生中，机会是非常有限的，很多人都没有抓住，因为机会往往都披着丑陋的外衣，人们不屑去抓住它。”

“你是在挽留我吗?”

我有点不敢相信。

他毫不掩饰地点点头：“是的，我一直觉得你不应该这么快放弃这份工作。你如果真的想重新开始，要从心里彻底把一些事情看淡，刻意的逃避是没用的。况且，你就算能找到一份新的工作，就能保证没有他认识的人吗？销售工作完全是靠自己的能力去获取收入，你是在替我赚钱，而不是他发薪水给你。你如果过不了考核期，自然会被公司淘汰。还有就是，一个人在失去了收入来源的时候，也许会做出许多错误的判断。所以，我觉得你应该留下来！”

说到最后，他眼中只剩下了真诚的邀请。

他是一个谈判高手。我现在确实需要一份工作，尤其是妈妈今天的一番话后，我从没有像现在这样想拥有很多的钱，让我的生活变得好起来。我沉默了很久，没有继续拒绝周正的挽留。

晚上，蒋若帆开车来接我。上车后，他就把一个相册递给了我。

打开一看，居然是我们在海南拍的照片。

“这么快就印出来了?”我一页一页地翻看着，里面大部分是我们在各个景点的合影，也有一些我的单人照。

“我想放在相册里拿给家里人看看。”

我合上相册，猜透了他的心思：“若帆，你是不是担心你父母会不接纳我?”

因为在开车，他的眼睛一直注视着前方。他沉默着，车内的空气有些压抑。

他停住了车，喊着我的名字，好像是有什么极重要的事情要对我说，却又不知该如何说出口。

“若帆，你怎么了?”我皱着眉问。

良久，他深深地吸了口气，然后问我：“桐桐，如果我父母一开始对你的态度并不是你想象中的那样友善，你不要放弃，好吗?”

他说这句话的时候，我看到了他从没有过的小心翼翼，好像我们之间的感情脆弱得随时都可能像肥皂泡那样，轻易碎裂。他的样子只让我觉得心疼，这样一个优秀的男人呀，就因为喜欢我，才变得这样的谨小慎微。我知道他是真的喜欢我，想要给我幸福的生活，可越是这样，我想，我更不能骗他。

“若帆，我知道，像你那样的家庭，要接受我这样一个离过婚的女人是很困难的。而你是真的想让我幸福。可幸福有时候不只是两个人的事，父母是给予我们生命的人，婚姻可以选择，父母却无法选择，如果两个人的婚姻得不到生养自己的亲人的祝福，那这种幸福注定是有缺陷的，甚至是不会长久的。其实，我以前的婚姻就是最好的例子……我不想因为我的原因，让你夹在中间为难。而我，也只想能平静地去开始一段新的感情。”

若是以前，我一定会为了爱情不顾一切地去抗争，去改变，可是现在，我似乎真的没有那些多余的精力了。

他看着我逐渐落寞的表情，马上打断了我："桐桐，我只是说如果，你不用担心，我会处理好的！"

转眼，我在永正公司已经工作了将近半个月。

我接的是以前离职的一位销售的业务。部门经理李峰把企业名单给了我，并且一一做了详细的解释和说明。这些企业，有的每年能给永正带来几十万甚至上百万的利润，有的则只能带来几万元。越是销售额小的企业，潜力越大。李峰带着我去拜访了几个企业的项目负责人，把我介绍给他们，接下来的大部分时间就是要我独立开展业务。

我是路盲，如果公司有车，当然没问题，可我自己去的时候，经常为了找一个地方，搞上大半天，效率很低，却累得半死。工作时间不够，一些项目的方案和策划书就得连夜去做。有时候刚写好，发现天已经亮了。我洽谈没经验，方案制作缓慢，每天可以用焦头烂额来相容。

我不知道A市里有多少个像我一样，因为怀着一个梦想，每天忙忙碌碌，连睡觉都没时间的人。但我知道，无论怎样，都不可以放弃，因为我所有的，不过就是梦想和坚持，若是连这些都没有了，那就成了真正的赤贫。

梦想是美丽的，现实却是残酷的。我梦想着有一天能通过自己的努力，过上人上人的生活，可现实却是，如果月底完不成最低的销售额，我发下来的工资就只够交房费，其余的开支就得划信用卡。如果我到第三个月再完不成任务，那就得取现还款。不过，如果往好的方向去想，我手中目前潜在的中等客户，只要能做成一个，我的收入就会是我原来薪金的一点五倍；若是做成两个，那就会是以前收入的两倍以上。

我没有自怜的时间，冲了个澡，收拾好自己，镜中的我已经看不出任何疲倦，新的一天又开始了。

爸爸几天前已经出院，离开 A 市，回家去了。

蒋若帆十几天前就回 T 市了，每天早晚各给我打一个电话，并且告诉我，他的父母看了我的照片，很喜欢我。

我每天忙碌得昏天黑地，听到他的话，心里还是很高兴的。我想，我真的已经进入了一种全新的生活状态。

第四章

用微笑祭奠那付诸东流的全心全意

这天，我刚要出门，有人先一步按响了门铃。

“桐桐在家吗?”

原来是房东李太太，她四十几岁，早年用很少的钱买了几处旧楼，现在每一处都增值了好几倍，身家也过了几百万。这么早，她来做什么?

她客气地对我笑笑，然后环顾了一下屋子，对我说：“女孩子住就是不祸害房子，这房子租了你四年，没让我操一点心……可是，我先生说租得太便宜了。我另外一个房子，房龄和这个一样，换了个租户，一下子涨了五百的租金，一付就是半年的。你这房子，下个月也到期了，我也不给你多涨了，凑个整数，一个月两千块，一次性付半年，算我照顾你了。”

我一听，有点急了：“李太太，春节后不是刚从一千五涨到一千八吗?这涨得也太快了吧?”

她一听，马上就不高兴了，哼了一声，说："租房价比买房价差远了，都知道租房不合适，但又有几个买得起房子的？我这是照顾你，给你涨到两千，前几天，有一对要结婚的外地夫妇，想和我签两年的合同，要给我这重新装修，房租两千五，一付一年。你知道，人家装修后，我再租给别人，价钱肯定又会不一样。我是看你为人踏实，生活也简单，明显是照顾你，没想到害得我先生不高兴，你还不领情了。"

我看了看表，再和她纠缠下去恐怕就要迟到了。

"李太太，我要赶着上班，晚上我给您打电话吧，无论我租不租，都会提前告诉您的。"

反正我早就不想在这住下去了，大不了租一个稍微远一点的，说不定能租到更好一些的，房租也不会太贵。

送走了房东，我拎着包去挤地铁。

看着这个居住了四年多的大都市，这一刻，我竟感到它是如此陌生。每天有无数的外地人涌向这里，甚至还有很多外国人跑来这里，抢夺一些工作机会。我如果回到县城里，当一个小学老师，或者开一家花店，又会是什么样的生活状态呢？

正想着，手机响了。

"喂，你好，请问是哪位？"

一个陌生的号码，我激动起来，莫非是客户的电话？

那端传来了一个陌生女人的声音："你好！是萧桐桐吗？"

"我是萧桐桐，您是？"

"我是蒋若帆的妈妈，今天中午有没有时间？如果有的话，我在凯悦饭店一楼的咖啡厅等你。"

不等来世　只要今生
（上）

拜访完客户，为了不让自己看起来风尘仆仆的，我特意没去挤公车和地铁，而是叫了一辆的士，直奔凯悦饭店。

我走进大堂，去洗手间洗了一把脸，然后掏出化妆包，涂了一点唇膏，仔细地用梳子把长发梳理好，又对着镜子中的自己认真端详了一分钟，没有发现任何不妥，才走出了洗手间。

我走进了咖啡厅，顾客很少，几个金发碧眼的外国人围坐一桌，剩下的就是一个靠窗的桌子前，静坐着一个端庄的女子，她背对着门口。

我来到她身边，微微点头，不确定地轻声说："您好，我是萧桐桐。"

她抬起头，看了我几秒钟，很和蔼地伸出手，示意我坐到她对面。

"你好，我是若帆的妈妈。"她脸上带着笑容，解释说，"若帆这次回家后，和我们说了你和他的事情。我这次来A市，若帆并不知道，是我急着想见一见你，希望你能理解一个做母亲的心情。"

她态度和善，却给了我一种无形的压力。

服务生送来一杯柳橙汁，放在我面前。

"女孩子喝咖啡对皮肤不好，我帮你点了一杯橙汁。"

"谢谢伯母！"

我用温和的目光打量起面前的这个女人来。她的眉眼和蒋若帆的很像，一看就知道，她年轻时一定是个美人，只是眼角周围的细纹泄露了她的年纪。可即便是这样，她若是和妈妈站在一起，依然会像两代人似的。一个是养尊处优、事业有成的富贵女人，一个是地里刨食、面朝黄土背朝天的农村妇女。同为女人，相似的年纪，却过着质量不同的两种生活。

我用吸管轻轻地吸了一口柳橙汁，然后等着她的提问。果然不出所料，她直接问出了几个她比较关心的问题。

“萧小姐的父母是做什么工作的?”

她的目光有期待，也有紧张。

我如实地回答：“我父母都是农民，现在年纪大了，家里的地留给亲戚种了。母亲在家，父亲在县城一家纺织厂的传达室工作。”

“哦。”

听得出她的失望，我没有低下头，迎着她的目光，看着她的反应。

她好像倒吸了口凉气，眉头紧紧地皱在一起。

“你和若帆是同事?”

我摇了摇头，说：“曾经是，现在我已经辞职了，在另外一家公司工作。”

这句话一出，她脸上明显是一副如释重负的表情。接下来的交谈，她明显已经没有了之前的热情。

她似乎是做了什么重要的决定一样，对我说：“若帆的爸爸也很想见你，你能不能请半天假，随我去一趟T市?”

坐上蒋妈妈的车子，司机载着我们直达T市。

车子在高速路上行驶了五个钟头。到达T市的时候，天已经黑透了。车子开到了一个会所前。

我随着蒋妈妈走进大门的那一刻，才看到里灯光通明，各种水晶灯、射灯、记者手中的闪光灯，以及贵妇名媛佩戴的钻饰珠宝争相散发着夺目的光彩，璀璨得让我睁不开眼睛。

蒋妈妈叮嘱我不要给蒋若帆打电话，然后让我等她一下，就走了。我听话地点点头。有过一次婚姻经历的我深知，如果因为自己的原因，让他们母子产生误会，今后一定会更加难相处。

我默默地走到一个角落里坐下，我心中隐隐地感觉到不安。刚才在车上的时候，他妈妈追问我以前有没有交过男朋友，我没办法，更不想让她以后知道真相，更加看轻我，坦言我曾有过一次婚姻经历。从那刻后，蒋妈妈几乎再也没同我讲过话。

她明明就是不满意我的家庭，也不满意我这个人，可为什么还要带我来见蒋若帆的父亲呢？不过，既来之，则安之，他们都是有身份、有地位的人，想必也不会为难我。和蒋妈妈简单接触后，我知道，无论怎样，她是一个很有修养的女人，最差，也不至于像楚梦寒的妈妈那样对我恶言相向，而我对她更没有失礼的地方。

说起我的家庭，我没有觉得有任何可自卑的地方，父母就是父母，和有没有钱，有没有地位毫无关系。而我曾经的婚姻，那已是事实，无法改变。

我怀着一颗既忐忑又坦然的心，静静地坐在角落里。看着那些满身珠光宝气的女人们在我的眼前婀娜地走动，我才发现我的打扮和这里多么格格不入。

默默地坐了一会，因为几天来忙碌的工作，现在又饿又困，我竟险些在四下谈笑风生的会场内睡着了。恍惚间，我听到离我最近的几个男女在交谈，原来这里是T市一个大企业家的生日宴会。T市里有身份的人几乎都在宴请的名单中，更有许多名人、富豪从外地赶来赴宴。

我环顾着，寻找蒋若帆的身影。我这样的打扮，这样坐在角落里，蒋妈妈肯定不会让我以蒋若帆女朋友的身份出现在所有人的视线中。那她究竟要做什么？就在这时，我看到了一个打扮得美丽高贵的年轻女人缓缓向我走来。她穿着一件绛紫色的晚礼服，贴身的设计让她傲人的身材淋漓尽致地展现在每个人的面前。她脸上明明带着淡淡的微笑，但透着一种拒人于千里之外的疏离感。我下意识地向两边看了看，没错，她就是径直向我走来。

“你好，请问是萧桐桐吗?”

她走到我面前，顿时，有一股馨香扑面而来。

我点点头，猜测着这个女人的身份。这里不会有我认识的人，她为什么一下子叫出了我的名字?

她弯了弯嘴角，对我说："我们到外面去谈两句好吗?"

我抿着嘴唇沉思了几秒钟："请问，你是……"

我在这里等人，如果没有一个恰当的理由，我想我不应该离开这里。

“我是郝菲，想和你谈一下若帆的事情。”

我随着她走到一处宽敞的露台前，露台下方是一个浅浅的水池，清澈的水面下五颜六色的射灯把水中的鹅卵石照射成无数种颜色。我身边的这个女人在这些灯光的映衬下，五官显得更加精致迷人。

“你大概不知道吧，今天是宋老七十大寿，城里有身份的人都被邀请了，我也是被邀请的对象之一。”

郝菲的声音娇娇柔柔的，很好听。

我点点头，表示希望她继续说下去。

“宋老是T市最大的民营企业家，他的公司，即便是在全省，也是数一数二的企业。”

看着我不解的神情，郝菲继续说：“宋老只有一个独生女，如今，他年事已高，早就想着退休，安度晚年，把自己的企业交给唯一的外孙打理，可他的外孙却建议他采用聘请职业经理人，经理直接对董事局负责的管理模式，拒绝接手他的企业。”

看着她似笑非笑的眼神，我大概猜到了她话中的一些深意：“蒋若帆就是宋老的外孙？”

她点点头：“是的，你比我想象得聪明。”

听到郝菲的回答后，我都站不稳了，险些栽倒在外面的水池中。想不到那个性格内敛、处事低调，去超市给我们全家买食物的蒋师傅的家世远比他对我说的那些还要显赫。

“若帆从小和他爷爷一起长大，为人低调，加上出国三年，除了极其亲近的人，根本没有人知道他的身份。”

“那你是……”

“我其实和若帆是有过婚约的，从一定意义上讲，我应该算是他的未婚妻。”

她是他的未婚妻?！那我是什么？这个玩笑开得有点大，我几乎可以忍受一切，除了欺骗，哪怕是善意的谎言，我也不能接受。在我的世界里，一向是黑就是黑，白就是白，没有中间色。蒋若帆怎么可以对我隐瞒这么重要的事实呢？想起他三年来的种种表现，什么怕我拒绝他，根本就是他有难言之隐。

一种说不出的情绪顺着我的血液慢慢地涌动，很难受，很难受。我几乎连声音都有些颤抖：“我知道了！”

我深吸一口气，整理了一下自己的情绪。我想，这次T市我没有白来，现在却是没有再继续待下去的必要了。

“桐桐，你在这?”

就在我脑海中还在嗡嗡作响的时候，蒋若帆熟悉的声音在我耳旁响起。不仅如此，他的一双手已经抓住了我的胳膊。

虽然不算是受了致命的打击，但这一刻我很难过，很悲哀……我立刻推开他。

他看出了我的失常，没有放开我，转过头，对着郝菲怒道：“郝菲！你和桐桐说了什么?”

“我只是说了事实而已。”

她无辜地辩解。

“若帆，现在已经很晚了，我明天还要上班，有什么事，等你回A市再说好吗?”

这个时候，我倒恢复了冷静。看着越来越多的人把目光投向我们这里，我只想赶快离开这儿。

“萧小姐，请等一下！”

蒋妈妈和一个五旬左右的男人一起出现在我面前。

看着她优雅的笑容、良好的风度，我意识到，在这种情形下，唯有镇静，才不会让自己太难堪。我选择了静静地站在那，冷静，还有些冷漠地看着蒋若帆拉着我胳膊的那只手。

他好像被我的目光烫到了一样，犹豫着，但最终还是放开了我。他无助地喊着我的名字：“桐桐……”

我没有再去看他，只是勉强挤出一个笑容，看着他的父母。

修炼到今天，我才发现，我的心脏还真是足够强大了，记得当年楚梦寒离开后，楚梦寒的妈妈来我租的小屋找我，和我说完那些话后，我当时就没志气地哭起来，之后还持续哭了好几天。可是现在，我居然能够这样的平静。

我这个人心很高，但从没想过不劳而获。我每天给自己一个希望，鼓励自己，却从来不白日做梦。蒋若帆这样的家庭，和我的家庭有着云泥之别，但他们若能接受我，我也不会因为自己的家庭而感到自卑，我会尽力做一个他们中合格的家庭成员。如果他们不接受我，我也决不会高攀。我也从来没有过嫁入豪门、飞上枝头做凤凰的梦想。

我的平静似乎得到了他妈妈的认可。她眼神中有几分猜测，几分赞许："萧小姐，刚才菲菲说的话，都是事实，她没有骗你。"

"妈妈，你一定要这样吗？我如果愿意履行这个婚约，就不会拖到今天。现在都什么年代了，我结婚难道还要遵循什么父母之命，媒妁之言吗？桐桐是我活了近三十年唯一想要娶的女孩！"

他的口气好坚决。他顿了一下，嘴角泛起一抹苦笑，接着说："我虽然知道，你们并不怎么在意我，却没料到，原来在你们眼中，我的幸福竟是这么不值一提！"

"若帆，你这是说的什么话！"

我想这个男人应该是他爸爸吧。他和蒋若帆有几分相像，气质却完全不同。这个男人声音低沉浑厚，浑身散发着一股不容漠视的威严，一看就是电视里那种大领导做派。他在说这句话的时候，我听出了他的心痛，他应该是很爱这个儿子的。

"若帆，你知道，郝菲是你爷爷替你选的未婚妻……不是我们。"

蒋妈妈的一句话让蒋若帆的表情一下子僵住了。

“若帆，当着郝菲的面，我也要和你直说。这么多年，你的坚持，妈妈不是不知道，今天，你要娶别的女人，我们也并不是完全反对，否则，我也不会这么远开车去见她。哪怕家境差一点，也可以考虑。只是这位萧小姐，不行。”

她说话的时候，眼睛里向我投来一丝歉意，但在看向她儿子时，又变成了一种坚决。

“她是一个离过婚的女人，她绝不能成为我们蒋家的儿媳。我们不会让自己的儿子娶一个离过婚的女人。”

“啊？她离过婚？”郝菲第一个惊呼出来。

我的脸一下子红了。也许我在还没有正式离婚的时候就已经习惯了蒋若帆的照顾，一直没来得及适应“离过婚的女人”这个社会角色，所以这一刻才会如此的尴尬和难受。可离过婚的女人怎么了？离过婚的女人就该去死吗？

我转了转头，把脸瞥向一边，不让他们看到我的脆弱。除了不想被看低，我也拒绝同情和怜悯。

可在对面的角落里，我无意间对上了一双深邃的眼睛，是楚梦寒！轰……

这一刻，我的血液全部凝固了，我只想逃走。怎么办？怎么办？泪水模糊了我的视线。

蒋若帆有未婚妻的事实没有让我哭出来，刚才蒋妈妈的直言没有让我哭出来，郝菲的惊呼也没有让我哭出来，可当我看到楚梦寒的那一刻……

我的眼泪再也不受我大脑的支配，像断线的珠子一样，噼噼啪啪地打在我的脸颊上，我方才费力保持的优雅风度在一瞬间轰塌，所有的委屈一股脑涌上来。

老天怎么会如此作弄我？我这三年都把自己封闭得死死的，现在，我只不过是想开始一段新的感情，开始一段新的生活，我那么小心翼翼地打开心门，试着去接受一个男人，可到头来，却被赤裸裸地揭开身上那“离婚女人”的烙印。没关系，好在这一次我还没有把我的心交出去。既然如此，就让我用最后一丝力气，让自己优雅地离开。可是为什么？为什么……为什么要让那个已经从我的生活中彻底抹去了的男人在这个时刻出现在这里，让他看到此时我狼狈不堪的丑样子？难道真是我上辈子欠他的，这辈子注定要被他抛弃、讽刺、奚落、贬低？

“我先走了！”

勉强说出这句话，我转身就走，脚下像是踩在棉花里，双耳嗡嗡作响。身后传来蒋若帆的呼唤。

“桐桐，桐桐……”

越是这样，我走得越快。可从露台上的那个门走出来，我才发现，面前是一个极大的花园。树影斑驳，没什么人，怎么出去呢？

“萧小姐，请等一下！”

是蒋妈妈的声音。我已经不想再和任何人讲话了，可被她追上了，没有办法，我回过头，对上了她的眼睛，也看到了她身后的蒋若帆。

“妈妈，你还想做什么?！你难道还嫌对桐桐的伤害不够吗?！”

蒋若帆冲到我面前，把我护在身后。

“若帆，我只是站在一个母亲的角度，坦白地说出我的想法。萧小姐是个好女孩，但有些事实是不能改变的。我从没想过要伤害她，相反，我很感激她对我们的坦诚。我再和萧小姐说最后一句话，你让开。”

说着，她已经站到了我身侧。她从容地从手袋里拿出一张纸，递给我。

我愣了一下，仔细去看，终于看清，她手中的是一张传说中的“现金支票”，我顿时明白了她的意思。呵呵！我不哭，反而带着眼泪笑了。看看吧，难堪不要紧，就怕还有比难堪还要难堪的时刻。

蒋妈妈一脸诚恳，语重心长地教导我：“萧小姐，你是个好女孩。更看得出，你是一个自尊自爱的好姑娘。我们没有婆媳缘分，但我很高兴认识你。我在社会上还认识几个朋友，无论是工作上，还是家里的事情，可以随时来找我，我一定尽力。这是我的一点心意，没有别的意思，只是想向你表示一下歉意。还请你收下，让我心里好过一点。”

“妈妈！”

蒋若帆似乎也没想到她会对我说这些，顿时急了。

有钱人！这就是有钱人做事的方式！好吧！我承认我没见过世面，没风度。我现在好想骂人，好想把那张纸拿过来撕掉，扔在他们脸上……理智与情感纠结的时刻，火焰慢慢融化冰雪，就要喷发的时候，一个声音在我耳边响起。

“收起你们的钱！没人稀罕它！”

我低下头，眼泪一滴一滴地落下来，心情复杂极了。余光看着楚梦寒带着月色的清辉，慢慢地向我们走来，我的心一阵阵疼痛。

“我们走！”

他的大手一把攥住了我的手腕。他的掌心像火一样烫，挨上我冰冷的皮肤，让我一阵战栗。

来不及反应，他已经拉着我向右侧走去，走得那么快，那么急，我几乎跟不上。他呼吸急促，他在生气，我看见他额头的青筋都冒起来了。我使劲，想甩开他，可他的拳头箍得更紧，我怀疑他是想把我的骨头捏碎。

"楚梦寒！你放开桐桐！你要带她去哪?"

蒋若帆不顾他妈妈的呼喊，向我们追了过来。

楚梦寒的脚步更快了。

蒋若帆跑来，一把抓住了楚梦寒的胳膊，几乎是大吼："我们的事，不用你管！你放开她！"

砰！砰！砰！楚梦寒松开我，一扭身，一连三拳，重重落在蒋若帆的脸上、胸口上、还有小腹上，快如闪电，一气呵成，用尽全力。蒋若帆被打倒在地。

"滚开！"

楚梦寒吼道，声音冰冷得没有一丝温度。下一秒，他又拉起我的手，用最快的速度向外面走去。

出了会馆大门，头上繁星点点，月上中天，没有人再追出来。这是一个陌生的城市，连星星也是陌生的。

我停下了脚步，他还攥着我的手腕，不得不也停下来。他回头看我，这一瞬间，他专注地看着我的脸，表情一下子复杂起来，有怜惜，有懊恼，有……

"桐桐……"

他低低地唤着我，那么温柔……

我挤出一个笑容，然后伸出手，"啪"的一巴掌，打在他脸上。他一下子被我打愣了，整个人定在了那里。而我，眼泪一下子流了下来。他以为他是谁？为什么不消失？为什么要出现在这里？他以为我今天之所以受到这样的伤害是为了什么？都是因为他！因为他！不是因为别人，都是因为他……

我呜呜地哭出声来，扭过头，一个人向和他相反的方向跑去。

我沿着公路不停地向前面跑去，眼前的人和车渐渐多了起来。陌生的城市，陌生的景色，陌生的一切。

只要那个男人现在消失在我的视线里，远远地离开我，一切似乎也没那么难过。

我脚上还穿着五公分的高跟鞋，身上穿着浅灰色的职业套裙，沿途的人都在看我。记得中学的时候，有一次跑八百米，早上没吃早点，再加上前一天睡得很晚，在冲向终点的最后一刻，我竟然扑倒在了地上。今天，一天没吃饭，跑了这么久，明明已经没有了一丝力气，居然还能站得稳稳的，看来人的潜力真是无穷尽。

不知道跑了多远，一股清新的风扑面而来。T 市是沿海城市，现在，面前就是大海，迎面的海风打在身上，很舒服的感觉。旁边的一条街上，全是灯红酒绿的酒吧。闪烁的灯光下，俊男靓女如鬼魅般的笑脸隐约中透露着一种堕落的华彩。

我用最后的力气向前走去，海滩上零零散散地坐着一些人。我甩掉脚上的高跟鞋，站在海滩上。

包里的手机响个不停，我猜应该是蒋若帆打来的。我深深地吸了口气，从书包里拿出手机："喂。"

果然，电话的另一头传来了蒋若帆几乎疯狂的声音。

"桐桐！你在哪里?！不要跟楚梦寒走！你告诉我，你在哪里？我去找你好不好。对不起，我没有想到我妈妈会去找你，没想到你会突然出现在T市。郝菲的爷爷是我爷爷当年的战友，所谓的婚约，不过是老一辈的口头之约，在我心里，从来没有承认过她。我不是要骗你，我是怕你不肯接受我……”

他的声音越来越激动，我有些不忍心，连忙打断他：“若帆，你不用自责，不是你的错。我刚才知道你有未婚妻的事，是很生气。你妈妈给我支票的时候，我也确实难以忍受。不过，现在我并不怪你。这三年来，你对我的好，我知道都不是假的。而你妈妈所说的那些话，站在她的角度上，也没有错，对于她所做的一切，我也不那么生气了。可是，若帆，经历了今天的事，我突然把我们的未来想得很清楚。如果你愿意，我们以后还是朋友，但注定做不了爱人。你的家庭，你的未婚妻，确实是我们无法逾越的障碍。最关键的是，我也并没有完全爱上你。现在的我，没有和你一起同命运抗争的力气，我也不愿再受到伤害。你是一个优秀又出色的男人，我真心地祝你幸福。我现在很好，不用挂念！”

说完，我直接关机，把手机塞回了书包。我不想让他误会我在生他的气，把话说开也许是对我们两个人来说最好的解决方法。

说完后，我整个人都好像虚脱了一样，眼前一片金光，整个人向下滑落。看看，虽说没事，还是受了刺激。

下滑的过程中，我被一双大掌接住。

“桐桐……”

熟悉的声音。

身体突然有了依托，我又清醒过来，睁开眼睛，看到的是一张脸。

楚梦寒？

第四章
用微笑祭奠那付诸东流的全心全意

看到他，不知怎么的，突然好难受。他的眼睛，他的鼻子，他的嘴唇，曾经是那么的熟悉。年少的时候，我们喜欢说："我能想到最浪漫的事，就是和你一起慢慢变老，直到我们老得哪里也去不了，你还依然把我当成手心里的宝。"可谁知道，一生一世，天长地久，对我们来说，竟是那么的可望而不可即。那时，我与面前的这个男人刚结婚，步入社会。曾经美好的誓言与对未来的憧憬在那些生活的压力面前一点一点褪色，第一次争吵，第一次不信任，第一次言语上的互相伤害……直至三年的不闻不问……直至终成陌路……

爱情是什么？相爱之初，爱情是誓言，是炙热的吻，是身体最初接触时滚烫得几乎能融化掉彼此的火焰，是我生命中唯一的追求。现在，我对爱情这两个字简直是失望透顶。没有了爱情，婚姻于我便也是虚幻。

楚梦寒，你为什么还要这样站在我面前？若想笑，就放声大笑；若想挖苦，就尽快直言。你为什么要摆出这样一副难过、痛心的表情。

我细细地打量他，几年后的今天，他面容依旧，只是眉目之间少了少年的青涩腼腆，多了几分成熟男人的气度。这样的气度，是沉淀下来的厚重，我相信他一定是经历了很多很多事。他经历了什么，我不清楚，可有一点，我却不得不感到吃惊。我刚才那样重重的一巴掌，打在他楚梦寒的脸上，他居然还追了来，还能这样没有愤怒地看着我。若是以前，这绝对是无法想象的。

我皱着眉看着他，他眼底越发温柔，几乎要漾出水来。我幡然醒悟，他难道是听到了我与蒋若帆的电话？我刚想挣脱他，他双臂收紧，一把将我抱在了怀里。咳咳……

“楚梦寒，你放开我！”

我无力地任他抱着，肚子里很合时宜地咕噜噜叫起来。我听到他不止一次地深深吸气，他似乎正在强行抑制自己激动的心情。

“桐桐，你刚才说什么？你不爱蒋若帆？你从来都没有爱过他？”他深深地看着我的眼睛，那么认真，又那么小心翼翼，“桐桐，这三年来，你为什么不打电话给我？我以为……”

他宽阔的肩膀微微有些颤抖。他那口气，竟然是在责备我？在我心中，楚梦寒曾是顶天立地的男子汉，我从没想过他会这么小肚鸡肠地责问一个女人。

“楚总，我喜不喜欢蒋若帆，我爱哪个人，与你有关系吗？你现在才来和我讨论三年中发生的事，还有意义吗？”

他的表情果然变得严肃起来。

我顺势推开他，郑重地提醒他：“楚先生，我们已经离婚了！请你永远离开我的视线，退出我的生活！”

他沉默了很久，仿佛时光的脚步一下子停留在了这一刻，像是有一道难解的算术题摆在他面前，他整个人都怔在了那里，陷入了沉思之中。

我才要开口，胃突然一阵阵翻涌起来。那种感觉很难受，我捂住嘴巴干呕起来。

“桐桐，你怎么了？”楚梦寒一把扶住了我，轻轻地替我拍着背。

我想可能是两顿饭没吃，肠胃在抗议吧。

他松开了我，跑到沙滩山一个售卖小吃的木屋前，买来一瓶水，拧开瓶盖后递给我。

我仰头喝了几口，可胃里似乎更难受了，有一种想吐又吐不出来的感觉。

“我送你去医院！”不等我回答，他就抓起了我的手，向公路的方向走去。

我哪有那么娇气，胃里不舒服，最多买点药来吃就好了，哪有严重到需要上医院。

“我不去……”

他停下脚步，回过头，皱着眉，不耐烦地看着我，眼睛里的神色写满了“没商量”，他从来就是这样霸道的一个人。而我，则有害怕进医院的习惯，小病忍着，忍不下去，弄点药来吃，我最讨厌的事就是进医院。好在我二十几年，身体还算不错，进医院的次数并不多。之前同他在一起的时候，去医院几乎都是被他押进去的。

现在不是和他拼体力的时候，我只好实话实说。

“楚梦寒，我只是好几顿没吃饭，胃在抗议了！”

“真的?”他有些不信任地问。

我立刻郑重无比地冲他点点头。

海滩的另一边，与公路交界处，有一片空地，他拉着我走了过去。这时我才看清，原来这里聚满了人。大排档里，各种特色食物应有尽有。虽然天气已经很晚了，这里却依然人声鼎沸，好不热闹。

拿来菜单，他帮我们一人点了一碗馄饨面和几份清淡的小菜。

我慢慢地吃着碗里的食物，只吃到一半，就觉得胃里很胀，再也吃不下去了。

“你怎么不吃了?”他已经把自己的那一份吃完了，看着我，担心地问。

“饿得太久了，胃里不舒服，吃太多会更难受的。”

他点点头，表示赞同，然后拿过我面前的半碗面，接着吃起来。

他放在一旁的西装，还有穿在身上的衬衣，做工质地无比考究。此刻，领带还中规中矩地系在脖子上，再加上出众的外表，超凡的气度，坐在路边摊上，他显得与周围的一切格格不入。

我侧过头，看着公路上穿梭的车河和周围三三两两密密麻麻吃饭交谈的陌生人们，竟有一种不真实感和无力感。一瞬间，仿佛眼前的这个人还是几年前那个表面内向、骨子里又霸道至极的少年。冬天到了，我们挤在学校门前的小吃店里，一起吃一碗热气腾腾的馄饨面。我们从蒸腾的白雾中看着彼此的脸，那碗中的馄饨比蜜还要甜……

“咦，这不是楚师兄吗?”

一个甜美的女人的声音在我身后响起，语气中是毫不掩饰的激动，我看到楚梦寒的表情僵了僵。

我顺着他的目光回过头去，终于看清楚了我身后的那位女子。高挑的身材，姣好的容貌，精干的短发，正是我大学时候的同班同学——陆芸。难怪楚梦寒的表情会不自然，陆芸曾追求了楚梦寒整整四年，就算大四时，他和我已经同居了，她都没有放弃过。毕业时，她还因为工作的事情找过他。陆芸的老爸是外贸局的正处级干部，问楚梦寒愿不愿意去进出口集团工作，明显有招赘的暗示。楚梦寒对她的态度一直很坚决，陆芸最后自然是碰了一鼻子灰。后来，我们正式结婚，她才彻底放弃，没想到居然在这里碰到了她。

她看到了我，没有流露出以前那样厌恶的神情，笑容还算真诚。

“桐桐，你也在呀，上次在Y市采访楚师兄的，私下里问你的近况，他说你一直在A市，工作很忙，每个星期，你会去Y市看他。”

我皱着眉。

她说着，把目光投向了我：“我在T市的电台工作，一年前去采访楚师兄，问起你，他告诉我的。呵呵，我现在已经结婚了，以前的事，桐桐和楚师兄都不要介意了哈……”

一年前？一年前，楚梦寒还跟陆芸说，我每个星期去看他？我几乎不敢相信自己的耳朵。楚梦寒为了和陆芸撇清关系，也用不着拿我来做挡箭牌吧。那时候，我们已经分居两年了好不好？看来陆芸还不知道我们已经离婚的事。我刚要开口，楚梦寒却抢先一步开口了。

“桐桐今天有些不舒服，我们先走了，改天再聊。”

陆芸一听，赶忙打量我。

“你没事吧？哪里不舒服？现在是旅游旺季，T市的酒店很难订到的，前面就是我们电台的下属酒店，需不需要我打个电话，帮你们订个房间？”

我和楚梦寒来到酒店的时候已经快凌晨十二点钟了。

有了陆芸事先的电话，我们走进大堂的时候，很快就拿到了房卡。酒店确实很紧张，我想再要一个房间，那大堂经理很明确地告诉我，已经没有多余的房间了。

看着我没有一丝笑容的脸，楚梦寒微微垂下眼睑，低声说："我送你上去。"

嗯？他说他送我上去，那么说他……我想起了那一晚我被当作"礼物"送到了他酒店的床上，想到了他把我带到富人会所对我所做的那些，我想我今晚不能和他住在一个房间里。况且现在我们无论是在法律上，还是在生活上，都是两个不相干的人。

电梯到了六层，他随着我走出来，把门卡递给我："好好休息，明天早上我来接你，我们一起回A市。"

他说得很慢，眼睛扫过那房间的木门。

我立刻回绝："不用了，我明天自己坐火车回去就好了。"

本就已没有了交集，干吗还要因为一些与他毫不相干的事扯上关系呢？

他不理会我所说的话，转过身，向电梯的方向走去。

看着他落寞的背影，一句话从我的嘴里冒出："那个，你再开车找找，应该不会找不到酒店的。"

说完之后，我就后悔死了。他那么有钱，还愁找不到睡觉的地方？就算如陆芸说的那样，旅游旺季订不到酒店，随便找个酒吧、洗浴中心，也一样能度过此夜，更何况他也许本来就已给自己安排好了住处。

他回过头看了我一眼，眼睛里闪出了一丝火花，但随着我的表情慢慢冷下来，很快又熄灭了。

"找不到酒店，我就在车子里将就一晚。"说完，他依旧盯着我的双眼看。

我立即点点头，对他说："再见。"然后拿起房卡，刷开门，走进去把门带好。

空荡荡的房间里只剩下我一个人，这个时候，今天发生的一切又像过电影一样在我的面前回放。我寄予希望的新恋情就以这种决绝的方式收场，看来我全新的生活现在只剩下工作了。

明天看来注定要迟到了，拿出手机给经理发个短信，请一下假，却发现屏幕上显示有二十几个未接来电。没有意外，都是蒋若帆打来的。还有四条短信，最近的一条是三分钟之前发来的，也是他发来问我此刻在什么地方，有没有和楚梦寒在一起。我回复了一条短信给他："蒋师傅，我在T市，很安全，明早就会回A市上班，勿念！"

一个人躺在床心，脑子里想的居然是楚梦寒方才离去的样子。我昏昏沉沉的，有些迷糊。不知道是不是真的睡着了，忽然听见窗外响起了一声惊雷，随着又是闪电，居然下雨了，还是倾盆大雨。

房间里一直没关灯，我从床上跳下来，跑到窗子前，向楼下酒店门前的停车场看去，楚梦寒的车子果然还停在那，他今晚难道真的在车子里过夜？

外面雷电交加，雨越下越大。我的心竟然越来越不平静，忽然有种想打开门透透气的想法。我呼了一口气，打开门。在打开门的那一瞬间，我整个人都呆住了，捂住心口，险些叫出来……

打开门的时候，我看到楚梦寒用手扶着门框，站在那里。他身上没有一滴水珠，整个人与之前离开时没有任何差别，他正一脸严肃地看着我，这让我始料不及。

两个人沉默了很久，谁也不开口，最终还是我皱着眉问道："你怎么会在这？"我真怀疑他根本就没走。

他的表情僵了一下，他轻咳一声，慢吞吞地说："我想和你谈谈。”

我的眉头皱得更紧，有话说，为什么要站在这里，今天我若是不开门，你就在这里站一夜？我让出空间，让他进来。

坐在右侧的转角沙发上，我看向左侧的他：“你想说什么？”

时间在一分一秒地流逝。

“这三年，你过得好吗？”他用沙哑的声音慢慢地问出这句话。

若是没记错，他是第二次问我这个问题，第一次是在昊天的会议室里。那时，怕自己再次受到伤害，我只顾得上愤怒、鄙视，浑身都竖起刺来。而现在，我只觉得心一下子轻飘飘的。三年来一点一滴的往事像一卷卷着的画轴正一点一点地在我面前缓缓地铺开。我突然间觉得一切语言都那么的无力，时至今日，还能用什么语言与我面前的这个男人话说从前呢？

“好与不好都过去了。”我收起了所有坚强的伪装，却也只能淡淡地说出这几个字来。

“桐桐……”

他的呼唤那么低沉。他看着我，眼睛里面依旧盛着曾令我心醉的柔情。他一直是那么骄傲的一个人，这时突现脆弱，让我一阵心疼，我几乎就要问他，这三年，你好吗？可话在出口的那一刻又被我咽了回去。他怎么会不好呢？他现在是一家大公司的执行总裁，一年前就以商界精英的身份接受过电视台的访问。他身边的美女，光我看到的就不止一个，我的关心只会让自己更加难堪而已。

“桐桐，这三年来，其实我一直都在等你的电话……”

他的话让我浑身的血液都凝固起来，这是我应该对他说的话才对呀。能相信吗？可没想到，他接下来的话竟然更具杀伤力，让我的心无法抑制地痛起来。

“为什么……为什么那时候要背着我拿掉孩子……为什么要那么狠心……就是因为钱吗？”

他的声音在颤抖，像是承受了巨大的痛楚一样。

孩子？提起这两个字，我的眼泪终于又落了下来。孩子！事隔那么久，现在提起这两个字，依然是那么痛心。一个鲜活的生命投奔到你的体内，你却看着他一点一点地化成血液，从你的身体里流逝，那是种只有亲身体会过，才能感受，却无法用语言形容的痛。

几年前，刚出校门，我自己还是一个孩子，每天沉浸在爱情的甜蜜里面，当爱情在生活的压力前越发显得单薄时，我居然发现自己怀孕了。没有任何症状，也没有任何感觉，只是脾气越来越不好，看到很小的事，就控制不住地发脾气。直到连续两个多月，大姨妈没有光顾，才昏昏然然地跑去买来试纸，居然发现自己怀孕了。我记得我那时坐在马桶上发呆，足有半个小时，想着关于未来的一切。

那时我还没有找到工作，楚梦寒刚刚在一家私企里上班，收入很有限。已经毕业了，我们都不再去向家里要钱，可是在陌生的城市，面对陌生的一切，所有开支都比大学所在的那个小城市多出好几倍。好在楚梦寒上学时帮别人设计程序，有一些微薄的积蓄，可我们仍然面临着入不敷出的局面。

更头痛的是，从我毕业开始，老妈就追着我，让我向家里交家用。头两个月没找到工作，她还比较理解，毕竟刚到一个陌生的大都市，什么都要重新开始。可到了第三个月上，妈妈就急了，问我，为什么念了四年大学，却找不到工作，好像我在骗她一样，电话里，连带着楚梦寒一起数落，有时候声音很大，旁边的人都可以听得一清二楚。楚梦寒的脸色越发不好看了，让我告诉老妈，就说找到工作了，每个月直接汇钱好了。可妈妈对我的期望是很高的，即便是这样，她也很不理解，后来干脆直接打到了楚梦寒那里。我不知道他们说了什么，只是每次接完电话，楚梦寒都好长时间不讲话。

孩子是在我们最困难的时候到来的，那时，我们还没做好准备。尽管如此，我还是感觉浓浓的幸福感包围了我，因为那是我和楚梦寒的孩子呀！是我们爱情的结晶，是我们爱情的见证。当我把这件事告诉他的时候，他比我还要高兴，激动幸福得像个孩子一样。可那个时候，没有经验，压力又大，孩子竟然就那样没有了。我只记得那天床上都是血，我一直哭，一直哭，他把我抱到医院。等我醒来后，就发现他的脸色一直很难看，我以为他是难过，没想到原来他一直以为是我故意拿掉了孩子，他怎么可以这样误会我？

“你什么意思？”

两个人之间难得的平静相处再次被打破，痛苦的记忆散开后，我眼前又清晰地出现了楚梦寒放大的面庞。

他说是我狠心拿掉了孩子，而且是因为钱。一时间，因为太过激动，我额头上冒出汗来，我的心却是冷的。若是眼神可以杀人，我真想杀了他。可认真地看着他的眼睛，看他此刻的神情，他似乎比我还要痛苦，不像是挖苦，不像是讽刺，不像是为了掩盖事实而故意诬陷我。难道这么多年来，他真的是这么想的？天哪，这可真是天大的笑话！他如今变成了什么样子，我不清楚，可三年前，这个男人我还是了解的。那时，他有崇高的理想、坚决的斗志，有一般同龄人没有的沉稳。他虽然对女人绅士，对爱人温柔体贴，骨子里却有极严重的大男子主义情结。那时候刚到A市，理想和现实巨大的反差下，他的压力比我还要大不知多少倍。如果那时他临走的时候心里一直认为我是因为我们没有钱，还不具备抚养这个孩子的能力，而擅自把孩子拿掉了，我几乎能感受到他那时候心里是怎样的纠结和痛苦。可是，在他的心中，我难道就是那样的女人吗？上学的时候，我也不是没有被有钱的男同学追求过，如果我真的那么在乎钱，就会听妈妈的话，而不会和那时还一无所有的他一起奋斗。

“我没有！”

委屈的泪水慢慢留下来，我却也只能颤抖地说出这三个字。

“你没有？”他的眼睛里慢慢从伤痛转化成怒火，似乎多年来隐忍的情绪都要在这一刻爆发，“你知不知道，当我知道你怀孕的时候，我有多么高兴，看着你在医院的病床上受苦的时候，我又有多么自责，之后在家里，我却无意间看到了你买的口服流产的药。那是我们的孩子，你怎么可以这么心狠！就因为没有钱，你就剥夺了一个生命生存的权利！”

他越说越激动，甚至整个人已经俯过身来，把我圈在他留给我的一方空间内，然后痛苦地看着我。

什么口服流产的药？我萧桐桐活了二十六年，只有婚前与他同居这件事新潮了一把。我是个正儿八经的良家女子，口服流产的那些东西，我至今都不知道长什么样。

“我说了，我没有！”推开他，我燃烧了，“楚梦寒！你逍遥快活了三年，还嫌不够，现在我们已经离婚了！已经离婚了！你怎么能这么折磨我，那是我的孩子，是我身体里的一部分，现在每个月流血的那几天，我的心都还在痛，你怎么能这么说我！你真是个混蛋！”

早知道他要这么说，我怎么样也不会给他开门的！我愤恨地看着他：“我说最后一次，我没有！都已经和你离婚了，我有必要骗你吗！”

他仍旧仔细地看着我。他看得那么认真，看了那么久。

“我信你！”一股巨大的力量把我吸进了他怀中，那么用力，好像想要证明什么。

“你……走……开，你不觉得你现在的相信……有点太晚了吗？”

我挣扎着推开他，怎么说，我们也曾彼此深爱过，彼此依赖过，他居然如此不了解我，这样冤枉我。心，好凉！

他似乎真的很恨，此刻双臂箍得我有些发疼。

“桐桐，三年了，我每次想到这件事，都好难受。”

他这种少见的脆弱感染了我，我手上似乎再也使不出力气。我整个人伏在他的肩头，轻轻地掉眼泪。那个孩子，我们很少提及。我以为他的沉默、回避，和我一样，是因为难过，没想到还有另一层原因。现在回想起来，从那时起，我们的争吵越来越频繁，没过几个月，有一天，争吵过后，他和我说出了“离婚”两个字。我也厌倦了争吵，厌倦了冷战，更何况我又很倔强，我不会在那种情形下开口挽留他。他不知道他当时说的话有多么绝情，伤我有多么深！

我猛地抬起头，看着他，难道这就是他三年对我不闻不问的理由？因为误会了我，因为恨我？如果是，这就是天下最滑稽的理由。

“这就是你离开的原因?”

楚梦寒的脸离我只有数寸。他的眼神在闪烁，他的呼吸打在我的脸上。

“桐桐，我从来没有真的想过要离开你!”

轰！我的脑海中一片空白。我认识的楚梦寒从来不说假话，从来都是一诺千金。可是，他已经不是我认识的楚梦寒了。我突然想起了周正那天和他前女友所说的话，三年了，很多事情都已经改变。我选择不去相信。

“楚梦寒，你不要再骗我了！都已经没有意义了。”

除去我们之间三年的空白，光是想起他这次重回A市后，我看到的、听到的关于他的一切，我都不可能再相信他。

“桐桐，我一直都在等着你，我以为你爱上了别人，以为你爱上了蒋若帆，以为你的心里面早就已经没有我了，所以，三年来，你才一个电话也不打给我。”他拉起我的右手，放在他的心房上，“当我第一次在酒店里听到你喊着别的男人的名字，我嫉妒得都要疯掉了。想起你和别的男人也会那样在酒店的房间里过夜，我真想杀人。当知道你已经下定决心要和我离婚，把自己交给另外一个男人时，你知道我的心情吗?不光嫉妒，我每晚都担心得睡不着觉。我怕你被骗，怕你再次受到伤害。我让自己不要去想，却控制不住自己的心。”

我想抽回手来，他却不肯。我摇着头，不要再听下去，哭着打断他：“楚梦寒，不要再说了……伤害我的人只有你，你已经与我无关。”

房间里又安静了下来。

很久很久，我的头顶再次传来他低沉的声音："桐桐，再给我们彼此一个机会，我们重新开始好不好？忘了曾经，忘了过去，我们重新开始……"

他眸子有些深沉，像极了树荫下的湖水，仿佛一眼望进去，就会让人没顶。

人年少的时候总是把爱情视作生活中最高的追求，可谁又知道，爱到极致的背面就是伤到顶点，让你万劫不复，那些曾经的海誓山盟终究经不住似水流年。我的嘴边绽开了一丝苦笑。

他的手僵硬。

"楚梦寒，你知道的，我们再也回不去了。"我深深地吸了口气，对上他的眼睛，认真地告诉他，"过了今天，在未来的某一天里，我也许还会寻觅一个真心爱我和我爱的男人，共度一生。他可以是任何人，唯独不可以是你！"

我望着楚梦寒，他的眉头紧紧地拧在一起，眼底含满了深情、激动、痛楚、狂热甚至还有些许惶恐。我们对视着，我的决绝让他眼中的无措和痛楚越来越深。

就在这时，我放在茶几上的手机响了。我刚要起身，没想到他比我快一步。他迅速拿起了手机，眉头皱了一下，毫不犹豫地挂断，然后又盯着屏幕看了许久，手指在动，像是在飞快地删除着什么。

我意识到一定是蒋若帆发来的短信："你在做什么？"

楚梦寒最后索性把手机关机了，"啪"的一声，放在了一旁。我看到他的眼睛里波光一闪，有倨傲、愤怒，还有一些我看不懂的情绪。不过，这个样子的楚梦寒才是我记忆里熟悉的男人。

"那些照片，我替你删了！"他点燃一支香烟，深深地吸了一口，声音微微有些沙哑，“我看这个蒋若帆没那么容易对你放手！”

我的脸马上就红了，手机里储存着的是我们在海南旅游的合影，其中一两张是我们穿泳衣在海滩，让别人帮我们拍的。印象里，我和楚梦寒似乎都没有过这样的合影呢。那天蒋若帆在我家时，非要替我拷到手机里去。妈妈和小妹也见过。

“蒋师傅是个好人，若是可以，我希望我们还会成为要好的朋友！”

“男女之间不会有纯粹的友情，更何况是你和他，如果不想给自己找麻烦，就不要和他走得太近，离他越远越好！”楚梦寒警告我。

我扫了他一眼，他是在向我传授他的心得吗？

“桐桐，认真考虑一下我刚才说的话……”

他的表情里似乎比之前多了几分悔恨，看得我没来由地有些心痛。

“楚梦寒，以前你经常说我不够成熟，可三年后的今天，你怎么比我还要幼稚。抛去其他的，单说我们的家人，你觉得你刚才说的话还有意义吗？如果我没有猜错，你方才说的什么口服流产的药，应该就是你妈妈看到我流产后，买来放在屋子里的。她那时就已经处心积虑误导你，想要你和我离婚……”

他的手猛地顿了一下。他先是一副好像我不可理喻的表情，慢慢地，却陷入了更深的痛苦中。

他沉默着，在烟灰缸中把手中的香烟拧灭，表情顷刻间舒缓：“人都知道会死，但不还是活着吗？这个世界上，解决问题的方法总会比问题要多！”

他说得很坚决，我却不能从他的话中获取任何力量，因为我对他已经失去了最起码的信任。我再次毫不犹豫地拒绝，让房间里陷入了更长久的寂静。

不知道过了多久，再次抬眼时，窗外的雨已经停下来，天也已经亮了。

他从不是一个死缠烂打的人，却执意要把我送回A市。因为顺路，我没有再拒绝他。

路上我们很少交流。他一夜没睡，显得有些憔悴。在车上，一波一波的困意袭来，我却不敢睡，不时地用眼去看他，生怕他会因为疲倦合上眼睛。

被我看得久了，他也不时地侧过头来看我，终于忍不住轻轻地笑了："放心吧，我曾经两天两夜不合眼，中间，从一个城市开车去另一个城市，路途八个小时。我不会睡着的，更何况你还在车上。"

我听着，眉头紧紧地拧在一起。他的眼中划过一丝宠溺的神情，伸手，想要来摸我的发心。这是他以前常有的动作。我心中一顿，把头侧向了一边。他的手慢慢地收回，笑容也慢慢地褪去。

到达A市的时候已经是上午十点钟了。楚梦寒轻车熟路，开到了我住的居民楼下面。

"我送你上去。"他锁好车子，举步就向楼道里面走去。

我在后面追上他，挡在了他面前："楚梦寒，不用了，大白天的，你回去吧。"

他抬起头，环视着四周陈旧的楼群，然后把目光投向我："为什么不搬家，三年都要住在这里?"

我脸上一僵，屏着气，感觉到他传来的压迫感。

“这里的租金比较便宜！”

我告诉自己，这是唯一的理由，再也没有其他。

楚梦寒的目光像是要把我看穿：“你不是说要我来取东西吗？那就今大吧。”

他走在前面，我在后面，反倒是跟着他一样。这样的情形是多么的熟悉，好像是与多年前一模一样的情形。那时我和他在一起，身上从来不带钥匙，不带钱，似乎只要跟着他，就有了一切。

阴暗的楼道，潮湿的气息扑面而来。到了我的小屋门前，我们不由同时怔住了，破旧的防盗门是开着的，实木门也大敞着，里面传来了两个人交谈的声音。几秒钟后，我就听出来了，里面说话的人里有一个是房东李太太。

楚梦寒皱着眉头与我对视一下，用目光问我这是怎么一回事？

我一拍脑门，突然想起昨天早上李太太问我同不同意涨房租。我答应，无论租不租，晚上都会给她回话。昨天被蒋妈妈带到T市，后来发生的事太过突然，我竟然把这件极其重要的事给忘了。可这个李太太也太不厚道了吧？我向她交了将近四年的租金，就因为我没回话，第二天早上就领着别人来看房子？我的东西都还在这呢，这根本就是侵犯我隐私权！

我推开楚梦寒，一步跨了进去。果然，不是李太太那女人又是谁？她旁边还站着一对年轻的男女，看样子与我差不多大。他们在我家里到处张望着，眼睛里的神色极为满意。

我一下子火冒三丈，这是我的家，我每天无论工作多晚，多累，也会把家里收拾得干干净净，就算我再穷，也会尽最大的努力把家里布置得温馨舒适。这小屋里的每一个角落的东西都是我前思后想才摆放好的。他们凭什么肆无忌惮地在这里看来看去?饶是一向脾气很好的我，这一刻也无法抑制住自己的怒火。我走过去对他们说："出去，谁让你们进来的?"

迎面的三个人同时被我吓了一跳，尤其是见惯了我的温顺斯文的李太太。

李太太嘴巴一下子张得好大，惊讶得半天没说出话来。她从头打量了我一番，眼睛里微微有些尴尬，但很快便又一本正经起来："桐桐呀，我昨天等你电话等到十二点，我以为你不租了。人家小夫妻等着结婚，没有地方住，租金给到每月两千五，而且一次付一年的。你知道的，我没有工作，就靠房租过日子……"

"我还没搬走呢，不过是一个晚上，你就带着生人来我的住处，我丢了东西怎么办，你负责吗?凡事留一线，日后好相见。做人不要太势利。"

李太太面色一下子不好看起来："付不起房租，难道还不许我租给别人?今天你也一次付给我三万块，我就把房子留给你。"

我的脸涨得通红，三万块，就是三千块，我也没有。

李太太冷笑几声，表情却突然一僵，显然是发现了站在门口的楚梦寒。

"小楚?你们……"

李太太当然认识楚梦寒，而且还知道我们离婚了。三年后，看到他站在这，她这副表情不足为奇。

楚梦寒的面色几乎是铁青的。他走到我身后，有些尴尬地说："我出国了，刚回来!"

"出国?"李太太用最快的速度把楚梦寒上下扫了一番，脸上马上堆起了笑容，“原来是出国了呀，那这房子……”

看不了这赤裸裸的势利眼面孔，可又不得不为自己争取一下：“我再租一个月，等我找到房子，立刻搬走，房租就按两千五。”

“不租了！”

我话还没说完，楚梦寒就坚决地打断了我。

有没有搞错？不租让我去睡马路？

看着我恼怒的表情，他却比我还要生气，咬牙说：“不租了，搬到我那去……”

楚梦寒说得斩钉截铁，不容一丝质疑。

我震撼了片刻，马上把头摇成拨浪鼓。去他那？亏他想得出来。难道我还要去给自己创造机会，遭受他妈妈再次羞辱？还是非得把我老妈气死才甘心？

李太太走过来：“小楚出国一趟镀金回来，我这小房子自然入不了你们的眼了。年轻小夫妻，吵吵闹闹，就是别动真气。我们先走，明天再过来。你们收拾好东西，把钥匙放在桌子上就好了。”

说完，李太太带着那对小夫妻慢慢地走了出去，听到门被“砰”的一声带好。我的神经跟着狠狠地动了一下。

屋子里瞬间寂静下来。

几秒钟的恍惚之后，我意识到，这间屋子再也不能住了。真到了这一刻，我才知道，原来竟是这么的舍不得。

楚梦寒向我走来，站在我面前。他个子很高，我的个子有一米六七左右，他却足足比我高了一头还要多。我垂着头，看着脚下他制造的一方阴影。

“桐桐，收拾东西吧。”

地上的影子准确地浮现出楚梦寒四处打量这间屋子的样子。

生活就是这么喜欢捉弄人，来的时候是两个人，现在要离开，居然又安排是我们两个人，毫不顾及我们之间已经隔了“万水千山”。

我默默地走到卧室里，拉开衣柜，开始收拾东西。他依旧在原地站着，像是被钉在了那里，一步也走不动。

我从衣柜的最底层拉出一个破旧的皮箱，费力地拖到卧室门口：“这是你的东西，拿好了，你可以走了。”

他看着箱子，愣了足有一分钟，然后几步走到了箱子旁，蹲下来，用微微有些颤抖的手按下卡口，把箱子打开。最上面是颜色比较浅的夏天的衬衣，虽然已经好几年了，可放进去之前，都已经被我洗得干干净净的，就算是白衬衣，也没有一点发黄的迹象。旁边是他的袜子、内衣，他早先常看的几本书，签字笔，已经淘汰的文曲星……

不用看，那些东西摆放的位置就已经清清楚楚地浮现在我面前，曾经，那些寂寞的夜里，我不止一次地打开箱子，看着它们。我与它们一样，被抛弃在这里，像一只小狗，守在这里，等着主人回来。我虽然也同意了离婚，也表现出一副决绝的样子，可是我从不敢相信，他真的就那样走了，再也不要我了。

他“乓”的一声，重新把箱子盖好，然后上前几步，粗暴地把衣柜里的衣服摘下来，扔在床上，又抢过我手上的大袋子，胡乱塞进去，最后干脆把衣袋仍在地上，直接说：“拿上重要的东西，离开这，这些都不要了！”

他看我纹丝不动，更生气了：“听见没有？马上和我走！”

他说着，眼圈有些发红。

我默默地从地上捡起袋子，把里面的衣服掏出来，一件一件叠好。他却又抢过去。

“我说了，这些都不要了……”

看来他真的很激动。他抓得我很疼，他却一点也没意识到。就在这个时候，我的手机响了，是沈欣欣的电话。

当沈欣欣站在我面前的时候，居然仅仅是半个小时之后。

“萧桐桐！”

沈欣欣是个大嗓门，在楼道里就开始大声喊起来。

我把收拾了一半的东西放下，跑出去开门。

她走进来，一眼就看见了我身旁的楚梦寒，登时捂住嘴巴，险些惊叫起来。

楚梦寒沉着脸，一言不发，默默地站在那。

“楚师兄?！许久不见了！”

经过上次我老爸住院需要钱的事后，沈欣欣对楚梦寒再也没有一点好感。此刻，她毫不示弱地对着楚梦寒的眼睛。

楚梦寒皱皱眉，显然很不乐意见到我这位死党，但出于礼貌，也点点头，回了一句：“你好。”

“桐桐，什么十万火急的事？蒋总监没来上班。我和陈助理打声招呼，就打车跑来了，还以为你遭抢劫了，没想到是遇到了衣锦还乡的楚师兄！”

我上前拉了拉她的胳膊：“这里房东不给租了，我想先上你那挤几天。”

“啊?”沈欣欣先是惊讶了几秒钟，马上又冲着楚梦寒撇撇嘴，“当然没问题！过几天，蒋总监也该请假回来了，到时你就搬到他的高档公寓里去住，还不把他美死！”

说着，她撸起袖子，帮我收拾东西。

我转身，轻声对楚梦寒说：“你走吧，该说的话，我都已经说清楚了，这个箱子你拿走，以后我们就两清了！”

“桐桐，别让我在别人面前把话说两遍！”

楚梦寒说着，拎起那两袋我刚整理好的衣物，迈步向外门外走去。

“楚梦寒，我不会去你那里住的，把东西还给我！”

沈欣欣听到我这一句话后，嘴巴再次变成了“O”型，下一秒，惊讶就变成了愤怒。她冲过去，夺下楚梦寒手中的袋子，爆了一句粗口，然后怒道：“把东西放下！你没听到吗?！桐桐不会跟你走的，她现在已经有了很好的对象。你三年都不理她，现在谁稀罕你的假仁假义！”

楚梦寒面色凝结成冰，显然已经濒临暴怒。

“我们之间的事，别人没资格评论！”

沈欣欣一下子急了，眼睛喷出火来，“噌”的一下，又往前跃了一步，直逼他面前，不管不顾地喊道：“我是别人?！我没有资格?！我告诉你！这天下间最没资格的就是你这混蛋！楚梦寒！你算什么东西?！你想走，抬脚就走，觉得舍不得了，就一句‘跟我走’，你当桐桐是什么？任你招之即来，挥之即去的狗吗？你知道她这几年是怎么过来的……”

我没想到沈欣欣会这么激动，慌忙地拖住她：“够了，欣欣，别说了！”

沈欣欣甩开我的手，白了我一眼：“干吗不说，不说他还以为你跟他过得一样舒服呢！”她转过头，用手指着楚梦寒，“你走后，桐桐身上只有几百块钱，为了活下去，她同时打了几份工，瘦成什么鬼样子，你知道吗？她一盒泡面吃一天的时候，你在哪？家里自来水管爆裂，她一个人坐在水地上急得哭的时候，你在哪？你看看，她都上班两年多了，有一件值钱的衣服吗？而你呢，看见她，装作不认识，随便送给女人一件裙子就一万多块！一万多块！她这几包衣服加在一起，也值不了一万块。你左拥右抱的时候，她却像狗一样等了你三年。三年，女人最美好的三年，她都在等待失望中度过了。她一个人在大城市里讨生活，还房贷，好不容易找了份像样的工作，还因为你搞丢了。我没有资格，你又有什么资格?！她老爹做手术没钱，晚一会就可能死在医院里，她哭着给你打电话借钱，你连电话都不接，只顾着和别的女人风流快活。我没权管？难道你有权利！那天是我和蒋总监给她凑的住院费。她往家里寄完钱，饿着肚子睡觉的时候，是我给她送一份蛋炒饭。她生病发烧没人管的时候，是我在她旁边照顾她。她烧得说胡话，喊着你的名字，守在她身旁的人却是我。楚梦寒，你说我俩，到底谁没资格！三年你都不出现，现在你跑来说一句，桐桐就得和你走，你说，你凭什么！你凭什么！”

我看到楚梦寒一下子呆住了，眼神中有太多的感情，最多的是惊讶，然后是悲哀、痛惜、愧疚、后悔……

“桐桐，你打电话是因为需要钱?”

他不敢置信地说出这句话，然后怔怔地望着我，整个人哀伤得似乎站立不稳。

我垂下头，中午的艳阳从窗子外透了进来。我看着我们三个人纠缠在一起的影子，淡淡地说：“是，不过已经过去了……”

我和沈欣欣坐在出租车里，沿途的风景渐渐被抛到后面。我再次从风中品味到一丝丝苦涩，我的心久久无法平静。

楚梦寒的车一直跟在我们的车后面，不是追赶，不是送别，只是那样默默地追随着，无声无息，却又如影随形。

我的眼泪一直在眼眶里打转。我怕被沈欣欣看到，只好侧过脸，看向窗外。

刚才在我的小租屋里，沈欣欣的一番话和我的坚决终于让楚梦寒放弃了强行把我带走的念头。可在我和沈欣欣从他的车前离开的那一刻，我还是忍不住回头去看他。那是我从来没有见过的楚梦寒，他脸上没有一丝血色，英俊笔挺的高大身形竟然在艳阳之下显得那么脆弱、孤单。

直到上了车子，我脑海中还是他被定焦后的画面。那画面一直在我的脑海中，久久挥之不去。我知道，人就算怎么变，本性依旧会残留几分，时至今日，我依旧相信，我深爱过的男人，本性是善良的。他心中现在一定充满了愧疚。

我不需要别人的怜悯，尤其是他。曾经相爱的两个人走到了今天这一步，这天地间也不过徒增了一声无奈的叹息，这声叹息很快就会消失在空气中，了无痕迹。再见，再见，只盼再也不见……

我听到沈欣欣在我耳旁冷哼一声：“现在知道着急了，早干什么去了！”

我们到了沈欣欣住的小区楼下。这里的环境比我之前住的要好很多，可离市心也远了不少。

第四章
用微笑祭奠那付诸东流的全心全意

沈欣欣和男友汪洋租了两室一厅的小单元。屋子里衣服堆得到处都是，吃过的便当盒子摆在桌子上，也没收拾。

“老婆，今天突然回家查岗呀?”

汪洋从一间卧室里探出头来，坏坏地笑着。看到我，他吓了一跳：“哎哟哟，来了美女也不说一声。”

沈欣欣“砰”的一声把门带好。

“快把衣服穿好，桐桐要在咱们这住些日子!”沈欣欣一边说着，一边开始收拾屋子。

沈欣欣和我不一样，是家里的独生女，从小娇生惯养，不爱做家务，不爱做饭。

她和汪洋是初中同学，从十几岁开始恋爱，一直到现在。我曾经不止一次地劝她赶快结婚，她和汪洋却一直认为，老一辈谈恋爱谈到一定时间，就结婚。那是人生过渡到了一个新的阶段，从一双筷子开始置办，成了一个家，其中重要的标志就是有了一个共同的房子。他们两个根本买不起房，租的房子，不定哪天就要搬，所以，他们认为，结婚只是个形式，还不如维持现状，保持一点恋爱的感觉。我不止一次地笑他们其实就是在逃避现实，其实，结婚和房子真有那么大关系吗? 只要两个人在一起，哪儿都可以是家。

汪洋其实很有能力，早在我们上学时，就替一些公司编程序，大三的时候，有软件公司提供高薪，主动请他，只是要让他剪掉一头的长发，汪洋舍不得，就此作罢。之后，他一直眼高手低，做了几份工作，都不称心，索性一直宅在家里，只是偶尔帮别人做个网站什么的，收入很不稳定。所以他们两个人的生活费几乎都要靠沈欣欣。

“桐桐，欢迎光临！我们终于可以不吃外卖了！”汪洋换好了T恤、牛仔裤，一身阳光地走了出来。

什么叫阳光男孩？这位汪洋同学就是最好的样板，他身上的气质，永远像个无忧无虑的大男孩，他五官长得也是很出众，人也极具亲和力。

“行，想吃什么，我今天下班给你们做！”

很多人都不爱做饭，我却喜欢做，尤其是煮给自己的家人知己，我觉得很有乐趣，也很幸福。

“哈哈，总算可以开斋了。我们家宝宝这几天减肥，逼着我和她一起吃减肥餐，整天像喂兔子一样，我眼都红了。”

我叹了口气，强打精神，对着沈欣欣说：“你减肥，让汪洋跟着吃什么减肥餐。”

沈欣欣娇嗔地瞪了汪洋一眼：“我意志力薄弱，经不起敌人的诱惑行吗？他在一旁吃鸡腿，我在一边干看着，那简直生不如死。人都说患难见真情，这还没地震、雪灾、海啸、火灾呢，陪我吃几天素就经不起考验了，哼哼……”

汪洋走过去捏捏沈欣欣的小胖脸：“经得起！当然经得起！老婆的话就是圣旨！”

到公司已经是下午两点左右了。

我走到自己的办公桌前，迫不及待地打开电脑，从里面调出客户的档案。培训的时候，讲师让我们把客户分为A、B、C三个级别，依次是优质客户、潜在客户和一般客户。我用电话把这个月接触过的A级客户联系了一遍。不过短短的半个小时，那些表格中的企业名单就已经显示到了最后，我的手心也随着最后一个电话的结束冒出冷汗来。那些有意向在本月回款或签约的客户，竟然一个也不能兑现承诺。不是回绝得斩钉截铁，就是负责人出差在外。这样，我不仅这个月没有销售佣金，连第一个月的最低销售目标也没完成。如此就意味着我的第一个月考核没通过，收入只有一千八百块的基本工资。

别人都说天道酬勤，功夫不负有心人。可是为什么我辛苦了一个月，老天竟一点也不肯眷顾我？这一刻，我只觉得浑身都轻飘飘的，从头到脚的血液都是凉的。

以前虽然没钱，可除了吃饭，就是我自己的房租，现在，还要还老家的贷款。那时就是因为我的收入可以支付这些，才买的房子。现在，赚大钱的梦想还没有实现，难道就真的要沦为卡奴？这个月真的用信用卡还银行的贷款？我被这个现实打击得欲哭无泪。我怔怔地盯着电脑屏幕，烦琐的表格慢慢在我眼前消失，屏幕一下子变黑了。

我感觉有人在喊我。

“萧桐桐，萧桐桐……”

是一个男人的声音，低沉严肃，隐隐约约夹杂着怒火。

我使劲地摇了摇脑袋，挣扎着抬起头来，一张好看却严肃的男人的脸出现在我的面前，正是周正。他正用一种恨铁不成钢的眼神上下打量着我，好像我要害得他公司倒闭一样。

他恶狠狠地对我说：“作为一个新时代有形象有内涵的都市白领，上班睡觉是非常恶劣的行为，我怎么也无法想象，这种事会发生在你身上，萧桐桐！”

我环顾了一下四周，销售部里只有我和他两个人。

我刚才就那么没有知觉地眼前一黑，也许是昨晚一夜没睡，又刚刚受了工作中不小的打击，才会那样。没想到看在他眼里，竟然成了我在睡觉。

“你怎么了?”他在与我对视的时候，突然盯着我的脸问，“你不舒服?脸色怎么这么难看?要不要去医院?”

我摇摇头，拧开水杯的盖子，喝了口水，对他说：“周总，没事，可能是有点累了。”

他沉默了几分钟，转而问道：“快到月底了，工作开展得怎么样?”

这一问，正好问到了我的痛处。我好像溺水之人突然抓到了一颗浮木，迫不及待地向他讨求经验：“周总，这一个月来，除去昨天，我几乎每天二十四小时都在想工作，为什么到头来却一点成绩都没有?”

以前做文员，做设计，只要努力了，工作中肯定能看到提高和回报。可销售这个工作，没有业绩，一切就都等于零，赤裸裸，血淋淋。

比起蒋若帆给我的意外，此刻我才发现，工作中受到的打击让我更心痛、失望。所有的倔强与坚持都是因为对自己、对生活依旧充满了信心，对未来充满了希望，可这一刻，我真的有些迷惘，有些彷徨了。

“你怎么了，很想哭?”

他的脸上竟然有了笑意，是那样的扎眼。

我摇摇头，逼回自己眼底的泪水，怎么可以在一个陌生人面前落泪。我低下头，暗暗平息着自己的情绪。

“很正常，这世界上最难的事情，你知道是哪两件吗?”

突然听到周正换了一种轻松戏谑的口气，我抬起头，果然见他眼底嘴角都是笑。

他呵呵笑了两声，眼睛亮晶晶的，故作神秘地低下头，拉近了我与他之间的距离："这世界上最难的两件事，一件是要人钱，另一件是要人命。你做的就是天下最难的事中的一件，所以我说，第一个月没成绩很正常。如果哪天有人主动拿钱给你，那才需要你小心谨慎。"

扑哧！我竟被他逗笑了。是不是能当上老板的人，都藏着不同的面孔，根据需要，不时变换？

我没心情和他开玩笑，小人物需要的是解决眼下最现实的问题。

"怎么气馁了？"他又一次看透了我的心思，语气又恢复了最初的认真严肃，只是又多了几分语重心长，"这个月还没结束，至少还有五天时间，你不应该这么早就放弃！"

"可不放弃，又该怎么办？"我的声音都发飘，我脑袋中嗡嗡作响，"我所有的客户都已经联系过了，这个月几乎已经结束了！"

我不是一个轻易言败的人，可现在我真的找不到方向，找不到办法。我生活中的一切好像都乱了，我不知道怎样才能走上正确的轨道。这种感觉，之前有过一次，就是楚梦寒当年离开之后的那段日子。

周正临走的时候，背对着我，丢给我一句话："我最早做的也是销售员，楚梦寒也是。"

天已经黑了，迎面已经有窗户亮起了灯光。千盏万盏的灯光里，哪里才是我的家？

第五章

你已成为我青春狰狞的伤疤

我手里拎着刚刚从超市买来的土豆、牛肉，还有两个西红柿，才到了楼道门口，刚要敲门，里面竟然传来了激烈的争吵声。

“你也老大不小了，还不赶快结婚，趁着你妈我还年轻，生个孩子，还能帮你们拉扯几年，等过几年，我老了，带不动了，看谁还能管你！”

这个说话的人应该是沈欣欣的妈妈。

“妈，到时你看不了，他妈还能看呢。他父母结婚早，都比你和我爸小好几岁，真是皇帝不急，急死太监。”

“小死丫头，你跟谁说话呢？让婆婆把你孩子带到她那边养，你以为你孩子还能和你有感情？我说你二十好几了，光长岁数了，怎么一点心眼儿也不长？汪洋不去找个正式工作，你也不管他。你既然决心跟着他，就赶快结婚。这么耗着，你不是存心耽误自己吗?”

“妈，你有完没完。我乐意行吗?什么正式工作，我们这一代，现在这年代，除了去做公务员，哪有几个正式工作?你以为像你们那样，找个工作，一辈子在一个单位里待着，直到退休?你和我爸要是有门路，就替我们安排，去事业单位上班。又管不了我们，还没事瞎挑毛病。现在给人打工，女的做得职位再高，生完孩子也得从普通员工做起。男的就算做到部门经理，也不定哪天就失业。我和汪洋没觉得生活沉重，过得幸福快乐，您跟着瞎掺和什么?”

“我没完!什么叫我瞎掺和?我要不是你妈，才懒得管你。男大当婚，女大当嫁，自古以来，天经地义，谁也改变不了。你们这一代怎么了?你们这一代将来也有个老，也得有人养老送终。不结婚，不生孩子，将来老了，谁可怜你们?”

“我们不用孩子养，赚够了钱，进养老院!”

“赚足了钱?你看看你上班这些年，存下几个钱!”

“我没存下钱，也没找家里要。要是你和我爸是农民，没退休金，我一样赚钱养活你们。可你们不是有退休金吗?你们不用我操心，我的事，你们也别跟着添乱。”

“你别又对付我，明年你都二十八了，今天你非得给我说清楚，你究竟是怎么想的。”

“我怎么想的，我觉得我们挺好的，一辈子这么着，也不错。再说了，他不求婚，我还向他逼婚呀?”

我听到沈欣欣这句话说完，屋子里再没有动静了。

我叹了口气，稍微侧脸，竟看见汪洋不知什么时候已经站在了我旁边。他往常阳光灿烂的笑容不见了，站在昏暗的楼道里，他脸上竟是从没有过的凝重。

他把手指放在嘴唇上，示意我不要出声，转身向楼下走去。

我敲开门，沈欣欣的小圆脸竟拉得那么长。

“你回来了?”说着，她眼睛瞟向我身后，看到没有人，似乎暗暗松了口气。

“阿姨好！”我一眼看到了沈欣欣的妈妈坐在客厅的沙发上，房间里的空气中有些战争残留的味道。

“是桐桐呀！”沈妈妈看到我，上下打量着，“这几年没见，桐桐长得更俊了，有对象了吗?”

沈妈妈也知道我和楚梦寒早就离婚了，这次看见我，忍不住关心地说。

“妈！人家桐桐身后从来就是有人排着队追呢，这回选了我们单位的领导，要才有才，要貌有貌，不知羡煞了我们公司多少妙龄少女、海归仙子！”

沈欣欣有意转移她妈妈的注意力，连珠炮似的替我回答着。

沈妈妈一听，笑着拉着我的手说：“改天带来让阿姨看看，你和欣欣也都到了该成家的岁数了，要是有喜事，就早点办了，也让大人早点省心。”

“欣欣你别瞎说！”

沈欣欣看见我一本正经的样子，瞪了我一眼，就此打住。

晚上，我下厨，做了番茄牛腩饭，每人一份，又炒两盘青菜。刚摆好，汪洋也回来了。

沈妈妈见到汪洋，并没有露出一点不愉快的神色，相反，还不时往汪洋的碗里添菜。汪洋也恢复了以往笑呵呵的样子，倒是沈欣欣耷拉着脸坐在那里。

第五章
你已成为我青春狰狞的伤疤

吃过饭，汪洋陪着沈妈妈看电视，沈欣欣把我单独叫到了卧室审问。

“你和蒋总监怎么了？难不成你又为了楚梦寒做傻事？要是那样，就当我不认识你，我们从此绝交！”

“我和楚梦寒已形同陌路，老死不相往来了，你以后别老在我面前提他。”

我没好气，要出去，却被她拉了回来，接着审。

“不是因为楚梦寒，那是怎么回事？你之前不还和蒋若帆旅游去了吗？你可别告诉我，那几天孤男寡女，良辰美景，你们俩什么都没做过。”

我推开她：“什么啊！做什么?!”

“啊？难不成蒋若帆真是柳下惠，美女在前，竟能坐怀不乱?”她不相信地盯着我的眼睛看。

我的脸立刻红了：“你脑子里想的都是些什么？我们之间什么都没有。那几天，他只是单纯地陪我散心而已。我和蒋若帆是真的不合适，和楚梦寒没关系，是他妈妈不同意我们在一起。我可不想重蹈覆辙。你就别乱猜了！”

“怎么不适合？我看就你们俩适合。你别跟我装蒜，什么叫只陪你散心？当年，你和楚梦寒才认识多久，就搬去一块住了。怎么楚梦寒可以，蒋若帆就不行……”

外面的天已经黑透了，天空中点缀着闪闪的星星，好像一个个孩童的笑脸。

最后，我俩索性都躺在了床上。我说：“欣欣，别光说我，你和汪洋究竟怎么打算的？其实你妈妈说得没错，感情到了一定的阶段就要升华。你说你和汪洋在一起也十几年了，两边的父母都已经认可了你们。他妈妈每年过年给你捎来那么多好吃的，亲手给你做衣裳，看得出，她是很喜欢你的，你们俩就顺着父母的意思结婚吧。”

我想起了之前汪洋站在黑暗中的样子，心里总觉得有些莫名的不踏实。

“我俩有什么事？还不是钱闹的。谁不想结婚时风风光光的？毕竟是一辈子的大事。几年前，他们家拿二十万，我们家拿十万，要在A市买房子，看了好几处，也没有合适的。后来房价涨了，就说再等等看，谁知一等就到了现在。我们租的这个房子，房龄快二十年了，三流地段，也要一万八一平米，五十平米就要九十万，首付也要三十万。我和汪洋都是自由惯了的人，想不出以后为了房子，节衣缩食的日子咋过。索性还不如维持现状，反正我们谁也离不开谁，这样挺好，何必自寻烦恼呢？”

“要是有一天，汪洋离开了你，你怎么办？”我没经大脑，突然问。

沈欣欣愣了几秒，哼哼几声：“不可能，除非我把他踹了。”

“我和你说正经的呢，你认真回答我。”我推着她的胳膊，追着问。

她闭上眼睛，一本正经地思考，然后睁开眼睛，咳咳两声：“肯定不会自杀！”

自杀？我惊讶地睁大眼睛看着她。

她又咬牙切齿地接着说：“我不会自杀，但不排除会杀人！”

晚上，我和沈妈妈睡在一间屋子里。昨夜一夜未睡，头一沾枕头，就开始发昏，却睡不着。

第五章
你已成为我青春挣狞的伤疤

我头很痛，不知过了多久，意识逐渐模糊起来。明明那么疲倦，心底却似乎有一股愿望，不想让自己睡过去。因为只要睡着了，这一天就又过去了，离这个月结束就又近了一天，而我的业绩还是零。只有那么一点收入，我该怎么办？通不过考核，我还要不要再继续做下去？不做这份工作，又去做什么？难道高收入于我真的只能是一个梦想？我就只能在这繁华的都市中碌碌无为地生活下去？

不知道算不算是从梦中惊醒，我睁开了双眼。眼前一片黑暗，耳边传来沈妈妈均匀的呼吸声。

我低低地叹息了一声，老人家睡眠浅，我翻来覆去，一定会吵醒她。

客厅迎面是一扇落地的玻璃窗，没有窗帘。在外面的路灯下，能看清小区里的柳枝随风飘扬着。我走过去，透过窗子，看着小区外面的景色，意识更加清醒了。

天空中一轮凄清的圆月像宣纸上一抹昏黄的光影，路灯下一个熟悉的车牌很快吸引了我的目光，只这一眼，竟生生带出了疼痛，心跳也失去了规则。那不是楚梦寒的车子吗？

我看了看墙上的米老鼠挂表，指针已经指向了十二点十五分。隐约中，我看见了车窗中闪着的星火，那是燃烧中的烟蒂发出的微红的光。

客厅里没开灯，相信楚梦寒是不能看到我的。我索性蹲下来，坐在木地板上，双臂抱住膝盖。月光从窗子外面透进来，铺在地面上。我整个人好像悬浮在云端，缥缈而无力。

时间在一秒一秒地流逝，我的思绪百转千回，不知道忆起了多少往昔的事。然后，我又联想起未知的将来。

昏昏沉沉中，我竟像是睡着了一样。半梦半醒间，我眼前都是他在校园的操场上牵着我的手，一步一步向前走去的画面。

“桐桐，快点，一会儿自习室没座位了！”

“桐桐，快点，一会儿食堂的饭卖没了！”

曾经以为那样牵手，可以相携到老，可才一转身，便已错过了今生今世。歌里唱得真好呀：“因为爱着你的爱，因为梦着你的梦，所以悲伤着你的悲伤，幸福着你的幸福。因为路过你的路，因为苦过你的苦，所以快乐着你的快乐，追逐着你的追逐。因为誓言不敢听，因为承诺不敢信，所以放心着你的沉默，去说服明天的命运……”可我与楼下的这个男人错过了共同体验生活的三年，再也无缘感受彼此命运中的酸甜苦辣。

再次相逢，他早已不是曾经的他，而我，也不愿再做当年的我。他又何苦再纠缠……

当我再次恢复清醒的时候，天边已经破晓，混沌的天地被一抹朝霞推开。小区的柳树下，楚梦寒的车子已经不见了。仿佛一切都是梦境，可接下来的两天，我意识到，那不是梦。每一个夜里，我偷偷跑到窗子前，在小区的树荫下都能看到他那辆车子。

他没再给我打过电话，那夜，我看到他从车子里走出来，迷茫无助地看着小区里一个个窗子里逐渐熄灭的灯光。他这样守在这里，想守住的又是什么？

第三天上午，沈欣欣送我离开的时候，满脸的歉意。

“你是不是受不了妈妈的唠叨？我再劝劝她，让她尽快回家去。她这么和我打持久战，早晚我也得疯了。”

“别胡说了，我又不能在你这住一辈子，早晚得搬出去，和阿姨没关系。阿姨也是为了你好。你常年在外，不借此机会好好孝敬孝敬阿姨，反而赶她走，真是个不孝女。”

我一边说，一边伸手去拦计程车。沈欣欣这里不通地铁，我还要打车去地铁站。

“你说的那个地方太差了，离市区又远，而且是平房，多不安全呀？”

沈欣欣不放心，一个劲地埋怨我。

“怎么不安全？虽然是郊区，可是通地铁，到我们单位也算方便。房东是一对年老的夫妇，就住在我隔壁的院子里。你放心吧，有事我给你打电话。”

搬完家，回到公司的时候已经是中午了。

连续几天没怎么休息，我不但不觉得疲倦，反而整个人都好像陷入了一种亢奋的状态中。

办公室里的同事们都在谈论着这个月的成绩，几人欢喜几人愁。最愁的自然是我，离月末还有两天时间了。

我想起了周正的话，他那天说：“只为成功找方法，不为失败找理由。”我重新从电脑里调出客户档案，拿起电话，一个一个联系。这些客户都对我设计的方案很认可，但一直没时间，所以婉转地推到了下个月，其中还有我新近联系过的几个。

一个老女人在电话里不耐烦地说：“你那个方案写得花哨不实用，搞什么幻灯片，我也不会看，所以你这个《导视系统方案》，我根本就没办法敲定。”

电话里，女人的声音格外大，旁边的人也听得一清二楚，他们朝我撇撇嘴。

这是清华商贸企划部的负责人，这个客户是出了名的挑剔，很难搞定。永正公司所有的销售员几乎都已放弃了对这家公司的所有公关。那时他们就告诉我，这家企业从三年前就有意向，可后来没有一点实质性的进展。所有人都觉得这家企业根本就是没事逗着玩，渐渐地，都懒得去了，索性按区域划分，就划给我了。

我如今已是濒临绝望，只能死马当活马医。我在电话里依旧热情地说："樊部长，既然这样，不如我去您公司，再给您详细解释一下。"

樊丽华在电话里不置可否，好半天才慢吞吞地说："你过来吧，我倒是想搞明白，不过，不知道有没有时间见你！"

我晕！这是什么话？我却只能在电话里客气地说："好，我先过去，如果您在忙，我就等您！"

旁边的同事等我放下电话，笑着说："桐桐，听说这老女人最近更年期，你小心点。"

我呵呵笑了两声，说："没事，客户的需求，就是我们的机会！"

无视他们的嘲笑与劝告，我打了电话，公司给销售部配的车子居然还有一部在候命，老天真是待我不薄。那清华商贸的企划部不在市区，而是在西郊的产业园区里。第一次去时就没车，我上午出发，下午四点钟才回来。

到了清华商贸的办公区，那樊丽华真的不在，我呆呆地坐在前台小姐身后的皮沙发上，把《清华商贸导视系统方案》又拿出来熟悉了一遍，想着怎么找到她感兴趣的切入点，一击即中，把她搞定。谁知这一等，竟等了两个小时。

楼下的司机赵师傅打电话给我："萧小姐，卫平急着去远洋开发区拿支票，你办好事没有?"

我暗自叹了口气，月底了，公司都以回款为重，我这八字还没一撇，自然不能占着车子，只好让赵师傅去了。

我想我还是等下去吧，回去也没用，这里毕竟还有一个希望。这么多年，我总是给自己找一个希望，已经成习惯了。

外面下起了雨。我等了樊丽华三个小时零十一分钟后，前台小姐终于走到我身边，说："萧小姐，樊部长请您进去。"

我如释重负，刚才几乎已被磨没的斗志再次点燃。深呼吸后，我跟在她身后，雄赳赳气昂昂地向办公区走去。

"萧小姐，您进去吧。"

"谢谢!"

进去后，我立刻又傻眼了，这位很有气质的中老年美女居然正拿起桌子上的皮包，手里还抱着一个文件夹，分明就是要出门。

"樊部长，您要出去?"

我之前见过她两次，相信她应该认识我。

她的目光仍在手中的文件上，爱理不理地说："我只有十分钟的时间给你，马上要去机场。"

有没有搞错? 这个项目价值一百多万，光策划书就有一本，我手中提炼出来的摘要也有十几页，十分钟能谈什么? 这位大妈可真不地道，我等了她三个多小时，就这么打发我?

可我还没暴怒的时候，她居然先不耐烦起来，推了推鼻梁上的眼镜，皱了皱眉：“已经过去三分钟了。”

怎么办?

我灵机一动：“樊部长，您不是要去机场吗? 不如我在路上给您解释方案中您不太明白的地方吧?”

从产业园区到机场，怎么也得一个半小时，加上外面下雨，时间就更不能确定了，如果她同意，我就有了两个小时的时间，接下来就是怎么用方案中的亮点打动她。

她看了看我，点了点头。

坐在奥迪车子里，风雨被关在了车外。这一个月的加班熬夜，此刻都派上了用场，那些绕嘴难懂的专业术语早已烂熟于心。这个方案不完全是我自己做出来的，是技术部的工程师完成初稿后，我再朝利于销售的方向修改的，所以这个方案的每一个步骤、每一个流程，我都很清楚。从系统的设计思想，到最终的盈利模式，以及媒体发布到交通导向，我用直白的语言向她描绘出商贸城在我们的策划下，屹立于繁华的长门街前，接受中外游人体验的情形。这个阿姨由最初的挑三拣四，到后来的一言不发，再后来，竟和我激烈地讨论起来。中间，她接了至少五六个电话，我才发现，这位阿姨不是存心刁难我们，她是真的很忙。

机场已经到了，她仍就一些细节问题和我据理力争。我没办法，又跟着她进了候机大厅，在等候的沙发上，接着给她解释。

直到飞机开始检票，她才意犹未尽地站了起来，离去。

我看着她的背影就要进入安检通道了，才想起一件无比重要的事情，飞一般地跑了过去。

第五章
你已成为我青春狰狞的伤疤

“樊部长，您什么时候回来呀?”

谈得热火朝天，怎么能忘了最关键的问题。

这位老阿姨马上恢复了最初的严肃：“我已经基本明白了，你还有什么事情吗?”

我被噎得说不出话来。搞没搞错？当我是免费咨询呀？我知道你明白了，关键是啥时签单付款呀?

当我回过神的时候，她已经无视我的存在，过了安检通道。

外面的雨越下越大，看看手机上的时间，已经快下班了，不用回公司了。

我把皮包顶在头上，飞快地向机场右侧的车站跑去。已经入秋了，一场秋雨一场凉，雨水打在我身上，格外冰冷。

到车站的时候，我身上的衣服几乎已湿透了一半。我连打了几个喷嚏，手脚更加冰冷。

等我回到新租的地方时，浑身真的已经湿透了。

屋子里都是厚厚的灰尘，我的东西都还没收拾，零零散散地放着，可我现在已经没有一丝力气了。

我挣扎着换上一身干净的睡衣，把床简单地打扫一下，头便挨上了枕头，再也起不来了。

浑身冷热交替，冰火两重天中，不知道昏睡了多久。再次睁开眼睛，也不知道是什么时候了，面前一片漆黑，只听到哗哗的雨声，这雨竟还没停。隔着雨帘，我仿佛被隔离在另一个世界里，外面的声音我听不到。

我张张嘴，喉咙干涩得发不出一丝声音。所有的疲惫感全部向我袭来，天地间仿佛只剩下我一个人，四下都是黑蒙蒙的一片，我在大雨中慢慢地向前走，没有方向，没有目的，就只有我一个人。

我感觉到的是从未有过的孤单。我本来已经不再害怕漆黑的雨夜了，可是今天，在这陌生的环境里，加上颓败的心灵、承受着病痛的身体，我整个人都在发抖。我用被子捂住脸，在黑暗里屏住呼吸，我总觉得有很多狰狞的影子随时会飘到我眼前。

一连串的手机铃音提醒我这个世界的存在，短短数秒，便让我与整个世界重新相连。

我几乎是用尽了全部的力气，才挣扎到床下。我拿起手机，并没有看清屏幕上的号码，就接通了："喂……"

当一个熟悉的声音从电话的另一端传来时，我几乎已经抑制不住自己的激动，我的心剧烈地跳动着。

他说："桐桐，你在睡觉吗？"

竟然是他，是楚梦寒。

"桐桐，你在哭？"

我几乎要把嘴唇咬破了，不让自己发出声音来。

"桐桐，要是睡不着，我陪你说说话吧。"

他今天很反常，可我没心情去分析，只是不想挂掉电话，究竟只是想有一个声音陪着我，还是想让他的声音陪着我，我已经无法分清楚。

"我今天突然看到了你帮我收拾的箱子里有一盒过期的瑞士糖。你说，已经三年了，早就应该过期了，竟然没招来蚂蚁、老鼠之类的东西。我觉得很神奇，没忍住，放在嘴里尝了一颗，发现居然还是甜的。"

"……"

第五章
你已成为我青春狰狞的伤疤

“你要不要尝一颗?”

他从来不擅长讲笑话，现在这么说，更是一点也不好笑……我摇摇头，哽咽道：“不用了，我不吃过期的东西。”

这么无聊的话题，我居然也回应他，可我真的不想放下电话。

雨越下越大，院子里不知是什么东西倒了，发出巨大的声响。我真怀疑这小屋子能不能承受越来越烈的狂风骤雨。

“桐桐，下雨的时候不要光脚站在地上，快回床上去。”

“嗯，嗯。”我胡乱答应着，却突然意识到什么，颤声问，“你在哪?”

电话的另一端沉默了。

片刻后，我听到他轻轻地笑了一声：“抬起头……”

我依言把目光投向了唯一与外面连接在一起的窗子上，一个高大挺拔的身影出现在了我面前。

数秒钟的凝视后，我梦游般走上前，猛地拉开门。

楚梦寒正撑着一把伞。雨伞接不住所有的雨水，他的衣服几乎已经湿透了。他站在那，脸上挂着笑容，一动不动地看着我。

我刚要关门，他却先我一步，探进身来，随手带上了门，然后一把将我抱在了怀里。

“你出去……”

“我不走……”

“你快走……”

下一秒，我所有的声音都被他封在了喉中。

“呜，呜……”

他用力地吻着我，半推半抱地将我带进了屋里，然后踢上门。

昏昏沉沉中，一切变得模糊，我只感到他的唇在我的唇上用力地吮吻，几乎夺走了我全部的呼吸。

我慌乱地将手抵到他的胸口，限制他进一步贴近，但我的双手立刻被他用一只手抓牢，固定到身后，他的另一只手紧紧地扣住我的腰。

我的身体本就酸痛无力，一瞬间，我更是失去了所有的力气。

“楚梦寒……”

才一张口，他的舌头便探了进来，卷住我的舌头，仿佛只有这样，才能安慰雨夜中两个不安的灵魂。

雨势却越来越大，雨滴噼里啪啦地敲在窗户上，那声音却盖不住两人压抑隐忍的喘息声。

我的手不受控制地环住了他的腰，我把脸埋进了他的怀里。一瞬间，那感觉好像是漂泊在海洋中的溺水者终于抓到了一块浮木。这种感觉很难受，明明心中是排斥的，手却越抱越紧。

“桐桐别怕，我在……”

他在？他真的在吗？是不是又在做梦？心，好酸……好苦……

他一遍遍地轻轻叫着我的名字……曾经的委屈和寂寞都化成了泪水。

楚梦寒停了下来，把脸贴在我的额头上，然后用双臂撑起我身体，在我的上方，皱着眉看着我：“你在发烧？我们上医院！”

他试着抱起我。

我的肢体语言充分地把我的想法表现出来，我不去医院……

头顶传来他来一声低低的叹息。他躺在我身侧，伸出手臂，把我紧紧地拥在怀里。

身边多了一个人，便没有那么冷了。一切真的可以这样简单吗?

他的身体就像一个火炉，很快，我便沉沉地睡着了。

一夜无梦，等我醒来的时候，已经是第二天中午了。阳光从窗外透了进来。

我感觉有人用胸口贴着我的背，伸手绕过我的身体，顺着我的腰，渐渐往上，然后紧紧地抱住我，略带胡茬的下巴不时摩擦着我光洁的脖颈。

我想起了昨天发生的事，暗暗气恼自己，连忙挣扎起来，可身后的人却将我抱得更紧。

“楚梦寒，你放开我!”

我感觉到自己身上的睡衣还穿得整整齐齐的，可还是忍不住懊恼自己的荒唐。昨天竟开门让他进来，真是疯了。

我感觉到他的大手先是放在了我的额头上，然后从我的身下一捞，把我整个人翻了过去。

面对面，脸对脸，他英挺的鼻尖碰到了我的鼻尖。我的心剧烈地跳动着。

“楚梦寒，你快下去!”烧了一夜，我浑身依旧使不上一丝力气。

楚梦寒浅浅地笑起来，看起来心情不错。

我果断地把目光从他身上移开，看向别处。阳光下，小屋子里一片狼藉。我长这么大，从来没有在这种环境下住过一天。不是说这里破旧，寒酸。而是无论住什么地方，我都会把那里打扫得干干净净的，然后在自己能力范围内，让环境变得温馨舒适。比如，我会花十块钱买一捧竹子，放在用可乐瓶子做的花瓶里。或者用好看的杂志封面叠成极具小资情调的垃圾盒。现在这样的屋子，简直就像是难民营，我忍不住皱起了眉头。

正恼着，楚梦寒放开了我，下床。

昨天他的衣服湿了，此时我才发现，除了内衣，他竟然什么也没穿，一身西装和衬衣搭在旁边的椅子背上。

我惊呼一声，钻进了被子。

等再次探出头来时，他已经穿好衣服，审视着这里，脸上是明显的哀伤和落寞。他叹息一声，然后轻轻地对我说："今天别去上班了，好好休息。"

打电话请了假，我重新用被子把自己盖好。

他看着我问："你现在在哪上班?"

"你没必要知道吧，楚总?"我只露出眼睛，无畏地和他对视着。

他叹了口气："桐桐，一定要用这种口气和我讲话吗?"

我轻轻一笑："您是TPC的老总，是昊天集团的衣食父母，我牺牲了为之奋斗三年的工作，才彻底换来了尊严和自由。我可不想重蹈覆辙。"

"我承认，我是出于私心，不想看到你和蒋若帆在一起。但陈漠然心术不正，为了达到目的，不择手段，我怎么能放心你在他手底下继续工作?"

呵呵，他说得可真轻松，好像我不食人间烟火，用不着赚钱吃饭似的。况且，我有什么必要一定要让他放心呢?关键是，他忽略了一点，在他出现之前，我的工作一直都是好好的，要不是因为他，这种厄运也许一辈子都不会光顾我。

“你如果愿意，其实可以来 TPC 工作。”他终于说出了自己的真实想法。

“去 TPC 工作？难道楚总想向对别人那样对我？”我半眯着眼睛嘲笑他。

“什么意思？”他站在阳光下，一脸茫然地盯着我看。

他装傻，我只好配合。我耐心地解释给他听：“比如说楚总您位高权重，看中了某位姿色过人的女子，要求她为您提供一些特别的服务。本着公平交易的原则，您就许诺给她金钱上、工作上的一些便利。”

楚梦寒脸色一变，皱起眉头：“你脑袋里装的都是些什么东西？”

我冷笑：“楚总，这么多年，我一个人都活过来了，现在您再跑来，让我沾您的光，不觉得很可笑吗？”

“桐桐，别这样说。你不是想继续深造吗？”

他脸上的表情十分认真，他的眼睛里饱含着期待，我却只觉得可笑。

“谢谢楚总关心，我一直在深造，这个愿望，在没经过您同意之前，已经被我实现了。至于我的工作，和您一点关系也没有。楚总若是好心泛滥，还是把感情用在别人身上吧。您若是继续纠缠我，必定会颗粒无收。”

我看得出，他的好心情已经被我搞砸了。而只有这样，我心里似乎才能稍微好过一点。

他没再和我讲话，而是突然拿起门后的墩布，卷起衬衣的袖子，卖力地拖起地板来。

我抿着嘴唇，静静地看着他。

他拖完地板，又打来清水，用抹布擦桌子。

这样一个大男人，各大电台曾争相采访过的青年才俊，我的前夫，跑到我这里屈尊降贵，来给我搞卫生？他究竟想做什么？

我猛地坐起来，大声说：“楚梦寒，你要是还顾念着我们曾有过的一点情谊，就请你离开这……”

我一边说，一边用手指向门口。这一着急，我竟出了一身冷汗，眼前冒出了无数的小星星。

“你好好休息吧。”

他把脏水倒在了门外的空地上，然后拿起搭在椅子背上的西装。

我听到“砰”的一声门响，他真的走了。

屋子里又剩下我一个人了。寂寞如潮水，回忆如幻境，数种感觉一齐向我袭来。

发了一夜的烧，喉咙里干渴得难受，可我依旧一动也不想动。我甚至还不知道煤气灶在哪里。那个楚梦寒，没事拖什么地板……难道不知道给病人烧一点水喝吗？我不禁又暗暗骂了自己。萧桐桐，你怎么又开始指望他了呢？昨夜，你让他进来，根本就是一个错误。你现在希望他可怜你吗？

没想到一个小时后，楚梦寒再次返回我的小屋。他手里多了一个大袋子。

看到他用钥匙开门进来，我登时被吓了一跳：“你拿了我的钥匙？”

他眼中藏着几分笑意，把手中的袋子放在书桌上，转过身说：“嗯，不过下次不会了！”

他说着，已经从袋子里掏出了一个又一个的食盒，摆在书桌上，然后又把书桌整个推到了我面前。

他好像已经洗过澡，换上了休闲的T恤和牛仔裤。他的头发似乎还是半干的，显得人更加年轻帅气。

他先递给我一瓶水。这种包装，一看就知道是五星级饭店里限量出售那种进口矿泉水。难得的是，我拿在手里，竟感觉到是温热的。温度从手心一直向上涌，我强迫自己把这种感觉压下去。

接着，他又打开了一个圆形的餐盒，顿时，一股馨香扑鼻，是一份莲子粥。另外几盒还有热气腾腾的虾饺、汤包以及各色清淡的小菜等，其中竟还有一盅鲜果捞官燕。

我只觉得滑稽，在这么简陋的小屋里吃燕窝，真是让人受不了。

楚梦寒什么也不吃，只是一直看着我，神情复杂。他眼中时而温柔得可以滴出水来，时而又充满了悲伤与心痛。

默默地吃完东西，我起身，想收拾一下自己：“楚总，谢谢你！你的公司那么忙，先回去吧！”

“我今天不去公司，留下来陪你。”他的口气那么温柔，几乎是在恳求。

“楚梦寒，你留下来，想要做什么？若是这样是为了让你的愧疚感能减轻一些，你大可不必这样。早在你回A市后的那些日子里，其实我就已经想清楚了，以前的事情都过去了，无爱无恨，忘记是最好的办法。”

“可是我忘不了，也不想忘。”楚梦寒走到我身旁，蹲下来，仰头看着我的眼睛，“三年了，我从来没有忘记过你。有时候，看着空荡荡的厨房，就会想起你在我们租的小屋子里系着围裙，进进出出，忙碌的样子。只要脑海中浮现出这个画面，无论在何时何地，我就会一下子再也没有胃口了……”

我淡淡地说：“两个人在一起生活久了，就会成为一种习惯。也许根本与爱无关，只是你还不适应。最起码，你对我的思念，并没有令你给我打一个电话，更别提回来看看我！”

我不是在抱怨，我只是想让他明白一个事实，或者更加看清楚他自己的心。

屋子里一下子又重新陷入了沉默。

他再次开口，一个字一个字地，像是经过了许久的斟酌。他说：“你说得对，也许就是习惯。若是刻意想改，也不是不可以，但我终究是不愿意。若真是改了，也许就真的忘了。我不想我的生活中失去唯一的色彩，让未来只剩下黑、白两种颜色。”

唯一的色彩？我眼前顿时浮现出他身边的那些婀娜多姿的女人，每一个不知道要比我明艳多少倍。

“桐桐，分开的最后一年里，我每天都在矛盾中度过，想要见你，又害怕见你……”

想见，又害怕见？这种感觉，曾经是多么熟悉……我强迫自己不要在他温柔的话语中沉沦。

我终究是一个放不下工作的人，下午销售部开月度总结会，我不顾楚梦寒的反对，执意要去上班。

下午四点的月度总结会，没想到周正竟也参加了。刘经理做了一下整个销售部月度的工作总结和下个月工作安排，之后便是每个人轮流发言。周正会对每个人上月的工作进行一次点评。

刘经理之前没说过销售部的月度例会，周正会亲自参加。想起他之前的期望，我不免有些汗颜。

等到我发言后，会议室里的气氛格外的尴尬，因为整个部门只有我一个人挂零。从小到大，我从来没这么丢人过。我的脸一会儿红，一会儿白。

周正不依不饶，当着整个部门的人，不咸不淡地说了几句批评又鼓励的话，然后让我去座位上把我这个月的客户名单打印一份，拿到会议室来。

我把名单交给他，他在白板上和大家一起分析，对我工作的品评一针见血，直击要害，让我不由得由衷地钦佩他。他后来的几句话令我又重新燃起了斗志，几乎忘记了马上要用信用卡还贷款。

我详细地做了会议笔记，生怕漏掉周正说的每一个细节。

会议结束后，大家都散了，我还在整理笔记本上随记的东西。周正走到我身旁坐下。我抬起头，发现他正在看我手里的笔和本。

“会不会觉得太辛苦?”他的声音很轻，和方才的铿锵有力十分不同。

我立刻摇了摇头。

“那就好，我一直觉得做销售可以让一个人的意志更加坚强!”

他一边说，一边慢慢地审视着我，令我感觉自己好像真的有很大的变化一般。

在外面胡乱吃了点东西，搭上地铁，回到自己的小屋子。

我暗自发誓，等渡过了此次经济危机，一定租一个居住条件好一些的新小区的房子。

周正说得对，有压力，才能有动力。我下定决心，一定要用下个月所有的精力做好工作，努力搬离这里。没有办不到的，只有不敢想的！

哪知，就在我暗下决心的时候，脚下的高跟鞋在接触台阶的时候一滑，我立刻跌倒在地上。我吃痛，叫出声来。

我试图站起来，可才一动，便感到锥心刺骨的疼。糟了，崴脚了。

昨天那么大的雨，台阶上的水还没干，细细的鞋跟踩在上面，本来就很容易滑倒，我怎么这么不注意呢?

屋漏又逢连雨天，人在不顺的时候，干什么都倒霉！

天已经越来越黑了，我在地上坐了好一会。微微动了一下，疼痛不但没有减轻，反而越来越重了，简直不能忍受。

我一个人坐在那里，裙子和大腿都浸在雨水中，真是叫天天不应，叫地地不灵。

正犹豫着要不要打120，忽然看见远方一辆熟悉的车子从马路上驶进来。车灯熄灭，走出一个俊美高大的男人，正是楚梦寒。

这一刻，若说心里没有悸动，那根本就是在骗自己。

我静静地看着他向我走来，心底逐渐涌上一股一股的暖流。

“桐桐！”他一眼看到了我，向我跑了过来，想要扶我起来。

“啊……”才一动，我就忍不住惨叫出声。

“我崴脚了……”我忍不住埋怨他，用手指着自己的右脚。

他把目光落到我的右脚上，然后轻轻地把我脚上的高跟鞋脱下来，动作虽然很轻，依旧让我无法忍受疼痛。

“这么大的人，怎么这么不小心，真不知道这些年你是怎么活过来的?”

他眉头拧在一起，从地上打横将我抱起，快步走到他的车子旁，打开车门，轻轻把我放了进去。

汽车飞驰，大概四十分钟后，我们到了总医院。

检查的结果让人很郁闷。医生说，虽然没有骨折，但韧带严重拉伤，至少要在床上修养十天。

十天? 有没有搞错? 我担心的不是我的脚，而是担心，如果我在床上躺一个星期，是不是就意味着我下个月的销售指标也完不成了?

“大夫，你们这里是不是每个月打石膏也有任务额呀? 推销的数量直接与你们的收入挂钩?”

大夫是个四十岁左右的男人，听了我的话，哈哈大笑: “实不相瞒，我一个月每天打扑克和加班加点打二百个石膏，工资都是一样的。只不过，你这脚这次要是不打石膏，以后就会经常崴，所以一定要打。回去后让你老公多照顾你，少下地，别干活，更别沾水!”

来不及解释，楚梦寒在我一旁抢先答应着。

上了车子后，我就觉得方向有些不对: “楚梦寒，麻烦你把我送到沈欣欣那去吧。”

其实，如果可以，我真想让他直接把我送回老妈那，但又怕老妈见了我又和他在一起，会直接把我赶出来。

我一边说着，一边从书包里摸出手机，想要打给沈欣欣。

几乎是同时，楚梦寒直接伸出长臂，把我的手机抢了过去，扔在了一边。

我费力去抢，他说：“现在要上快速路了，你要不想出交通事故，最好乖乖的，别动。”

他说这句话的时候，我分明从他的眼中看到了一丝狡黠。

“你到底要带我去哪？”我嘴上虽然这样问，心里却早就明白了八九分。

“到了你自然就知道了！”他一摆方向盘，车子轻快地向右侧的车道驶去。

我明明崴了脚，这个男人却好像很愉快。

他的家位于A市中心地段的豪华小区，这附近的房价，就是放在全国，也能排前几位，一个普通的打工仔，一年工资也买不上这里的一平米。四栋三十层高的公寓围绕着一个极大的花园，水榭亭台，假山绿地……该小区在这寸土寸金的地段尽现奢华。

电梯直达26层。他抱着我，费力地腾出食指来，在门右侧的指纹机上一按，门便被打开了。迎面是整面的落地窗，A市的夜景尽收眼底，在这里，如漫步云端，任滚滚红尘扑面而来。

房子是一个三百平左右的错层，设计风格简约现代，几个隔断把偌大的一个单元合理地分割开来。

记得我和楚梦寒曾在那段毕业后的岁月里，一直把买一间属于我们自己的房子作为首要大事，如今在他看来，那时的梦想是多么的渺小可笑。

待他小心翼翼地把我放到落地窗旁的沙发上，我问："这是你的家?"

"如果你愿意，这也是你的家!"

我的家？这里？我心里泛起一股难言的痛楚。我多想有一个属于自己的小窝，不需要这么豪华，也不需要这么大，只要像之前我住了四年的小屋子那样的就行。那样，我至少不会被房东赶着搬家。可这里却不属于我。

"不愿意!"

我说得斩钉截铁。现实生活中，我习惯了一步一个脚印，稳扎稳打。这里的一切只会让我觉得陌生而不安，于我，这更像是一个遥远而不真实的梦境。这里再美、再好，终究与我无关。

我再次从楚梦寒的眼中读到了一丝失落。

他没继续和我纠缠这个问题，而是说："我去帮你放水洗澡。"

说完，他转身向里面走去。

再次出来的时候，他手上拿着一条男式的干净睡衣。他把睡衣递给我："你先穿这个吧。"

我不能行动，他把我抱进浴室。怕我不会调置水温，他为我放好水，从花洒里喷出的水把他衬衫的袖子都打湿了，他还细心地把浴室的温度调得比较高，生怕我着凉。他又拿了一个大大的保鲜袋子，帮我把打了石膏的腿掩好，然后把我抱到浴缸里，让我的伤脚稳稳地搭在浴缸外面的皮墩上，然后又把沐浴液和洗发水递到我手边。

我觉得脸上发烫，微微地垂下头，可等了好久，他居然还在原地站着。我皱着眉望向他。

他半天才别扭地说："需不需要帮忙?"

因为他这句话，我的脸又红了起来。那时候，我们几乎都是一起洗澡。

浴室里水汽弥漫，是最暧昧的地方。不过，我知道，他只是不放心我会碰到伤脚……

"不……用……"

"那我先出去……"

听到浴室的门被带好，我不觉松了口气。我费力地脱掉衣服。

昨天就没洗澡，又出了那么多汗，身上黏糊糊的，很难受。

透明的水缓缓地在我的指尖流动。白色的水雾间，我看着这间华丽的浴室。对面的镜子里，我的长发披散在肩头，光洁的身体泛着象牙色的光泽，脸上现出淡淡的红晕，漆黑的双眸也显得更加清澈明亮。

岁月没有改变我的容貌，却改变了我的心境。

我小心地把沐浴液打在身上，然后开始洗头。花洒的开关就在手边，我用手按了一下，哪知道，放出来的水好凉。我激灵一下子，浑身不受控制地一哆嗦，右脚又不可抑制地疼痛起来："啊……"

我的呼声不算很大。砰的一声，浴室的门被打开。

"你怎么了?"楚梦寒大步走了进来，担心地问。

我双臂抱胸，尽量把自己隐藏在水里，心剧烈地跳动着。

他站在原地看着我，深邃的眼睛忽明忽暗。弥漫的水汽中，他眼底有一种水一样的流光闪过。

水滴沿着我的头发一滴一滴地流淌下来。我低下头，不敢看他的眼睛，窘迫地说："这个水温我不会调。"

看不到他的表情，只听他的喉中若有若无地发出了一声极轻的声响，然后听他哑声说："我来帮你。"

他走过来，按着我侧面的开关，很快把水温调到了适合的温度。他修长的手指沾上洗发水，在我的长发上轻轻地揉搓着。

"不用了，我自己来……"

我试图伸手去阻止他，却忽略了胸前的一片春光。我只得作罢，连忙把手伸回来，重新挡在胸前。

"闭上眼睛。"他的声音温柔中暗藏着几分沙哑。

我乖乖地闭上眼睛，温热的水流慢慢地从头顶流下来，顺着他的手指滑动。

他的指腹慢慢地从我的长发间滑向我的脖颈、肩头、锁骨……我的血液几乎要冲破心房。

"我来帮你换水。"

我把身体蜷缩在一起，低下头。

水换了一遍，带走了我身上的泡沫，清澄水底下的情形一览无遗。

我听见楚梦寒低叹一声，似乎是在极力压抑着什么，然后，他抓过旁边雪白的浴巾，把我包裹起来。

我来不及反应，整个人就已被他从浴缸里抱起。他丝毫没弄痛我的右脚。

卧室里依旧是一整面的落地窗，咖啡色的纱帘垂地，飘逸中让整个房间都有了一种梦幻般的色彩。

他把我放在床心，他的隐忍似乎已经到了极限。

他把夹在腋下的睡衣扔给我，哑着声音说："你自己穿好衣服，我去把你的东西取过来。”

我紧紧地抓住裹着身体的浴巾，“嗯”了一声。

他似乎再也无法在我面前停滞一刻，马上转身走了出去，随之传来重重的带门的声响。

楚梦寒去了很久也没回来。我刚才慌乱，完全没有注意到，天已经很晚了。我穿着他宽大的睡衣躺在床心，舒适的感觉充斥着我的身体，我放松地享受着，很快便进入了梦乡，睡得很沉。

再次睁开眼睛的时候，楚梦寒已经坐在了床前。他也已经换上了睡衣，朦胧的灯光下，那张熟悉的俊颜愈显精致。我身上不知什么时候已经盖上了一床丝被。

夜色从外面透了进来，床头亮着一盏精巧的台灯，两个天使在灯光下飞舞着，地上则是我那些刚被搬到租屋不久的行李，其中一个粉色的布包已经敞开。我这才注意到，他手上是从包里翻出的我的一套内衣。

“谁让你拿这个的?”我把被子拉高，把他递给我的衣物藏进被子里。

他轻轻一笑：“等你的腿好了，自己拿。”

看他那笑容，我怎么觉得我的腿永远不好，他才更高兴似的。

长久的对视，我终于先一步败下阵来。我轻咳一声，率先开口：“很晚了，我想休息了。”

“等你睡着了，我再走。”

他说得很诚恳，我的戒备紧张稍稍松懈了一下。

再次睁开眼睛的时候，已经是第二天的清晨了。

第五章
你已成为我青春狰狞的伤疤

我请了假。躺在床上，我的心好像有小猫在抓一样，恨不得这该死的脚一夜之间就好了。

“桐桐，吃早餐了。”

听见楚梦寒的声音，他已经搬着一张小餐桌走了进来。

他直接把小餐桌放到我面前。

我往小餐桌上一看，一份火腿煎蛋，几片全麦面包，一杯牛奶。火腿煎蛋做得不错，火候掌握得恰到好处。

“我中午打电话让篷天楼送午餐给你，你在家好好休息，不要乱走动，我下班带晚餐回来。”

搬到他这里，我感觉到他似乎是想尽力补偿什么，可我不但不适应，反而有种极力想逃的感觉。这里的一切曾是我与他的终极梦想，如今，他把这个梦实现了，却已再与我无关。

在我看来，幸福是和心爱的人设定一个美好的目标，然后共同为之奋斗，从零点开始，最终走向成功。重要的是两个人共同奋斗的这个过程，而不是一个单纯的结果。就好比你买彩票中了五百万，买了个别墅，和你通过自己的努力，有计划、有步骤地实现自己住别墅的梦想相比，那种感觉是截然不同的。

“楚梦寒，你平时是怎样生活的，尽管继续，不用为了我刻意改变。”我指了指旁边的拐杖，对他说，“你冰箱里有什么，我自己解决一下就好了，不用太麻烦的。”

“我冰箱里什么都没有。你若是想尽快走路，最好乖乖地待在床上，不要乱动。”

说着，他把放着吸管的杯子递到我嘴边。

“太过舒适的生活会让人变成温水里的青蛙，你这样子，是想让我做青蛙吗？”

他把面包塞进我嘴里，咬牙切齿地说："我是想让你做最幸福的公主，只要你愿意。"

"这样的甜言蜜语，你还是留给别的女人吧。"

我真的一度以为自己是全天下最幸福的女人。是他，亲手把我的幸福完全打碎，现在居然还来和我说这个，我怎么能相信呢？况且，就算你说得是真心话，时至今日，我就一定接受吗？

"萧桐桐，你一定要歪曲我的意思吗？"

我问："我在你这里，会不会给你造成什么不必要的麻烦？"

照常理推断，在这间豪宅，他一定经常带很多女人回来过夜。

他正吃着自己盘子里的那份火腿煎蛋，闷闷地说："不会！"

"你租的那间房子，我已经帮你退了。"楚梦寒泰然自若。

我睁大眼睛看着他。虽然那小屋便宜，可我已经一次性付了一个季度的房租，如今不过刚刚住了两天而已。他没有和我商量，就把房子退了，等我脚好了之后，又要重新找房子。

我说："楚梦寒，你是不是管得有点多了？"

"过几天，我离开A市时，这个房子就会空下来，你愿意住多久都可以，没人会打扰你，包括我。"

我知道他不可能一直待在A市的分公司里，可没想到他会把房子留给我住。

"我会尽快找到房子，尽快搬走。"

两个人的早餐最后在沉默中结束。

楚梦寒去上班了，空荡荡的豪宅内只剩下我一个人。我突然有了想好好参观一下这个房子的念头。

第五章
你已成为我青春狰狞的伤疤

我拄着拐杖，费力地在屋子里游走了一圈。屋子各处都是纤尘不染，这里根本不像一个单身男人住的公寓。我脑海中顿时浮现出无数的幻想，比如美女，如我见过的康然女士之流，会经常来到这里为楚某人做家务，然后两个人一起，烛光晚餐，最后，自然顺理成章地留下来过夜，就躺在我昨天睡的那张大床上……

我是怎么了？脑子里想的都是些什么乱七八糟的东西。脚崴到了，难道脑子也坏掉了吗？

转了一圈回来，我心中仍旧是满满的陌生感。

我重新躺回了大床上，迷茫地看着天花板。没有了楚梦寒，我放下了全部武装。我的心情竟再也无法平静下来。这三年中，究竟发生了什么？他的生活又是怎样的？

以前电视里演过，无论男女，都喜欢在睡觉时把自己和心爱的人的照片放在离自己最近的地方。我看了看两边的床头柜，没有放置任何人的照片。

我拉开了离我最近一侧的床头柜的抽屉。里面几乎什么也没有，看得出，这座公寓里，楚梦寒的东西并不多。

抽屉角落里一个精美无比的盒子吸引了我。这样精美小巧的包装有一种似曾相识的感觉，却又一时想不起在哪里看到过。

我轻轻地拿起它，然后小心翼翼地把它打开。我顿时惊呆了，一枚璀璨华丽的心形钻戒像女神一样躺在盒子里。我说这包装怎么有点熟悉，这枚钻戒我记得，正是那天我和周正在珠宝店试戴的那枚。至今我还记得它的标价，199999 元。

那时，专柜小姐说这枚戒指已经被别人预定了。原来预定这枚戒指的人就是楚梦寒！

楚梦寒的生活比我想象中的有规律，头几天，他几乎与朝九晚五的普通上班族没有区别。隔天，也会有一个阿姨来打扫卫生。而我之前所担心的那些莺莺燕燕都没出现过。

他早上做好我们两个人的早餐后上班，中午、晚上从饭店里订餐，或者是中途打电话来，问我想吃什么，然后自己在厨房里忙活。

晚上吃过晚饭后，他一般会在书房处理一下需要完成的工作。

我很喜欢卧室里那面落地窗，和客厅的落地窗不同的是，从这扇窗子望下去，看到的正好是小区里的人工湖。

每当我对着窗外发呆的时候，他一般会抱着笔记本电脑上网或者玩随机带着的那些超级无聊的游戏，比如空当接龙、踩地雷这些。

偶尔，我无意间回过头去看他，他竟已睡着了。他长长的睫毛覆下来，嘴唇微微翘着，跟他平时的样子大不同，满脸的香甜满足。

这个时候，我才发现，楚梦寒似乎比我第一次在A市见到他时清瘦了很多，面色也不是很好。他这样沉沉地睡着，依然难掩一脸的倦容。

我看得有些出神，觉得心里有些柔软的情绪在蔓延，但很快，我便强迫自己将这种情绪丢出去。

平日里，我们交谈并不多，再加上我们此刻脆弱而微妙的关系，他似乎更是极少开口。因为无论他说什么，我总是想着用一些犀利、刻薄的字眼，让他无法继续说下去。与其这样，他索性很少讲话。而我本身就不是一个善于斗嘴的人，他不来招惹我，我自然也不会无故挑衅。长久的沉默中，我们两个人的关系竟然较之前改善了不少。

日子过得很快，我的右脚渐渐地恢复得差不多了，那天，去医院拆掉石膏后，我基本上已经行动如常了。

看到我在卧室里收拾东西，楚梦寒站到了我身后："你在做什么?"

"我的脚好了，这些日子谢谢你！我想我还是先去沈欣欣那里住一段时间吧。"

他走上前，一把将我收拾了一半的衣物扔在了一边："我说过，我下个月就会离开A市，你安心在这里住着，不会有人打扰你的。"

他还嫌不够，索性把我放在地上的几个袋子、背包全部塞回了衣柜。

我的力气根本敌不过他，所以只是无奈地对他说："楚梦寒，有意义吗?"

"你为什么不能选择对自己好一点呢?你到底要我怎样做，你才肯留下来?如果我说，我一直从这里消失，再也不出现，你是不是就不会走?"

我摇摇头："楚梦寒，你怎么不明白呢?我们已经离婚了，若是追溯起来，我们在三年前就已经分手了，我们现在明明就是两个完全不相干的人。如果你还是因为上次沈欣欣的话而心存愧疚的话，那人可不必，那些都是我自己的事，而且也都已经过去了。"

"找不到待在这里的理由?难道你对我一点感情也没有了吗?"他站在我身侧，浑身都散发着怒意。

我被他的话惊到了，瞪大眼睛看着他。

“桐桐，你敢说对我一点爱也没有了？你看着我的眼睛！”

他步步紧逼，我想逃走的念头更加清晰，可下一秒，我已经被他捉住了肩膀，这些日子以来，他像是刻意避免与我在身体上触碰，一直是一副谦谦君子的模样。可这个时候，他好像是一头濒临绝境的困兽，一双手把我的肩膀握得生疼。

“其实我从一开始就根本没有想过要和你离婚，我从来都没有想过这辈子我们真的要分开。就算你现在还不能接受我，难道只是要你住在这里，也这么难吗?”

他竟然问我？他怎么不明白，真正要被逼疯的人是我。

早上一番争吵后，我们不欢而散。

很多天没上班了，很兴奋，更多的却是忐忑。刚刚月初，就已经有人签单回款，有人甚至已经完成了任务，接下来的时间，他们不过是为了拿到超额的销售奖金。我与他们同坐在一间办公室里，从进入办公室的那一刻起，心情就无法平静。

激烈战斗的一天又过去了。看着马路上一辆辆飞驰的汽车，来去匆匆。不知谁与谁会擦肩而过，谁与谁又结伴同行。

晚上回到楚梦寒的公寓时，身心疲惫。我发现销售真是一种虐身又虐心的工作。

敲了几下门，没人应答，看来这个时候楚梦寒应该还没回来。我从包的最底层拿出他早上塞进去的钥匙把门打开。屋里黑着灯，偌大的客厅更显空落。他这幢住宅，白天时虽然显得明亮宽敞，但此刻视线昏暗，让人有些不安。

第五章
你已成为我青春狰狞的伤疤

我换了拖鞋，拖着酸疼的双腿走到了沙发边，通过客厅的落地窗看着外面闪亮的灯光。

注视外面的光线太久，眼前出现了一圈圈的光晕，太阳穴酸疼。时间还早，我想去卧室里躺一躺。我才进去，竟看见床上有一团朦胧的影子，吓得我几乎要惊叫起来。

我屏住呼吸走过去，猛地掀开被子，看见楚梦寒穿着上班时的西装，连领带都没解下，就缩在被子里睡着了，他睡得很熟。

人吓人，吓死人！虚惊一场，我手心都是汗。

“楚梦寒，你躺错房间了！”我一边说，一边用力推他，可他仍旧一动不动。

“楚梦寒?”我心里隐隐觉得有些不对劲，下意识地摸一下他的额头，居然热得发烫。

“楚梦寒……”我的心一下子软了起来，声音也变得柔和了。

楚梦寒闷闷地翻了个身，用被子把自己蒙住。

我把声音放得再低一些：“先量量体温，不行就和我去医院。”

他一言不发，当我是空气。

“体温计在哪?”

我心中隐隐担忧起来，其实他的身体和我差不多，平时很少生病，但一旦倒下，就说明身体就已再没有可以透支的力量了。那种被抽干所有的力量、病中软弱无力的感觉，我深有体会。

“药箱在书房……”

他的声音从被子里飘了出来，却没露出脸来。

我立刻跑到了他的书房，翻找了一圈，终于在书架的最底层看到了药箱。

我回到卧室解开他西装，再把衬衣的扣子松开几个，从领口摸进去，把温度计夹在他的腋下。这厮浑身像炭烤的一样。

我压低了嗓子，柔声道："你想吃点什么？"

"什么也不想吃……"他声音沙哑。

他难受，我听着更难受。我压抑了一下本就烦躁不安的情绪，不再说话。三分钟后，拿出温度计，水银线指向了四十一度。

"马上和我去医院！"

高烧烧出毛病的大有人在，我可不想过几天报纸上出现 TPC 执行总裁高烧入院成痴呆的新闻。

"死不了。"

这个人生病的时候，真是有恶霸潜质。病人最大，对他的恶劣态度，我选择无视。

我倒来开水，从药箱里翻出退烧的药。我不再征求他同意，连哄带骗地用勺子撬开他的嘴，把药送了进去。

这个时候的楚梦寒，倔强中分明有着无法掩饰的脆弱，可即便如此，他也非要隐藏自己，以为这样，别人就会依然认为他十分坚强。这个男人，真是……

吃过药，他又沉沉睡去。

我替他脱掉鞋子、西装，重新替他把被子盖好。这时，我已经累得满头是汗。

我自己也没吃饭呢，翻了半天的冰箱，除了牛奶、鸡蛋、面包外，还有几根黄瓜。记得今天早晨上班前，看到公寓的物业旁有一家韩国超市，我于是拿起皮包，带好门，坐电梯下楼去，心里想着病人吃些什么对身体最好。

在超市里转了十五分钟，我走出来，心里抱怨着，这哪里是消费？根本就是被抢，才买了一小袋米，几个西红柿，几把青菜，居然花了将近一百五十元。

我躺在他的身旁，睡不着，也不能睡，看着他在梦中不住地皱眉，我只好去另一间卧室里，找来他的睡衣，替他换上。楚梦寒身材很好，身上几乎没有一丝赘肉，可他这样躺在那，竟重得惊人，再加上他潜意识中的不配合，这项“工程”完成得太费力了。最后，我终于替他把衣服换完了，我几乎要累躺下了。

他的胳膊忽然用力一揽，我的头躺在了他的胸膛上。

“别动！”在我挣扎着，想要起身的时候，他忽然吐出这两个字。

即便是隔着睡衣，我依然能感到他的身体因为发烧烫得惊人。我只得顺从地躺在那，一动也不敢动。

后半夜，退烧片的药效不再管用，他翻来覆去，似乎很难受。我根本就没合眼。

我拿出体温计一测，他的体温又高了起来，一直烧到将近四十度。我又急出一身汗来，竟比我自己生病还难受。

我只得找药棉，蘸了高度的白酒，轻轻地替他擦着手心、脚心，记得小时候发烧，老妈就是这么照顾我们的。

望着外面的天空已渐渐泛白，感觉他的体温低了一些，我才稍微放心一点。

我正想着要不要叫醒他，去医院，却突然感到手上一热，原来他的手紧紧地抓上了我的手。

“是我不好……对不起……”

这句话说得格外清晰。我低下头看他，他依旧闭着眼睛。他说对不起我，可是，对不起我什么呢……他口中的人，说的是我吗？

折腾了一夜，吃了两次退烧片，楚梦寒终于退烧了，脸色却依然苍白得没有一丝血色。

确认了三遍体温计上显示的温度确实是三十六度九后，我终于松了口气，此刻感觉自己也似乎没有了一丝力气。

今天是周末，不用上班。我重新替他掖好被子，说："我倒杯水给你，喝完后，再睡会儿，等早饭好了，我进来叫你。"

楚梦寒没说话，他低下头的瞬间，眼底有一道流光闪过。

昨晚的剩粥归我，我重新给他熬了白米稀饭，把昨天买来的西红柿切好，放了少许白糖，拌好，然后把咸菜从袋子里面倒出来，还煎了嫩嫩的鸡蛋，最后学着他的样子，把小桌子拿到卧室，把饭菜端进来摆好。

"吃饭了。"

他明明没睡着，却眯着眼，远远地看着我，装作一副病入膏肓的样子。我只觉得又好气，又好笑。

吃饭的时候，空气中似乎有一种暗流在涌动，我们之间没什么交谈，甚至连肢体也没有一丁点的接触，但这么着，却有一种说不出的感觉。

空气里带着一股香甜，温馨一片。

周一，楚梦寒就离开了A市，空荡荡的三百多平米的房子里就剩下我一个人了。

他临走前，我让他暂时辞退钟点工。我跟他说，等我离开后，再让那位阿姨来工作。谁知这个楚梦寒竟当着我的面把那位阿姨永久性辞退了，我心里对那位阿姨一时觉得特别过意不去。

这么大的房子，收拾起来也是个力气活。其实我和楚梦寒一样，都是稍稍有点洁癖的人。下班后，如果不去上课，又没有工作上的事，我就搞卫生，打发时间。

那天，在路边看到有卖小仙人掌的，一盆一盆的，特别可爱，我没忍住，索性一下子买了三盆，都摆在卧室的床头上。以前我就很喜欢这些小东西，价钱不贵，却能把把家里点缀得很有生气。我想，我如果真的有一间属于自己的房子，我一定会把它装扮成世界上最温馨的地方，让家里的每一个人都舍不得离开。或许不光是我，这是所有女人共同的梦想。

楚梦寒没说他大概什么时候回来，我知道他是想让我安心地在这里住下去。有一点他说得对，搬来搬去，实在是很麻烦，所以我决定这个月全力冲刺，争取早日完成业绩。有了钱，才能够找到相对合适的房子。

我到楚梦寒公寓的第二天，沈欣欣就给我打了电话。我没向她隐瞒我住在楚梦寒公寓的事。沈欣欣开始时很惊讶，可让我没想到的是，她居然也知道那些天，楚梦寒一直出现在她家楼下的事情。

“桐桐，其实你在我那里住的那几天，每天晚上，楚梦寒都会守在楼下。我恨他扔下你三年不管，又担心他用苦肉计，对你别有用心，所以就没告诉你。可是，你搬走的那天晚上，气象预报说，会有近年来罕见的暴雨。你刚搬走，我又担心，又着急，正好又看到了楚梦寒的车子。我那时真的有些被他感动了，又不放心你一个人住那么远，犹豫再三，还是把你住的地址告诉了他。如果他还能像那几天那样，在你的屋外守着你，我也就放心了。"

接着，她又对我住在楚梦寒这里发表了意见："桐桐，楚梦寒的房子空着，你住在那里也没什么，总好过去住郊区的小平房受罪。自从你搬走后，我一听到有歹徒入户抢劫的新闻，我的心就扑通扑通直跳。住他的房子，用他的东西，你不用不好意思。不住白不住，住了也白住。反正他现在有钱，之前又是他亏欠你的。住他的房子是便宜他了，按我说，他就应该直接把那房子给你。但有一点，你要记住，无论什么时候，一定要守护好自己的心，不要让自己再次受到伤害。"

沈欣欣的话让我心里暖暖的。她在电话里还告诉我，汪洋去了一家科技公司，做软件开发工程师。习惯了日夜颠倒的作息时间，他现在天天倒时差，不过已经逐渐适应了。沈妈妈很高兴，元旦前，汪洋的父母也会到A市来，同沈欣欣的父母一起商量他们两人的婚事。汪洋说，现在三线城市的房价也涨得很快，他建议在他父母所在的小城市买一套房子，作为婚房，在A市先租房住，等以后有了更多的钱，再把那套房子卖掉，重新在A市买，这样总好过把钱放在银行里一年一年贬值强。

我在电话里大赞汪洋："我早就说汪洋是个有头脑的人，看来他以前还是对这些事不上心。你妈妈这次来A市，还真是来对了。"

沈欣欣听后，在电话那边哈哈大笑，幸福得一塌糊涂。

可是，谁也没想到，之后，因为我的一个决定，让沈欣欣受到了那样大的伤害……

第六章
我还记得你当年美好的样子

日子过得很快，转眼过了一个星期，这天，我刚下班，接到了一个陌生电话。

“喂？喂……”

我轻轻地问了几声，电话那端迟迟没有回应。我怀疑是不是有人打错了，刚想挂断电话，却听到了一个熟悉的声音。

“桐桐。”

那时，公司里几乎已没人了，我也已经站在电梯前，手机的信号不太好，但是我还是听出那个人的声音，是蒋若帆。

“若帆?”

自从那日 T 市一别，我们竟已有这么长时间没联系了。

“桐桐，没想到只有用这种方式，才能听到你的声音。”

电话的另一端，蒋若帆轻轻地笑了一声，听着那么的无奈与心酸。我觉得蒋若帆的声音有些不太对劲，问道：“蒋师傅，你怎么了?”

“桐桐，如果我想见你一面，你会答应我吗?”

他像是鼓足了莫大的勇气似的，问得那么小心翼翼。

“若帆，不要这样，我说过，我们以后还是朋友，怎么会连见面都不能呢?”

“桐桐，为什么我给你打了那么多通电话，你都不接。”

“我没有啊。”

我不知道他为什么会这样说，这明明是我这些日子以来第一次接到他的电话。

我看了看手机上的时间，差一刻八点钟，还不算太晚，“你在什么地方？我去找你。”

电话里传来了几声咳嗽：“桐桐，我不太想出去吃饭，医生说这些日子最好不要在外面吃饭，我在家里。”

“你病了?”

“没什么，前几天在医院住了几天，我昨天才回来。”我的关心似乎让他的心情好了许多。

蒋若帆的家，我去过一次，他家在A市著名的南湖公园旁的一座温泉小区。这里住的大都是离这不远的那座驰名世界的著名学府的教授和外籍教师。

我买了水果和燕麦片。按下门禁的按钮，很快，门就开了，楼道的声控灯骤然亮起。一个清俊文雅的男子已经站在二楼的楼梯口等着我，长长的影子投射在楼梯上。

“若帆。”

上次在T市的时候，我们根本没来得及单独说上一句话。而在那之前，便是在他的车子里，听他描述我与他幸福的未来。其实那本就是不久之前的事，可现在看来，竟已恍若经年。有时候，人与人之间的缘分就是这样奇怪。可能一切都是上天的安排，我与蒋若帆今生注定缘分不够，只能做朋友。

蒋若帆微微一笑："你来了，桐桐。"说着，伸出手来，帮我拎东西。

借着昏黄的灯光，我仔细地打量他，他瘦了好多。

进到他所在的房子里，我才发现，所有的灯都没开，屋子里面，餐桌上两支银质蜡台上的烛火散发着朦胧的光泽，欧式复古的餐桌上放着一个大大的蛋糕，上面清晰地写着"生日快乐"四个字，桌子的一旁则放了一大束红色的玫瑰和一瓶红酒、两只高脚杯。

我吓了一跳："今天你家里有人过生日吗?"

"嗯，今天是我的生日。"

哦? 我有些不好意思，这些年，我连自己的生日都没注意过，对蒋若帆的生日更是根本连一点印象也没有。

"生日快乐!"

我懊恼自己没准备一点礼物。

"你能来，我很高兴，我还以为你以后都不愿再见到我了。可有的时候，我却想，如果我真的能令你那样的生气，也许证明，你在意我的程度能够多一些。"他顿了一下，眼睛里渐渐盈满了笑意，"不过，我才知道，桐桐，你还真是一个心狠的姑娘。"

我被他说得脸上发烫，琢磨着他口中的"心狠"指的是什么。

“那天夜里，我发短信给你，告诉你我在T市的亚洲明珠下等你，如果你不来，我就在那里站上一夜。我想，你就算不来，也会和我通一个电话吧，可没想到，我真的等了一夜，而你的手机却再也没打通过。”

他说得那样无奈，带着我在他身上从没感受到过的挫败感。我则是一头雾水，我没接到他的短信啊，更没接到他的电话。那一夜，若是我没记错，T市下了雨，莫非他在雨中等了我一夜？我忽然想起来了，那天楚梦寒拿着我的手机乱删了一通，他肯定看到了蒋若帆给我发来的短信，而后关掉了手机。

我内疚地看着蒋若帆，但又仔细一想，如果楚梦寒没有关掉我的手机，我会去见蒋若帆吗？不会，答案依旧是否定的。但我至少会在电话里劝他回去，不会让他在外面淋一夜的雨。楚梦寒这样做倒是干脆利索，却一点也没顾及蒋若帆的感受。

这时候，蒋若帆已经很绅士地替我把身后的餐椅拉开，然后把桌上的红酒打开，再将旁边的高脚杯斟上酒。他把一杯红酒递到我手里，眼睛里似有一点点星光：“陪我喝一点。”

我接过酒杯。

他的悲伤、他的寂寞没有因为杯中之物入喉而消散，相反，他那种浓浓的失落越来越明显。

“郝菲和我从小就很熟识，她爷爷是我爷爷的老战友。郝菲是爷爷临终前帮我选的未婚妻，可我对她只有兄妹的感情，没有一点男女之间的情意。我直到遇上你，才体会到一个男人为了一个女人而怦然心动的感觉。可很快，我便发现了你对所有异性追求的排斥。我一直猜想，你心中可能是有另一个人存在。所以，我想在你彻底驱散心中的阴影之前，默默地守护在你身边，保护你，照顾你。当我看到楚梦寒那样伤害你的时候，我就暗下决心，以后再不让你受一点伤害。所以，我迫不及待地和家里说明要和你结婚的决心。没想到我的母亲竟会让你以那样的方式出现在姥爷的生日宴会上。桐桐，对不起！是我把事情想得太过简单，才让你受到了那样的羞辱。"

"若帆，那不是你的错。"

我诚心地说。

他的酒量不浅，一边和我讲话，一边给自己倒酒。不知不觉中，桌上的红酒已经空了半瓶。突然，他的脸色变得很难看，他用手捂着胃部，额头上渗出汗珠来。

"若帆，你怎么了?"

"没什么，最近胃有些舒服。"

"那你还要喝酒啊?"

他突然拉住了我的手："桐桐，你听我说，但是不用你回答。如果我家里人不再反对我们在一起，而那时，你又没有找到合适的伴侣，能不能再给我一个机会?"

他抱着我的胳膊，越收越紧，胃里似乎更加难受，头上的汗珠也越来越密。

"若帆，很难受吗? 我扶你去床上躺一下?"

"不用了，那边有药，递给我就可以了。"蒋若帆松开了我，用手指了指沙发前的茶几。

我倒水给他，看着他把药片咽下去。

过了好一会，看他似乎没有刚才那么痛苦了，我才稍微放心。时间已经很晚了，我于是起身告辞。

由于我的坚持，蒋若帆没有执意开车送我。

温泉小区里的绿化格外的好，我们在风中慢慢地踱着步子。

“这里不好打车，我们再往前面走走。”

可才走了几步，他突然从我的身后抱住了我。

我一惊：“若帆……”

“桐桐，不要动。”

他的声音里带着恳求与悲伤，让我尴尬地怔在了原地。

身后传来急促的汽车喇叭声，蒋若帆松开我，同我一起回头去看。一个熟悉的车牌映入了我的眼帘，还来不及惊讶，车子已经驶到了我身旁。我这一侧的车门被打开，里面传来冰冷到没有一丝温度的声音。

“上车！”

蒋若帆也被惊在了原地：“桐桐，你……”

我知道蒋若帆一定是误会了，而楚梦寒也一样误会了。

我尴尬地和他说了声再见，坐到了楚梦寒的车子里。

汽车开出了好远，我回头看去，蒋若帆还保持着之前的那个姿势，站在原地。

一路上，楚梦寒一句话也没和我说。我能明显地感觉到，车子开得比之前我崴脚去医院那次还要快。这个人简直是疯了。

到了走进公寓的那一刻，他再也按捺不住心中的怒火，冷冷地对我说：“你既然不爱他，就离他远一点！你这个样子，怎么能让他彻底对你死心！”

“今天是若帆的生日……我事先并不……”我想接着解释，可突然感到，被人这样质问的感觉一点也不好，我反问他，“你怎么会突然出现？你不是离开A市了吗？”

第六章
我还记得你当年美好的样子

怎么会有这么巧的事？之前，蒋若帆说他是昨天才回到 A 市的，莫非楚梦寒是因为知道了蒋若帆回了 A 市，才特地赶了回来？

“你怎么知道蒋若帆住的地方？”我凑近一步，盯着他问。

“我怕你上当受骗，自然会留心他！”楚梦寒狠狠地拉下领带，恨恨地扔在了身后的沙发上，“你看看现在几点钟了，在一个男人的家里待到这么晚，你让别人怎么想？”

他有什么权利这么问我，他在外面风流快活的时候，怎么不去顾及别人的想法？

“楚梦寒！你以为天底下的男人都和你一样龌龊！”

他错愕地看着我，足有一分钟。

“萧桐桐，一个好女孩的嘴里怎么能说出这种话？”他脸部线条绷紧。

“就算我和蒋若帆真有什么，又怎么样？他是我曾经的男朋友，你是我前夫，你有什么权利来质问我？”

他彻底被我激怒了：“那怎么一样！”

“有什么不一样！楚梦寒，我的事，你还没资格管。就算我吃亏上当，那也是我的事！”

“萧桐桐……”他的心口剧烈地起伏着。

他转过身，向他自己的卧室走去，“砰”的一声，重重地带上门。

我掏出手机，仔细翻看，果然，蒋若帆的电话被加入了禁止来电的名单里。原来真是楚梦寒的“杰作”！

被噩梦惊醒的时候已经是半夜了，头很痛。我挣扎着下床，想要倒杯水喝。路过客厅，却看见沙发上似乎坐着一个人，漆黑的夜里有一点星火，是他手里半明半灭的香烟。我吓了一跳！

"喝水?"

楚梦寒已经换上了睡衣。他站起身，几步走到了饮水机旁，倒了一杯水，递给我："你做梦了?"

他高大的身形离我只有数寸，我几乎能闻到他身上沐浴液的香味。

我垂下头，把杯子里的水一口气喝完，然后淡淡地说："是，梦到你妈妈了。"

绝对是噩梦！不知道是不是因为睡之前和他那些无谓的争吵，我梦中都是他离开前后发生的事情。看来我不仅做了噩梦，还讲了梦话。

楚梦寒轻轻地拥住我，低低地叹了口气。他声音柔和，仿佛之前我们根本没争吵过一样："梦到什么了?"

我闭上眼睛，根本不愿再回忆起那些不堪的画面。记得那天，我们对离婚达成了共识，楚梦寒摔门离去，从此再也没露过面。没过多久，他妈妈凶神恶煞般，在一个清晨，突然跑来。

"你不要以为我不知道，我儿子一定留了钱给你，他打零工辛辛苦苦赚到的钱，为什么要给你? 快拿出来！"

楚母翻箱倒柜，终于翻出了三千块钱，恨恨地离开了。即使是临走的最后一秒钟，她仍不忘将我狠狠地羞辱一番。

那是我们所有的积蓄。可是我并不真的怨恨他妈妈，一切和他妈妈有什么关系呢? 要不是因为和他相识相爱，又怎么会认识他妈妈呢? 要怪，只能怪我自己！

看着我沉默不语，他眼中涌出一种说不出来的情愫，整个人瞬间显得有些落寞。

他突然用力拉我，我跌向他怀里。

“桐桐，桐桐……”

他一声一声地喊着，声音里都是无奈与怜惜。这是自从我脚好之后，我们之间第一次近距离相处。也许是这样的夜，也许是他刚才那一声低低的叹息，也许是我还没有彻底从梦里的情绪中完全释放出来。我没有挣扎，把头轻轻地靠在了他的胸膛上。似乎只有这样，才能汲取到一丝温暖。

他浑身一震，双臂收紧，把我拦腰抱起。

一阵短暂的晕眩，待我回过神，发现我已被他抱进了卧室，躺在大床上。

夜很深了。他的下巴有细细的胡茬，扎到我的肌肤，我感到微微的痛，而被他咬过的地方，更痛。

“楚梦寒，你放开我！”

我在他身下无谓地躲闪。明明是在努力地反抗，身体却已不受意志支配。

他扯掉我已经滑落的睡裙，用一只手牢牢地钳制着我的双手，另一只手则肆意地抚摸着我的身体。我的腿也被压住了，完全动弹不得。我每一寸肌肤都在他的掌握之中。他限制住我一切逃脱的可能，抚遍我的全身，用力吮吸并轻咬着我裸露的皮肤。他只用手指与唇舌，便已令我溃不成军，令我浑身战栗，并低低抑抑地轻吟。我们像两个互相依存的漂流者，在惊涛骇浪的海面上，起起伏伏，在欲望的漩涡里，无法自拔，无法停歇……

醒来的时候，我发现自己居然是抱着他的。他的五官轮廓分明，鼻梁挺直，而他的脸，此刻在月色里有一种玉一样的光泽，显得十分不真实。比起三年前那个阳光的大男孩，现在的楚梦寒更像是一个成熟男人。一张睡颜，满脸疲惫。

我突然想到了张爱玲小说中的一段话："年轻的人想着三十年前的月亮该是铜钱大的一个红黄的湿晕，像朵云轩信笺上落了一滴泪珠，陈旧而迷糊；老年人回忆中的三十年前的月亮是欢愉的，比眼前的月亮大、圆、白，然而，隔着三十年的辛苦路往回看，再好的月色也不免带点凄凉。"

三十年太长。三年后的今天，回首昨日，心还在隐隐作痛。本已以为忘记了，可那些岁月的痕迹，这个时候又一次清晰地浮现在我眼前。校园梧桐树下的第一次接吻；大三的时候，我们和他的室友一起在外面租房子，欢天喜地地布置起属于我们的只有九平米的小屋……再回忆，自然到了小屋内那无数次激情的夜晚，甚至白天；两千元白金戒指的求婚，日子美好得像在童话中一样……可到了这里，画面戛然而止，像无声电影，突然雪花闪现，空白一片。再抬头，我才发现，楚梦寒居然也已经醒了，他正一动不动地看着我。

我想我是疯了，居然和他抱在一起，居然平静地和他对视了足有五分钟。

"楚……"

我刚要张口，他再次低下头，吻住了我，小心翼翼地，吻得极有技巧。他并没有用力，我却怎样都无法避开他的唇。

以为是生命中的永恒，谁知道，不过是生命里的过客。这一刻，我突然觉得很伤心。我在心里劝慰自己，可眼角还是流出了眼泪。

第六章
我还记得你当年美好的样子

“不要哭，是我不好，是我太想你了……”

就在这时，我们听到外面有人敲门……

这么早，会是谁呢?

“别动，我去看看……”

他松开我，坐起身，开始穿衣服。

楚梦寒的身材几近完美，在晨曦中，坚实的肌肤散发着玉石一样的光泽。他后背上有几处深浅不一的红痕，应该是我的指甲留下的“杰作”。

他转身时，看到我正目不转睛地盯着他看。他轻轻地笑了。

我感到脸突然很烫。就在我想要把脸完全埋在被子里时，却感觉到他的吻轻轻地落下来，停在了我的额头上。

再抬头时，他已经穿好睡衣，走出了卧室。

看了看表，已经快早上七点钟了。

女人有时是很敏感的，我似乎还是隐隐约约听到了有女人清脆的笑声。

女人?我只觉得自己不由自主地打了一个激灵。紧接着“砰”的一声，似乎是门被人刻意带上了。

轰!我的大脑登时一片空白，被子里的手无意间碰到自己光洁的身体，一股莫名的羞耻感向我袭来，我的手紧紧地攥在一起。我用力咬了咬牙，不让自己因为愤怒和羞耻而颤抖。

我立刻拿过被扔在地上的衣物，一件一件地套在身上，向门外走去。

我推开门，果然看到一个陌生的女人站在了门口。她大概二十几岁的样子，和我一样，一头披肩的长发。她眉眼清秀，青春靓丽，看上去很年轻、很率直的样子。

我的心无可抑制地抽搐起来，觉得此刻穿着睡衣，站在这里的自己真是一个特大超大的笑话。

在我出现的这一刻，那女人的笑容也立刻僵在了脸上。

“你是谁?”她冷着声音问。

这么近，我能感到她身上散发出的充满敌意的气流一点一点地向我涌来。

她的目光直直地锁在我暴露在衣服外面的脖颈上。顺着她的目光，我看到了那里密密麻麻的、楚梦寒彻夜留在上面的吻痕。我觉得一阵恶心。

“楚总，我先走了！”

我还没有来得及去观察楚梦寒的表情，就听他说：“桐桐，她是刘津，你等一下我，我马上回来。”

说着，他就已经用最快的速度冲进了屋里。

我怔怔地站在原地。

才几分钟，他就已经胡乱穿好了长裤、衬衣，向电梯间追了去。

我一个人呆呆地站在原地，不知所措。

过了很久，隔壁有人出来，把垃圾袋放在门外。我这才缓过神来，拖着发麻的腿脚，转身走进了屋子里。

我跑到浴室，放水洗澡，一遍一遍地用水冲洗着自己。我的眼泪随着水流无声地滑落。天作孽，犹可恕；自作孽，不可活！这就是报应，在这个男人伤害你三年之后，你居然又能把自己陷入到这种尴尬的境地里。萧桐桐，这怨不得别人，只能怨你自己！

第六章
我还记得你当年美好的样子

我来到公司的时候，觉得和往常有些不同，一向老远就和我打招呼的海伦，在见到我的那一瞬间，居然没有往常的微笑，而是很不自然地垂下头去。

我开始没太往心里去，走过去和她说话。

她极不自然地向我笑了笑，表情那么怪异。

李经理召集我们开了一个短会，意思不过是这个月已经将近过了一半，让我们打起精神，力争在月底前，超额完成任务。

我这个月虽然因为崴脚，工作才刚刚开始，但上个月的几个客户已经进行到了拟定合同的阶段，甚至有一份已经递到了法律部审核。

我刚刚打了几个电话，旁边工位坐着的乔磊探过头来说："桐桐，今天不出去吗？"

我点点头，说："马上就走，怎么，你有车捎我？"

他呵呵一笑："我今天上午不出去，公司有车，要走尽快，要不然一会又得自己'11 路'。"

我点点头。

销售部因为电话往来频繁，单独在一个很大的办公室。离开公司时，要经过敞开式的办公大厅，要走到电梯口，我听见行政的办公区里有人不满地说："销售部的传真怎么跑到这里来了？"

我看见海伦立刻竖起了耳朵，飞快地从前台跑了进来。

我再抬头时，正巧和海伦的视线对上。她今天怎么了？怎么看到我就这么怪怪的？

我本来已经移开的脚步又停了下来。这时，她已经径直跑进了销售部，好像有什么了不得的急事一样。

我想了想，还是走到了行政部的办公区，找到刚才惊呼的刘杰，问她："刘杰，刚才有销售部的传真吗？"

"海伦已经送去销售部了。拜托你，以后把传真直接发到销售部去，我们这里很忙，没时间替你们打杂。"

我呵呵笑了两声："我不确定是我的。什么传真呀？要是我的，回头我请你吃冰淇凌。"

刘杰抬起头，推了推鼻梁上的眼镜，做出一副嘴馋的样子打趣我："行，要是有好吃的，尽管发来，我随时候着。好像是什么清华商贸的签约意向书。已经被海伦送去了，是你的吗？"

清华商贸？不是我的客户吗？我本来就很差的心情更是跌到了谷底。

我点点头："嗯，是我的！"

我心里像长了草一样，来不及和她多说话，就又返回了销售部。我出来的时候，正好和海伦撞了个满怀。

"海伦，刚才你拿了我的传真？"看她目光闪烁，我索性开门见山地直接问。

"没有呀。"这时候她倒恢复了镇定，一副不愿意多谈的样子，抬脚就要走。

我心里的疑惑更大了，拉住她说："可刘杰说，刚才是清华商贸的传真，是你拿走的呀。"

海伦的脸一红，然后故作惊讶地说："清华商贸不是乔磊的客户吗？我已经给他了。"

什么？开什么玩笑？怪不得一大早乔磊就想把我支出去，原来是想坐享其成，抢我的客户！早就有人八卦说海伦和乔磊在谈恋爱，看来这消息竟是真的。还真是人心险恶，记得上回去清华商贸的时候，乔磊还在一旁说，这个客户好多年了，就喜欢消遣人，根本没有希望，没想到现在客户有了意向，他就搞小动作。

我走进去的时候，乔磊正拿着那份意向书仔细地看着。他见我又回来了，吓了一跳。

“乔磊，清华商贸是我的客户，这个意向书应该是我的吧?”

傻子都能看出，我很生气。

乔磊起初表情有些不自然，但很快就笑着说：“桐桐，这个客户我也联系过，之前很多人也都接触过，不能因为你来公司后，按片划给了你，你就坐享其成。我知道，你上个月没有业绩，心里着急，但工作上没有谁照顾谁，都得凭实力。”

“我说的就是凭实力，这个客户，我前后接触过四次，方案修改了无数回，上个月月底，我还刚刚和他们的负责人见过面。你是什么时候联系的?”

我们两个人的辩论声惊动了销售部所有的人，最后，李经理出来了解情况。等我们两个人把情况说明后，我满怀期待地等着公平的判决，没想到李峰居然说我经验不足，这个项目以后交由乔磊负责。

我想，对不公正的待遇，唯一的办法就是上诉。除去那天面试之外，这是我第二次来到周正的办公室。隔着玻璃门，我看见有人拿着一堆文件站在他身旁，好像是在等他签字。听不清楚周正在说什么，但从表情上看，他好像正在对那个人发脾气。

大概等了二十几分钟，他的秘书才让我进去。他指了指对面的椅子，示意我坐下，脸上的表情很严肃。

“找我有事?”他抬头看了我一眼，然后把目光落向了电脑的液晶屏。

我将清华商贸的事说了一遍。

他静静地听着，一句话也不说。

他沉默了足有五分钟，才冷冷地说出一句话："萧桐桐，你这种行为属于越级上报，我会因为你所说的事，再度对李峰的管理能力进行考察，但你说的这件事，我会尊重李峰的决定。"

我咬着嘴唇，半天没说出话来，只觉得从心底向外溢出苦涩。曾经自己坚持的纯真爱情，像水晶球一样，碎裂了一地。而在工作上，我也要在不公正的待遇中磨去原有的热情了。

我想起第一次去清华商贸的时候，为了保持形象，我穿着一双高跟鞋在产业园区里走了将近一个小时，脚险些断掉。第二次，第三次……煎熬……第四次，那个下雨的傍晚，我追着那个老阿姨，一直追到郊区的机场，被大雨淋湿后，独自在小平房里生病。

如果没有清华商贸这个客户，我是不是就不会与楚梦寒再有交集？也不会再次受到早上的那种伤害？一切都好像没有关联，可我的人生怎么就一下子这么混乱起来了呢？究竟什么是对的？什么又是错的？

我没再说什么，缓缓地站起身，准备离开。

"等一下！"周正突然开口拦住了我，"做得很辛苦吗？"

他轻轻地叹息着，像一股风，把凉意吹进了我心里，我更觉得难受了……

我把头低得不能再低，泪水终于忍不住从眼角流了下来。我哑声说："不辛苦，周总，我去工作了！"

辛苦又能怎么样呢？生活不是还要继续？

突然，一双手伸到了我面前，递给我一张纸巾，周正带着笑意对我说："哭得这么惨，还说不辛苦？"

第六章
我还记得你当年美好的样子

我的发心忽然重了一下，我感到了一股掌心的热度，猛地抬起头，不可置信地看着周正。他刚才用手摸了摸我的发心？

他好像也意识到了自己的失态，手臂在空中顿了一下。他的表情马上又恢复如常。

以前，只有楚梦寒喜欢这样摸我的头顶，好像我在他心中是永远长不大的小女孩。想到这，我心中的酸楚更加抑制不住了。

“喝点水吧。”他说着，亲自倒了一杯水给我。

“刚才我和你说的那些，是站在一个企业负责人的立场上说的。如果是作为前辈，我要和你说，其实这个问题在于你。”

周正从抽屉里拿出一块巧克力给我：“他们说心情不好的时候，吃点甜的东西，就会好一点。”

他在哄孩子吗？给块糖吃就能说服我？

“说到底，是你没有把这个客户抓牢。一个好的业务员，就算离开公司，很多客户都愿意跟着他走，而你这么容易就被别人抢了单，还好意思在这里哭哭啼啼？”

他这样一说，我的脸开始发热。

他把头凑到离我近一点的地方，故作神秘地说：“以前都是我抢别人的客户，从来没有被人抢过。你可真逊！现在我悄悄教你一招。要想抢回来，就要用最快的速度搞定客户，在这里哭哭啼啼是没有用的。不管黑猫白猫，捉到老鼠才是好猫！”

我被逗笑了。

“没有经过你的同意，我没告诉梦寒你在我这里工作。我想，哪天要是被他知道我天天这么剥削你，估计朋友都没得做了。”

“我们已经离婚了，哪会像你说得那么严重？”

周正的表情突然变得让我有些看不懂：“生意场上，我佩服的人不多，而梦寒就是其中的一个，我不太清楚你们为什么离婚，但我觉得这里面肯定有什么极重要的原因。因为，他是一个好男人。”

他是在夸我吗？而他口中的好的标准又是什么呢？

“一个事业有成，但私生活混乱的男人，也能用好来形容吗？你们是不是觉得钱是衡量人的唯一标准？”

他竟忍不住哈哈大笑起来。

我背后是夜色深沉的柏油路，每一盏车灯都仿佛是流星，以明亮的弧迹划过。下班后，我一个人在街上游走了很久，越来越感到身心疲惫。

我从来没有像现在这样想有一个家，想把自己在工作中受的委屈和取得的成绩向家人倾诉，与家人分享。我想，可能 A 市里有很多独自打拼的年轻人此刻也都有和我一样的想法。

我回到了楚梦寒的公寓。屋子里没开灯，我的眼睛渐渐适应黑暗，渐渐可以分辨出他的轮廓，他就在沙发的那一端。落地窗外有清冷的夜色，或许是月光，或许不是，淡淡的灰色，投进来，朦胧得让人误以为他只是一个不真实的剪影。

“你回来了？”

“……”

“为什么不接电话？”

他的声音那么冰冷，全是质问。

我深深地吸了一口气，把目光落向落地窗外的灯红酒绿：“知道吗，楚梦寒，你真的很欺负我。”

泪水咽下肚，却从话语间泄露了出来。我想起之前那几天短暂的和平相处，越想越觉得可笑。我本来早已对你不再抱任何幻想，为什么你还要一次一次地来打扰我本来可能已经归于平静的生活？然后，又轻而易举地把我置于一个荒唐可笑的境地，让我三年倾尽所有维持的自尊都被你踩在脚下。

空气里有一种令人窒息的压抑，我静静地看着对面的那个男人，他也正在深深地看着我。

他虽然又一次伤害了我，可这些似乎又不能完全怪他。沈欣欣说得没错，是我自己没有管住自己的心，才会落得如此境地。

“我等你很久了。”楚梦寒站起身，几步向我走过来，伸过手，就要去揽住我的肩头。

“没时间！”我连忙向旁边一闪身，斜着眼睛打量着他。

“忙到接我一个电话的时间都没有？萧桐桐，你说我欺负你，咱们两个人到底是谁欺负谁？今天早上……”

“楚梦寒，你给我闭嘴！”我几乎是想也不想就打断了他，手心一下子渗出汗来。

我努力让自己的心情平复下来，淡淡地对他说：“楚梦寒，昨天的事，我都忘了，也不是什么大不了的事，本来就是一个意外！”

“意外？你认为是个意外？”他惊愕地看着我。

“你有你的生活，我有我的生活，若要解释，三年来，一共一千多天，相信没有什么能解释清楚的！”

楚梦寒脸上的那种表情，好像是有千言万语，却突然被我堵了回去。

“刘津是我的同事，她来找我，是因为工作上的事，你不要误会。”他眉头紧皱。

“同事？有同事大早晨七点跑来敲老总房门的吗？不过那都是别人的事情，一切与我无关！”

我此刻连温饱都成问题，哪有什么心思和楚梦寒在这里玩这些爱情游戏。

“我们能不能心平气和地谈谈。”

“你想谈什么？若是今天早上的事，我根本没兴趣！”

从楚梦寒心烦无措的眼中，我看到了更加不耐烦的自己。

“楚梦寒，我记得你之前和我说过，如果我愿意留下来，就算要你消失，你也愿意。我今天很累，不想搬家，但也不想和你住在一个屋檐下，你如果信守承诺，就请马上离开。我会尽快搬走，到时会打电话给你！”

我不想去打扰我的朋友，也不想露宿街头。

他仔细地看着我说：“你现在做什么工作？累成这样。”

“你走不走？不走的话，我走！”

我们的性格很相似，都不是那种拿乔的人，要不不说，说了就一定做到。

几分钟后，楚梦寒消失在了我面前。

我走到大门前，把门反锁上。

我从窗子向外望去，各色的霓虹交替闪耀，整个A市被炫目的华彩所笼罩。夜色赋予了她鲜活的生命，她恣意地招摇着，更让身处其中的人产生自由释放的欲望。整个城市还是繁华一片，灯红酒绿，可谁是真正快乐的？如人饮水，冷暖自知。

现在是晚上九点四十分，我掏出电话，打给樊丽华。

“哪位？”

电话的一端传来了老阿姨的声音，我赶忙答话：“您好，樊部长！我是永正公司的萧桐桐……"

"哦，是小萧呀。我还在出差，过几天才会回去。有事吗?"

我简直是受宠若惊，这个樊阿姨从来没用这么亲切的口气和我讲过话。

"樊部长，我记得上次和您对《导视系统方案》还有一些新的要求，我又把方案改了一下，同时，对您提到的那个户外液晶显示屏的点位设计有一点新的想法，所以想打电话和您在沟通一下。"

得到她的同意，我在电话里把自己的想法和建议用最直白易懂的方式讲给老阿姨听。对这种对专业术语十分排斥、又对工作极为认真负责的高管来说，吸引他们的不是什么高科技、领先性，而是商业回报。只有价值，才能激起他们签单的兴趣。

皇天不负有心人，我终于亲耳听到了她的赞许。

"几天前，我的手机不见了，刚打电话叫公司把卡补回来。我在这边参加董事会时，这个项目已经被提到了日程上。昨天，我已经安排了公司的小孙和你联系。你刚才说的这些很关键，明天你把详细内容整理好，把方案递给他。"

我终于明白了，果然是在联系的环节上出了问题。这个周正真是料事如神，难怪他年纪轻轻的就能当上老板。

"樊部长，为了节省时间，不如您上班后组织一个需求分析的短会，让我参加，直接把方案中涉及的一些相关问题，统一给大家讲一下，这样既节省了时间，也有助于我们公司更好地对需求进行采集。"

"嗯，嗯，好！具体时间我让小孙通知你。"

"好，那就麻烦您了。"

挂掉电话，我长出了一口气，看来樊丽华依然是这个项目的负责人，只是她安排的人没有我的直接联系方式，一定是打了永正公司前台的电话，被海伦接到了，才让乔磊有机可乘的。

第二天，我早早起床，不想做早饭了，准备出去买点吃。我走出了高档社区，穿过一条小路，那里路边有卖早点的，空气里传来了炸糕的味道，本来应该是很香的，可我只觉得恶心，抑制不住地在路边干呕起来。

等我站起来的时候，觉得所有的早点都失去了味道，我索性不再浪费时间，准备直接坐公交车去公司。一回头，却看见了楚梦寒的车子。

他从车窗里探出头来："你怎么了？"

楚梦寒突然出现在这里，我一紧张，又不可抑止地干呕了几下。呕完，我捂着胸口对他摆手，说："没事，我先走了。"

我说着就往与他相反的方向走。这条路是个小吃街，他的车子根本没办法掉头。让他送我上班？我宁可请一天假。

哪知我还没走几步，就感觉手被人使劲捉住了。我回头一看，楚梦寒已经把车子扔在了那里，追上来拉着我。

他脸上的表情是颇为震撼的样子，他握着我的手是那样用力，我使劲想抽回来，没想到他一用力，我就跌进了他怀中。

"楚梦寒，你干什么！"

我被他搂在怀里，又不敢太大声说话。我觉得他表情怪怪的，浑身上下都不对劲。

他低下头，想说什么，但才张开薄唇，犹豫了一下，又闭了回去。他突然拉起我就往他车上走。

这回我真的急了，双手拉着他的胳膊使劲地往后拽，“楚梦寒，我不用你送我上班，你放开我！”

“病了还上什么班，我带你去医院！”

他霸道的本性又暴露出来，他攥着我的手竟然渗出汗来。

“老毛病了，只要有几顿饭没按时吃，胃里就会不舒服，买点药吃就好了。再说，就算我有病，也不会和你一起去医院的，你放开我。”

他西装笔挺，英俊卓凡；我一身职业装，怎么看也算个白领淑女。我们这样在小吃街上拉扯着，回头率绝对是百分之百。

“我说了，现在去医院！”

他说完，抿着嘴角，丝毫没有通融的余地。

这个男人，看起来斯文有礼，板起脸来，却霸道得像个玉面阎君。我服了，好汉不吃眼前亏。

“楚梦寒，中午我自己去医院行吗？我上午有重要的事，解决不好，我的职业生涯将受到致命的打击，你知道，我不能没有工作的。”

我放软了口气。我家的情况，他比我还要了解。

他赌气地回头看了我一眼，冷冷地说：“你自找的！”

我真是对这个男人无语至极，却又不好发作，只能忍着。我说：“楚梦寒，我就是不要和你同时出现在我公司门口。”

“就这么不愿让我送你？”他的表情显得很受伤。

我重重地点了点头，态度和他一样坚决。

他思索了片刻，喉咙中发出一声若有若无的叹息：“好，你自己记得去医院！”

我立刻识时务地答应他：“好，我自己去。”

“什么时候去?”他仍旧不放心，问道。

我本来就是敷衍他，随便一说：“中午吧。”

“去哪家医院?”楚梦寒依旧不肯松开握着我的手。

我强忍住火气：“去总医院!”

来到公司，我第一眼就看到了海伦和乔磊两个人在前台有说有笑。我从他们身边经过，乔磊好像什么也没发生一样，同往常一样，和我打招呼。我也尽量装作一切如常。但乔磊在九点半的时候接了一通电话，然后神色怪异地出了公司。

中午，乔磊急匆匆地赶了回来，跑到李峰那嘀咕了几句。

不一会，李峰就把我叫到他的位子前，满脸堆笑地说：“小萧呀，在你和乔磊的共同努力下，搁置了好几年的清华商贸项目大有进展，现在，你把之前清华商贸方案的细节再和乔磊沟通一下，我们争取这个月把这项目搞定。”

我早就料到他们会有这一招，可表面上还是不露声色地跟他说：“那个计划书，回头我找找，找到后，我交给乔磊。”

李峰显然对我的回答不满意。

“越快越好！现在，这个项目的负责人是乔磊，销售部所有人都必须全力配合!”

“行！我一定配合!”

这个李峰，简直想关门做皇帝。不过，他忘了，哪里有压迫，哪里就有反抗!

我在厕所里干呕了几下，厕所里没有别的同事，却吸引来了做卫生的王姐。她关心地问道：“怎么了，小萧?”

“胃里不舒服。”我用清水漱了漱口，回头笑着回答她。

“我怀我们儿子时，吐得什么也吃不下去，直到现在，一看人家胃里难受，哪怕是男人喝醉酒那种吐法，我都还有条件反射。”

我只觉得双耳嗡嗡作响。怀孕?！这个词好像惊雷一样，在我的脑海中闪现。我每个月的大姨妈一向不准，而且最近经历的事情太多了，我的大脑需要承载的事情也太多了，这个生理期的事还真被我忽略了。好像……这个月真的没来过，那上个月呢?有没有来过?

洗手间有一扇小小的百叶窗，中午的阳光从外面照进来，看久了，本来很强的光线，却突然黯淡到没有了一丝光泽，整个世界都失去了色彩。

医院里的人什么时候都是这样的多，排了很长的队，终于挂了号。我在心中将楚梦寒骂了一百遍。

我忐忑地一步一步向二楼妇产科的方向走去。

上了二楼，迎面就是我要去的妇产科。我把挂号条递了进去，然后默默地走到最外面的一张空椅子上坐下来。

“桐桐！”

听到身后有人叫我，我迷茫地向周围看了看。不知道自己是不是眼花了，我眨了眨眼睛，那个人的面孔还是清晰地浮现在了眼前。蒋若帆?！他居然也在医院。

想躲，已经来不及了，蒋若帆已经走到了我面前。他居高临下地看着我，问：“桐桐，你怎么了？生病了?”

我微微挤出一个笑容：“没什么，有点小毛病。”

真是欲哭无泪，我尴尬得真想马上消失。

“若帆，你怎么会在医院?”

他先是不语，随后轻描淡写地说：“我在等一个化验结果，我陪你吧。”

我的脸发烫。

蒋若帆见我欲言又止的样子，终于抬起头，看清了迎面的几个大字“妇产科”。

他的脸也微微一红，但他仍旧选择默默地坐到我身旁。

我不知道应该怎样开口，让他离开。我看他的面色依旧很苍白：“若帆，你等什么结果?”

“胃里有些不舒服。我朋友在这，他非要让我来，亲自给我检查一下。”

“严不严重?”

他伸出手，很自然地把我的长发别在耳后：“没事。”

我刚要继续问下去，却突然看到迎面走来一个熟悉的身影，他正在左右找寻着什么。我心中一顿，惊得再也说不出话来……

对面的那个人已经发现了我，一瞬间，愣在了原地。他不可置信地看着我，还有我身边的蒋若帆。

他怎么会在这里?

并不愚笨的我现在终于明白了早上在小吃街，他为什么会有那么反常的举动。我不止一次地在他面前恶心、干呕，他一定是已经疑心我是不是怀孕了，所以才会那么冲动地急着带我来医院检查。他认为我怀了他的孩子，所以迫不及待地想要证实。

他不是不在乎我吗？为什么猜到我怀孕了，还要跑来。哼！是不是无论是哪个女人生的，只要怀了他的孩子，他都一样会喜欢？我在心底鄙视楚梦寒，怎么恶心怎么想，怎么无耻怎么想。

我的手不由自主地摸上了自己的小腹，那里真有我与他的孩子吗？只是起了这样一个念头，我的心里竟像是有什么柔软的东西缓缓地流过。记得他曾经把我搂在怀里，颇为自恋地说：“我们的孩子一定是这个世界上最可爱聪明的宝宝。”

给他生孩子？不！决不！如果这里真的有一个孩子，那也是我自己的孩子，和这个男人没有任何关系！

“桐桐。”

蒋若帆在一旁轻轻地喊了我一声，他显然已经看到了楚梦寒。

我无力地低下头，手心都是汗水。

“他是来找你的吧？”蒋若帆脸上的表情也变得复杂起来，“桐桐，你和他……”

似是极力隐忍着，终于还是无法把话说下去。他从我微微挤出的一丝笑容中读到了肯定的答案。

我能感受到，他整个身体似乎都颤动了一下。

“那我先走了，桐桐，你……记得我和你说过的话，如果你找到了幸福，我不会打扰你，我只希望你能幸福。可是，你和他在一起，我终究还是不能放心，不过……我尊重你的选择……”

他说得那样无奈。

我微笑着点点头：“若帆，你快去吧。我自己的事，我会处理好，不用为我担心。”

“为什么是他……”他苦笑着说，“我知道，这么多年，你的心里始终放不下他，可他会对你好吗？”

说着，他已经站了起来。

我依旧是垂着头，可感觉身边的他依旧伫立在原地，空气中有暗流在涌动。

再次抬头的时候，我不觉浑身一阵战栗。楚梦寒站在了我们对面的数米之外，冷冷地看着我们。他像一尊化石，浑身上下没有一丝生气。他身前人流攒动，竟将他高大挺拔的身形衬托得那样孤单。

当楚梦寒走到我近前时，蒋若帆还没走，两个男人之间波涛暗涌。他们互相注视了很久，最后，楚梦寒终于把目光落到了我的脸上："你和他……"

楚梦寒眼睛里红红的。他一定是误会了，误会是我让蒋若帆陪我一起来检查的，误会我怀了蒋若帆的孩子。

"你不是不爱他吗？你怎么可以和一个你不爱的人……"

他的声音沙哑。他的眼睛里含着晶莹的东西，如流光一样，在眼眶里一闪一闪的，流露出无力的哀伤。

他怎么可以把每个人都想得和他一样龌龊！

"楚梦寒，你说什么！"蒋若帆上前一步，惊讶之余，也是满腔的怒火。他根本不知道我和楚梦寒之间到底是怎么一回事，但他受不了楚梦寒这样地质问我。

我轻轻地拉了一下蒋若帆的袖子。我迎上了楚梦寒的目光："你来这里干什么？如果没事，请你马上在我面前消失！"

楚梦寒眯起眼睛，冷冷地看着我。

怎么？受不了了？我想不出这个男人除了能够给我伤害，还能带给我什么？男人不知道，女人不需要他的钱，她需要男人永远把自己放在第一位，让她感觉到，无论她在别人眼中是怎么样的，总有一个人视她如珍宝，而不是口口声声说爱你，却撇下你，去追别的女人！

他站在那里，一动不动地看着我，心口剧烈地起伏着，“萧桐桐，你对自己真是太不负责任了！”

我冷笑着，昂起头：“是呀！我本来就是这样的人！你现在知道，也不晚。”

若是对自己负责，我怎么会一次次地和你纠缠不清。

“好！好！好！”楚梦寒的身形晃了几晃，绝望哀伤的眼神像电流一样向我袭来。

一瞬间，我几乎要落下泪。我不会忘记，三年前，那个仲夏的雷雨之夜，他就是用这样的眼神看着我，之后便决绝地转身离去，留给我一个永远无法忘记的背影……

不知过了多久，我感觉有一双温暖的手揽住了我的肩头。

“桐桐，他走了。”

蒋若帆的声音很温柔，像三月里的春风，却无法让我得到一丝一毫的温暖。他这样的姿势，也不能让我依靠，让我感到舒适。

我擦掉了眼泪，抬起头，冲着蒋若帆挤出一个微笑：“若帆，你去忙你的事情吧，我想一个人待一会。”

“你不想让他知道？”

他扳住我的肩膀，让我看着他。

我摇摇头，脑子里一片空白：“我也不知道，我好乱。若帆，你先走吧，我想一个人静一下。”

他犹豫了一下，最后还是说：“好吧，我先走了，有事情一定要打电话给我！”

就在他要走的那一刻，我轻轻地叫住他：“之前的事，对不起！”

“桐桐，我不在乎。可你这个样子，我，很心疼！你如果真的放不下他，就不要为难自己！”

他低低地叹息着。

如果真的可以，我又怎么愿意为难自己，没有哪个女人不想过舒心的生活，只是有些人和事，我永远无法控制，我只好控制我自己。

晚上回到“家”的时候已经是八点多钟了。我泡了一个热水澡，换上睡衣，就再没有一丝力气了。我把自己埋入床心，没过多久就沉沉地睡着了。

梦里，仿佛又回到了我住了四年多的老式的楼房，一幢一幢的老楼，所有的楼房几乎一模一样。这些楼房都似曾相识，有几间窗口亮着灯。我穿着一件紫色的晚礼服，在楼群中间穿梭。不知谁家传来一阵阵二胡的响声，咿咿呀呀。正是晚饭的时间，空气里弥漫着一股煎炒烹炸的味道。

我仰起头来，只能看到灰蒙蒙的天空，我全身的骨骼都透着凉意。我不停地寻找，昏黄的路灯下，我走到哪里，哪里就被我的长裙染上一层紫色，如梦似幻。可我怎么找，也无法找到那间小屋。

恍惚中，我看到了一个人，似曾熟悉。他对我笑，亮晶晶的眼睛里全是我的影子，但一转身，又走开了。我拼命地追了过去，张大嘴巴，想喊，却发不出一丝声音。

半梦半醒间，所有的幻境完全消失，我觉得身旁似乎坐着一个人。我努力地喊，想请他推自己一下，将自己从这种状态中解救出来，却叫不出声音。我又感觉他已经离开了。

等真正醒过来的时候，我竟满身大汗。

我穿上拖鞋，去客厅给自己倒了一杯水。我看见客厅的沙发上有一点红色的微光，楚梦寒指间夹了一支烟，在黑暗里静静地坐着。

我在那边站了好一阵子，他根本就是已经意识到了我的存在，却不说话。

我拧开了手边的壁灯，屋里的一切全部笼罩在昏暗的灯光里。楚梦寒的神情有些疲倦，他将已经积了长长的烟灰敲落，又将烟含进嘴中，想了想，又取下来，轻轻地按熄了。

我走到厨房，倒了一杯温水。再出来的时候，他正用手扶着厨房的门框看着我。

“请你离开。”

这么近的距离，隐隐约约有一股淡淡的烟草味飘来。

“你准备怎么办?”他没头没脑地问出这句话，态度平和。

我有些不知所措。我张了张嘴，仔细想了一下，试探着问道:“你觉得我应该怎么办?”

他心中既然已经认定了我与蒋若帆的“关系”，如果能因此彻底和他了断，也未尝不是一件好事。我们从此就好像两条永不相交的平行线。

“我上次流产的时候，大夫说，以后要格外注意，若是再做流产，以后会很难怀孕!”

我端着那杯水，低下头，看着我与他的脚尖。

“你想把孩子生下来?”沉默许久后，他声音沙哑，“你并不爱他，凭什么为他生孩子!”

他低下头，鼻尖似乎就要碰到我的鼻尖了。

我轻轻一笑。

他的脸瞬间变了颜色。

“他要你和他结婚?”

他突然用力把我搂在怀里。那么紧，几乎要让我在一瞬间窒息。在他的怀中，我的心剧烈地跳动着。我突然软软地失了力气。

“也许会吧，也许我会独自抚养这个孩子，也许依旧去做手术，我还没想好!”

我暗自恼怒自己，怎么才短短数秒，口气就变得不稳了。

他扳过我的脸，狠狠地吻上去。那样大的力气，就像要将我生吞了。他那样急迫，仿佛再晚一秒钟，一切就都来不及了。

可是，吻过后，他又头也不回地摔门而去。

乔磊对于我手中的方案，始终是一副志在必得的样子。我这样拖着他，引得老李不断给我加压。我只能不卑不亢，先应付着。

好在樊丽华几年来一直是清华商贸这个项目的负责人。她告诉我，过几天她就会飞回 A 市。她让我尽量把该做的工作做好。并且，这个项目，董事会有意在原有的基础上追加投资。

我粗略地算了一下，如果项目分为五期，两年实施，我只靠清华商贸这一单的销售佣金，就可以让生活小改善一把。我的心犹如过山车，那种对金钱的渴望几乎让我有了孤注一掷的冲动。

我不禁感到悲哀，现实压力下，我的心态居然变成这个样子。

第六章
我还记得你当年美好的样子

昨晚，楚梦寒问过我后，逃离一般离开了公寓，最后只对我说："给我一点时间！"

他需要什么时间，我想不明白，也不愿去想。

才回到家，我就看见楚梦寒早坐在了沙发上。他满脸决然地看着我。他好像和昨晚很是不同，脸上没有落寞，没有哀伤，反而是如释重负后的轻松。

他的口气又恢复了以往的霸道："过来！"

我走过去。

他伸出手来，一把把我拉在了他身边。他的声音清晰有力："我想了一天一夜，无论你决定生下这个孩子，还是放弃这个孩子，我都不会让你再一次离开我。"

我睁大眼睛看着他，一时间没听懂他说的是什么意思。

他深深地叹了口气，然后斩钉截铁地说："我们复婚吧！"

这个男人是不是疯了？他不介意我和蒋若帆"亲密接触过"？不介意我"怀了别人的孩子"？他要和我复婚？这怎么可能是楚梦寒说出来的话！那个自信又自大，内敛又固执，爱憎分明，做事决不拖泥带水的楚梦寒怎么会和我说这些？

他松开了我的手，慢慢地把目光投向了窗外，那样落寞又坚定的神情，让我像中了蛊。我听到自己在喃喃地问："楚梦寒，你知道自己在说什么吗？"

心中最柔软的一处被他的话语触动，温暖的洪流一波一波，欲冲破我封闭的心门，顺着血液涌向全身。

"我当然知道自己在说些什么。"

他没回头，我只看得到窗外的灯光透进来，他的身形都被镶上了金边。

“我不会让你和蒋若帆在一起的。你不爱他，他也给不了你幸福！”

心里一阵虚浮，我的口气有些不稳：“你真的关心我的幸福？”

他转过头，自嘲道：“我也希望我能够不去关心！”

我们两个人这样长久地互相注视着。面对这个我曾深爱过的男人，我愿意相信这一刻，他对我的感情是真的，可我却不能答应他。蒋若帆不能给我幸福，他就可以吗？时至今日，我又怎么会把幸福简单地寄托在任何一个男人身上？

“我不会和你复婚的！”

原来拒绝的话也无法轻松地说出来。

楚梦寒死死地盯着我，脸上的血色一点一点褪去。气氛压抑得令人窒息。终于，就在我严重缺氧，心脏几乎无法跳动时，他没再和我说任何一句话，从我身边一步一步地走过。

我知道他这一去，就再也不会回头了。可临到门口的时候，他突然又转过头来问我：“为什么？你难道不觉得三年前我们分开，根本就是莫名其妙？那时候可以归结为我们年轻气盛、缺乏信任，面对现实的无力，让你屈服于窘迫的生活面前。可现在呢？只要你愿意，我可以让你得到想要的一切！都说婚姻是男人对女人表现出的最大的诚意。难道现在这种状况，你还怀疑我的诚意不够？还是你根本就是把我的尊严践踏在脚下，来当作对我的报复？如果是后者，我觉得你实在是一个愚蠢又任性的女人！”

我如鲠在喉，他到今天仍旧认为当年我们之所以走到离婚那一步，是因为我嫌贫爱富？他现在事业有成，可以满足我一切的物质需求，我就应该无条件地敞开心扉接受他？我究竟想要什么，他知道吗？他说我不信任他，可他又何曾信任过我？我甚至曾想过，只要他有一点怀疑我和蒋若帆之间的关系，我就把实情告诉他。可他呢，从在医院见到我和蒋若帆一起的那一刻起，就对我们之间的那种“关系”深信不疑。这样完全没有信任基础的两个人，居然又在这里谈什么复婚，真是可笑！

婚姻不是因为心动就可以维系的，既然根本就是两颗怎样都无法完全交合的心，又何必还要苦苦纠缠？

“我承认我就是一个愚蠢又任性的女人，可以吗？以你的条件和成就，何苦和我这样一个不肯领情又耐不住寂寞的女人纠缠不清。至于你所说的婚姻与诚意之间的关系，早在很多年前，我就已深深体会过了。”

“砰”的一声，门被狠狠地关上，他又走了。

樊丽华终于回到了A市。这个在职场浸淫多年的前辈果然是雷厉风行，当天下午，她便打电话给我，让我准备好所有的材料，第二天参加他们公司的需求分析会。

乔磊当然也在第一时间知道了这个消息。

中午吃饭的时候，李峰拿着餐盘坐到了我面前。

“桐桐，你知道，清华商贸这个项目对我们销售部这个月的整体业绩，乃至整个公司都非常重要，所以，这个月我们不惜动用所有的人力物力，争取把它拿下！”

我把筷子放下，毫不胆怯地对上他的眼睛：“李经理，我会的！为了这个项目，我所付出的努力，相信销售部的每一个人都能看到。”

他笑着点点头，却说了一句让我像吃了苍蝇般恶心的话：

“所有工作的开展，都离不开团队成员的协作，这次清华商贸的项目，是一个难得的学习机会，你要听从乔磊的指挥！”

“如果在一开始，让任何人介入这个项目，我都不会有任何意见，可乔磊以那种不光彩的方式来抢自己同事客户的行为，已经严重影响了团队成员间互助协作的良好氛围。现在，对方的项目负责人点名要求明天的需求会由我来参加。您是销售部的领导，如果您执意让乔磊负责的话，我也不能有异议，但我提前说明，明天的会议，我是绝对不会出现的！”

是可忍，孰不可忍！饶是我脾气再好，也绝对不再退让。他敢让乔磊去，我就有办法让樊丽华不让他进会场！

下午下班的时候，我接到了蒋若帆的电话。他说楚梦寒约他在长宁路上的云梦咖啡吧见面，他已经答应了。

我内疚不已，毕竟一开始是我没纠正楚梦寒的错误想法，才让蒋若帆无辜地牵连进来的。楚梦寒到底想做什么？他的自尊心一向强大又脆弱，昨天，我们那样的谈话，我以为他已经对我失去了所有的耐心。

云梦酒吧里人不多，环境很优雅，并非我所想象中的那种灯红酒绿的场合。唱台上，一位披着长发的青年拿着吉他独自弹唱。

借着昏暗的灯光，我很容易就找到了两个在最角落里对面而坐的英俊男人。面对着我这个方向的是蒋若帆，背对着我的那个身影应该就是楚梦寒。他们都没发现我的到来。

我走过去，坐到他们后面空着的位子上。有高高的隔断，我看不到他们两个人，却能听到他们交谈的声音。

“蒋若帆，你既然给不了萧桐桐幸福，那就远离她。我如果再看到你像上次在T市的时候那样，让她受到侮辱，我决不会放过你！”

这是楚梦寒的声音。

“很巧，我与你想的一样，并且希望你知道，这一生，我对桐桐决不会轻易放弃！”

“那你准备怎么处理这件事?”

沉默了足有三分钟，我好像听到蒋若帆轻轻地笑了一下。

“其实，若真论起时间来，我和桐桐在一起相处了三年，而楚总你，和桐桐相处的时间，也不过这么久，所以，你并不比我了解桐桐。有没有兴趣听听我是如何被桐桐吸引的?”

片刻的沉默后，我听到蒋若帆接着说：“她刚到昊天的时候只是一个文员。她每天来公司最早，晚上却总是是最后一个离开。我实在想不通，一个小小的文员，薪水很低，有什么工作值得这么忙？桐桐坐在办公桌前，晨曦从窗外照到她的脸上，那恬静又温柔的画面经常会浮现在我的眼前。我渐渐地开始在暗中观察她，她的电脑里安装了制图软件，有空的时候，她都是在独自学习。漂亮又刻苦，这是我对她最初的印象。”

我听到杯子被重重地放在桌上的声音。

蒋若帆的声音依旧温婉：“后来，有一次，昊天集团招聘设计师，我作为主要的复试人员，在最后一个面试结束后，看到她走进来，她从容地把自己的作品递给了我。她讲话时的态度不卑不亢，对答如流。那时，我发现这个女孩聪明自信，更善于创造和把握机会。我把她的作品拿给其他几个设计师，进行评价，最后，我们一致通过。

“她非常有亲和力，对同事非常友好。无论什么事情，她都不会与别人太过计较。她温柔善良，乐于助人。别人不愿做的工作，她都做得毫无怨言。

“这三年来，她自然有无数的追求者，可她都毫不犹豫地拒绝了。在感情问题的处理上，她干脆利落，决不拖泥带水，对她的追求者，她竟连最普通的朋友也不愿去做了。这一点让我觉得很诧异，我以为她肯定是有了极为出色的男朋友，可后来，事实证明，根本不是。

“其实，那个时候我就已经喜欢上她了，可是，有前车之鉴，我只能选择以朋友的身份默默地守护在她身边。在我的刻意隐藏之下，很久之后，我和她终于成了工作上和生活上的朋友。

“有一次，雷雨夜，我刚好有工作上的事要找她，却在电话里听到她在哭，我以为出了什么大事。当我赶过去的时候，看见满屋子里都是水，她一个人蹲在地上，不停地哭。那是我第一次看到那么坚强的她竟有如此脆弱的一面。事后，我仔细地打量着她所住的那间小屋，与她平时穿的衣服一样，朴素干净，却让人看着心疼。其实，她只要愿意，也许根本不用生活得如此艰难。

“我一直不知道，她在坚守着什么，直到我第一次从她母亲的口中听到你的名字。原来不是我敏感，是真的有一个人深藏在她心中。我想，也只有这样，才能让一个花样的女子在寂寞中一等就是三年。可是后来，没有想到，你与她居然是以离婚收场。

“她是那么的温柔，那么的善良。我从来没有见过她像那天在医院门前那样疾言厉色地对一个人讲话，那唯一的一次，居然是和让她等了三年的你。你说，这是为什么呢？”

第六章
我还记得你当年美好的样子

我默默地在一旁听，蒋若帆的话让我觉得好温暖。我真心希望他能早一点找到一个真正配得上他的知心爱人。

“你到底想说什么？”楚梦寒的声音有些颤抖。

“你确实很欠骂！”传来的又是蒋若帆轻轻的笑声，“在你的心目中，桐桐真的是那么随便的女人吗？桐桐如果能那么快接受我，她也不会有耐心等你三年。所以，我说，终究是你不了解她！”

我的心突突地跳着。我承认，我真的是在等他，可是，我明明只是想以最骄傲的姿态出现在他面前，等他回来给我一个了断。可在蒋若帆口中，怎么就变成了是因为我还爱着他了呢？他说的不是真的！

我听到了楚梦寒吃惊的声音：“你是说，桐桐她……”

“是！我们之间没有什么……”

蒋若帆说得很肯定。

我几乎能想象到楚梦寒这个时候惊异的表情。为什么别人都可以这么了解我，他却从来没有相信过我呢？

“你为什么要和我说这些？你不是说过，你这一生都不会放弃她吗？”

楚梦寒的声音已经和之前大不相同，微微有些干涩的声音掩饰不住激动和兴奋。

“我不想桐桐因为这件事而痛苦，也不愿你们之间存在这种残忍的误会，我更喜欢公平竞争！”

“萧桐桐，你居然骗我？”

我手中的杯子差一点溢出水来，四下一看，才知道楚梦寒是在自言自语。

“我也不知道你们之间为什么会这么奇怪，桐桐只会在你面前脾气火爆，只会因为你而情绪失控，就连上次在你妈妈面前，她都能保持着良好的风度。但你一出现，一切就都变了。楚梦寒，我无心窥视你们之间的隐私，我只是想说，如果你真的爱她，就对她好一点，毕竟很有可能，她现在有了你的孩子。”

蒋若帆的这句话讲完后，我听到椅子重重地响了一下，似乎是他们两个人有谁站了起来。

来不及做出反应，我就看到了楚梦寒挺拔的身影从我身后走了过来。

他走得很快，可就在要离开我桌前时，忽然回头，看到了我。

“桐桐！”

楚梦寒喊着我的名字，向我走来。一时间，酒吧内无数双眼睛都看向了我们。

我只想逃走，于是冲向了门外。很快，有脚步声跟了上来。我越跑越快，就在跑到马路边缘时，突然被一双大手拉住。

“桐桐，别走！”

我死命地甩开他，他却一步跃到了我身前。他脸上竟然有了些怒色。他总是这样，什么事情都要在他的掌控之中，如果超出了他的掌控范围，他就会发怒。可我真的觉得我们之间没有谈话的必要。

就在这时，我看到一辆汽车飞快地向我们驶来，一刹那间，我的大脑一片空白。几乎没有任何考虑的时间，我只知道，他被我一把推开，而我很快陷入了昏迷中……

第六章
我还记得你当年美好的样子

我再次睁开眼睛的时候，发现自己正躺在医院的病床上，手腕上缠着纱布。我感觉额角也有些痛。

蒋若帆坐在我的床头，关切地说："桐桐，你醒了?"

"我怎么了?"

我看了一下四周，这是一个病房。

"你晕血，刚才是昏迷。你摔破了手腕和额头。"

明明是小伤，蒋若帆的口气却格外的紧张。

"楚梦寒去给你登记，一会要做全身检查。"

我大概明白了他的意思，脸一红："你为什么要和楚梦寒说那些，你又怎么知道我心里是怎样想的?"

蒋若帆微微一笑："桐桐，你不用否认。你还爱着他，你之前的动作就是最好的证明。"

他在说这话的时候，嘴角不可抑制地浮现出一抹苦涩，但很快就没了。

"桐桐，我说过，若干年后，如果我们都没有找到能让我们幸福的伴侣，请你不要再拒绝我。现在，我希望你能正视自己的内心，因为毕竟只有试过了，将来才不会后悔，才能真的永远忘记……"

正说着，我看到楚梦寒已经向我们两人走过来。

蒋若帆很绅士地站了起来，对我们两个人说："我先走了!"

"若帆……"我从没见蒋若帆有过此刻这样落寞的表情，我觉得很心疼，很内疚。我想我这一生也许永远不会忘记他此时的背影。

"他走了，不用看了。"

说话的是楚梦寒。

我看他从头到脚都好得很，干脆从床上下来："我可以走了吧！"

楚梦寒连忙拉住我："等等吧，一会儿会有医生来给你做全身检查。"

"不用了，我好得很！"看着他看我的眼睛里居然含着笑意，我又看了看自己手上的伤，突然很郁闷，问他："我怎么会晕过去？"

如果真是车祸，怎么也不会伤得这么轻，他也一点事都没有，可我明明看到了满地的鲜血。

他的眼睛亮晶晶的，嘴角一直高高地扬起，他现在几乎是有着这些天来从没见过的好心情。

"那辆车轧死了一只小狗，你昏迷，是因为晕血，手腕和额头上的是皮外伤，没事了……"他一边说，一边看着我的小腹，眼中有着掩饰不住的柔情蜜意，"下次就算我真的轧死了，你也不能这么冒险。"

我淡淡地说："我推开你，只是不想你有事，却从没想过要牺牲自己，你不要想太多了。如果我看到的是那只小狗，我也一样会这么做！"

楚梦寒仍旧是笑，伸出手来，就要捏我的脸。

我想打掉他的手，却被他一把攥住。

"明天我们就去复婚！"他说话的时候，眼睛里波光潋滟。

"楚梦寒，如果是因为孩子，你大可不必如此费心，我从没说过我怀孕了！"

那天，我在医院拿到结果，我只是胃炎，并不是怀孕。原本只是一件很小的事，没想到却惹来了这么多的麻烦。

第六章

我还记得你当年美好的样子

我看到楚梦寒脸上本来挂着的微笑慢慢地褪去，脸上现出一种浓浓的失落。

坐在楚梦寒的车子里，灯光好像流星一样璀璨。CD 里放着蔡琴的怀旧老歌《被遗忘的时光》，淡淡的曲调，淡淡的忧伤。

离开医院大概四十几分钟，车子驶入了一段没有路灯的路，看不到两边的景物，仿佛世界就只有车内狭小的空间。

楚梦寒突然没头没尾地说："刘津真是我的同事。最近公司正准备拿下一块地皮，谈了很久，都没有谈成。她是这个项目的负责人之一，那天她来，是和我说，终于和规划局的局长定好了时间谈这件事。我的公寓是不久前才买下来的，很多手续都是交给公司行政部门帮忙办理的，所以地址并不保密。但是，除了我和你之外，并没有任何人来过。那天刘津一大清早来到公寓，我确实和你一样感到意外。但不可否认，那个项目，我花了很大的心血，一早听到这个好消息，也很高兴。刘津的工作能力很强，但脾气很古怪，也很情绪化，我很担心她的任何一个行为会影响到几个小时后的会谈。我追出去，只是想把细节再确认一下，也担心她会影响稍后的约见。我向你道歉，请原谅我这些年来，已经习惯把工作放在第一位。我再也不会了。"

他的话一向很少。我记得认识他这么久以来，他似乎很少这样耐心地向我解释什么。我觉得我们间的关系似乎在渐渐地发生着变化。

"要不要去吃点东西?" 他提议。

我没有拒绝。

之后的几天，我和楚梦寒之间的感觉似乎有了一点小小的改变。我没再把公寓的大门反锁，而楚梦寒居然也真的搬回来住。之前，他明明说要离开 A 市很久。我们两个人格外小心地相处着。

他工作似乎真的很忙，而我也是一样，所以，我们平时的交集并不多，甚至有的时候，他半夜回来，而在我上班之前，他又走了，要不是看到门口拖鞋摆放的位置有变化，我根本不知道他曾回来过。

不过，有时候，我起床后，也能看到他在厨房里忙碌，做早餐的身影。样子很滑稽，态度却很认真。不知是哪天，我终于良心上过意不去，下厨做了一回早点，此后，厨房里就经常是我们两人一起忙碌的身影。我们完全不像已经离婚的夫妻，更像是拼居在一起的人。这种感觉让我的心慢慢地放轻松。